THOMAS DEUSCHLE

VERA

tanzt

D1726497

Bibliografische Information der Deutschen Nationalbibliothek
Die Deutsche Nationalbibliothek verzeichnet diese Publikation in der Deutschen Nationalbibliografie; detaillierte bibliografische Daten sind im Internet über http://dnb.dnb.de abrufbar.

Impressum

Text:	© Thomas Deuschle
Umschlag:	© Thomas Deuschle/Foto: Kyrpa Volodymyr
Verlag:	KUKULIT Germany
	Agentur für Medienentwicklung
	Thomas Deuschle
	Riedstraße 17
	72766 Reutlingen
Mail:	kukulit@t-online.de
Druck:	epubli, ein Service der neopubli GmbH, Berlin

Printed in Germany

Michael Maier, der Mann mit dem Allerweltsnamen, sitzt Ende Februar 2020 dem Mitarbeiter des städtischen Bestattungsdienstes in Stuttgart gegenüber. Michael ist ungeduldig und möchte so schnell wie möglich dieses hässliche Gespräch beenden. Aber eine Bestattung will geplant sein.

„Sie wissen, Herr Maier, Corona fordert uns alle." Der Bestatter setzt seinen berufsbedingt bedauernden Blick ein, um seiner Ablehnung mehr Kraft zu geben. „Ihr Sohn kann nur im ganz kleinen Familienkreis beigesetzt werden. Es gibt Glockenläuten, wenn Sie möchten, aber eine Trauerfeier mit vielen Gästen darf zurzeit eben leider nicht stattfinden."

Michael Maier schaut noch betretener, als er es seit dem Tod seines Zweitgeborenen ohnehin schon tut. Daniel war beliebt, hatte Dutzende Freunde, und nun sollten diese im Nachhinein durch eine dürre Zeitungsannonce von seinem Tod Mitteilung erhalten? Ähnlich den Todesanzeigen, wie man sie in Corona-Zeiten nur noch in der Tageszeitung liest? Etwa: Er wurde situationsbedingt im allerengsten Familienkreis beigesetzt?

„Das Krematorium ist gegenwärtig sehr überlastet", fährt der Bestatter monoton fort. „Frühestens nächsten Montag kann ihr Sohn an die Reihe kommen. Wir arbeiten zurzeit im Dreischichtbetrieb. Corona sei Dank."

„Ich kann dieses Wort nicht mehr hören!" Michael Maier braust auf. Der große, stabile Mann ist eigentlich von sanftem Gemüt. Eigentlich. Aber nach dem Tod seines Sohnes Daniel, er war 36 Jahre alt, als er vor 15 Tagen an einer Lungenentzündung starb, liegen seine Nerven blank. Der Leichnam wurde von der Polizei beschlagnahmt, um eine Obduktion durchzuführen. Michael hatte dieser nicht zugestimmt, hatte aber keine Chance, es zu verhindern. Sie wurde richterlich angeordnet. Nachdem der Arzt, welcher den Tod bescheinigen musste, von einem Herz-Kreislauf-Versagen aufgrund einer nicht auskurierten Lungenentzündung gesprochen hatte, brauchte es doch keine Obduktion mehr? Es hatte den Beamten aber nicht genügt. Sie wollten die Todesursache mit dem Skalpell erkunden lassen. Eine schreckliche Vorstellung war dies für die ganze Familie. Daniel wurde so abrupt aus einem blühenden Leben geholt, dass alle noch an einen bösen Traum glaubten. Noch heute sieht Michael seinen Sohn überall im Haus umhergehen und lachen.

„Beamtenwillkür!", brummelt er noch, als sie den Sarg aus dem Haus tragen, was die Träger und ein Polizist zwar mit grimmigem Blick quittieren, aber unbeantwortet lassen.

Der Bestatter fährt unbeeindruckt fort: „Wir werden Ihren Sohn in der Grabstelle seiner Mutter beisetzen können. Als Zweitbelegung, denn Ihre Frau starb glücklicherweise vor 14 Jahren. Wäre sie bereits 15 Jahre tot, müssten Sie nunmehr das Grab erneut für 25 Jahre erwerben, um eine Zweitbelegung zu ermöglichen. Die Urnenbestattung kostet jetzt nur 750 Euro."

„Es ist hart, hier von Glück zu sprechen", klagt Michael.

„Sie wissen, wie ich es meine", beschwichtigt der Bestatter. „Ich werde mich bei Ihnen melden, wenn ich einen Termin anbieten kann. Asche ist geduldig. Einen Pfarrer werden Sie wohl keinen mitbringen? Vielleicht darf ich Ihnen einen guten, freien Trauerredner empfehlen?"

„Ohne Auditorium? Wem soll da ein freier Redner etwas erzählen? Wir sind eine unverrückbar ungläubige Familie. Einen Pfaffen ließen wir ohnehin nicht zu Wort kommen." Michael weiß selbst nicht, warum er überhaupt darauf eingeht. Er will nur nach Hause. Seit er Daniel leblos im Bett seines Schlafzimmers in der Einliegerwohnung gefunden hatte, isoliert Michael sich völlig. Er fühlt sich nur noch zu Hause einigermaßen wohl.

Telefonate nimmt er nicht an und kümmert sich auch nicht um seine Werbeagentur. Seit dem grausamen Fund hat er mit keinem seiner Mitarbeiter mehr gesprochen und schon gar nicht mit Kunden. Alles ist ihm gleichgültig. Die Zukunft ist ihm völlig egal.

Daniel war Michaels Zweitgeborener und anders als andere. Schon als Kind hatte er Schmerzen oder auch Krankheiten auf die leichte Schulter genommen. Er spielte lieber mit aufgeschlagenen Knien mit seinen Freunden weiter, anstatt sich nach dem Sturz in die Arme der Mutter zu retten. Jene Mutter, die auch ihren 50. Geburtstag nicht mehr erleben durfte. Sie starb vor 14 Jahren an Brustkrebs.

Daniel verfügte zum Zeitpunkt seines Todes nur noch über etwa 20 % Lungenvolumen, wie sich bei der Obduktion herausstellte. Er hatte wohl ignoriert, dass sich seine Pulsfrequenz jenseits der Hundert befand, selbst ohne Belastung. Und er starb.

Daniel wäre auch der designierte Nachfolger in Michaels Werbeagentur gewesen. Zumindest Michael hatte es sich so vorgestellt. Als Mediendesigner war er prädestiniert, in die Fußstapfen seines Vaters zu treten. Die Agentur ist hoch spezialisiert auf Werbung und Marketing für die Verteidigungsindustrie. Seit Jahren schon werden in den Räumen der Werbeagentur Panzer, Kanonen, Sturmgewehre und Pistolen beworben. Zielgruppe sind keine Waffennarren, sondern Beschaffungsbehörden weltweit. Jene, die für Militär- bzw. Polizeiorganisationen „Geräte", so der offizielle Jargon der Branche für alle wehrtechnischen Produkte, beschaffen müssen.

Daniel mochte keine Waffen. Er sprach stets abfällig von Wummen, egal, um welches Gerät es sich handelte. „Wenn du dir eine andere Branche suchst, für die du arbeitest, können wir darüber reden." Mit dieser Aussage hatte er dann aber doch stets das Türchen in die Nachfolgeposition offengehalten. Dennoch war dies nur der „offizielle" Grund, warum sich Daniel aus der Agentur zurückgezogen und sich einen neuen Job gesucht hatte. Eigentlich hatte er nur ein ganz wesentliches Problem mit einem von Michaels Mitarbeitern gehabt. Mit Bernd Eichtaler.

Daniel nahm nie ein Blatt vor den Mund. „Und du weißt, dass ich nie und nimmer mit deinem Pseudo-Adjutanten Bernd zusammenarbeiten könnte. Ich verstehe nicht, warum du dich von diesem Arschloch nicht trennen kannst."

Natürlich weiß Michael, dass genau dieser Bernd der Grund war, warum Daniel die Agentur vor etwa einem Jahr verlassen hatte. Er verachtete diesen profilneurotischen Mitarbeiter abgrundtief. Jenem hat Michael bislang nicht einmal Prokura erteilt, weil die anderen Agenturmitarbeiter, insbesondere die weiblichen, kollektiv gekündigt hätten, wäre Bernd zum Vize-Chef ernannt worden. Sie hatten es ihm mehrfach versichert. Mit seiner fast schon schizophrenen Art schafft Bernd es immer wieder, die Frauen zum Heulen zu bringen. Kleinste Verfehlungen der Grafikerinnen kommentiert er lautstark und beleidigend, und am Abend will er sie dann zum Dinner einladen, in der Hoffnung, bei ihnen landen zu können. Nein, nicht nur Daniel, auch die Mitarbeiter verachten Bernd. Er ist für Michael jedoch sehr wichtig. Bernd betreut den Hauptkunden der Agentur. Einen 50-Prozenter, ohne den der Laden schließen könnte. Keiner aus der Wehrtechnik, sondern ein Möbler, wie er in der Agentur genannt wird. Ein großes Möbelhaus also, das wöchentlich Zeitungsbeilagen über die Agentur gestalten, drucken und schalten lässt. Bernd hatte den Kunden vor zehn Jahren mitgebracht, als er sein Praktikum als Student der Werbewirtschaft in der Werbeagentur begann. Bernds Bruder ist bei Möbelbecker Werbeleiter und konnte seinen Etat wohlwollend „mitgeben". Er sitzt im Haupthaus in Leipzig. Rainer war es auch, der zwei erfahrene Grafiker aus der alten Agentur abzog und in Michaels Agentur „2M-Werbung" transferierte. Der Werbe-Etat von Möbelbecker und die problemlose Betreuung des Kunden sind die Gründe, warum Michael Bernd

Eichtaler im Unternehmen hält. Die Angst nämlich, diesen Kunden, der monatlich eine sechsstellige Summe in die Agentur-Umsatzkasse spült, zu verlieren. Allen Warnungen seines Umfeldes zum Trotz und der Mahnung, er, Michael, solle sich doch mehr um ebendiesen Möbelkunden kümmern, weil das Wohl und Wehe der Agentur von seinen Aufträgen abhänge. Michael kennt dabei nicht einmal Otto Becker, den Inhaber der Möbelkette, welche ihm so viel Einkommen beschert.

„Der Tag eines Chefs ist angefüllt mit Fünf-Minuten-Problemchen, die nur ein Chef zu lösen in der Lage ist", betont Michael immer als Entschuldigung. „Mit Bernd läuft doch alles gut, da brauche ich nicht dazwischenzufunken."

Möbelbecker hat neun Häuser in den neuen Bundesländern. Gleich nach der Wende hatte Otto Becker losgelegt und seither ein kontinuierliches Wachstum zu verzeichnen. Wöchentlich geht er mit Beilagen in die Tageszeitungen. Wöchentlich gestaltet die 2M-Werbung einen 24-seitigen Prospekt und vergibt den Druck an eine Tiefdruckerei in Österreich. Jede Woche, meist in einer Auflage von 500 000 Exemplaren. Bernd steuert dies alles in der Agentur. Allein die 5-prozentige Agenturprovision, die aus Österreich sofort überwiesen wird, nachdem Becker den Druckauftrag bezahlt hat, ist höher als das Gehalt von Bernd. Becker ist ein Traumkunde, der aber voll und ganz von Bernds Anstellung in der Agentur abhängt.

Michael ist 65 Jahre und somit in einem Alter, wo man sich zurückziehen darf aus dem hektischen Dasein eines Werbemannes. Alles verändert sich zudem rapide in der Kommunikationsbranche. Hatte die Werbeagentur noch vor zehn Jahren nahezu ausschließlich Printmedien und Anzeigen produziert, rufen die Kunden heute nur noch nach Internetseiten, Content-Management, Social-Media-Plattformen und Suchmaschinenoptimierung. Printmedien fragt kaum einer mehr an. Bis auf den Möbler eben. Was indessen geblieben ist, ist der gute Text. Michaels Part in seiner Agentur. Daniels Part wären ebendiese neuen Medien und die Kreativität gewesen. Es hätte so toll werden können. Vater und Sohn in vollendeter Ergänzung. Es hätte. Bis vor zwei Wochen war er noch voller Hoffnung, heute ist er ein orientierungsloser und geschlagener Mann.

Gebeugt steigt Michael aus seinem SUV und geht die Stufen zu seinem schönen Wohnhaus in Stuttgart-Degerloch empor. Hoffentlich sieht mich keiner, denkt er, und schaut nicht nach links oder rechts. Natürlich hatten ihm die Nachbarn kondoliert. Manche erfahren, manche holprig und nach Worten ringend, manche gar nicht, weil sie einen großen Bogen um ihn machen. Einer seiner Freunde begann, als er ihm die Hand schüttelte, lauthals zu schluchzen und provozierte Michael zu einer spontanen Aussage, die er danach bereute: „Ich heule nicht, deshalb brauchst du es auch nicht zu tun."

Tatsächlich ist in Michael alles zwar dunkelgrau und leer, aber er hat bisher noch keine Träne vergossen. Nicht weil er es zu vermeiden sucht, er kann es einfach nicht. Darauf angesprochen, meint er stets: „Würde Weinen meinen Sohn wiederbringen, ich vergösse wohl Liter."

Als Michael seinen Sohn Daniel in der Einliegerwohnung tot auffand, begann er wie ein Räderwerk zu „funktionieren". Daniel lag in seinem Bett auf dem Rücken, als ob er schliefe. Allein sein gebrochener Blick und der ausgetretene Schaum aus dem Mund, der brüchig und grau in den Mundwinkeln festsaß, ließ bei Michael beim ersten Anblick an seinem Tod keinen Zweifel. Michael berührte seinen Oberarm und war nicht überrascht, ihn kalt zu fühlen. Neben dem Bett stand eine Tasse Tee, die er sich wohl noch zubereitet hatte. Weil Daniel vor einem Jahr einen neuen Job angenommen hatte, in dem er Nachtschichten schob – er arbeitete gerne nachts –, sahen sich Vater und

Sohn oft tagelang nicht, obwohl unter einem Dach wohnend.

Erst als einer von Daniels Kollegen vor der Tür stand und sich nach Daniels Befinden erkundigte, fiel auf, dass er überfällig war. Daniel hatte sich vor drei Tagen mitten in der Nachtschicht entschuldigt und war nach Hause gefahren. Er fühle sich nicht so gut, habe er gesagt und dabei auch entsetzlich grau ausgesehen. Als Kollege mache er sich Sorgen und wolle nach Daniel schauen. Er habe eben bei ihm geklingelt, sagte er zu Michael, aber in der Wohnung hätte sich nichts gerührt.

Michael versprach, nach Daniel zu schauen, und verabschiedete den Kollegen.

Michael besaß natürlich einen Schlüssel zur Einliegerwohnung. Er nahm den Schlüssel vom Bord, begab sich zur Eingangstür von Daniels Einliegerwohnung, die sich seitlich am Hause befindet.

Im Haus gibt es keine Verbindung zwischen den Wohnungen. Zunächst läutete auch Michael ein paarmal. Drinnen blieb alles still. Erst dann steckte Michael den Zweitschlüssel ins Türschloss. Vergeblich, ein Schlüssel steckte von innen.

Einige Sekunden stand Michael wie erstarrt.

Dann griff er in seine Tasche, suchte auf dem Smartphone nach der Nummer eines Schlüsseldienstes und wählte die Nummer. Es war bereits 19:00 Uhr, dennoch erreichte er den Inhaber, beschrieb ihm die Situation und nannte seine Adresse.

„Die Anfahrt kostet 100 Euro", betonte der Angerufene. „Wenn die Tür von innen versperrt ist, kostet es noch mehr, dann muss schweres Gerät in Einsatz kommen."

„Schon klar", hatte Michael gesagt. Seine Frau Maria war noch in der Zahnarztpraxis. Diese hat donnerstags immer bis 20:00 Uhr geöffnet. Routiniert öffnete der Schlosser den Eingang, indem er mit einer hauchdünnen, aber stabilen Metallplatte von oben nach unten zwischen Tür und Rahmen herabfuhr. Klick – und der Weg war frei. Es blieb bei den 100 Euro, denn die Tür war von innen nicht versperrt.

„Bitte warten Sie hier noch einen Moment", bat Michael den Mann und betrat die Wohnung. Zielgerichtet ging er ins Schlafzimmer und fand Daniel.

Michael wählte dann die Nummer 110.

„Ihr braucht euch nicht zu beeilen und lasst bitte das Lalülala aus", sagte er zum Polizeibeamten, als er die Adresse durchgab. „Mein Sohn ist definitiv nicht mehr am Leben und ich brauche nicht die ganze Nachbarschaft am Fenster."

„Wir werden dennoch auch den Notarzt informieren", kam die Antwort.

„Braucht's nicht", meinte Michael knapp.

„Doch, dies muss sein."

Nach dem Gespräch rief er seinen Hausarzt an. Die Familien sind befreundet. „Peter, hier Michael. Du musst leider gleich zu uns nach Hause kommen, ich habe soeben Daniel tot in seiner Wohnung gefunden. Maria kommt in einer Stunde heim, da brauche ich dich."

„Ich mache mir eher Sorgen wegen deiner Gelassenheit", war Peters spontane Antwort. „Ich fahre gleich los."

Keine Viertelstunde später fuhren der Rettungsdienst, die Polizei und Peter fast zeitgleich vor. Tatsächlich ohne Blaulicht und Sirengeheul. Die Notärztin fragte Michael, ob er okay wäre. Sie wäre auch darauf geschult, Hinterbliebenen in solchen Situationen zu helfen. Nach tödlichen Unfällen von Kindern beispielsweise.

„Ich bin völlig stabil", beschied Michael bestimmt, aber mit versteinertem Antlitz. Den beiden Polizisten erschien Michael sogar etwas zu stabil. Sie stellten ihm viele Fragen. Etwa, welches Verhältnis er zu seinem Sohn gehabt hätte oder ob es einen Grund gäbe, warum sein Tod erst so spät auffiele. Der Beamte vermittelte Michael mit vorsichtigen aber deutlichen Worten, dass er durchaus wegen unterlassener Hilfeleistung angeklagt werden könne. Oder wegen fahrlässiger Tötung.

„Wir werden den Leichnam beschlagnahmen müssen, um auszuschließen, dass es eine Fremdeinwirkung gegeben hat. Ich werde gleich eine richterliche Anordnung beantragen." Es erwies sich als dienlich, dass der Mitarbeiter des Schlüsseldienstes noch geblieben war und der Polizei die Öffnung der Eingangstür bestätigen konnte. Am Ende hätten die Ermittlungsbeamten in Michael sogar einen Verdächtigen gesehen.

Peter stellte den Totenschein aus und der Polizist erbat sich per Funk eine richterliche Anordnung für die Leichenbeschlagnahme.

Maria empfängt ihren Mann mit traurigem Blick, als er nach dem Gespräch mit der städtischen Bestattungsbehörde mit gesenktem Haupt das Haus betritt. „War's schwer?", will sie wissen.

„Der städtische Bestatter ist ein gefühlloser Kretin!", wettert Michael los. „Hätte ich nur nicht auf Peter gehört und den Job einem freien Bestattungsinstitut gegeben." Er geht an die Bar im Wohnzimmer und schenkt sich einen irischen Whiskey ein. Drei Finger hoch. „Willst du auch einen?"

„Wir haben gerade einmal 17:00 Uhr, da kann ich mit dir nicht mithalten", lächelt Maria. Sie versucht den Alkoholkonsum ihres Mannes zu ignorieren. Sie weiß, wie er leidet, ohne es zu zeigen. Da scheint Alkohol ein probates Mittel zu sein, vor allem, wenn sich einer, wie Michael es tut, völlig abschirmt und sich niemandem mitteilt. Er zeigt sich jedoch nie betrunken, muss sie anerkennen, sie hat ihren Mann noch niemals in unkontrolliertem Zustand erlebt. Stets behält er die Kontrolle über sich und seine Worte.

„Na ja, ein Bestattungsinstitut hätte wohl das Doppelte gekostet. Und du weißt, dass wir das Geld ein wenig zusammenhalten müssen, bis dein gnädiger Möbel-Kunde wieder mal Jobs bringt."

Maria ist auch mit 56 Jahren eine bildhübsche Frau, wie alle sagen, und fast zehn Jahre jünger als ihr Mann. Sie arbeitet in einer Zahnarztpraxis als Zahnmedizinische Verwaltungsassistentin und hat daher auch täglich mit Krankheitsbildern aller Art zu tun. Mit physischen meist, aber auch mit psychischen. Sie und Michael lernten sich vor zwölf Jahren auf einer Gesellschaft kennen. Seit dem Tod seiner Frau hatte er keine andere angeguckt. Fast zwei Jahre lang. Seine beiden Buben waren schon aus dem Haus und studierten, als Maria und er sich, kaum zwei Jahre später, zur Ehe entschlossen. Daniel studierte in Stuttgart Mediendesign und Christoph, der ältere, Jura in Berlin. Jener war stets der Besonnenere von beiden. Klar strukturiert, sachlich, strebsam und empathielos, wie Michael ihn manchmal beschreibt. Er fragt sich, von wem er diesen charakterlichen Mangel wohl hat. Als Rechtsanwalt muss man wohl so sein, tröstet er sich. Insbesondere, wenn einer als Schwerpunkt das Wirtschaftsrecht wählt. Da muss man sich nicht in fremde Köpfe hineindenken, sondern es zählen nur Fakten. Anders als in der Strafverteidigung.

Von Christoph erhält Michael auch wenig Trost in diesen Tagen. Er hielt es bisher nicht einmal für notwendig, nach Hause zu kommen. Wenn er wisse, wann die Trauerfeier stattfinde, solle er es ihm per E-Mail mitteilen, hatte er seinem Vater am Telefon gesagt. Mit der Ergänzung, ein Flieger ginge ja zurzeit nicht, da müsse er ja notgedrungen die 700 Kilometer mit dem Pkw kommen. Michael hat fast ein schlechtes Gewissen, seinen Erstgeborenen bitten zu müssen, seinem jüngeren Bruder das letzte Geleit zu geben.

„Wann wird die Trauerfeier sein?", fragt Maria.

„Er will sich bei mir melden. Sie haben Daniel ja noch nicht mal verbrannt. Das Virus beeinflusst sogar den Durchlauf der Krematorien."

„Ist vielleicht ganz gut, wenn noch ein paar Tage vergehen." Maria lächelt ihren Mann an und streicht ihm mit den Fingern durch das volle Haar. „Dann fällt es uns allen leichter. Und ganz gut, dass es gerade keine fulminanten Trauerfeiern geben darf."

„Und mein Großer muss nicht wie deppert in den Süden fahren."

„Sei nachsichtig mit ihm", bittet Maria. „Jeder hat einen anderen Stil, den Tod eines geliebten Menschen zu verarbeiten."

„Das ist es ja gerade!", klagt Michael. „Die beiden hatten ein Superverhältnis. Nicht immer. Früher, als sie beide noch hier wohnten, lagen sie sich täglich mehrfach in den Haaren, aber nachdem sie deutschlandweiten Abstand hatten, waren sie ein Herz und eine Seele."

Der Corona-Lockdown kommt Michael gelegen. Wieviel einfacher ist es, sich zu isolieren, wenn man sich vom Gesetzgeber her isolieren muss. Die Infektionen schnellen in die Höhe, den ganzen Tag lang gibt es in den Medien kein anderes Thema mehr.

Bernd ruft aus der Agentur an. „Wir müssen die Leute wohl nach Hause schicken. Sie können von dort aus auch an den Jobs weiterarbeiten."

„Welche Jobs?", fragt Michael.

„Du hast ja recht, das Auftragsbuch ist öd und leer. Becker hat seit Wochen nichts mehr geschaltet und wird es wohl auch nicht tun, bis das Virus gebannt ist", resümiert Bernd. Bedauern liegt in seiner Stimme.

„Eigentlich sollten wir Kurzarbeit beantragen", meint Michael. „Willst du mal in der Agentur für Arbeit anrufen?"

„Habe ich schon. Allerdings hat Kurzarbeit einen wesentlichen Haken. Wenn die Jobs dann wider Erwarten eintrudeln, dürften wir, Entschuldigung – dürftest du, die Leute nicht normal beschäftigen."

Bernd gelingt es immer wieder, Michael unterschwellig darauf hinzuweisen, wie gerne er sich als Miteigentümer der Agentur sähe. „Aber ich habe alles im Griff, bleib nur zu Hause. Es reicht sicher, wenn ich über den Lockdown im Office Wache schiebe."

„Ich danke dir", sagt Michael und war wieder einmal erleichtert, einen Mitarbeiter zu haben, der den Laden im Griff hat.

Der dunkelblaue Jeep rollt ohne Stau auf der vierspurigen Straße von St. Petersburg zum Flughafen Pulkowo. Es ist März und die Tage werden schon wieder länger im „Paris des Ostens", wie man die Metropole auch bezeichnet.

„Es ist lieb von dir, dass du mich zum Flughafen bringst, Onkelchen." Vera schaut ihren Onkel Filipp zärtlich an. „Mit der Linie 39 hätte ich die vierfache Zeit gebraucht und die Wagen sind immer so voll. Und dann noch in deinem tollen Jeep."

„Ist doch selbstverständlich, Vera. In die kleine Mühle deiner Mutter hättest entweder du hineingepasst oder dein Gepäck. Beides auf einmal wohl nicht." Filipp Sokolov grinst breit unter seinem altmodischen Schnauzbart. „Außerdem könnte uns ja einer meiner Freunde sehen und überall herumerzählen, Filipp, der alte Bock, hat schon wieder eine neue Braut. Dieses Mal eine ganz junge hübsche."

„Du bist fies!", lacht Vera und boxt ihren Onkel in die Seite. Auch er lacht herzlich, während er sich theatralisch vor Schmerzen krümmt und ein jämmerliches „Aua!" ausstößt.

„Und du bist wohl kein bisschen traurig darüber, deine Mutter nach gerade einmal zwei Monaten schon wieder zu verlassen?"

„Natürlich bin ich traurig, Mama zu verlassen, aber St. Petersburg geht mir auf den Keks. Dauerdunkel und dauerkalt."

„Du musst halt in Zukunft im Juni Urlaub nehmen, da ist es hier dauerhell und dauerwarm."

„Ihr beide wisst genau, dass das nicht geht. Es sind die besten Monate im Europapark und da brauchen sie jeden Mitarbeiter."

„Du meinst, sie brauchen jede Maus, die bereit ist, bei 30 Grad im Schatten in einem flauschigen Mäusekostüm herumzutanzen." Filipp schmunzelt, als er dies erwidert.

17

Dann spricht er aber ernst weiter: „Ich weiß, du verdienst dort gutes Geld. Mehr als Tänzerinnen in Russland je verdienen könnten, aber sie setzen dich da weit unter deinen Fähigkeiten ein. Vergiss nicht, du bist akademische Tänzerin und keine Diddl-Maus."

„Ich arbeite sehr gerne unter meinen Fähigkeiten. Meine Kollegen sind alle nett, wir sind ein tolles Team und außerdem bin ich nicht nur die Maus. Ich stehe auch auf der Bühne."

„Das hast du mir ja noch gar nicht erzählt?" Filipp schaut Vera erstaunt an. „Haben die dort auch ein Theater?"

„Du hast wirklich keine Vorstellung, was das für ein Freizeitpark ist", meint Vera mit vorwurfsvollem Blick. „Der Europapark ist zum wiederholten Male als der beste Freizeitpark der Welt ausgezeichnet worden. Er besteht nicht nur aus Karussell und Achterbahn. Du bist doch öfters in Deutschland. Mich hast du allerdings noch nie besucht."

„Ich verspreche dir, das nächste Mal, wenn ich irgendwo in Süddeutschland bin, schlage ich bei dir auf. Ist aber in den nächsten Monaten nicht geplant. Meine Leute machen dort vor Ort einen sehr guten Job. Auch ohne mich." Filipp schaut Vera interessiert an. „Auf der Bühne stehst du? Bist du jetzt Sängerin oder Schauspielerin geworden?"

„So gut kennst du mich", schmollt Vera. „Für dich bin ich immer nur die verkleidete Maus, die kleine Kinder bespaßt. Nein, ich bespaße auch die Großen. Mit meiner Hula-Hoop-Show."

„Hula-Hoop-Show? Sind das nicht die Reifen, die man um den Bauch wirbelt? Ja toll!"

„Ich arbeite nicht mit einem Reifen, es sind zeitgleich dreißig. Und sie wirbeln nicht nur um die Hüfte, sondern auch um die Beine, den Hals und an beiden Armen. Gleichzeitig wohlgemerkt."

„Hey, wann hast du das denn gelernt?" Filipp fragt ernsthaft und nicht in seiner üblichen schelmischen Art.

„Na ja, es erfordert wirklich monatelanges und ständiges Training. Und es braucht dazu Platz. Platz, den ich in St. Petersburg auch nicht habe. Ich musste für das Training hier immer den Tisch und die Stühle auf den Balkon stellen. Im Europapark stellen sie mir hierfür einen ganzen Tanzsaal zur Verfügung."

Vera mag den Bruder ihrer Mutter Lena. Er ist immer für sie da, wenn sie Hilfe braucht. Die drei sind die gesamte Familie Sokolov. Sonst gibt es niemanden. Die Großeltern sind schon eine Weile verstorben. Als einziges Vermächtnis hinterließen sie die Datscha am Rande von St. Petersburg, mitten im Grünen und in guter Nachbarschaft zu anderen Datscha-Besitzern. Allerdings ist dieses kleine Wochenendhäuschen nur von Frühjahr bis Herbst bewohnbar. Dann aber richtig, es gibt Wasser und Strom. Veras Opa war General Sokolov und Berufssoldat in der Sowjetarmee. Er wurde bereits nach dem Ende des Zweiten Weltkrieges in die Sowjetische Besatzungszone Deutschlands versetzt, die spätere Deutsche Demokratische Republik. Seine Vorfahren wurden von Katharina II. im 18. Jahrhundert aus der Pfalz an die Wolga geholt. Die sogenannten Wolgadeutschen haben nie ihre Wurzeln vergessen und die Sprache über Generationen weitergegeben. So war Veras Opa bereits deutschsprachig und prädestiniert, höhere Aufgaben in der Sowjetischen Besatzungszone in Deutschland wahrzunehmen. Damals war er noch junger Leutnant, wurde dann ziemlich schnell Chef einer Pionier-Kompanie in Gera. Teile des Pionier-Bataillons hatten die Aufgabe, die mehr als 1000 Kumpels der Wismut-Hütte zu kontrollieren und zu überwachen. Der Uranabbau war auch für die Sowjetunion wichtig, denn von dort bezog sie diesen wertvollen Rohstoff. Daher musste der Nachschub auch militärisch gesichert werden. Jener Nachschub war am 17. Juni 1953 gefährlich infrage gestellt. Auch in Gera kam es zum Arbeiteraufstand in der jungen DDR. Hunderte Arbeiter der Wismut-Hütte bewegten sich in Bussen und Lkws in die Geraer Innenstadt, um den Volksaufstand zu unterstützen. Lenas und Filipps Vater hatte den Befehl, mit seiner Kompanie Geschütze aufzustellen und den Aufstand niederzuschlagen. Er war jedoch ein weiser Mann und beobachtete alles recht passiv. Kraft seines Amtes hätte er großen Schaden unter der Bevölkerung anrichten können, der Befehl an ihn war schnell und daher auch vage formuliert, deshalb legte er eine außergewöhnliche Trägheit an den Tag und überließ die Vereitelung des Aufstandes anderen: der Nationalen Volksarmee der DDR. Nie mehr wurde über diesen grauen Tag der Geschichte der DDR gesprochen, nicht seitens der Sowjets noch seitens der DDR-Volkskammer. Die Zechenkumpel vergaßen jedoch dieses passive Verhalten Sokolovs nie. Er hatte ein Blutbad verhindert. So war er in Gera nicht nur hoch angesehen, sondern fast schon ein bisschen beliebt.

Auch Veras Großmutter war Soldatin. Sie diente als Sanitätsgefreite in einer anderen Einheit. Auch sie kam aus einer wolgadeutschen Familie. Nachdem Lena zur Welt kam, 1955, wurde sie bereits als Säugling in eine Kinderkrippe gesteckt. Die Eltern waren tagsüber im Dienst. Damals wurden im Rahmen der Deutsch-Sowjetischen Freundschaft Kinder aus beiden Nationen in einer Krippe betreut. Auch, um die sowjetischen Militärs besser in die Bevölkerung zu integrieren.

So kam es, dass Lena bereits als Vierjährige ein perfektes Deutsch sprach, ohne den etwas holprigen wolgadeutschen Zungenschlag. Dies sollte ihr gesamtes Leben beeinflussen. Mit 19 begann sie auf der Karl-Marx-Universität in Leipzig ein Studium, das sie als Ingenieurin für Drucktechnik 1977 abschloss. Aufgrund ihres fließenden Deutsch und natürlich auch wegen ihres hervorragenden Abschlusses wurde sie als Mitarbeiterin im volkseigenen Betrieb VEB Druckmaschinenwerk Polygraph-Planeta in

Radebeul eingestellt. Und aufgrund ihres versierten Russisch übernahm sie bald darauf die offizielle Vertretung für die Sowjetunion. Sie arbeitete bis 1990 für Planeta und lebte all die Jahre zur Hälfte in Gera und zur Hälfte in St. Petersburg. Das Werk wurde nach der Wende von König & Bauer übernommen, einem Druckmaschinenwerk aus der Bundesrepublik Deutschland, dabei völlig umstrukturiert. Lena wurde entlassen. Daraufhin zog sie ganz nach Russland, zusammen mit ihren Eltern, die zeitgleich in den Ruhestand versetzt wurden.

Filipp Sokolov ist zehn Jahre jünger als seine Schwester Lena und durchlief eine ähnliche Schule. Nur, dass er Tiefbauwesen in Jena studierte. Auch er spricht ein fast akzentfreies Deutsch. Fast deshalb, weil mit leichtem Thüringer Idiom.

Filipp hatte seit der Perestroika vor 30 Jahren gutes Geld verdient, auch wenn man ihn nicht als reich bezeichnen kann. Höchstens als wohlhabend, zumindest nach russischem Maßstab. Schon 1992 machte er Verträge mit Tiefbauunternehmen und Straßenmeistereien in ganz Deutschland.

Er importiert seither gebrauchte Autobahnleitplanken nach Russland. Wenn ein Autobahnabschnitt irgendwo in Deutschland eine neue Decke bekommt oder eine dritte Spur oder sonst irgendwie irgendwas, werden die Leitplanken meist auch erneuert. Über viele Kilometer hinweg. Leitplanken, die zwar nur etwas Patina angesetzt haben und die eine oder andere Beule aufweisen, aber eigentlich noch funktional sind.

Im reichen Deutschland wird in solchen Fällen meist alles getauscht. Normalerweise würden die Leitplanken dann als Wertstoff entsorgt. Filipp erwirbt diese Leitplanken sehr günstig, quasi zum Schrottwert, montiert sie mit seinem Team ab und verschifft sie nach St. Petersburg. Dort werden sie aufbereitet, neu verzinkt und mit sattem Gewinn an die russischen Straßenbaubehörden verkauft.

Es ist ein kontinuierlich gutes Geschäft. In Deutschland werden ständig neue Straßenabschnitte renoviert.

Sein Team besteht ausschließlich aus Russen und Ukrainern. Sie leben in Wohnwägen auf deutschen Baustellen und sind ständig anderswo im Einsatz.

Vera gibt noch keine Ruhe. Filipps etwas herablassende Bemerkung ärgert sie.

„Und ich stehe auf der hierarchischen Leiter deutlich höher als meine Landsleute. Im Europapark gibt es sehr viele Künstler aus den Ostländern, auch eine Menge Russinnen. Ich bin zwar nicht deren Chefin, wohl aber deren Mediatorin, weil sie ein miserables Deutsch sprechen. Dies wird in der Geschäftsleitung anerkannt."

„Ist ja gut, ist ja gut!", beschwichtigt Filipp seine Nichte. „Ich weiß ja, dass du ein tolles Mädel bist." Da ist er wieder, denkt Vera, sein humorvoller Sarkasmus.

„Jetzt weiß ich auch, warum du solch voluminöses Gepäck mit dir rumschleppst. 30 Hula-Hoop-Reifen. Da ist ja fast der Kofferraum meines Jeeps zu klein."

„Deshalb wäre es auch lieb von dir, wenn du mich nicht nur raushüpfen lässt, sondern mir schleppen hilfst bis zur Gepäckaufgabe." Vera klimpert bestmöglich mit den Wimpern. Sie hat sich für die Reise schick gemacht, die Haare gestylt, ein tadelloses Tages-Make-up aufgelegt und sich in teures Parfüm gehüllt.

„Wie kann ich da nein sagen?" Filipp schmunzelt. „Du fehlst mir ja jetzt schon."

„Weil wir uns ja sooo oft gesehen haben in letzter Zeit? Ich glaube dreimal in zwei Monaten? Aber du kümmerst dich doch um Mama? Zumindest, bis sie im April in die Datscha geht?"

Filipp brummt etwas wie: „Das ist doch selbstverständlich."

„Ich weiß, ihr beiden seid euch nicht richtig grün", sagt Vera traurig. „Ihr seht euch manchmal ein halbes Jahr nicht, dabei lebt ihr in derselben Stadt. Keiner von euch beiden hat mir jemals den Grund dafür genannt."

„Es gibt keinen Grund", gibt Filipp Sokolov eine klare Antwort. „Vielleicht bessert sich unser Verhältnis ja mal wieder." Vera hatte diese Aussage schon dutzende Male von beiden gehört und weiß, dass sie jetzt nicht weiter nachbohren darf.

Sie erreichen das Terminal 1 des Airports Pulkowo, in dem auch die internationalen Flüge abgefertigt werden.

„Warum fliegst du eigentlich jetzt schon? Dein Park macht doch erst in zwei Wochen auf, denke ich?"

„Erstens ist heute der Flug mit der Rossiya 2000 Rubel billiger und daher ein nicht zu verachtendes Schnäppchen", antwortet Vera. „Zweitens habe ich dann noch Zeit, mich zu akklimatisieren, denn im Oberrheintal ist es 20 Grad wärmer als in St. Petersburg. Außerdem kann ich bis dahin bei meiner Freundin Vika in deren Wohnung in Rust bleiben. Unsere Zimmer stehen uns erst ab der Parköffnung zur Verfügung. Wir werden noch ein bisschen Party machen."

Es ist erstaunlich wenig los in der Abflughalle. Vera ist froh, denn es ist bereits eine Stunde vor Abflug. Sie küsst ihren Onkel zärtlich auf die Wange und muss sich dazu sogar etwas nach unten beugen, denn sie ist wohl einen halben Kopf größer als er.

„Mach's gut, Onkelchen. Ich danke dir herzlich. Wir können ja hin und wieder facetimen, wenn's dir danach ist und ich im WLAN bin."

Filipp schaut seiner Nichte nach, bis sie nach der Sicherheitskontrolle um die Ecke in die Abflughalle verschwindet. Wie schön sie ist, denkt er. Komisch, dass sie noch nicht verheiratet ist mit ihren fast 32 Jahren. Sie winken sich noch einmal zu.

Natürlich gibt es einen Grund für das kühle Verhältnis zu seiner Schwester Lena. Vera ist dafür die Ursache, und genau deshalb darf er mit ihr nicht darüber reden. Schon ihre Eltern waren mit Lena gram, immer unterschwellig, nie offen. Alle hätten gerne gewusst, wer Veras Vater ist. Aber Lena schweigt beharrlich. Bereits seit 32 Jahren. Die Eltern mussten ins Grab, ohne jemals den Vater ihrer geliebten Enkelin kennengelernt zu haben. Oh, wie haben sie anfangs gebohrt. Lena blieb jedoch standhaft.

Vera kam im Juni 1988 in Leningrad zur Welt, wie St. Petersburg damals noch hieß. Sie wurde dann ziemlich schnell in die werkseigene Kinderkrippe der Polygraph-Planeta in Dresden gesteckt, Lena arbeitete dort noch zwei weitere Jahre.

Sowohl Lena als auch Filipp sprachen mit dem munteren Kind meistens deutsch. So wuchs sie auch in Russland zweisprachig auf. Vera erwies sich als enorm sprachbegabt. In der Schule lernte sie leidenschaftlich Englisch und auch Französisch. Die französische Sprache war in St. Petersburg schon in der Zarenzeit die bevorzugte Fremdsprache und ist es auch heute noch. Vera hätte ganz sicher beruflich aus dieser Sprachbegabung Kapital schlagen können, aber nein, sie wollte tanzen. So wurde sie akademische Tänzerin und Choreografin. Insgeheim, Filipp und Lena wissen dies, will Vera auch St. Petersburg verlassen und dauerhaft ihre Zelte in Deutschland aufschlagen. Sie arbeitet bereits im fünften Jahr im Europapark und erhält kontinuierlich jedes Jahr einen Arbeitsvertrag für die nächste Saison. Februar und März bleibt der Park geschlossen, und Vera verbringt stets die beiden Monate in der Heimat bei ihrer Mutter. Lenas Rente ist dürftig, aber mit Veras Hilfe konnten sie sich eine kleine Zweizimmerwohnung im Zentrum der Stadt leisten. Vera schickt auch jeden Monat zweihundert Euro nach Hause.

Natürlich hat auch Vera ihr Leben lang versucht, hinter das Geheimnis zu kommen, wer wohl ihr Erzeuger ist. Mit allen erdenklichen Tricks. Gut, einmal hatte Lena in einer wohl leutseligen Minute etwas herausgelassen. Ihr Vater ist Deutscher und ein sehr anständiger Mann. Klar, Lena arbeitete damals ja in einer deutschen Firma. Sie hat ganz sicher einen Grund, zu schweigen, und es ist eigentlich auch ihr Recht. Vielleicht war er Lenas Chef gewesen und es hätte damals einen großen Eklat gegeben? Oder vielleicht ist Vera die Frucht einer Vergewaltigung und Lena hat diesen Vorfall auf ihre Art verdrängt? Etwas Wichtiges betont sie allenthalben, um Vera den Drang nach Ahnenforschung zu unterbinden: „Dein Vater hat keine Ahnung von deiner Existenz, und so soll es auch bleiben."

Ein einziges Mal hat sie, vermutlich etwas angetrunken, einen Namen genannt: Michael Maier. Vera hat daraufhin natürlich im Internet recherchiert. Ob ihre Mutter denn weiß, wie viele Michael Maiers in Deutschland leben? Hunderte. Doch Vera birgt im Grunde auch etwas Angst in sich, ihren Vater kennenzulernen. Sie befürchtet eine große Enttäuschung. Schon als Kind hatte sie sich ein Bild von ihm gemacht. Ein unbekannter Hero, hochgewachsen, stark, stolz und mutig. Natürlich auch gut aussehend. Dieses Attribut ist wohl das wahrscheinlichste, denn Vera hat viel von ihrem Vater mitbekommen. Auch sie sieht gut aus und ganz sicher gleicht sie ihm mehr als ihrer Mutter. Mit Lena hat sie optisch wenig Gemeinsamkeiten. Alle sagen dies, ohne diesen Mann jemals gesehen zu haben. Aber ihr Vater ist jetzt, so er überhaupt noch lebt, auch ein älterer Herr und sicher nicht mehr der Hero, den sich Vera als Mädchen vorgestellt hat. Doch natürlich kann der Wunsch, die andere Hälfte ihrer Wurzeln kennenzulernen, nicht völlig verdrängt werden. Wie oft ertappt sich Vera, insbesondere wenn sie sich als Animateurin im Europapark unter Tausenden von Menschen bewegt, ob sich nicht auch ihr Vater schon einmal unter den Besuchern befunden hat.

Lena ist recht stolz auf ihren Job, den sie bei Planeta gehabt hatte. Oft verfällt sie in nostalgische Erzählungen, was sie als Repräsentantin und Vertriebschefin der besten

Offsetdruckmaschinen der Welt in der UdSSR alles Lustige erlebt hatte. Klar musste sie der Meinung sein, es wären die Besten, sie musste dies auch allen Gesprächspartnern vermitteln und tat dies wohl in sozialistisch-bruderländischer Manier. In einer Schatulle bewahrt sie ihre vielen Jahresterminkalender wie ein Heiligtum auf. Bestimmt zwanzig Stück.

Vera kann nicht mehr sagen, was sie vor etwa zwei Wochen bewogen hatte, auch einmal in dieser Schatulle zu forschen. Als Lena einkaufen war, suchte sie ganz gezielt nach dem Terminkalender des Jahres 1987. Sie hielt ihn schnell in den Händen. Insbesondere der September interessierte sie. In diesem Monat wurde sie gezeugt.

In jenem September war Lena als Repräsentantin für Planeta-Offsetdruckmaschinen auf der Leipziger Messe als Standpersonal eingesetzt. Der Planer war deshalb über den Messezeitraum prall mit Terminen gefüllt. Alle halbe Stunde stand ein anderer Name drin. Bis auf wenige Ausnahmen waren es alles russische Namen von Geschäftsleuten aus der UdSSR. Der Name Michael Maier mit dem Zusatz „BRD" fiel ihr sofort ins Auge. Auch ihm war eine halbe Stunde gewidmet.

Im hinteren Teil des Terminplaners fand Vera einen Umschlag, in welchem Lena offenbar die Besuchskarten der Gesprächspartner aufbewahrte. Es waren ebenfalls viele, denn die Herren waren fast ausnahmslos Mitarbeiter von Druckereibetrieben und konnten großzügig ihre Karten verteilen. Auch hier wurde sie fündig. Die Visitenkarte von Michael Maier unterschied sich deutlich von allen anderen. Sie war farbig gedruckt und hatte sogar eine Reliefprägung. Vera zückte mit vor Aufregung klopfendem Herzen ihr Smartphone und fotografierte die Karte. Sie musste sich beeilen, Lena konnte jeden Augenblick wieder zurück sein.

Es ist bereits angenehm warm auf dem Stuttgarter Hauptfriedhof, an diesem Märzmontag, an dem Daniel endlich seine letzte Ruhe finden darf. Würdig trägt der Friedhofsmitarbeiter Daniels Urne vor sich her. Er geht getragenen Schrittes, wie es dem Anlass geziemt, ebenfalls in würdigem Schwarz gekleidet, mit weißen Stoffhandschuhen und einer Schirmmütze, die eher an einen Chauffeur erinnert. Die Frühjahrssonne blinzelt durch die Blätter der hohen Bäume des Friedhofs und malt goldene Muster auf den asphaltierten Weg. Im Trauerzug schreitet nur die engste Familie hinterher. Michael und sein verbliebener Sohn Christoph, Maria und ihr Sohn Marcus, das war's. Auf eine offizielle Trauerfeier in der Aussegnungshalle wurde notgedrungen verzichtet. Auch auf eine Todesanzeige. Michael hat sich vorgenommen, nach der Urnenbeisetzung eine bescheidene Anzeige in der Tageszeitung zu schalten. Hinterher, dass bloß keiner zur Beisetzung kommt, denn er will nicht am Grab Hunderte Hände schütteln müssen und Dutzende Umarmungen ertragen. Die Corona-Abstandsregeln sind ihm sehr dienlich.

Seit Daniels Tod ist mehr als ein Monat vergangen. Die träge Freigabe des Leichnams nach der Obduktion und der Engpass im Krematorium waren der eine Grund der Verzögerung, Christophs Terminkalender der zweite. Er hatte darauf bestanden, die Beisetzung an einem ihm dienlichen Tag durchzuführen. Heute ist ihm dienlich, denn er hat gleich morgen früh einen Termin mit einem Nürnberger Mandanten, so passt es ihm ganz gut. Außerdem konnte er den Sonntag für die Anreise nutzen.

Natürlich weiß mittlerweile jedoch die ganze Stadt von Daniels Tod. Wann die Urnenbestattung stattfindet, hatte Michael jedoch niemandem erzählt. Christoph schon. Deshalb haben sich gut zwei Dutzend weitere Trauergäste dem Zug angeschlossen. Pietätvoll in gebührendem Abstand. Die meisten sind gemeinsame Freunde von Michaels Söhnen. Christoph hatte sie auch gebeten: „Bleibt aber dem

Grab und vor allem meinem Vater fern." So steht die Familie eng am Grab, die anderen in großem Abstand im weiten Kreis. Jeder mindestens zwei Meter vom nächsten. Entsprechend der Pandemie-Auflagen.

Der Friedhofsmitarbeiter versenkte die schlichte Urne im Loch. Er werde es nach der Zeremonie verschließen, sagt er, deshalb müsse er in der Nähe warten, bis alle Gäste gegangen sind.

„Keine Angst", sagt Michael missmutig zu ihm. „Ich denke nicht daran, die Urne zu klauen."

Tatsächlich zieht sich der Mann diskret hinter einen Busch zurück. Neben dem Urnenloch steht ein Körbchen mit Blumenblüten. Dies war noch von der Friedhofsverwaltung organisiert.

Michael wirft als erstes Familienmitglied seine Blüte auf den weißen Deckel der Urne. Dann nickt er Marcus zu und beide Männer nehmen ihre Gitarren, die sie im Trauermarsch wie Gewehre geschultert hatten, in Anschlag. Michael stimmt G-Dur an.

„Ein letztes Lied für dich, mein Lieber", sagt er leise und blickt traurig in das Loch.

Oh Danny Boy, the pipes, the pipes are calling
From glen to glen, and down the mountain side
The summer's gone and all the roses falling
'Tis you, 'tis you must go and I must bide.

But come ye back when summer's in the meadow
Or when the valley's hushed and white with snow
'Tis I'll be there in sunshine or in shadow
Oh Danny Boy, oh Danny Boy, I love you so!

And when ye come, and all the flow'rs are dying
If I am dead, as dead I well may be
Ye'll come and find the place where I am lying
And kneel and say an Ave there for me.

And I shall hear, though soft you tread above me
And all my grave will warmer, sweeter be.
For you will bend and tell me that you love me
And I shall sleep in peace until you come to me.

Danny Boy, ein irisches Trauerlied, welches Michael sonst immer locker von den Lippen geht, hört sich brüchig an. Marcus singt nicht mit, er spielt nur mit. Auf die Wiederholung des letzten Satzes, üblicherweise mit hoher Stimme gesungen, verzichtet Michael. Er schämt sich plötzlich über diese Idee, ein letztes Lied am Grab zu singen. Er hat wirklich nur mit der Familie gerechnet, jetzt bietet er ihm zum Teil völlig unbekannten Menschen ein Ständchen. Dennoch nimmt er anerkennendes Nicken wahr im Auditorium, als er sich nach dem Schlussakkord umsieht. Einige weinen. Michael wendet sich ein letztes Mal der Urne zu und murmelt trotzig, jedoch unhörbar für alle:

„Ich hatte mir sowieso immer eine Tochter gewünscht."

Vera hat einen Fensterplatz ergattert, obwohl der Flieger bis auf den letzten Platz ausgebucht ist. Sie liebt Fensterplätze. Die Rossiya-Maschine vom Typ A 319 ist zwar etwas betagt, dafür aber lustig blau bemalt. Zielflughafen München. Wetter dort sonnig, 20° C. In St. Petersburg sind es aktuell –8° C.

Vera lehnt sich glücklich und entspannt zurück. Stress wird es erst wieder im Münchener Airport geben, wenn sie ihr voluminöses Gepäck beim Sperrgut abholen wird. Der Riesen-Plastiksack mit den Hula-Hoop-Reifen ist glücklicherweise recht leicht und ihr mächtiger Reisekoffer läuft auf Rädern, aber der Bus, der sie weiterbefördern soll, fährt bereits eine halbe Stunde nach der geplanten Landung.

Neben Vera findet ein Deutscher Platz, ein gesetzterer Herr.

„Ich wollte eigentlich zwei Wochen in der Zarenstadt bleiben", sagt er. „Eine Traumstadt, finde ich, da kann man tagelang Neues besichtigen. Kennen Sie St. Petersburg?"

„Ich bin in der Stadt groß geworden", antwortet Vera reserviert.

„Oh, da hätten Sie mir ja die Stadt zeigen können", meint der Tourist und lacht etwas einfältig.

„Chance verpasst", sagt Vera trocken.

„Warum sprechen Sie als Russin ein so perfektes Deutsch?"

„Lange Geschichte", murmelt Vera, wendet sich ab und schaut demonstrativ durch das Fenster dem Treiben auf dem Airport zu. Sie ist bester Stimmung. Heute ist es auch noch wolkenlos, es wird ein schöner Flug werden. Da ist es ihr nicht nach Small Talk mit einem fremden Mann. Ihr Nachbar hat taktvoll auch die Kommunikation eingestellt.

Nach dem Start beginnt jedoch Vera mit dem Gespräch. Sie war eben wohl etwas zu ruppig, denkt sie und fragt ihn: „Wieso suchen Sie sich als Tourist die kalte

Jahreszeit aus? Haben Sie schon von den weißen Nächten von St. Petersburg gehört? Im Juni und Juli?"

„Ich weiß, ich weiß, der Sommer ist die bessere Jahreszeit für diese Stadt, aber ich hatte auch ein bisschen beruflich zu tun. Musste ein paar wichtige Unterlagen persönlich abliefern und einige Unterschriften abholen, letzten Dienstag. Ich wollte aber nicht gleich wieder zurück, sondern eben die Stadt erkunden. Nun ja, jetzt sind wir alle wohl etwas auf der Flucht. Ich bin froh, dass ich noch einen Platz bekommen habe. Ich habe mich erst gestern für den Flug entschieden, und Sie?"

„Ich habe bereits vor zwei Wochen gebucht, und ich bin auch auf der Flucht", bekennt Vera. „Raus aus dem kalten Russland ins frühlingshafte Deutschland."

„Und ich habe gestern eine Eilmeldung vom Auswärtigen Amt erhalten, ich solle mich unverzüglich wieder nach Deutschland zurückbegeben, weil sich in Russland das Virus unkontrolliert breitmacht. Dabei schlägt dieses auch in Deutschland schon heftig um sich."

„Sie meinen das Corona-Virus?"

Vera findet ihren Nachbarn plötzlich nicht mehr penetrant. Er hat eine wohlklingende Stimme und riecht angenehm. Vera ist ein Nasenmensch, wie sie immer selbst behauptet. „Das Virus ist in Russland? Da hätte ich als Bewohnerin doch etwas mitbekommen? In den Medien steht doch, dass nur die Chinesen Probleme mit der Infektion haben. Ging da etwas an mir vorbei?"

Der Mann blickt Vera erstaunt an. „Da scheint es mit der Informationspolitik in Russland nicht zum Besten zu stehen", sagt er. „Das Virus ist so hochinfektiös, es wütet mittlerweile auf der halben Welt herum. Warum auch immer halten sich die Oberen in Moskau zurück mit Warnungen an das Volk. Ich bin jedenfalls glücklich, dass ich jetzt hier sitze."

Vera sagt: „Wir Russen glauben sowieso nur die Hälfte von dem, was über die staatlichen Sender verbreitet wird.

Der öffentlich-rechtlichen Berichterstattung in Deutschland darf man wenigstens Glauben schenken."

„Die Öffentlich-Rechtlichen stehen auch bei uns in der Kritik", meint der Mann.

„Ich weiß", bestätigt Vera, „ich lebe zehn Monate im Jahr in Deutschland. Dabei scheint es insbesondere ein Problem der Jugend zu sein. Ich kenne keinen meiner Altersgruppe, der zum Beispiel regelmäßig eine Tageszeitung liest. Und wenn wir abends mal zusammen einen deutschen TV-Sender anschauen, ist es niemals die ARD oder das ZDF. Da laufen halt Soaps in RTL oder so." Beiden macht der Austausch mittlerweile Spaß.

Neugierig fragt Veras Nachbar: „Gibt es noch mehr, was Sie in Deutschland besser finden?"

Vera überlegt nicht lange: „Am besten finde ich den Dreh-Kipp-Beschlag."

„Hä? Wieso gerade den Dreh-Kipp-Beschlag?", wundert sich ihr Gesprächspartner.

„Na einfach, weil man dann nachts das Fenster geöffnet halten kann. In Russland sind Fenster immer geschlossen, oder sie stehen eben auf. Als allein schlafende Frau im Erdgeschoss lässt man in Russland das Fenster dann lieber zu und der Sauerstoff bleibt draußen."

„Das nenne ich mal eine Pragmatische Einstellung", meint der Mann.

„Um Ihre Frage zu beantworten, bedarf es mehr Zeit, als ein Flug von St. Petersburg nach München zulässt. Natürlich ist Deutschland das gelobte Land. Die Russen achten, loben und fürchten die Deutschen in gleichem Maße. Aber sie mögen sie auch. Zumindest die jungen Russen. Und alle wünschen sich ein gutes Verhältnis zurück. Wie es damals in der Zarenzeit war. Damals benannten die Deutschen unsere Nation liebevoll ‚Mütterchen Russland', heute sehen sie immer nur den grimmigen ‚Russischen Bären' mit der Kalaschnikow in der Hand."

Der Mann nickt.

„Jetzt müssen Sie mir aber noch sagen, warum Sie so perfekt Deutsch sprechen. Ich denke nicht, dass Sie es in der Schule gelernt haben."

Vera erzählt ihm ihre Familiengeschichte. Auch die ihrer Großeltern und ihrer Mutter. Zusammengefasst auf eine Viertelstunde.

„So kennen Sie nicht nur Russland und das aktuelle Deutschland, sondern aus Erzählungen auch die damalige DDR", kommentiert der Sitznachbar anerkennend ihren Bericht.

„Die Mentalitätsunterschiede der West- und Ostdeutschen sind immer noch exorbitant", sagt Vera. „Ganz erstaunlich, dreißig Jahre nach dem Mauerfall. Wenn man bedenkt, dass die Berliner Mauer bereits länger gefallen ist, als sie stand."

„Und ich bin erstaunt, wie gut Sie sich in der jüngeren deutschen Geschichte auskennen. Das gefällt mir gut. Sie haben ja mächtigen Tiefgang." Er greift in seine Aktentasche und fischt eine Visitenkarte hervor. „Ich möchte mich gerne vorstellen. Und ich möchte Ihnen anbieten, sich bei mir zu melden, falls Sie irgendwie Unterstützung brauchen. Das meine ich ganz ehrlich. Corona ist unberechenbar."

Vera nimmt die Karte entgegen und liest: Dr. Gerhard Jäger. Darüber steht ein ihr nicht bekanntes Logo BGR, und darunter: Bundesamt für Geowissenschaften und Rohstoffe. „Danke", sagt Vera. „Ich bin Vera Sokolová, habe aber leider keine Karte. Jetzt möchte ich gerne von Ihnen wissen, welche Aufgabe Sie nach St. Petersburg getrieben hat. Ich bin von Natur aus neugierig."

„Gar nichts Spannendes", erwidert Dr. Jäger, während er Veras Namen in ein kleines Büchlein schreibt. „Es hat mit Gazprom zu tun und mit der Ostsee-Pipeline. Hier stockt es gerade sehr heftig." Sympathisch, denkt Vera, er prahlt nicht. Vielleicht erzählt er aber auch nicht weiter,

33

weil es der Geheimhaltung unterliegt, überlegt sie. Tatsächlich interessiert sie sich nicht sonderlich für die Weltwirtschaft. Sie hat zwar schon gehört und gelesen, dass da eine Gasleitung quer durch die Ostsee gebaut werden soll, von Russland bis nach Deutschland, um andere Staaten zu umgehen. Putin fördert den Bau und Trump in den USA versucht es mit allen Tricks und Drohungen zu verhindern, aber das war's auch schon. Mehr weiß sie darüber nicht.

Vera schaut wieder aus dem Fenster.

Sie fragt sich, wie oft sie diese Route wohl schon geflogen ist. Zehnmal bestimmt. Dennoch entdeckt sie am Boden immer Neues. Manchmal musste sie nachts fliegen. Nachtflüge mag Vera nicht. Wie schnell man doch in einer anderen Welt ist, denkt sie. Mit der Eisenbahn wären es wohl Tage bis München, der Flug dauert gerade einmal gute zwei Stunden. Sie genießt den freien Blick über die Ostsee, später über die unendlich weitläufigen Felder in Polen und Sachsen, dann bald schon die wesentlich kleineren Felder der westdeutschen Bauern.

Veras Sitznachbar spricht weiter: „Dabei hätte ich ein Flugticket mit der Lufthansa gehabt, nach Berlin nächsten Sonntag. Dort steht auch mein Auto. Ich wurde jedoch gewarnt, dass dieser Flug vermutlich schon gecancelt wird. Jetzt lande ich eben in München. Was soll's. Das Leben ist eines der härtesten, um es phrasenhaft auszudrücken."

Vera schaut jetzt doch etwas betreten. „Wer hat Sie denn gewarnt?"

„Das Auswärtige Amt in Berlin. Ich bin ja gewissermaßen auch für die Bundesregierung unterwegs. Da bleibt man immer in Verbindung." Nach einer kleinen Pause fragt er: „Und Sie, wohin müssen Sie? Sie bleiben doch nicht in München?"

„Nein, ich muss nach Rust. Wissen Sie, wo Rust ist?"

„Natürlich!", kommt die schnelle Antwort. „Ich war dort schon im Europapark mit meinen Kindern. Toller Park. Sie fliegen aber sicher nicht von St. Petersburg nach

München, um den Europapark in Rust zu besuchen. Arbeiten Sie dort?"

„Ja", bekennt Vera. „Schon das fünfte Jahr. Am 1. April macht der Park auf, dann geht's los."

„Na ja, wenn da mal Corona nicht auch einen Strich durch die Rechnung macht." Er schaut besorgt. „Und wie kommen Sie nach Rust?"

„Ich werde den Flixbus nehmen", sagt Vera. „Es dauert zwar eine Ewigkeit, da ich in Karlsruhe umsteigen muss, aber ich habe ja Zeit."

„Fährt der Bus denn noch?"

„Ich habe online gebucht. Das klappt eigentlich immer wunderbar. Wenn die Fahrt nicht stattfände, würde ich über mein Handy informiert. Und Sie? Wie kommen Sie nach Berlin?"

„Ich werde mir wohl zunächst ein Hotel suchen und auf den nächsten Flug warten", sagt Dr. Jäger. „In der Hoffnung, dass noch einer stattfindet."

Kurz darauf geht die A 319 bereits in ruhigen Sinkflug.

Maria Maier hatte am Tag vor der Beisetzung bereits Kuchen gebacken. Ihren berühmten Käsekuchen. Marcus Müller, ihr Sohn, hatte ihr dabei geholfen. Nicht, weil ihm das Backen Spaß bereiten würde, er wollte einfach bei seiner Mutter sein, die sehr unter dem Tod ihres Stiefsohnes leidet. Und sie zeigte es auch. Sie vergoss erneut bittere Tränen, solange sie in der geräumigen Küche herumwurstelten.

Maria und ihr Stiefsohn Daniel hatten ein außergewöhnlich gutes Verhältnis gehabt. Marcus, ihr leiblicher Sohn, war in der Vergangenheit öfter sogar etwas neiderfüllt, wenn Daniel und seine Mutter miteinander lachten. Daniel lachte schnell und viel. Es gelang ihm auch immer wieder, alle Leute um sich herum zum Lachen zu bringen. Maria lachte ebenso gerne, und so waren die beiden auf einer Wellenlänge.

Nach seinem Tod braucht sie nichts dringender als eine Schulter zum Anlehnen. Michaels Schulter ist hier gänzlich ungeeignet. Er akzeptiert keine Trauer. Marcus war seiner Mutter daher in den ersten Tagen nach dem Tod nicht von der Seite gewichen. Sie war ihm dankbar dafür. Marcus ist so völlig anders, als Daniel war. Zwar niemals missmutig, aber auch niemals übermäßig fröhlich. Introvertiert könnte man sagen, in sich selbst in bester Gesellschaft. Seine wenigen Freunde sind wie er. Er musiziert und diskutiert viel mit ihnen. Seit Michael ihm vor Jahren die ersten Griffe auf der Gitarre zeigte, legt er das Instrument kaum noch aus der Hand. Er spielt schon erheblich besser als Michael.

Der Leichenschmaus findet zu Hause statt. Michael, der leidenschaftliche Koch, hat ebenfalls am Tag zuvor bereits Rindsrouladen vorbereitet. Sein Sohn Christoph liebt Rindsrouladen. Und wenn er schon mal einen Tag da ist, will er von seinem Vater kulinarisch verwöhnt sein. Auch wenn es schönere Anlässe für einen Besuch gibt.

Er trägt so wie sein Vater die Trauer um seinen Bruder nicht vor sich her. Christoph hat sich im Griff. Christoph hat alles im Griff. Sein Credo: Du musst mit Fünfzig alles erreicht haben, damit sich das Alter noch lohnt.

Vater und Sohn setzen sich nach dem Kaffee auf eine Pfeife bzw. eine Zigarette auf die Terrasse. Michael raucht seit dem Tod seines Zweitgeborenen Pfeife, um ihm, der ebenfalls Raucher war, ein Rauchopfer zu bringen, wie er immer im Anflug von Humor sagt. Vorher war er über zwanzig Jahre Nichtraucher gewesen.

„Du müsstest jetzt doch auch den Rentenantrag stellen können", meint Christoph. „Ich rate dir, setz dich zur Ruhe und genieße das Leben. Verkaufe deine Agentur, einen Nachfolger hast du ja eh keinen potenziellen mehr."

Michael schaut etwas betreten.

„Um eine Firma gut verkaufen zu können, muss sie gut laufen. Die 2M-Werbung läuft aber gerade nicht gut. Möbelbecker hat vor sechs Monaten alle Printmedien eingestellt. Bernds Bruder in Leipzig tröstet zwar, es ginge demnächst wieder weiter, aber in den jetzigen Corona-Zeiten habe ich da meine Bedenken."

„Und deine Wehrtechniker? Machen die gerade auch nichts?"

„Die halten sich zurzeit auch alle zurück mit Printaufträgen. Sie befürchten, dass alle internationalen Defense-Messen abgesagt werden. Sie setzen halt vermehrt auf digitale Medien. Aufs Internet. Sie arbeiten aber in diesem Bereich mit Spezialagenturen zusammen. Nein, ein Verkauf kommt wohl nicht infrage. Zumindest nicht in den nächsten Monaten."

„Und was machst du dagegen? Hast du schon Mitarbeiter entlassen müssen? Wieviel Leute hast Du überhaupt in der 2M?" Christoph war als Wirtschaftsjurist auch versiert in allen Wirtschaftsfragen, er muss sich jedoch eingestehen, dass ihn die Werbeagentur seines Vaters noch nie besonders interessierte.

„Ich musste nicht entlassen, zwei meiner besten Medi-
engestalterinnen hat Bernd erfolgreich vertrieben. Wir
sind nur noch zu sechst, mich mit eingerechnet. Es gibt
noch Bernd, die zwei Grafiker, die er mitgebracht hat, einen Produktioner und die Sekretärin. Ich habe die Leute
ins Homeoffice geschickt. Bernd schiebt derweil Wache in
der Agentur."

„Mal sehen, wie es weitergeht", sagt Christoph. Er
weiß nicht, was er seinem Vater empfehlen könnte.

Michael zieht bedächtig an seiner Pfeife. „Das
Schlimme ist, dass ich seit dem Tod deines Bruders überhaupt keine Lust mehr habe auf die Agentur. Ich weiß
wohl, dass dies ein fataler Fehler ist. Aber ich kann da
nicht über meinen Schatten springen. Ich habe seither den
Laden nicht mehr betreten. Du kennst doch den Farben-
Hoffmann in der Stadt? Frank Hoffmann und ich sind
beide im selben Tennisclub. Er hat vor einigen Jahren auch
seinen Sohn verloren. Seinen einzigen. Und was tat er darauf? Er stürzte sich ins Business. Arbeitete Tag und
Nacht. Frank hat damals unmittelbar danach einen Online-
shop für Farben und Lacke aus dem Boden gestampft und
sich die Generalvertretung eines japanischen Reparatur-
lackherstellers für ganz Deutschland gesichert. Es war sein
Stil, sich vom Tod seines Sohnes abzulenken. Mit dem Ergebnis, dass er heute ein sehr wohlhabender Mann ist. Er
hat sich dem digitalen Wandel gestellt."

„Was spricht dagegen, dass du dies nicht auch tust? Gerade in der Werbung digitalisiert sich doch alles rasant.
Verkaufe deinen Kunden Internetauftritte, Webshops,
Contents. Du hast doch die wichtigen Kontakte und den
allerbesten Ruf bei deiner Klientel."

„Ich mag einfach nicht daran denken", antwortet Michael mit hilflosem Blick. „Ich wies es immer von mir. Mit
aus meiner Sicht gutem Argument. Die Reizüberflutung ist
digital, nicht analog. Die durchschnittliche Verweildauer
auf einer Homepage ist gerade einmal drei Sekunden. Die

Leute zappen doch wie blöd im Netz umher. Da gewinnen die Printmedien wieder. Die fallen auf."

„Du bist zu alt für diese Branche." Christoph bringt es ehrlich und knochentrocken hervor. „Du siehst doch, dass offenbar dein Hauptkunde, der Möbler, voll aufs Internet setzt. Wahrscheinlich bastelt er auch an Online-Werbung herum und gibt seinen Etat lieber dafür aus."

„Ach, wenn ich Daniel noch hätte. Er hat immer dasselbe gesagt wie du."

„Ja, wenn! Wenn! Du hast ihn aber nicht mehr. Er ist perdu! Perdu, verstehst du?"

„Perdu." Michael lächelt. „Ein schönes, altertümliches Wort für verloren, eigentlich aus dem Französischen. Die Hugenotten haben es mitgebracht. Dass du das kennst?"

„Il n'y a rien de perdu", sagt Christoph. „Noch ist nicht alles verloren."

„Tout est perdu", flüstert Michael. „Alles ist verloren."

Die Halle mit den Gepäckrollbändern auf dem Münchenchener Flughafen ist so leer, wie es Vera noch nie erlebt hatte. Der Flieger aus Moskau und einer aus Gran Canaria sind die einzigen Maschinen, die in der letzten Stunde gelandet sind. Vera steht mit Dr. Jäger am Band, um ihr Gepäck aufzunehmen. Er findet eine Erklärung dafür. „Sie haben die Flüge weitgehend eingestellt. Schauen Sie doch mal auf die Displays." Tatsächlich zeigten gut zwei Drittel der Abflüge und Ankünfte „cancelled".

„Alles wegen des Corona-Dingsbums?", fragt Vera mit bangem Blick.

„Sicher. Die Infektionszahlen gehen zurzeit dynamisch nach oben. Gestern waren es mehr als 4000 in Deutschland." Nach einer kleinen Pause sagt Dr. Jäger: „Sie sollten sich informieren. Die Bundesregierung bringt laufend Meldungen heraus. Und schauen Sie sich Nachrichten an."

Vera muss noch zur Sperrgutausgabe, um ihr Monstergepäckstück mit den Reifen entgegenzunehmen, und verabschiedet sich von ihrem Weggenossen.

„Halten Sie die Ohren steif", sagt dieser mit väterlichem Blick. „Die Zeiten versprechen nichts Gutes. Vielleicht sieht man sich ja irgendwo und irgendwann wieder." Er schaut Vera lange an. „Und melden Sie sich ruhig, wenn Sie Hilfe brauchen. Ich habe keine Sprüche gemacht."

Vera ist trotz der Corona-Situation glücklich, wieder deutschen Boden unter den Füßen zu haben. Der Flixbus wartet schon. Er fährt direkt vom Flughafen ab.

„Gutes Timing", meint der freundliche Fahrer und hilft Vera, ihr Gepäck zu verstauen. Erleichtert setzt sie sich in den froschgrünen Überlandbus. Von München nach Karlsruhe geht es entlang der A 8. Die Strecke ist Vera bereits wohlbekannt. Als sie zwei Stunden später Stuttgart passieren, fragt Vera sich zum wiederholten Male, wie es wohl ihrem leiblichen Vater die letzten 30 Jahre ergangen ist. Hier irgendwo muss er leben. Sie nimmt ihr Smartphone und ruft ihre Fotos auf. Schnell findet sie die Visitenkarte. Michael Maier steht da und darunter Marketingberatung. Es folgt die Adresse: Stuttgart-Zuffenhausen, Langenburger Straße 6, die Telefonnummer und erstaunlicherweise auch eine Funktelefonnummer. So hatte jener Mann, der ihr Vater sein könnte, bereits vor 32 Jahren ein Funktelefon im Auto gehabt.

Eine gute Stunde später sitzt sie bereits im nächsten Flixbus, der von Karlsruhe aus direkt den Europapark in Rust anfährt. Vera schreibt Vika eine WhatsApp-Nachricht von unterwegs und teilt ihr mit, wann sie dort ankommen wird.

Vika und Roman warten schon, als der Bus gegen Abend vor den Haupteingang des Vergnügungsparks rollt. Roman ist Vikas Lebensgefährte und arbeitet ebenfalls im Europapark. Er ist Rumäne. Der Park hat noch nicht geöffnet, es befindet sich kein Auto auf der zweispurigen Zufahrt und außer ein paar Wachmännern sieht Vera keinen Menschen. Erst ab dem 1. April wird hier wieder die Hölle los sein, denkt Vera. Schön, dass sie vorher noch einige Tage entspannen kann.

Die Mädchen fallen sich in die Arme. Das glockenhelle Lachen möchte nicht enden. Auch Roman strahlt. „Es wird ein bisschen eng werden in unserer Zweiraumwohnung, aber bis zur Öffnung wird's gehen", sagt er.

„Ich bin so glücklich, dass ich bis dahin bei euch wohnen kann." Vera lächelt ihn dankbar an. Es liegt in der Natur der Sache, dass die Mitarbeiter des Europaparks fast nur untereinander Kontakt haben. Die zehn Monate der Saison arbeiten alle sechs Tage in der Woche, manchmal zehn Stunden täglich. Jeder Mitarbeiter hat einen freien Tag, meist ein normaler Werktag, weil an Wochenenden noch mehr Besucher strömen und jeder Animateur gebraucht wird. Diesen freien Tag nutzen dann jeder und jede individuell, um sich zu erholen. Dann werden auch die privaten Dinge erledigt und der Kontakt in die Heimat gehalten. Im künstlerischen und gastronomischen Bereich kommen die meisten Mitarbeitenden aus dem Ostblock und haben Saisonverträge. Sie reisen in der Regel erst ein oder zwei Tage vor Vertragsbeginn an, dann nämlich, wenn ihnen in den Personalwohnblocks ihre Bleibe zur Verfügung gestellt wird. Roman und Vika besitzen bereits ein Dauervisum und verlassen Deutschland nicht. Für die beiden arbeitsfreien Monate suchen sie sich Jobs und nehmen sich eine kleine möblierte Wohnung. Vika putzt und Roman arbeitet bei einem Paketzusteller.

Bereits am nächsten Tag fährt Vera nach Lahr, um dort ihr Visum zu beantragen. Sie darf Romans kleinen Peugeot benutzen. Vika gibt Vera eine Gesichtsmaske mit auf den Weg. „Ohne Maske darfst du die Ausländerbehörde gar nicht betreten", sagt sie.

Den Weg fährt Vera bereits das fünfte Mal. Maßgebliche Voraussetzung für den Erhalt eines Visums ist die Vorlage ihres Arbeitsvertrags. Es gestattet ihr den Aufenthalt in Deutschland über den Beschäftigungszeitraum. Den legt sie physisch dort vor. Auch ihre Fingerabdrücke werden genommen. Alles andere Behördliche gehe nur noch online, wie ihr die Mitarbeiterin sagt. Sie sitzt hinter einer Plexiglasscheibe und hat ebenfalls eine Maske im Gesicht, die Mund und Nase bedeckt. Vera hat Mühe, sie zu verstehen, und stellt sich vor, dass sie unter der Maske lächelt. Freundlich ist sie dankbarerweise. Die Frau meint, dieses Jahr würde der Andrang kurz vor Parköffnung wohl nicht so heftig werden wie in den vergangenen Jahren. Es werde schon gemunkelt, dass sich der Öffnungstermin verschiebe. Sie, Vera, solle froh sein, dass sie bereits 14 Tage früher angereist sei. Es gäbe bald gar keine Möglichkeit mehr, ins Land zu reisen. Man plane, die Grenzen abzuschotten sowie alle Flug- und Bahnverbindungen zu canceln. Veras Arbeitsvertrag geht bis Januar. Weihnachten und Neujahr hat der Europapark üblicherweise auch noch geöffnet. Erst danach endet die Saison. Die schöne weihnachtliche Dekoration und der Hüttenzauber im Park locken stets auch in der kalten Jahreszeit die Menschen an.

Vera hört unentwegt die Nachrichten im Autoradio. Die Hiobsmeldungen kommen Schlag auf Schlag und machen ihr doch etwas Angst. Sie grollt mit der russischen Obrigkeit. Sie unterstellt ihr, die Information über die Ausbreitung des Virus bewusst zurückgehalten zu haben. Auf dem Rückweg überkommt sie der Hunger. Sie kennt einen McDonald's in der Nähe. Normalerweise hätte sie sich nur im McDrive einen Burger geholt, heute jedoch möchte sie ins Restaurant, weil ihr dann WiFi zur Verfügung steht und sie mit ihrer Mutter Lena in bester Qualität facetimen kann. Vera hat sich am gestrigen Abend schon entschieden, dass sie die unpersönliche Kellerwohnung von Vika und Roman nicht mag. Am liebsten würde sie diese über die zwei Wochen nur zum Schlafen aufsuchen. Sie empfindet es als Unverschämtheit und Wucher, für dieses Rattenloch, wie sie es bezeichnet, 600 Euro Miete zu verlangen. Aber Roman sagt, es ist fast unmöglich, für zwei Monate überhaupt etwas zu finden. Es gibt nur ein einziges Fenster, in welches jedoch nie die Sonne fällt, weil davor eine Mauer steht. Die Luftmatratze, die Vera als Nachtlager dient, muss allabendlich neu aufgeblasen werden, weil sie nicht wissen, wohin tagsüber damit. Ihre kleine St. Petersburger Wohnung ist ausgesprochen luxuriös dagegen. Sie ist zwar laut und stickig, weil sie an einer Hauptverkehrsader der Metropole liegt, aber wenigstens hell. Vikas Bleibe als Wohnung zu bezeichnen ist Frevel, denkt Vera. Das fensterlose Loch, das sie „Schlafzimmer" nennen, ist gerade einmal sechs Quadratmeter groß. Fast einen davon nehmen seit gestern Veras Reifen ein. Roman und Vika müssen wohl die nächsten zwei Wochen drum herumtanzen, um ins Bett zu kommen. Eine Toilette gibt es zwar in der kleinen Wohnung, das Bad müssen sich die Mieter jedoch mit zwei weiteren Wohnungen teilen. Zu allem

Überfluss hat Roman Vera auch gebeten, sich am besten nicht zu zeigen, weil der Vermieter ansonsten auf dumme Gedanken kommen könnte. Die Wohnung ist an zwei Personen vermietet. Wenn er erführe, dass eine weitere Person in ihr lebe, würde er wahrscheinlich weitere 100 Euro pro Monat fordern. Das Bad solle sie deshalb möglichst erst nach Mitternacht benutzen. Im nächsten Jahr, da sind sich Vika und Roman einig, werden sie sich eine Bleibe irgendwo auf dem preiswerteren Land suchen. Nicht in Rust direkt. Der Mietvertrag geht exakt bis 30. März. Sobald der Park dann geöffnet ist, wird die Wohnung an einen Dritten vermietet sein, der sie dann übers Internet den Europaparkbesuchern anbietet. So sind dann locker 50 Euro am Tag mit ihr zu machen.

Das Schnellrestaurant darf nicht mehr in seinen Räumen bewirten. Vera erstaunt es nicht. Lediglich der Drive-in-Bereich ist geöffnet. So bleibt sie auf dem Parkplatz stehen, verzehrt einen Doppelburger und trinkt dazu einen Becher Kaffee. Das WLAN reicht auch auf den Parkplatz. Sie wählt Lenas Nummer.

„Ich habe eben mein Visum beantragt", sagt Vera ihrer Mutter, als diese sich meldet. „Sie schicken es an Vikas Adresse."

Lena ist bereits in die Datscha gezogen und steht vor dem kleinen Häuschen im Garten. „Hier ist es auch schon Frühling", sagt sie. „Aber es gibt viel Arbeit. Ich war drei Monate nicht mehr hier, wie du weißt." Lena ist immer glücklich, wenn ihre Tochter sich meldet.

„Hier in Deutschland steht die Welt auf dem Kopf. Das Coronavirus bringt alles durcheinander. Wie sieht es in St. Petersburg aus?"

„Was?", fragt Lena erstaunt. „In Deutschland wütet auch das Virus? Ich dachte, nur in China sind die Leute gefährdet."

„Das dachte ich bis gestern auch." Vera blickt besorgt auf das kleine Display, auf welchem sich ihre Mutter in abgetragener Arbeitskleidung zeigt. „Aber da sind wohl einige Wintersportler infiziert aus Ischgl zurückgekehrt und inzwischen gibt es schon 4000 Infizierte in Deutschland."

„Ischgl? Was ist Ischgl?"

„Ischgl liegt in Österreich und ist eine Partymetropole. Après-Ski-Partys und so. Ein Mitarbeiter einer Bar war infiziert und hat dennoch gearbeitet. Das Virus ist hochinfektiös. Sie sprechen von sogenannten Superspreadern, die alle, die in ihre Nähe kommen, anstecken."

„O Kind, pass bloß auf dich auf!" Lena zieht die Stirn kraus.

„Sei unbesorgt, Mama, ich passe auf mich auf." Die Verbindung wird schlecht, Lenas Antlitz ist eingefroren, die Datscha hat keinen guten Empfang. „Ich melde mich wieder", sagt Vera, weiß aber nicht, ob ihre Mutter es noch verstanden hat.

Wenig später kommt mit einem melodischen „Ping" ein WhatsApp herein. Vera sitzt immer noch im Peugeot auf dem McDonald's-Parkplatz und kaut. Im Display steht „Vesna". Sie schreibt:

„Liebe Mitarbeiter! Heute wurde im Bundestag beschlossen, dass Freizeitparks in ganz Deutschland bis auf Weiteres nicht geöffnet werden dürfen. Betroffen sind alle, auch der Europapark. Wir hoffen, dass es sich bis nach Ostern so weit beruhigt hat, dass wir öffnen können. Wer also noch in seinem Heimatland ist, soll bleiben, wo er ist, und nicht nach Deutschland reisen. Wartet auf neue Meldungen. Ich melde mich, wenn ich mehr weiß. LG Vesna."

Vesna ist die direkte Vorgesetzte Veras und eigentlich die einzige Ansprechpartnerin. Natürlich muss sie der Meinung sein, Vera befände sich noch in der Heimat. Auch Vera ist in den vergangenen Jahren immer erst zwei Tage vor der Parköffnung angereist.

Vera schreibt zurück:

„Liebe Vesna! Ich bin bereits in Deutschland und habe soeben mein Visum beantragt. Es soll innerhalb weniger Tage kommen. Halte mich bitte auf dem Laufenden."

Die nächste Mitteilung Vesnas kommt dann etwa fünf Minuten später und liest sich eher bedrohlich und sehr förmlich:

„Vera, Dein Arbeitsvertrag hat eine Höhere-Gewalt-Klausel. Er ist somit null und nichtig. Genau genommen bist du durch diesen Umstand illegal in Deutschland. Ich empfehle dir, den nächsten Flug zurück nach Russland zu nehmen."

Als Vika in Rust die Wohnungstür öffnet, stehen sich zwei bleiche, orientierungslose Frauen gegenüber. „Hast du auch Post bekommen?" Vika schaut besorgt.

„Ja", antwortet Vera. „Vermutlich dieselbe wie du. Der Park darf nicht öffnen. Euch betrifft es ja nicht so dramatisch wie mich. Ihr habt beide einen Job und ihr könnt in Deutschland bleiben. Mir hat Vesna geschrieben, dass mein Vertrag null und nichtig ist und ich somit keine Aufenthaltsberechtigung in Deutschland habe. Ich soll zurück nach Russland."

„Dir wird vermutlich tatsächlich nichts anderes übrig bleiben." Vika schaut mitfühlend. „Roman und ich sind verzweifelt. Ich habe Vesna gefragt, ob wir dann wenigstens unsere Zimmer im Park beziehen könnten, aber sie sagte, es gehe nicht. Wenn der Park nicht öffnen kann, lassen sie auch die Mitarbeiter nicht in die Unterkünfte. So stehen wir in zwei Wochen auf der Straße. Und du mit."

Vera verfügt über ein deutsches Bankkonto bei einer Sparkasse. Sie hält immer einen gewissen Betrag, etwa 500 Euro, damit sie nicht ins Minus rutscht. So kann sie auch Busse und Flüge problemlos online buchen. Aber wie weit kommt man mit 500 Euro? Das Gehalt wäre ja im Normalfall ab nächsten Monat wieder geflossen.

Am Abend sitzen alle drei in der Wohnung, die eigentlich nicht als Wohnung bezeichnet werden dürfte, auf kleinen Cocktailsesseln, den einzigen Sitzgelegenheiten. Sie essen Brot, Käse und Wurst, das Kochen in der kleinen Kochnische haben sich Roman und Vika schnell abgewöhnt, weil der Essengeruch am nächsten Morgen noch in der Wohnung steht. Nebenher laufen die Nachrichten des Tages im TV. Deutschland befindet sich im Lockdown, ein neues Wort für den Duden, das bislang nicht im allgemeinen Sprachgebrauch war. Alle Veranstaltungen sind abgesagt, Restaurants und Kneipen bleiben geschlossen, Friseure, Nagelstudios und Fitnessstudios ebenfalls. Deutschland rutscht in die Corona-Starre. Dabei kommt dieses Land viel besser weg als andere. In Italien und Spanien wird fast der Notstand ausgerufen, so viele Infektionsfälle gibt es dort.

„Wir beide haben ja einen Job, Putzen und Pakete ausfahren darf man auch weiterhin, aber du müsstest dich eigentlich ab nächstem Monat arbeitslos melden können", sagt Vika.

„Ich rufe morgen mal auf dem Arbeitsamt an", meint Vera. „Mir geht vermutlich schnell das Geld aus."

Tatsächlich kann sich Vera online arbeitslos melden, sie muss nur nach Lahr fahren, um ihre Identität zu bestätigen. So steht sie am nächsten Tag vor einer Fensterscheibe des Arbeitsamtes und schiebt ihre Ident Card durch den schmalen Fensterspalt zu einer freundlichen Mitarbeiterin hinein. Den Arbeitsvertrag schickt sie online. Corona erleichtert auch das eine oder andere, denkt Vera. Aber auch die Aussicht auf 800 Euro Arbeitslosengeld hellt ihre Stimmung nicht auf. Sie recherchiert im Internet und sucht nach Flügen nach St. Petersburg oder Moskau. Sie sind alle gecancelt. Es gibt keinen einzigen Flug, weder von München noch von irgendeinem anderen Airport. Auch die meisten Überlandbusverbindungen fallen aus.

Vera sitzt in Deutschland fest, wie sie erkennen muss. Natürlich ist es das Land, in dem sie ihre Zukunft verbringen möchte, aber doch nicht orientierungslos. Sie hat für ihren Besuch auf dem Arbeitsamt dankbarerweise erneut den Peugeot von Roman erhalten. Wieder holt sich Vera auf der Rückfahrt bei McDonald's einen Burger und isst ihn auf dem Parkplatz in der noch etwas verhaltenen Spätmärzsonne. Sie ruft ihre Mutter Lena an. Sofort geht diese ans Handy, als hätte sie auf den Anruf gewartet.

Lena wurstelt im Garten und ist warm eingepackt. Vera ist ihr Outfit wohlbekannt. Einen dicken grauen Schaal hat sich ihre Mutter dreimal um den Hals gewickelt. Sie trägt eine weinrote Strickmütze, die Vera seit ihrer Kindheit kennt. Im Hintergrund erkennt Vera die Datscha. Es ist neblig und grau in St. Petersburg.

„Wie schön, dass du dich meldest", freut sich Lena. Die Verbindung steht, mit Aussetzern, einigermaßen.

Vera berichtet von ihrer neuen Situation und auch, dass sie wohl hierbleiben müsse, auch wenn sie gegenwärtig nicht wisse, wo sie die Zeit bis nach Corona, wie sie es ausdrückt, verbringen wird.

„Ich werde dir wohl zunächst kein Geld mehr schicken können, ich bekomme nur 800 Euro Arbeitslosengeld."

„Na wenigstens das", sagt Lena. „Um mich mach dir mal keine Sorgen. Das Leben ist sehr preisgünstig auf der Datscha, wie du weißt. Ich brauche eigentlich so gut wie kein Geld. Du fehlst mir halt, Mädchen. Ich mache mir eher Sorgen um dich."

Vera beruhigt sie: „Du weißt, dass ich auf mich aufpassen kann, Mama. Doof ist nur, dass ich nicht bei Vika und Roman bleiben kann, weil die ihre Wohnung Ende März ebenfalls verlassen müssen. Auch die beiden haben noch keinen Plan."

„Wenn ich dir nur helfen könnte", jammert Lena. „Erzähl doch alles deinem Onkel Filipp, der geht doch in Deutschland ein und aus. Vielleicht kann der dir helfen."

Bezeichnenderweise sagt sie nicht „meinem Bruder Filipp", sondern „deinem Onkel Filipp". Die beiden hatten sicherlich seit ihrer Abreise keinen Kontakt zueinander gehabt.

„Das ist eine gute Idee", meint Vera. „Ich melde mich wieder bei dir, wenn ich etwas Neues weiß."

Das anschließende Gespräch mit Filipp ist jedoch nicht sehr erbaulich. Natürlich hätte er seinen Bautrupp in Deutschland. Zurzeit bauten sie auf der A7 bei Würzburg Leitplanken ab. Es sind vier Mann, die gemeinsam in einem alten Wohnwagen direkt neben der Autobahn übernachteten. Vera wäre es nicht zuzumuten, dort mit ihnen zu hausen.

„Brauchst du Geld?", fragt er seine Nichte warmherzig.

Vera verneint. „Ich melde mich bei dir, falls ich nicht weiterweiß", sagt sie.

Bereits am Tag nach Daniels Beisetzung macht sich Christoph wieder auf den Weg in den Norden. Schon während des Frühstücks mit seinem Vater Michael ist er zappelig. „Ich möchte noch vor Mittag in Nürnberg sein", sagt er.

„Geh nur", meint Michael und lächelt milde. „Es ist sicher viel los auf den Straßen und ich möchte schon gerne, dass du sicher nach Berlin kommst."

„Ich kann ja nicht schneller fahren als das Auto vor mir. Trotz des 911ers."

„Ich möchte nur ungern meinen zweiten Sohn auch noch verlieren."

Christophs Karrieresucht ist auch der Grund, warum er Single bleiben will. Liebschaften hat er dagegen immer mal wieder, die aber selten von Dauer sind. Bislang vermied er es auch, irgendjemanden zu Hause vorzustellen. Dabei hätte es Michael genossen, Schwiegertöchter zu verwöhnen. Und er wäre sicher auch ein leidenschaftlicher Großvater geworden. Seinen beiden Söhnen hatte er einmal vorgeworfen, dass er bereits vierfacher Opa sein könnte, wären sie beide wie er. Michael wurde mit 25 Jahren Vater.

Da solle er sich doch lieber auf seinen anderen Sohn verlassen, hatten beide Söhne fast unisono von sich gegeben.

Maria ist jetzt meist zu Hause. Auch ihr Chef hat Kurzarbeit angemeldet, wie Tausende anderer Praxen notgedrungen auch. Die Praxis behandelt in diesem Lockdown ausschließlich Notfälle. Nur Schmerzpatienten erhalten einen Termin. Größere Arbeiten in der Prothetik, die verschoben werden können, werden auf unbestimmte Zeit verschoben, professionelle Zahnreinigungen werden überhaupt nicht mehr durchgeführt. Maria ist Verwaltungsassistentin und sitzt am Empfang, erstellt Heil- und Kostenpläne und macht die Abrechnung. Am Behandlungsstuhl ist sie nur selten, daher muss sie auch nicht zwingend acht

Stunden täglich in der Praxis sein. Es beruhigt sie, viel in Michaels Nähe sein zu können. Wie unterschiedlich sich doch Trauer zeigt. Sie, die Daniel geliebt hatte wie einen eigenen Sohn, vergießt immer noch heimliche Tränen. Sie vermeidet es aber geschickt, vor ihrem Mann die Trauer zu zeigen. In langen Telefonaten teilt sie sich jedoch ihren Freundinnen mit und erhält durch diese auch Trost. Fast stur, zeigt Michael immer noch keine Trauer, aber Maria weiß wohl, wie es in ihm aussieht. Es sind Kleinigkeiten, die sich seit dem Tod seines Sohnes verändert haben. Als ob schleichend ein Wertewandel in ihm stattfindet.

Er spricht, im Gegensatz zu ihr, mit keiner Menschenseele. Ans Telefon geht stets Maria, und wenn einer aus Michaels Freundeskreis ihn sprechen möchte, gibt sie den Hörer nicht weiter. Auch die das Business betreffenden Anrufer bügelt sie nieder und verweist auf Bernd im Office. Dies tut sie jedoch besonders ungern, auch sie hält nicht viel von Michaels „Adjutanten" und traut ihm nicht über den Weg. Ohne ihn allerdings, da war sie sich sicher, ginge aber leider gar nichts mehr in der Werbeagentur.

Wenn Michael zur Gitarre greift, singt er nicht mehr. Er spielt lediglich getragene Weisen. Dies allerdings täglich. Er hat Daniels Einliegerwohnung, seit er ihn dort gefunden hatte, nie mehr betreten.

Eine Leidenschaft, der er jedoch nach wie vor frönt, ist das Kochen. Die Einkäufe hierfür lässt er sich auch nicht nehmen. So kommt er wenigstens etwas unter die Leute, denkt Maria. Dabei ist Michael zufrieden, unter einer Maske in die Märkte einkaufen zu gehen. Da ist die Chance, nicht erkannt zu werden, recht groß. Und wenn, kann er sich stets auf das Virus beziehen, Abstand halten und nur knapp kommunizieren.

Die Familie war es seit jeher gewohnt, zumindest Samstag und Sonntag ein fulminantes Mahl auf dem Tisch zu haben. Das gemeinsame Abendessen war fast rituell. Als Christoph noch hier lebte, waren sie auch vier gute

Esser, sogar fünf, Marcus mit eingerechnet. Jetzt, da sie nur noch zu zweit das große Haus bewohnen, lässt Michael keinesfalls von der Menge ab. Es ist der einzige Tadel, der von Maria kommt. „Wer soll denn das alles essen?", fragt sie jedes Mal, wenn er abends auffährt.

„Ein Schweinsbraten für zwei geht nicht", erwidert er dann. „Er muss mindestens ein Kilo haben, sonst schmeckt er nicht. Und außerdem ist der Aufwand in der Küche derselbe, ob ein oder zwei Kilo."

„Wenigstens hilft mir Marcus hin und wieder dabei, die Mengen zu vertilgen", murmelt Maria. Fast jedes Wochenende hatten die Maiers vor Daniels Tod Gäste gehabt. Kochen wäre sein Hobby, hatte Michael stets beteuert. Jeder gehe am Wochenende seinen Hobbys nach, so auch er. Seit Wochen hatten sie jedoch auch keine Freunde mehr zu Besuch gehabt.

Mittwoch, gleich nach dem Frühstück, ruft Christoph an. „Gib mir bitte Vater", sagt er zu Maria.

Sie reicht das Handy an Michael weiter. „Christoph ist dran und will dich sprechen."

„Ich komme doch auf der Rückfahrt nach Berlin immer bei Leipzig an einer großen Filiale von Möbelbecker vorbei", beginnt Christoph seine Rede. „Ich bin gestern Abend runter von der Autobahn und rein. Gleich am Eingang haben die dort einen Ständer mit den aktuellen Prospekten. Sagtest du nicht, Becker würde gerade nichts machen?"

„Ja, mir wurde dies von Bernd so berichtet", antwortet Michael knapp.

„Entweder ist auch er ahnungslos oder er verarscht dich erbärmlich. Der aktuelle Prospekt liegt dort nämlich aus. Ich habe einige davon mitgenommen. Umfangreich wie immer. 24 Seiten stark. Auf dem Titel der Zeitraum der Gültigkeit: Er gilt diese Woche."

„So wie immer", sagt Michael.

„Sitzt du oder stehst du?", fragt Christoph. „Setz dich besser. Auf der letzten Seite, ganz klein, steht hochkant nämlich 2M-Werbung."

„Dem allgemeinen Zeichnungstrieb der Werbeagenturen entsprechend", meint Michael fast entschuldigend. „Das steht immer an dieser Stelle."

„Begreifst du, Vater? Seit Wochen kommt kein Beckerjob mehr rein, auf dem aktuellen Beckerprospekt steht aber immer noch deine Agentur!"

Vera kann sich nicht erinnern, jemals in ihrem Leben so verzweifelt gewesen zu sein. Die Nachrichten in allen Medien lassen keine Hoffnung auf eine schnelle Besserung der Situation erkennen. Die Corona-Fälle häufen sich. Bund und Länder werden nicht müde, täglich neue Einschränkungen zu verkünden. Vom Covid-19-Virus sprechen sie jetzt alle. Szenarien werden in die Köpfe gemalt. Zum Beispiel: Das Virus wird drei Millionen Menschen das Leben kosten. Alle Welt arbeitet fieberhaft an einem Impfstoff, aber auch da wird wenig Hoffnung auf einen schnellen Erfolg gemacht.

„Ich muss etwas unternehmen!", sagt sie abends zu Vika. „Ich kann euch nicht zur Last fallen." Bereits nach wenigen Tagen in der engen Wohnung hat sie das Gefühl, die Harmonie der beiden zu stören. Darauf angesprochen, verneinen Roman und Vika eifrig. Fast zu eifrig. Sie sind in jeder freien Minute auf der Suche nach einer möglichen Bleibe. Nach weiteren drei Tagen entschließen sie sich, im nahen Riegel ein Zimmer in einer Wohngemeinschaft zu mieten. Der Vermieter will 350 Euro, möbliert und warm. In den zwei anderen Zimmern der WG wohnen offenbar Saisonarbeiter, die zur Spargelernte eingesetzt werden. Nur die Tatsache, dass es auf absehbare Zeit wohl keine Saisonarbeiter aus dem Ostblock geben wird, weil sie nicht einreisen dürfen, beschert Vika und Roman das Glück, das Zimmer zu erhalten. „Für dich wird dort leider kein Platz mehr sein", verkündet Vika bedauernd, und Vera bleibt das Gefühl, dass beide eher dankbar darüber sind.

Vera fühlt sich elend und allein. Wie schön wäre es, sie hätte jetzt eine Schulter, an der sie sich ausheulen könnte. Oder wenigstens anlehnen. Dieses bildhübsche, groß gewachsene Mädel mit einer tadellosen Tänzerinnenfigur hatte in der Vergangenheit leider immer Pech mit den Männern gehabt. Einige wenige Liaisons hatte sie wohl, aber sie hielten alle nicht lange. Zwei zerbrachen, weil sie sich im Winter immer für zwei Monate nach St. Petersburg verabschieden musste und die Männer sich in dieser Zeit anderen Frauen zuwendeten, zwei andere Beziehungen wurden von Vera beendet, weil sich beide dann in der Beziehung zu Arschlöchern entwickelten. Einen konnte sie einfach nicht riechen, wie sie immer sagt. Hier gereicht ihr ausgeprägter Geruchssinn schnell zum Nachteil für den Partner. In diesem Falle bereits nach der ersten Nacht, die sie gemeinsam verbracht hatten.

Einigermaßen wohl fühlt sich Vera nur, wenn sie tagsüber allein in der ungemütlichen Wohnung sein darf. Ihr fehlt das tägliche Training mit den Reifen. Es ist in diesen beengten Verhältnissen nicht daran zu denken.

Abends, wenn Vika und Roman zu Hause sind, macht sie oft stundenlange Spaziergänge, um beiden nicht zur Last zu fallen. Es geht zügig auf April zu, die Tage werden länger und es ist glücklicherweise schon recht mild in der Oberrheinischen Tiefebene. Oft marschiert sie schnellen Schrittes um das ganze Gelände des Europaparks.

Ganz erstaunlich findet sie, dass außerhalb des Europaparks die Natur wunderbar intakt ist. Obstbaumwiesen sind umsäumt von Bächlein.

Der große Vergnügungspark und das Dörflein Rust sind zusammengewachsen. Es hat jedoch seine Beschaulichkeit bewahrt. Stets geht Vera in einem Tempo, dass sie etwas außer Atem gerät. Laufen ist nicht so ihr Ding, sie geht lieber zügig spazieren. Ihre Gelenke sind durch die berufliche Tanzerei genug strapaziert, da muss ich ihnen nicht noch die Erschütterungen beim Laufen geben, denkt sie.

Vera setzt sich auf eine Bank, um zu verschnaufen. Zum x-ten Mal ruft sie das Foto der Visitenkarte ihres vermeintlichen Vaters auf. Und plötzlich, zum ersten Mal, wählt sie die Festnetznummer. Nur so zum Spaß, wie sie sich selbst versichert. Sie könnte ja auflegen, falls sich jemand meldet. Es meldet sich jedoch nur die Bandansage und meint: „Diese Nummer ist uns nicht bekannt.“

Vera wundert sich nicht, schließlich ist die Karte mehr als 30 Jahre alt. Die Handynummer ist eine alte B-Netz-Nummer, die mit Sicherheit auch nicht mehr existiert. Sie wählt dennoch. Es gibt nicht einmal eine Bandansage.

Es steht auch die Adresse auf der Karte. Stuttgart-Zuffenhausen, Langenburger Straße 6. Vera schaut sich über Google Maps das Gebäude an. Ein schmuckloses Mehrfamilienhaus, wie sie zu Abertausenden in Deutschlands Städten in den 1970er-Jahren gebaut wurden. Dort soll ihr Vater leben? Besser – dort hat er vor 33 Jahren gelebt?

Vera ist verunsichert. Lena hat sicher einen Grund, weshalb sie ihrer Tochter nie mehr über jenen Michael Maier erzählt hat. Wenn Vera nur wüsste, warum. Aber mit welchem Recht lässt Vera sie im Ungewissen? Plötzlich entscheidet sie, ein Anrecht darauf zu haben, zu erfahren, wer ihr leiblicher Vater ist.

Fast wütend wird sie auf ihre Mutter. Wie viel einfacher wäre es für sie, gerade jetzt in dieser Orientierungslosigkeit, jemanden zu kennen, der ihr helfen kann. Und kein Wesen wäre hier besser geeignet als ein Vater. Zumindest redet sie sich dies ein. Ihre Mutter Lena weiß nicht, dass sie diese Karte heimlich abgelichtet hat, wird es aber möglicherweise demnächst erfahren.

„Ich werde meinen Vater suchen und finden!", sagt Vera laut und trotzig zu sich selbst.

Michael lehnt sich nach dem Gespräch mit Christoph in seinem Sessel zurück. Er legt sein Buch beiseite, welches er das ganze Telefonat über in der Hand gehalten hatte.

Maria hat Wortfetzen mitbekommen und fragt: „Alles in Ordnung mit Christoph?" Christoph ruft eigentlich nie ohne Grund an, auch nie, um sich nach seines Vaters Wohlergehen zu erkundigen.

„Es hat nichts mit ihm zu tun", antwortet Michael nachdenklich. „Er hat auf der Rückfahrt recherchiert und festgestellt, dass Becker weiterhin seine Wochenbeilagen drucken lässt. Uns erzählen sie, dass sie keine Beilagen mehr schalten wegen Corona. Dabei hatten sie die Jobs doch schon vor einem halben Jahr eingestellt. Lange vor Corona."

Maria sagt: „Dein lieber Bernd stellt es so dar. Du musst ja glauben, was er dir erzählt. Er betreut doch Möbelbecker. Vielleicht solltest du mal dort in der Zentrale anrufen und fragen, was Sache ist?"

„Ich rufe zuerst Bernd an. Nicht, dass er sich übergangen fühlt. Du weißt ja, wie empfindlich er reagiert, wenn es um ‚seinen' Kunden geht."

Maria schaut wütend. „Er wird dir vermutlich nichts anderes erzählen als sonst auch. Ich traue der ganzen Sache nicht. Reagiere, wie du willst, aber reagiere!"

Mit einem „Bing" kündigt Michaels Smartphone den Empfang einer WhatsApp-Nachricht an. Sie kommt von Christoph. Er hat den Titel, eine Doppelseite und die Rückseite des Prospektes fotografiert und an seinen Vater weitergeleitet.

„Tatsächlich!", stellt dieser fest. Möbelbecker steht groß in der Headline. Darunter erscheint in geschwungener Schrift: Ihre Schnäppchen der Kalenderwoche 11. „Er ist genau in den von uns festgelegten Gestaltungsrichtlinien gedruckt. Ich begreife gerade nichts."

Michael fragt sich ständig, warum Bernd freiwillig Wache in der Agentur schiebt. Er müsste es doch eigentlich nicht. Auch er könnte locker zu Hause arbeiten. Alle eingehenden Gespräche könnten aufs Handy umgeleitet werden, aber er sitzt eisern seine Zeit ab. Mit Besuch ist im Moment nicht zu rechnen, zumindest nicht ohne telefonische Vorankündigung. Michael wählt die Festnetznummer der Agentur.

„Hallo, Michael", meldet sich Bernd. Er ist tatsächlich in seinem Office, denn nur dann sieht er im Display Michaels Nummer, nicht jedoch bei einer Rufumleitung auf sein Handy. „Geht es dir gut?"

„Ich faulenze den ganzen Tag", antwortet Michael. „Gibt es was Neues von Becker?"

„Nein. Das hätte ich dir doch gleich mitgeteilt."

„Dann ruf doch mal deinen Bruder an, warum im Leipziger Haus ein hochaktueller Prospekt ausliegt, und zwar in genau unserem CD." Sekundenlang kommt keine Antwort von Bernd. Dann antwortet er zögerlich: „Ich erreiche meinen Bruder gerade nicht. Er ist auch im Homeoffice."

„Du wirst ja wohl von deinem Bruder eine private Telefonnummer haben?"

„Um ehrlich zu sein, nein. Auch keine Handynummer. Er hat wohl den Anbieter gewechselt." Bernds Antwort hört sich sehr nach Ausflucht an.

„Und Otto Becker? Ich weiß, auch du hast, seit du hier arbeitest, noch nie persönlich mit ihm gesprochen, aber dieser Fall ist doch wohl eine Kontaktaufnahme mit dem Boss wert?"

„Ich kann es ja mal versuchen", sagt Bernd. „Ich melde mich wieder."

Bernds Puls steht auf 180 nach dem Gespräch. Minutenlang starrt er die Wand in seinem Office an. Dann wählt er die Nummer seines Bruders Rainer. „Der Alte hat Lunte gerochen. Er weiß, dass der Prospekt ausliegt. Er hat mich eben angerufen", teilt er seinem Bruder hektisch mit.

„Du sagtest doch, er hänge nur phlegmatisch zu Hause rum. War er drüben?" Mit drüben meint Rainer die neuen Bundesländer.

„Nein, natürlich nicht", antwortet Bernd. „Aber sein Sohn Christoph. Er war zur Beisetzung hier und machte wohl auf der Rückfahrt nach Berlin in Leipzig einen Einkehrschwung in den Möbelbecker."

„Wie blöd!", bemerkt Rainer. „Gerade Leipzig. Gerade den Markt muss er wählen, der den Überschuss der Zeitungsbeilagen im Eingangsbereich ausliegen hat."

„Ich muss jetzt reagieren", entscheidet Bernd. „Christoph ist Anwalt für Wirtschaftsrecht. Auch wenn es der Alte nicht blickt, Christoph blickt alles."

„Und er könnte uns großen Ärger bereiten."

„Pass auf", befiehlt Rainer seinem Bruder. „Du wirst jetzt Folgendes tun …"

Als Otto Becker gleich nach der Wende 1991 in Leipzig sein erstes Möbelhaus aus dem Boden stampfte, war dies der Einstieg in eine dynamische Entwicklung der Firma Möbelbecker. Innerhalb der nächsten Jahre eröffnete er weitere acht Häuser, alle in der Nähe von größeren Städten in den neuen Bundesländern. Für das erste Geschäft brauchte er noch die Hilfe eines Freundes. Der Kapitalgeber war damals der Vater von Bernd und Rainer Eichtaler. Auch er war vom Erfolg des Möbelhauses überzeugt und stellte das Startkapital zur Verfügung. Die restlichen Häuser stemmte Otto Becker dann allein und das Darlehen war zügig mit Zins und Zinseszins an seinen Freund Helmut Eichtaler zurückbezahlt. Einem Wunsche Helmut Eichtalers kam Becker gerne nach: Er stellte seine beiden Söhne ein und gab ihnen eine Ausbildung. Bernd, der ältere von beiden, machte eine Verkäuferlehre. Rainer, der smartere, eine Ausbildung zum Einzelhandelskaufmann. Beide sollten Karriere machen in dem gut gehenden Unternehmen. Tatsächlich entwickelte sich dann Rainer zum Marketingchef. Bernd hingegen fiel in Ungnade, weil er Geld veruntreute. Otto Becker war darüber sehr enttäuscht und setzte ihn daraufhin fristlos auf die Straße. Der alte Eichtaler hat dies nie erfahren. Otto Becker wollte ihn schonen und Helmuts Söhne haben es ihrem Vater nie erzählt. Bernd war Otto Becker allerdings von Anfang an suspekt vorgekommen. Er mochte ihn nicht, wollte aber seinen Freund Helmut Eichtaler nicht enttäuschen. Diesem wurde erzählt, dass Bernd ein Studium beginnen wollte. Was er dann auch tat.

In Stuttgart schrieb er sich für den Studiengang Werbewirtschaft/Werbetechnik ein. Das vorletzte Semester 2010 war ein Praktikumssemester. Dies musste üblicherweise in einer Werbeagentur vollzogen werden. Im letzten Semester sollte dann die Masterarbeit geschrieben werden. So machte sich Bernd damals auf den Weg, eine Werbeagentur in Stuttgart zu finden, die ihm eine Praktikantenstelle zur Verfügung stellt. Nach sechs vergeblichen Bewerbungsgesprächen in etablierten Stuttgarter Werbeagenturen wollte er schon aufgeben. Die 2M-Werbung GmbH hatte er noch auf dem Zettel. Seine Professorin gab ihm damals den Tipp. 2M-Werbung arbeite nahezu ausschließlich für die Verteidigungsindustrie. Deshalb mache die Agentur auch keinerlei Eigenwerbung. Nicht einmal einen Internetauftritt hätte sie. Michael Maier, der Chef, sei aber ein sehr kompetenter Mann und beschäftige ein gutes Team. Bernd solle es dort doch einmal versuchen.

So stand Bernd Eichtaler an einem Montagmorgen mit einer Bewerbungsmappe unterm Arm im Besprechungsraum der 2M. Diese Werbeagentur unterschied sich von den bisher gesehenen. Kein Prunk und Protz, wie es üblicherweise in klassischen Werbeagenturen herrscht, eher schlicht und bescheiden. Keine Thonet-Freischwinger, auf denen Bernd bei einigen anderen Bewerbungsgesprächen saß, sondern günstige Replikas. Bernd, ursprünglich ja aus der Möbelbranche kommend, hatte dies schnell erkannt. An den Wänden fanden sich Abbildungen wehrtechnischer Produkte und Namen, die sogar ihm, der nie als Soldat gedient hatte, etwas sagten. Heckler & Koch war dabei und die Rheinmetall AG. Als Michael Maier den Raum betrat, blickte Bernd etwas verloren drein. Er hielt hilflos die Bewerbungsunterlagen in beiden Händen vor der Brust und schien sogar etwas zu zittern. In Michael keimte sofort eine Art Mitleid auf. Die Voraussetzungen, einen Praktikumsplatz zu erhalten, waren zunächst jedoch eher schlecht. Bernd musste zugeben, nie Soldat gewesen zu sein, auch fehle ihm jeglicher Bezug zur Defence-Technologie. Seine berufliche Erfahrung hatte ausschließlich mit Mobiliar zu tun. Küchenschränke und Haubitzen unterscheiden sich jedoch exorbitant. Und so eben auch die Marktansprache. Die Zielgruppe der 2M-Kunden bestand ausnahmslos aus Beschaffungsbehörden weltweit. Nur im Bereich der Jagd- und Sportwaffen wurde in der Agentur

Endkundenwerbung erstellt. Die Agentur suche als Auftraggeber weder den Einzelhandel noch das Handwerk oder Dienstleister, weil sie dies Klientel nicht wolle, so die Aussage vom Agenturchef Maier. Ein Nachteil ergebe sich jedoch aus dieser Spezifizierung: Immer vor den bedeutenden Defence-Messen, die weltweit im Frühjahr oder Herbst stattfinden, arbeiten alle Mitarbeiter mit 180 %, nach den Messen dann nur mit 40 %. Da gäbe es tatsächlich ein Defizit. Die nicht ausgewogene Auslastung nämlich. Er erwarte von allen Mitarbeitern absolute Loyalität den Kunden der Rüstungsindustrie gegenüber. Sie müssen hinter der Wehrtechnik stehen und, wie er, der Überzeugung sein, dass eine funktionierende Verteidigungsindustrie ein wirksamer Garant für Frieden sei. Auch nach der Zeit des Kalten Krieges. Eine Nation muss Zähne zeigen können.

Im Gespräch bildete sich bei Bernd eine Begeisterung heraus. Diese Branche schien ihn offensichtlich zu interessieren. Michael Maier bemerkte dies, nahm ihm aber gleich wieder den Wind aus den Segeln. Er dürfe nicht denken, dass er, im Falle einer Praktikumsstelle, an den Jobs mitarbeiten könne. Die 2M-Werbung habe regelmäßig Besuch vom Militärischen Abschirmdienst, kurz MAD, vom Verteidigungsministerium und von Mitarbeitern der Unternehmen. Wenn hier Kommunikationsaufgaben für neue Waffensysteme durchgeführt würden, unterliege alles einer hohen Geheimhaltungsstufe. Dies würde überwacht, die Mitarbeiter seien alle vereidigt. Nicht vereidigten Mitarbeitern dürfe keinerlei Einblick gewährt werden. Wenn sich jemand dazu entscheide, für Waffen Werbung zu machen, dürfe er zwei Charaktereigenschaften nicht vorweisen: eine Ablehnung von Schusswaffen natürlich zum einen und eine Verherrlichung derselben zum anderen. Hier könne man nur arbeiten, wenn man zu dem verschwindend kleinen Anteil jener Menschen gehöre, welche völlig emotionslos in Waffen eine Art

Investitionsgut für militärische und polizeiliche Organisationen sähen.

So erhielt Bernd zunächst eine Absage. Michael bedauerte es, dies tun zu müssen, es fehlte jedoch einfach an Jobs, in die der Praktikant Bernd integrierbar war. Bernd erzählte dies seinem Bruder Rainer am Abend. Jener war aktuell, der Zufall wollte es so, auf der Suche nach einer weiteren Werbeagentur für den Kommunikationsetat der Firma Möbelbecker. Eines ergab das andere, 2M-Werbung erhielt einen Werbevertrag über ein Jahr und Bernd erhielt die Praktikumsstelle für das Praxissemester und das Semester für die anschließende Masterarbeit. Durch Bernds Basiswissen über die Möbelbranche und das Fachwissen der 2M im Bereich Marketing und Werbung entstand eine wunderbare Synergie. Bernd kniete sich in seinen neuen Job. Nach einem halben Jahr flutschte die Zusammenarbeit zwischen 2M und Becker. Die 2M-Werbung erhielt durch den neuen Kunden eine bessere Auslastung. Alle waren zufrieden. Die Kommunikation mit dem Kunden Möbelbecker wurde von Beginn an ausschließlich über Bernd Eichtaler und seinen Bruder Rainer geführt. In der Weise, dass es naturgemäß eine gewisse Abhängigkeit der Agentur von Bernd gab. Beide, Michael und Bernd, konnten aber damit leben. Mehr noch, es wurde damals schon über eine Festanstellung Bernds nach erfolgreichem Studienabschluss gesprochen.

Im Möblerteam war damals auch Daniel, der bereits sein Diplom als Informationsdesigner in der Tasche hatte, sich jedoch nicht in das Team Defence-Technologie einfügen wollte. Von ihm lernte Bernd viel und das Verhältnis zwischen beiden war damals, vor etwa zehn Jahren, noch einigermaßen okay. Noch stand aber das letzte Semester an, das Semester der Masterarbeit. Bernds Professorin hatte ihm kein Masterthema vorgegeben, er solle sich eines aussuchen, nach seinem Gusto. Bernd sah sich außerstande, sich ein Thema aus den Fingern zu saugen, und bat

Michael, ihm dabei zu helfen. Dieser wiederum wollte auf Bernd nicht ein halbes Jahr verzichten, er war bereits als Student offiziell der Kontaktmann für den Kunden Becker und intern der Etatdirektor für dessen Werbeetat.

Was Michael nicht wusste und bis heute nicht weiß, ist, dass Otto Becker niemals erfahren darf, dass Bernd Eichtaler an seiner Werbung mitwirkt. Er hätte wohl den Vertrag sofort gekündigt. Noch immer saß sein Groll gegen diesen Betrüger tief. So wurde diese Information von den Brüdern Bernd und Rainer erfolgreich unter dem Tisch gehalten.

Man solle sich ein Diplom- oder Masterthema suchen, von dem der Professor wenig Ahnung hat und es daher auch nur schwer bewerten kann. Dies wusste Michael noch aus seinen eigenen Studienjahren. Was bot sich dazu besser an als ein Thema rund um die Defence-Technologie? Michael war es dann auch, der Bernd das Thema vorschlug; Kommunikationsstrukturen für Beschaffungsbehörden für Rüstungsgüter unter Einbezug der Menschenrechte und des humanitären Völkerrechts.

Dies sei wohl eine Schuhnummer zu groß für ihn, meinte daraufhin Bernd, insbesondere, weil er ja in diesen Bereich keinerlei Einblick hätte. Michael war jedoch der Überzeugung, dass Bernds Professorin genau ein solches Thema erwartete, weil Bernd sein Praktikum ja hier absolvierte. Andererseits wollte Michael Bernd auch im Mastersemester gerne im operativen Prozess des Möbelbecker-Etats halten. Falls er ein halbes Jahr ausgefallen wäre, hätte hierfür ein Mitarbeiter oder eine Mitarbeiterin zusätzlich eingestellt werden müssen. So bot er Bernd an, ihm seine Masterarbeit zu verfassen. Er müsse sich dann nur über die fertige Masterarbeit in das Thema hinein arbeiten, falls es dazu Rückfragen seitens der Prüfungskommission gäbe.

Bernd war dankbar einverstanden mit dem Vorschlag. Er ließ sich von seiner Professorin das Thema bestätigen.

Wie recht Michael doch gehabt hatte. Tatsächlich meinte sie, dass in einer Agentur, die für Rüstungsgüter Werbung machte, wohl nur ein Masterthema um die Rüstungsindustrie Sinn machen könnte. Sie freue sich auf die Abgabe der Arbeit.

Gib mir zwei Wochen Zeit, meinte Michael. Er buchte danach spontan einen Flug in die Türkei, in ein Fünfsternehotel mit sicherem WLAN. Die Hälfte seines Gepäcks bestand aus Unterlagen. Vorsichtshalber nahm er auch zwei Laptops mit auf die Reise. Nach 14 Tagen, die im Wesentlichen aus 16-Stunden-Tagen bestanden hatten, präsentierte er eine 90-seitige Masterarbeit. Bernd benötigte daraufhin zwei Monate, um sich die Inhalte reinzuziehen und die Zusammenhänge zu begreifen. Mit großem Bauchweh gab er sie ab.

Tatsächlich bat die Professorin gleich eine Woche danach um einen Besuchstermin in der 2M-Werbeagentur. Sie wurde von Michael persönlich begrüßt und in das Besprechungszimmer geführt. Es gab keine Frage, mit der Michael nicht gerechnet hätte, daher hatten er und Bernd stets passende Antworten parat. Die Masterarbeit wurde mit 1,5 bewertet. Die Professorin hatte keine Lunte gerochen und hielt Bernd für den Verfasser seiner Masterarbeit. Bernd wurde vor zehn Jahren in ein festes Angestelltenverhältnis übernommen.

Zehn Jahre später wählt Bernd Michaels Handynummer. „Ich habe weder meinen Bruder erreicht noch den Chef", erzählt er Michael. Die Möbelhäuser dürfen zurzeit nur jeweils 200 Quadratmeter Verkaufsfläche anbieten, da stehen alle Räder still." Seine Stimme zittert leicht und Michael sieht plötzlich diesen hilflosen Studenten vor seinem geistigen Auge, der damals im Besprechungszimmer stand und auf eine Zusage für ein Praktikum in der Werbeagentur hoffte. Wie hat sich Bernd in den vergangenen Jahren doch weiterentwickelt, denkt Michael.

Er sagt: „Aber offenbar hat Becker Zeit und Geld, seine Wochenbeilagen weiter zu drucken. Da ist doch etwas faul."

„Wir müssen doch seit jeher neben den Druckdaten auch die offenen InDesign-Dateien von jedem einzelnen Job abliefern." Bernd spricht etwas ruhiger. „Ich kann mir nur vorstellen, dass wir nicht mehr im Rennen sind und Becker mit einer anderen Werbeagentur zusammenarbeitet. Vielleicht wird auch alles inhouse gemacht unter Rückgriff auf unser Basisdokument."

„Warum steht dann immer noch die 2M-Werbung auf der Rückseite?"

„Wahrscheinlich ist es noch niemand aufgefallen. Soll ja vorkommen. So eine Fünf-Punkt-Schrift ist leicht zu übersehen. Die haben halt die Basisseiten einfach übernommen."

„Dann werde ich wohl das Gespräch mit Becker suchen müssen."

„Den kriegt niemand mehr ans Telefon. Er kümmert sich nicht mehr ums operative Geschäft, hängt nur noch zu Hause oder auf seiner spanischen Finca rum. Becker ist immerhin schon siebzig."

„Hat er denn Kinder im Geschäft?", forscht Michael nach.

„Nein, es gibt keine familiäre Nachfolgeregelung. Keine Ahnung, wie es weitergeht. Vermutlich verkauft er seine Läden. In diesen Corona-Zeiten wird er jedoch keinen Käufer finden." Bernd versichert noch, dass er weiterhin versuchen wolle, seinen Bruder zu erreichen, und sie beenden das Gespräch. Als er auflegt, schlägt Bernds Herz bis zum Hals.

Rainers und seine Karriereplanung hängen plötzlich an einem seidenen Faden. Rainer, der ja hoch in Beckers Gunst steht, hat eine Art Sohn-Rolle eingenommen und ist in der Erbfolge auf Platz 1, wie ihm Becker in einer leutseligen Minute unlängst versichert hat. Otto Becker ist aber, trotz seines Alters, immer noch täglich in seinem Office, wenn er nicht gerade in Spanien weilt. Er wäre natürlich erreichbar für Michael.

Bernd kann nur hoffen, dass dieser keinen Versuch der Kontaktaufnahme unternimmt. Becker hat jedoch keine Ahnung von dem, was da abläuft, tröstet sich Bernd. Er würde lediglich auf seinen Marketing-Prokuristen Rainer Eichtaler verweisen.

Tatsächlich ist Otto Becker in Spanien. Bei Denia, an der Costa Blanca, hatte er sich vor ein paar Jahren einen langen Traum erfüllt und sich eine Finca mit einer prächtigen Aussicht auf das Meer zugelegt. Eigentlich ist sie zu groß, denn er lebt ja allein und ist grundsätzlich von bescheidenem Naturell. Auf dem Grundstück steht ein weiteres Haus, in dem noch die spanische Besitzerfamilie lebt. Mit ihr versteht sich Otto Becker sehr gut. Sie achtet auf seine Finca, wenn er in Deutschland ist. In den letzten fünf Jahren gelang es ihm immer häufiger, sich eine Auszeit von der stressigen Möbelbranche zu leisten. Rainer Eichtaler sei Dank, denkt Becker oft. Dieser junge Bursche ersetzt ihn in allen Bereichen mittlerweile fast perfekt. So darf er sich zunehmend aus seinem Möbelhandelsimperium zurückziehen.

Otto lebt leidenschaftlich zurückgezogen. Menschenansammlungen hasst er. Eine Tanzveranstaltung hat er das letzte Mal vor einem Vierteljahrhundert besucht. Er hat sie in grausamer Erinnerung. Otto geht schon sein Leben lang den Frauen aus dem Weg. Er geht auch Männern aus dem Weg. Er geht allen aus dem Weg.

Otto Becker ist asexuell. Diesen Begriff, der seine sexuelle Veranlagung beschreibt, hat er vor einigen Jahren das erste Mal gehört. Bis dahin hielt er sich für nicht normal. Er wuchs in der DDR auf, da gab es so etwas einfach nicht. In seiner Jugend, in dem kleinen Ort Gera-Untermhaus, hatte er immer mal wieder Kontakt zu Mädchen gehabt, weil alle Burschen aus dem Dorf sich Mädchen suchten. Es war jedes Mal ein Desaster. Er empfand Küsse als eklig. An die geschlechtliche Vereinigung, die seine Freunde stets so glorreich und euphorisch beschrieben, wollte er nicht einmal denken.

Er lernte Klavier spielen. Darin ging er auf. Und er war sehr gläubig. Obwohl er seinem Gott eigentlich böse sein musste, weil er ihn so komisch gepolt hatte. Oder eben überhaupt nicht gepolt. Viele Jahre spielte er in der Untermhäuser Marienkirche die Orgel. Zu allen Anlässen. Es war und ist eine zutiefst protestantische Gemeinde. Mit Pfarrer Eichtalers Sohn Helmut verband ihn eine innige Freundschaft. Sie hatten dieselbe Klavierlehrerin gehabt und spielten die Orgel manchmal vierhändig. Da kamen die Leute sogar aus Gera, um ihrem Konzert zu lauschen. Das Klavierspiel betreibt Otto Becker bis heute. Allerdings nur für sich allein, denn er mag keine Gesellschaft. In seiner Finca steht daher ein Klavier und in seinem Wohnhaus in Leipzig sogar ein Steinway-Flügel.

Helmut war der Einzige, sein Intimus, dem er sich jemals mitgeteilt hatte. Dass er wohl ein Leben lang keine Beziehung eingehen könne, weil er wohl keine Partnerin finden würde, die auf genau dieses verzichten wolle.

Dabei konnte Otto Becker durchaus lieben. Einmal hatte er sich Hals über Kopf in eine Klavierschülerin verliebt. Von ihr jedoch vermeintlich völlig unbemerkt, denn er signalisierte es in keiner Weise, wie er dachte. Er war 20 Jahre alt, sie war 15, dies wäre ohnehin eine tragische Story geworden. Ein ganzes Jahr gab er ihr Unterricht bei sich zu Hause. Er litt dabei wie ein Hund. Verzweifelt stellte er fest: Er kann lieben, aber nicht lieben. Dann entschloss er sich, sie nicht mehr zu empfangen. Sie hatte kein Verständnis dafür, fragte nach dem Grund, den er natürlich nicht sagen konnte. Seit diesem Zeitpunkt ging er Frauen einfach aus dem Weg.

Nach der Wende, er war so um die vierzig Lenze alt, und die Freundschaft zu Helmut Eichtaler währte bereits fast dreißig Jahre, hatten die beiden sich etwas aus den Augen verloren.

Helmut war schon einige Jahre verheiratet und hatte zwei Kinder. Buben, Bernd und Rainer. Helmut spielte einmal Westlotto, als er sich im Fränkischen ein kleines Auto, einen Ford Fiesta, kaufte. So im Vorbeigehen erstand der eigentlich Sparsame einen Tippschein, der ihm einen hohen Gewinn einspielte. Ein Gutteil davon investierte er in die Idee Ottos.

Die Leute in den neuen Bundesländern lechzten nach günstigen, neuen Möbeln in modernem Design. Die alten, schweren Dreißiger-Jahre-Möbel, die noch bis zur Wende in vielen Haushalten standen, konnten sie nicht mehr sehen, und die DDR-Möbelindustrie hatte über Jahrzehnte nur hässliche, funktionale Möbel angeboten. Otto Becker eröffnete ein Möbelhaus mit internationalen Importen. Er entschied sich für einen Standort direkt am Autobahnkreuz A 14/A 9 bei Leipzig. Es lief von Anfang an großartig. Den Kredit, den Helmut ihm gewährte, konnte er schnell zurückzahlen. Ohne diesen, da ist Otto sich bis heute sicher, hätte er diese Idee niemals umsetzen können. Einen Bankkredit hätte er so ganz ohne Eigenkapital für seine Idee damals sicherlich nicht erhalten.

Doch etwas liebt Otto Becker abgöttisch, neben der klerikalen Musik: fulminantes Essen und den guten Rioja Gran Reserva, einen Rotwein jener Region, in der seine Finca steht.

Vermutlich fing er sich bei einem Restaurantbesuch in seinem Lieblingsrestaurant in Denia das Coronavirus ein. Er wacht mitten in der Nacht an heftigem Husten auf. Er glüht, hat hohes Fieber und starke Gliederschmerzen. Otto Becker ist sich sicher, das Virus in sich zu tragen. Zurzeit hört man nichts anderes mehr in den Medien. Gleich am Morgen bittet er seinen Nachbarn, den Notarzt anzurufen.

Erstaunlich schnell fährt dieser vor. Der Arzt entscheidet spontan, Becker in die Klinik nach Alicante einzuweisen. Bereits am späten Vormittag liegt er unter der Sauerstoffmaske.

Otto Becker weiß, er gehört mit 70 Jahren zur Risikogruppe. Hier in Spanien fühlt er sich nicht gut betreut. Das Ärzteteam weiß um die Zustände in den Krankenhäusern. Die Intensivbetten sind bereits alle belegt. Sie organisieren Beckers Rücktransport nach Deutschland. Der glückliche Umstand, dass Alicante über einen internationalen Airport verfügt, und die Tatsache, dass es in Denia, einer der deutschen Hochburgen in Spanien, noch mehr Deutsche erwischt hat, die alle lieber in der Heimat behandelt werden wollen, ermöglichen es, dass Becker zwei Tage später in der Berliner Charité intensiv behandelt werden kann. Er wird ins künstliche Koma versetzt, mit einem Beatmungsschlauch im Hals. Es steht nicht gut um ihn.

Ende März sind Vika und Roman bereits am Packen. Ihr Besitz ist überschaubar, die kleine Wohnung ist möbliert, ebenso das Zimmer in Riegel. Vera muss etwas tun. Entschlossen holt sie sich bei Sixt einen Polo. Diesen Mietwagen kann sie überall in Deutschland wieder abgeben, wie ihr versichert wird. Sie hatte glücklicherweise bereits letztes Jahr eine Kreditkarte beantragt und könnte damit über 2000 Euro verfügen. Dies gibt Vera ein Gefühl der Sicherheit.

Am nächsten Morgen verabschiedet sie sich von den beiden und bedankt sich herzlich. „Wir bleiben in Verbindung", sagt sie noch und startet. Ihr ganzes Gepäck verstaut sie in dem kleinen Fahrzeug. Vera ist der Überzeugung, dass der Park noch einige Wochen geschlossen bleibt. Und dann ist es ja höchst fraglich, ob sie einen neuen Vertrag erhält. Sie beruhigt ihr Gewissen damit, dass lediglich ihre „kleine" Chefin Vesna gesagt hatte, ihr Vertrag wäre null und nichtig. Von der Personalabteilung hat sie bislang noch nichts gehört und sie verkneift sich auch, dort anzurufen. Somit darf sie der Meinung sein, ihr Arbeitsvertrag sei trotz der Umstände noch gültig. Das Arbeitsamt hat ihr, nachdem sie den Vertrag online geschickt hatte, nur aufgrund dessen das Arbeitslosengeld gewährt. Jeder in ganz Deutschland weiß schließlich, dass der Europapark nicht öffnen darf. Es stand mehrfach in allen Medien. Allerdings hat Vera noch nirgendwo ihren Hauptwohnsitz offiziell anmelden können. Sie wäre daher postalisch ohnehin nirgendwo erreichbar. Üblicherweise ist ihr Erstwohnsitz über die Dauer des Arbeitsverhältnisses im Europapark in Rust.

Als Vera die A 5 Richtung Norden fährt, überkommt sie erstaunlicherweise ein Hochgefühl, das sie seit Wochen nicht mehr verspürte. Liegt es daran, dass sie plötzlich völlig frei ist? Hat sie die Gesellschaft von Vika und Roman doch eher belastet? Sicher, zwei Wochen unter normalen Umständen, mit gelegentlichen Partys und so, wären schnell und vergnüglich vorübergegangen. Aber die Enge und Isolation waren schon bedrückend.

Der Navigator ihres Handys führt sie sicher nach Zuffenhausen. Bereits um 11:00 Uhr hört sie die blecherne Stimme: „Sie haben ihr Ziel erreicht." Vera findet schnell einen Parkplatz. Zielstrebig geht sie zum Eingang des weißen Mehrfamilienhauses, das sie ja von Google-Street her schon kennt. Acht Parteien weist die Klingelanlage auf. Eine Familie Maier ist nicht darunter. Es erstaunt sie keineswegs. Nach 33 Jahren zieht man schon mal um, denkt sie. Es enttäuscht sie komischerweise auch nicht. Vermutlich hofft sie insgeheim, dass sie lieber einen Vater hätte, der nicht in einem sozialen Wohnungsbau lebt. Diesen Gedanken verdrängt sie jedoch schnell und klingelt beherzt an der unteren linken Klingel. Es ist auch einer der beiden Namen, die deutsch klingen. Die anderen waren türkisch, vermutlich auch polnisch und einer italienisch.

Sekunden später summt der Türöffner. Vera betritt das Treppenhaus, wo ihr sofort ein Geruch nach Heizöl in die Nase steigt. Sie mag den Geruch von Heizöl. In Mutters Datscha haben sie auch einen alten Heizölofen stehen. Als Kind schlief sie auf einer Couch in der Nähe des Ofens. Er bullerte immer leise in der Nacht und gab Wärme ab.

Im Hochparterre steht eine junge Frau in der offenen Tür mit einem Säugling auf dem Arm. Keine gepflegte Erscheinung zwar, aber mit freundlichem Blick.

„Sie müssen entschuldigen", sagt Vera und bleibt am Eingang in gebührendem Abstand stehen. „Ich bin auf der Suche nach einer Familie, die hier vor etwa 30 Jahren gewohnt hat. Ein Michael Maier. Er hatte zwei Buben."

„Die jetzt dann wohl schon auf die vierzig zugehen", erwidert die Angesprochene schlagfertig und mit breitem Grinsen. „Da kann ich Ihnen leider nicht helfen. Wir wohnen erst seit einem halben Jahr in diesem Haus."

„Gibt es hier jemanden, der schon länger hier lebt?", fragt Vera hoffnungsvoll.

„Sie müssten sich an die Hausbesitzerin, Frau Eisele, wenden. Sie ist Witwe und wohnt nur zwei Straßen weiter. Am besten, sie gehen zu Fuß dorthin, falls Sie mit dem Auto da sind. Ich glaube, ihrem Mann hat das Haus schon vor 30 Jahren gehört."

Vera bedankt sich. Sie findet das Haus schnell. Den Weg dorthin beschrieb die freundliche junge Frau gut.

Frau Eisele lebt fast mondän in einem schmucken Bungalow. Sie ist eine sehr adrette, gepflegte ältere Dame mit tadellos gestylter Frisur, gekleidet in edlem Landhausstil. Sie bittet Vera sogar herein, was sie verwundert.

Vera zieht sich ihre Gesichtsmaske über und folgt Frau Eisele ins Innere.

„Wia kann i Ihne helfa?", fragt Frau Eisele in herzigem Schwäbisch. Vera erzählt ihr, dass sie auf der Suche nach einem Mann sei, der vor etwa 30 Jahren in ihrem Haus in der Langenburger Straße gewohnt hätte.

„In wellem Haus?", schwäbelt Frau Eisele. „Mir ghered viele Heiser en dr Langaburger Schdroß."

Stuttgarter Geldadel, denkt Vera und sagt: „In der sechs, dem weißen Mehrfamilienhaus."

„Wia soll der Moh hoißa?"

„Michael Maier. Erinnern Sie sich an den?"

„Ja freile!", ein Leuchten geht über Frau Eiseles Antlitz. „Des isch doch der mit dene nädde Buaba."

„Stimmt", pflichtet Vera bei und freut sich über den ersten Erfolg.

„Was welled Sia denn vo dem?", fragt Frau Eisele unverhohlen. Sicher eher aus Neugier denn aus Misstrauen, stellt sich Vera vor und antwortet: „Ich soll ihm Grüße bestellen von einer alten Bekannten."

Frau Eiseles Gesichtszüge wandeln sich plötzlich. Sie zieht die Stirn kraus. „Oiner von dene Buaba isch vor a baar Wocha gschdorba. I han die Todesanzeig in dr Zeidong gläsa." Vera hat äußerste Mühe, Frau Eiseles Honoratioren-Schwäbisch zu verstehen, meint aber, den

Inhalt begriffen zu haben. Einer seiner Söhne muss gestorben sein.

Frau Eisele fragt: „Hend Sia denn scho mol em Telefobuch guggd?" Vera meint, sie hätte nur diese alte Visitenkarte von ihm und wollte zunächst hier recherchieren. Frau Eisele versichert, sie wisse nicht, wo Herr Maier jetzt wohne, aber er betreibe eine Werbeagentur in Bad Cannstatt. Dies wäre ein Stuttgarter Teilort und läge unweit von hier, fügt sie noch an, als sie erkennt, dass Vera mit Bad Cannstatt nichts anzufangen weiß. „Direggt an dr König-Karls-Brügg. Aufm Dach isch a Schwobabräu-Werbung."

Vera hat dieses Mal erheblich mehr Schwierigkeiten, einen Parkplatz zu finden. Das Haus mit der Schwabenbräu-Werbung auf dem Dach hat sie zwar schnell gefunden, muss aber noch zweimal um den Block fahren, bis sie schließlich ihr Auto ins Halteverbot stellt. Das Gebäude ist ein mehrgeschossiger Bau mit viel Glas. Neben Versicherungsbüros, Arztpraxen und Maklern steht nur eine Werbeagentur auf der großen Tafel am Eingang. Die 2M-Werbung. Kein Zweifel, denkt Vera, M und M sind die Initialen von Michael Maier, also macht es Sinn, seine Agentur 2M zu nennen.

Die Agentur liegt im dritten Stock. Vera hat eine klare Vorstellung von einer Werbeagentur. Die Werbewelt ist eine besondere, eine anspruchsvolle, eine durchdesignte. Die Tatsache, dass ihr Vater der Chef einer Werbeagentur sein könnte, behagt ihr. Die untere, gläserne Eingangstür ist offen. Sie nimmt die Treppen. Aufzüge mag sie nicht besonders. Durchtrainiert, wie sie ist, erhöht sich trotz hoher Stockwerke und daher vieler Stufen ihre Pulsfrequenz nicht. Vera betätigt die Klingel. Ein Summton ist bis ins Treppenhaus zu vernehmen. Über der Klingel ist eine Kamera angebracht. In dieser leuchtet nach einiger Zeit des Wartens ein rotes Licht auf.

„Ja bitte?", vernimmt Vera nach weiteren zehn Sekunden eine näselnde Stimme.

„Mein Name ist Vera Sokolová. Ich möchte gerne Herrn Maier sprechen", sagt Vera in die Kamera.

Nach kurzer Zeit hört sie, wie sich im Schloss zweimal der Schlüssel dreht. Verbunden mit einem Entriegelungston, den man nur von schweren Tresoren kennt. Ein mittelgroßer Mann öffnet die Tür, der man ansieht, dass es wohl einen Sprengsatz erforderte, sie gewaltsam zu öffnen. Ob alle Werbeagenturen dermaßen gesichert sind? Vera mustert den Mann. Und plötzlich wird ihr bewusst, dass Lena nie vom Alter Michael Maiers gesprochen hatte. Sie hat ja nie über ihn gesprochen. Kann es sein, dass er sehr viel jünger ist als sie? Damals, vor 33 Jahren, war Lena 32 Jahre alt. Den Mann, der ihr mit neugierigem Blick gegenübersteht, schätzt sie auf höchstens 50 Jahre, war damals also um die 18 Jahre alt. Wenn überhaupt. So beschließt Vera spontan, dass dieser Mann nicht ihr Vater sein kann. Er ist auch keine beeindruckende Erscheinung. Im Gegenteil. Eisgraue, ausdruckslose Augen stehen über einer schmalen Hakennase. Der Unterkiefer steht weit vor dem Oberkiefer, was ihm den Hauch von einer Bulldogge verleiht. Die Ohren stehen ab. Straßenköterblondes Lockenhaar bedeckt sein Haupt. Und er näselt. Vera hasst näseln. Werber hatte sie sich immer irgendwie anders vorgestellt.

„Ich vermute, Sie sind nicht Michael Maier", sagt sie selbstbewusst.

„Wenn ich es wäre, was hätten Sie mir zu sagen?", fragt der Mann durchaus schlagfertig zurück.

„Nun, ich habe ihm Grüße zu bestellen. Ist er denn da?"

„Grüße? Von wem denn? Wollen Sie ihm kondolieren? Er lässt gerade niemand an sich ran."

Es scheint eine Stuttgarter Eigenschaft zu sein, Fragen mit Gegenfragen zu beantworten, denkt Vera und sagt: „Grüße von einer alten Bekannten, die selbst nicht kommen kann."

„Kommen Sie herein." Der Mann öffnet die Tür weit.

„Hat irgendwie etwas mit Fort Knox zu tun", äußert sich Vera, als sie ihm folgt und er eine weitere Tür mit einem Sicherheitsschlüssel öffnet. Auch diese Tür ist satte 10 –12 cm dick und aus Stahl. Sie erkennt eine schwere Verriegelungsmechanik, die vielleicht in den Tresorraum einer Bank passt, aber nicht in eine Werbeagentur. Auch versteht sie nicht, dass sie hereingebeten wird. Eine Antwort hätte er ja auch draußen geben können, vor allem, wenn Michael Maier nicht hier ist. Einen bescheidenen Besprechungsraum hatte sie bereits gleich nach dem Eingang erkannt. Wo soll sie hingeführt werden?

„Gibt es hier keine Mitarbeiter?", erkundigt sie sich vorsichtig.

„Alle im Homeoffice", sagt der Mann. Vera wird mit diesen Worten bewusst, dass weder er noch sie eine Maske tragen. Einfach vergessen. Und hinter der zweiten Tür begreift sie auch die Sicherheitsvorkehrungen. Sie betreten einen Raum, in dem Kriegswaffen auf dem Tisch liegen. Eine Maschinenpistole, ein Sturmgewehr, mehrere Pistolen, sogar ein Maschinengewehr. „Die werden hier nur fotografiert", sagt der Mann. Aber er sagt es voller Stolz. Vera kommt es vor, als prahle er mit diesem Kriegsspielzeug.

„Frau Eisele hat mich hergeschickt", sagt Vera hastig. Nur um ihm zu vermitteln, dass irgendwer weiß, dass sie sich gerade hier befindet. Vera fühlt sich plötzlich nicht mehr wohl in ihrer Haut. Nicht nur wegen des Anblicks dieser Waffen, auch wegen des komischen Verhaltens dieses Mannes.

„Wer ist Frau Eisele?", fragt der Mann.

„Ebenfalls eine alte Bekannte von Herrn Maier", sagt Vera und lügt dabei nicht einmal.

„Bernd Eichtaler", stellt sich der Mann plötzlich vor. „Wie war noch mal Ihr werter Name?"

„Vera", sagt diese. Die Situation empfindet sie zunehmend als bedrohlich.

„Vera? Es hört sich irgendwie Russisch an. Vera – und wie noch?"

„Vera Sovchenko", schummelt Vera Sokolová. Sie ist plötzlich äußerst misstrauisch und will ihm ihren richtigen Nachnamen, den er an der Sprechanlage offensichtlich nicht verstanden hatte, nicht wiederholen.

„Hört sich für mich Russisch an." Sie möchte nur so viel wie nötig von sich preisgeben. Eichtaler schreibt den Namen auf.

„Können Sie mir sagen, wo Michael Maier wohnt?", bittet Vera. „Ich möchte Sie nicht lange aufhalten. Außerdem stehe ich im absoluten Halteverbot. Das kostet in Stuttgart wohl richtig viel Geld, wenn man erwischt wird." Unbeeindruckt setzt sich Eichtaler ans Kopfende des riesigen Besprechungstisches und weist Vera einen der Sessel zu. Zwischen ihnen ein Tisch voller bedrohlicher Feuerwaffen. „Wollen Sie einen Kaffee?"

„Nein danke", sagt Vera. „Ich will noch vor dem Feierabendverkehr aus Stuttgart raus."

„Wo müssen Sie denn heute noch hin? Ich dachte, Sie wollen zu Michael? Da brauchen Sie aber nicht hin, der lässt niemanden rein."

„Sagen Sie mir dennoch, wo er wohnt?", fragt Vera, nicht bittend, eher fordernd.

„Ich würde für Sie sogar ein Fläschlein Sekt aufmachen", näselt der Mann schmierig. „Wenn man Corona-Wache schiebt und sonst nichts los ist, wird einem der Tag lang. Da freut man sich über eine solch attraktive Besucherin und etwas Kurzweil." Seine Worte lassen keinen Zweifel daran, dass er nicht einfach die Wohnadresse von Michael nennen würde. Er will plaudern. Oder sonst noch was?

„Ich habe meine Maske im Auto vergessen", stellt Vera fest. „Ich werde sie kurz holen und umparken, okay?" Vera wartet keine Antwort ab. Sie steht abrupt auf und hastet hinaus auf den Flur. Sie ist erleichtert, dass Eichtaler die beiden Türen zwar aufwendig entriegelt hatte, danach aber nicht mehr verschloss. Sie gelangt wieder ins Treppenhaus und läuft zügig die Treppe hinab. Sie ist heute schon sehr weit gekommen und wird sicher auf eine andere Art herausbekommen, wo Michael Maier wohnt. Ich bin auf der richtigen Spur, denkt sie gerade, als ihr unten der Hausmeister des Bürogebäudes in die Quere kommt und sie ihn fast umstößt. Ein freundlicher älterer Herr in einem grauen Arbeitsmantel.

„Ho ho ho, nur mal langsam mit die jungen Gäule", meint er fröhlich. Ganz offenbar kein Schwabe.

„Ich wollte zu Michael Maier, aber oben ist keiner", sagt Vera.

„Nee, nee, der ist sicher zu Hause. Wie alle."

„Wissen Sie, wo er wohnt?", fragt Vera schnell.

„Na, in Degerloch oben", kommt die spontane Antwort. „Im Silberpappelweg. Nummer wees ick nich."

Vera bedankt sich, erntet nochmals ein freundliches Lächeln vom Hausmeister und verlässt das Gebäude. Regen hat inzwischen eingesetzt. Da hätte ich mir diesen Weg nach oben doch glatt sparen können, denkt sich Vera. Wäre ihr dieser nette Hausmeister doch vorher schon begegnet. Andererseits hat sie auf diese Weise die Werbeagentur von innen kennengelernt. Ein Hochsicherheitstrakt. Sicher hängt es mit den vielen Waffen zusammen, die sie gesehen hat. Irgendwie bedrohlich. Aber weniger bedrohlich als der Typ Bernd Eichtaler.

Veras Navi teilt ihr dankbarerweise mit, dass es nur einige Kilometer nach Degerloch sind. Sie schmunzelt über die lustigen Namen der Stadtteile Stuttgarts. Zuffenhausen … Degerloch. Vera braucht dennoch eine gute halbe Stunde, bis sie den Silberpappelweg erreicht. Sie muss Stuttgart erst fast komplett durchqueren, dann einen kurvenreichen Anstieg bezwingen, und dies bei Dauerregen.

Der Silberpappelweg ist bebaut mit schönen Einfamilienhäusern und nicht besonders lang. Vera fährt zunächst die ganze Straße entlang und mustert jedes Haus. Wenn nur irgendjemand auf der Straße wäre, den ich nach der Familie Maier fragen könnte, denkt sie sich. Aber bei Regen geht ja keiner freiwillig aus dem Haus. Sie parkt irgendwo in der Straße und hofft, dass der Regen nachlässt. Nach einer halben Stunde regnet es immer noch, also macht sich Vera auf die Expedition. Sie hat weder einen Regenschirm noch eine Regenjacke dabei. Aber sie will nicht allzu viel Zeit verstreichen lassen. Falls sie nicht fündig wird, muss sie sich ja noch nach einem Nachtquartier auf die Suche machen. Oder sie müsste in dem kleinen Polo übernachten. Zunächst hat sie jedoch nur eine Bestrebung: Sie will Michael Maier finden. Es kommt ihr doch tatsächlich eine Frau mit einem Terrier an der kurzen Leine entgegen. Klar – Hunde müssen bei jedem Wetter raus.

„Wissen Sie, wo hier eine Familie Maier wohnt?"

„Sicher", erklärt die Frau, „der Silberpappelweg ist wie ein Dorf. Da kennt jeder jeden." Und sie weist auf ein graues Haus, ziemlich am Ende der Straße. Vera bedankt sich, hält ihre Tasche als Regenschutz über den Kopf und strebt auf das Haus zu. Weder an der Haustürklingel noch am Briefkasten steht der Name Michael Maier. Auf einem der Briefkastenschlitze liest sie Daniel Maier. Vera ist enttäuscht. Klar, der Name Maier ist häufig in Deutschland. Sie hat die Dame nur nach einer Familie Maier gefragt. Sie klingelt dennoch beherzt. Vielleicht kennt der eine Maier ja den anderen Maier?

Michael legt sein Buch auf den Beistelltisch. Wer könnte jetzt zu ihm wollen? Vermutlich hat Maria wieder etwas online bestellt und es ist nur der Paketdienst, denkt er und erhebt sich. Eine junge Frau steht im Regen, etwa zwei Meter von den drei Stufen vor der Eingangstür entfernt. Sie hält eine Tasche über den Kopf, um sich vor dem Regen zu schützen. Fast flehend scheint sie ihn anzuschauen. Einen Mund-Nasen-Schutz trägt sie keinen. Das

Bild, das sich Michael eröffnet, wirkt irgendwie lustig und verleitet ihn zu einem Schmunzeln.

„Bitte, womit kann ich Ihnen dienen?", fragt er freundlich.

„Ich bin auf der Suche nach Michael Maier", sagt die junge Frau.

„Er steht leibhaftig vor Ihnen", stellt Michael sich vor.

Nun hatte sich Vera wohl ein gutes Dutzend Eröffnungen zurechtgelegt. Worte, die sie ihrem Vater sagen könnte beim ersten Treffen. Als er jetzt vor ihr steht, ein großer, stattlicher Mann, der von oben auf sie herabblickt, fallen ihr keine Worte mehr ein. Nichts. Einige Sekunden ringt sie nach dem ersten Laut. Er will nicht über die Lippen. Alle Worte sind nicht mehr da. Stattdessen verfällt sie in etwas, das sie seit ihrer Kindheit nicht mehr getan hat: in herzzerreißendes Schluchzen. Dicke Tränen quellen ihr aus den Augen, die Michael trotz des regennassen Gesichtes sofort realisiert. O Gott, denkt er spontan, eine von Daniels Verflossenen, die erst nach einem Monat den Mut findet zu kondolieren. Er verwirft den Gedanken jedoch sofort. Erstens meint er, alle Menschen aus Daniels Umfeld zu kennen, und außerdem müssten diese alle auch wissen, dass er Daniels Vater ist. Sie hingegen sucht einen Michael Maier.

„Kommen Sie doch herein", fordert er sie auf. „Sie werden ja patschnass da draußen." Vera geht dankbar nach drinnen, während sie sich immer noch in einer Tränenattacke schüttelt.

„Wollten Sie zu mir, um zu kondolieren?", fragt er, weil er dies noch nicht ausschließen will.

Stumm schüttelt Vera den Kopf.

„Kannten Sie Daniel?" Vera schüttelt erneut den Kopf und sucht verzweifelt in ihrer Tasche nach einem Taschentuch. „Warten Sie", sagt Michael und holt fix aus der nahen Küche eine Rolle Küchenkrepp. „Müsste zunächst reichen", meint er humorvoll, indem er ihr die ganze Rolle in die Hand drückt. „Jetzt bin ich aber mal gespannt!" Geduldig wartet Michael, bis sich die junge Frau die Nase geputzt und etwas beruhigt hat. Er macht drei Schritte zurück, um den empfohlenen Abstand von zwei Metern zu wahren.

„Ich bin gekommen, um Ihnen Grüße zu bestellen", lügt Vera endlich mit schwacher Stimme.

„Grüße? Von wem denn?"

„Von Lena Sokolová aus St. Petersburg."

„Von Lena Sokolová …?" Michael schaut wohl eine lange halbe Minute ins Leere.

Vera mustert Michael derweil interessiert. Sie schämt sich ihrer Tränen nicht, die jetzt aber eher verhalten kullern. Vor ihr steht ein etwa 60-jähriger Mann mit erkennbarem Bauchansatz. Er trägt Jeans und ein Marken-Sweatshirt, das nicht recht zu seinem Alter passen möchte. Sein Haar trägt er hingegen unmodisch lang, was ihm aber steht, wie Vera empfindet. Am meisten gefallen ihr seine Augen. Warmherzig blicken sie drein. Sein Teint ist eher grau, was wohl dem vergangenen Winter geschuldet ist und sicherlich auch dem Verlust seines Sohnes. Frau Eisele hatte es ihr ja erzählt.

„Lena Sokolová aus St. Petersburg?", wiederholt Michael und schüttelt leicht den Kopf. „Ja, ich erinnere mich. Lange ist es her. Sehr lange. St. Petersburg hieß damals noch Leningrad. – Was haben Sie mit Lena aus Leningrad am Hut?", fragt Michael unverblümt. „Sie kennen sie natürlich, sonst würden Sie mir ja keine Grüße überbringen. Geht es ihr denn gut?"

Vera ist erleichtert, dass er sich zumindest an den Namen erinnern kann. Es soll ja Männer geben, die in ihrem Leben so viele Frauen kennengelernt haben, dass ihnen die Erinnerung an einzelne schwerfällt. Vor allem nach so langer Zeit. „Es geht ihr gut … und ich muss mich jetzt leider auch gleich zu einer unrichtigen Aussage bekennen. Lena weiß nicht, dass ich hier bin."

„Jetzt wird die Sache doch etwas bizarr und bedarf einer Aufklärung." Lächelnd und mit interessiertem Blick bittet er Vera, im Wohnzimmer Platz zu nehmen. „Ich hole ihnen schnell ein frisches Handtuch. Sie triefen ja förmlich." Im Gehen fragt er noch: „Kaffee oder Tee?"

„Gerne Tee!", ruft ihm Vera nach, wieder einigermaßen gefasst. Die beiden werden beobachtet. Von einem Eurasier, einem recht großen Hund, der aussieht wie ein Teddybär.

„Das ist Chino", stellt Michael den Hund vor, als er mit dem zusammengefalteten Handtuch kommt. „Eine liebe, treue Seele. Leider schon etwas in die Jahre gekommen – wie sein Herrchen auch."

Vera lockt Chino, und dieser kommt dann tatsächlich schwanzwedelnd auf sie zu, während sie sich abtrocknet.

„Ich liebe Hunde", bekennt sie. „Leider habe ich keine Möglichkeit, einen zu halten." Chino lässt sich ausgiebig knuddeln. „Er ist wirklich lieb", meint Vera fröhlich.

„Okay", sagt Michael. „Sie wissen jetzt, dass ich der Michael Maier bin. Ich weiß jetzt, dass Sie gerne einen Hund halten würden, es aber nicht können. Sonst weiß ich von Ihnen nichts. Nicht einmal Ihren Namen. Habe ich da eine Chance?" Michael, der sich seit dem Tod seines Sohnes isoliert und jeden Kontakt meidet, hat plötzlich Gefallen an einem zwanglosen Gespräch mit einer jungen, netten Besucherin. Auch, dass sie sehr hübsch ist, selbst mit ihrem nassen Haar und dem etwas verschwommenen Make-up.

„Erst zum Hund", beginnt Vera. „Ich arbeite normalerweise im Europapark in Rust, wo man höchstens einen Wellensittich halten könnte. Und entschuldigen Sie bitte, dass ich mich nicht vorgestellt habe. Mein Name ist Vera Sokolová."

„Verwandt oder verschwägert?", fragt Michael und er schmunzelt dabei.

„Zu Lena verwandt, sogar ersten Grades."

„Die Mama?"

„Die Mama."

„Ich kann mich sehr gut an Lena erinnern", beginnt Michael seine Geschichte. „Wie lange ist es her? Sie war damals aber kinderlos, es sei denn, sie hätte mir etwas Unrichtiges erzählt. Mein Gott, wie lange ist es her?"

„33 Jahre", klärt Vera auf. „Damals war sie tatsächlich kinderlos."

„33 Jahre. Warte mal, das war dann also 1987. Ich weiß es genau. Lena hat mir 1987 prognostiziert, dass Deutschland binnen einiger Jahre wiedervereinigt sein wird. Ich bin aus allen Wolken gefallen. Dies aus dem Munde einer Sowjetbürgerin. Keiner – weder in West- noch in Ostdeutschland – glaubte damals an eine Wiedervereinigung der beiden Teile Deutschlands. Und sie wusste bereits zwei Jahre vorher, dass es stattfinden wird."

„Mein Opa war im sowjetischen Generalstab", erklärt Vera. „Es war von langer Hand und im Dunst der Perestroika vorbereitet. Aber dass Lena es ihnen erzählt hat, wundert mich schon. Einem Westler."

„Ich muss gestehen, wir hatten schon einiges getrunken, als sie es mir erzählte, und ich habe es nicht ernst genommen. Erst, als sich die Wende 1989 ankündigte, war mir bewusst, dass sie damals schon mehr gewusst haben musste. Sie hat mir erzählt, dass ihr Vater General wäre, erinnere ich mich."

„Ihr Vater und mein Opa", sagt Vera.

„Ich denke oft an Lena. Wir hatten nur ein kurzes Verhältnis zueinander, aber eines mit unglaublichem Tiefgang. Ich hätte sie so gerne wiedergesehen."

Diese Aussage bringt Vera wieder zum Weinen. Sie kann sich dagegen nicht wehren. Normalerweise überhaupt nicht „nah am Wasser gebaut", muss Vera jedoch feststellen, dass diese Situation sie so übermächtig bewegt, dass sie ihre Tränen nicht im Griff hat. Es sind Tränen der Rührung, gepaart mit Tränen der Wut auf Lena und ihre

Jahrzehnte andauernde, hartnäckige Weigerung, über den Vater ihrer Tochter zu reden.

„Darf ich fragen, wie alt Sie sind?", fragt Michael sanft und reicht ihr wieder die ganze Rolle Küchenkrepp. Beide beginnen zu lachen, wobei sich Vera immer noch nicht ihrer Tränen erwehren kann. Es gesellen sich auch Tränen des Glücks hinzu.

„Ich bin 32 Jahre alt. Ich kam im Juni 1988 in Leningrad zur Welt." Nach dieser Aussage verharren beide in langem Schweigen.

„Wer ist ihr Vater?", fragt Michael schließlich, wohl schon ahnend.

„Ich kenne meinen Vater leider nicht", flüstert Vera und sucht bereits hektisch auf ihrem Smartphone nach dem Foto der Visitenkarte. Michael wartet geduldig.

„Das Einzige, was ich von meinem Vater habe, ist das hier."

Sie lässt Michael aufs Display schauen.

Michael erkennt nicht sofort seine eigene Visitenkarte von damals, es dauert wohl zwei Sekunden.

Danach schaut er Vera lange in die Augen. Sie hält mit etwas verwässertem Blick stand. Er erhebt sich und sagt auf dem Weg in die Küche: „Ich habe unseren Tee vergessen. Und ich glaube, ich brauche auch gleich einen Whiskey."

Chino legt sich Vera zu Füßen.

Michael Maier war 1987 32 Jahre alt, bereits selbstständiger Marketingberater und hatte zwei fröhliche, zappelige Buben und auch eine hübsche Frau. Alle drei liebte er abgöttisch. Als sie abends mal wieder im Fast-Food-Restaurant McDonald's eine Runde Hamburger verspeisten, dauerte es nicht lange und beide Jungs, Christoph und Daniel, hatten sich komplett mit einem Gemisch aus Mayonnaise und Ketchup vollgesabbert. Wie immer eigentlich, aber die Familie wollte an diesem Abend anschließend ins Kino, dies fiel somit flach. Es war jedoch die Initialzündung für eine Erfindung, die Michael gleich am nächsten Morgen bastelte: ein Wegwerflätzchen aus Krepppapier. Mit findigem Verschluss, wie alle sagten, zwei bogenförmigen Stanzungen, die so stabil waren, dass sie selbst sehr lebhaften kleinen Essern standhielten. Michael ließ sich das Lätzchen auf dem Europäischen Patentamt als Geschmacksmuster eintragen und bot es, nach Erhalt der Patenturkunde, McDonald's an. Die Zentrale des Fast-Food-Riesen war in München. Dort lud man ihn ein und beurteilte dieses Wegwerflätzchen als genial. Aber die Verantwortlichen bei McDonald's mussten knochenhart rechnen. Wenn Michael es schaffen würde, dieses Produkt für drei Pfennig pro Stück produzieren zu lassen, nähmen sie es ins Programm auf. Jeder Gast bis fünf Jahre erhielte dann zu seinem Menü ein solches Lätzchen, bunt mit Ronald McDonald bedruckt. Das Patent lief sechs Jahre. Über diesen Zeitraum stellten sie dem Patentinhaber Michael Maier monatlich sechstausend Deutsche Mark für die Patentnutzung in Aussicht. Das Damoklesschwert „drei Pfennig" schwebte derweil über der ganzen Idee.

Oh, wie hatte sich Michael dann bemüht, dieses Lätzchen irgendwo in Deutschland für drei Pfennig produzieren zu lassen. Der Knackpunkt war die Stanzung, welche in einer Buchdruckmaschine erfolgen musste, und diese waren schon damals in Deutschland rar. Der Buchdruck, die geniale Erfindung des Johannes Gutenberg, war mittlerweile nostalgisch und fast komplett vom moderneren Offsetdruck abgelöst. Das günstigste Angebot lag, selbst bei einer Auflage in Millionenhöhe, bei sieben Pfennig pro Exemplar. Michael wollte sich schon von seiner Idee verabschieden, als Udo, einer seiner Stammtischfreunde, ihm riet, doch einmal im Ausland nachzufragen. Hierbei kam nur eine Druckerei in der Tschechoslowakei, in Ungarn oder in der damaligen DDR infrage.

Udo reiste seit Jahren schon zwei Mal jährlich zur Leipziger Messe. Nicht beruflich, das war im Freundeskreis bekannt, sondern wegen der „Nivea-Damen", wie sie im allgemeinen Sprachgebrauch genannt wurden. Messebesucher durften sich zu Messezeiten, einmal im März und einmal im September, ausschließlich in Messehotels einquartieren, für harte Devisen. Diese Hotels, meist hießen sie Interhotels, hatten allesamt Nachtbars, in welchen an jedem Messeabend die Post abging.

Oft hatte Udo von seinen Erlebnissen dort berichtet. Es fanden sich, neben den Messegästen, stets auch eine große Zahl ebendieser besagten Damen ein. Es waren keine Prostituierten, wie man denken könnte, nein, es waren Damen wie du und ich, die sich allerdings während der Messe ein gutes Zubrot in Westwährung dazuverdienten. Oftmals sogar mit Genehmigung ihrer Männer. Manche wurden gar von ihren Ehemännern geschickt. Außerhalb der Messe gingen die Nivea-Damen ganz gewöhnlichen Beschäftigungen nach. Michaels Motivation, mit Udo auf die Leipziger Messe zu fahren, waren nicht Damenbekanntschaften, sondern vielmehr die Hoffnung, dort mit einem staatlichen Druckereibetrieb einen Preis unter der Dreipfennigmarke aushandeln zu können.

Udo bevorzugte immer das Interhotel Gera. Zum einen war es billiger als die Hotels in Leipzig direkt, zum anderen war die dortige Nachtbar keine Valuta-Bar, das heißt, es konnte der Verzehr in Mark der DDR bezahlt werden. Getauscht wurde für gewöhnlich im Verhältnis 1:4 bei der

Toilettenfrau. Eine Westmark gegen vier Ostmark. Alle Stammgäste wussten dies, sicherlich auch die allgegenwärtigen Stasileute, die jedoch beide Augen zudrückten. Böse Zungen behaupteten sogar, dass jene durchaus auch einen Nutzen davon hatten und am Umsatz der Toilettenfrau partizipierten.

So machten sich Michael und Udo in dessen Siebener BMW an einem Septembermorgen des Jahres 1987 auf den Weg nach Leipzig. Michael war noch niemals in der DDR gewesen, kannte den anderen Teil Deutschlands nur aus der Berichterstattung. Auch hatte er keinerlei Verwandte dort. Knapp drei Stunden benötigten sie von Stuttgart bis zum Grenzübergang bei Hirschberg. Zwei Stunden dauerte dann die Grenzabfertigung, die Michael im Anschluss nachhaltig in Erinnerung blieb. Selbst die für die DDR so wertvollen Messebesucher mussten alle Koffer und Taschen öffnen. Es wurde mit Spiegeln der Fahrzeugunterboden inspiziert, die Lehne des Rücksitzes musste ausgebaut werden.

Eine Kontrolle war es, wie sie Michael noch nie erlebt hatte. Dann hob der Grenzsoldat die Hand an die Schirmmütze und wünschte eine angenehme Weiterreise. Angenehm war diese jedoch nicht, in Anbetracht des Zustandes der DDR-Autobahn in Richtung Berlin. Es durfte mit maximal 100 km/h gefahren werden, was bei diesen Schlaglöchern kaum möglich war. Eine gute Stunde später erreichten sie das Interhotel Gera und parkten den Siebener auf dem Hotelparkplatz, auf dem fast ausnahmslos Westautos standen, und um diese herum Kinder, welche die Fahrzeuge ausgiebig begutachteten. Ein Siebener war schon was anderes als Papis Trabbi.

Michael ließ alles auf sich wirken, er kannte ja schon viel durch Udos Stammtischprahlerei, es war ihm jedoch nicht besonders wohl angesichts dieser Unterschiede zwischen West und Ost. Dies ist also der Staat, den niemand verlassen darf? Den aber so viele verlassen wollen?

Er stand staunend vor dem überraschend modernen Eingang des Hotels und sog die ersten Impressionen des anderen Deutschlands ein. Rege Betriebsamkeit herrschte, die strohgelben Straßenbahnwaggons waren prall gefüllt mit Werktätigen, die vermutlich auf dem Weg nach Hause waren. Nach Lusan, einer Trabantenstadt in der bewährten Plattenbauweise, in welcher fast so viel Menschen wohnten wie in Gera selbst. In den Kurven quietschten die Bahnen erbärmlich. Michael stellte fest, dass Gera völlig anders roch als Stuttgart. Bedingt durch die Braunkohleheizungen und die Zweitaktmotoren, wie man ihm später erzählte. Michael mochte den Geruch. Auf dem großen, belebten Platz reihten sich einzelne Geschäfte. Ein Buchladen fiel Michael auf, der offenbar überquoll im Angebot. Kunstbücher sah er, die im Preis unglaublich günstiger waren als im Westen. Ansonsten wirkten die Läden eher bescheiden und dürftig. Als wäre die Zeit in den Sechzigern stehen geblieben.

In der Eingangshalle des Hotels setzte sich dieser Eindruck fort. Das Interieur war mit einem Internationalen Hotel im westlichen Teil der Welt nicht zu vergleichen. Udo und er wurden von einer Gruppe fröhlicher, livrierter Kellner begrüßt mit einem Wasserglas voll Wodka, welches stante pede ausgetrunken werden musste. Es war ein Ritual. Alle Messegäste, zumindest die aus dem Westen, wurden so begrüßt. Michael war trinkfest und machte mit. Sto Gramm, hörte Michael einen der Kellner sagen, 100 Gramm Wodka zur Begrüßung. Auf diese Weise sicherten sie sich ein ordentliches Trinkgeld in Westwährung, mit welchem die Kellner fest rechneten. Es sei anzuraten, einen Teil bereits im Voraus zu berappen, dann wäre eine bevorzugte Behandlung garantiert, meinte Udo in seiner Ost-Erfahrenheit. Udo legte wohlwollend einen Fünfzig-DM-Schein in die Aluminiumschale, die ihm einer der Kellner provokant vor die Nase hielt. Michael überlegte nicht lange und tat es ihm gleich.

„Die Messe in Leipzig wollen wir erst morgen besuchen", sagte Udo zu den Kellnern. Michael war es recht.

Auch die gesamte Messe unterschied sich von den Westmessen, die Michael kannte. So waren die Aussteller nicht nur im etwas angestaubten Messegelände zu finden, sondern sie verteilten sich auf weitere Gebäude, teilweise mitten in der Stadt Leipzig.

Der VEB Kombinat Polygraph Werner Lamberz war mit seinem Produkt der Planeta-Offsetdruckmaschinen auf dem Hauptgelände mit seinem Stand.

Einzelne Großdruckereibetriebe, wie es sich Michael vorgestellt hatte, gab es nicht. Auch war keine Druckmaschine aufgebaut, sondern es gab nur Besprechungsmöglichkeiten in sogenannten Kojen. Ein Terminus, den es auf westdeutschen Messen auch nicht gab.

Michael hatte einige Muster seines Wegwerfflätzchens eingepackt.

Er erzählte einer Mitarbeiterin am Empfangstresen des Polyplast-Standes sein Anliegen.

„Das müssen Sie einem Fachmann im Bereich Druck erzählen", sagte die Dame, „es sind aber gerade alle im Gespräch. Heute Nachmittag hätte Frau Sokolová eine halbe Stunde Zeit für Sie. Sie ist Druckingenieurin und kennt sich aus."

Gerne willigte Michael ein und nutzte bis dahin die Zeit, sich auf dem Gelände etwas umzusehen.

Es war der Eröffnungstag, an dem auch viele der Staatsräte anwesend waren, und unter ihnen natürlich auch Staatsratsvorsitzender Erich Honecker mit Frau Margot.

Umgeben von Fotografen und Journalisten, bewegte sich der prominente Haufen durch die schmalen Messegassen.

Lena Sokolová war eine attraktive Dame, schätzungsweise in seinem Alter, die ihn in eine der Kojen bat. Das Gespräch mit ihr war indes ernüchternd.

„Wissen Sie nicht, dass es keine deutsch-deutschen Handelsgeschäfte gibt?", fragte sie.

Er wusste es nicht.

„Es gibt nichts, was deutsch-deutsch verrechnet werden kann, ausgenommen sind Kompensationsgeschäfte, also Ware gegen Ware. Ansonsten muss alles über ein Drittland abgewickelt werden, etwa Österreich."

Michael ist bereits nach 10 Minuten desillusioniert.

Lena Sokolová bemerkte dies und versicherte ihm noch beim Abschied: „Ich suche nach einem Druckereibetrieb in der Sowjetunion. Ich bin Sowjetbürgerin und verbringe die Hälfte meiner Zeit immer in der UdSSR. Mit der Sowjetunion können Direktgeschäfte abgewickelt werden." Seine Visitenkarte verstaute sie im hinteren Fach ihrer Besprechungsmappe, zusammen mit einem Muster der Wegwerflätzchen.

Just in dem Moment, als sie gemeinsam die Koje verließen, ging ein Blitzlichtgewitter auf sie nieder. Honecker stand direkt vor ihnen, zusammen mit der Horde Journalisten. Einer befragte Lena Sokolová nach dem Inhalt des Gespräches. Eloquent antwortete sie auf die Frage. Honecker stand mit seinem populär-blöden Blick rechts von ihr, Michael links. Es hätte ein Gespräch mit einem Geschäftsmann der Bundesrepublik Deutschland stattgefunden, welcher bemüht sei, einen leistungsfähigen Druckereibetrieb zu finden, welcher eine Millionenauflage eines Druckproduktes für Kinder drucken kann. In der Bundesrepublik mangle es an Betrieben mit Buchdruckmaschinen, die nach dem Druck in der Druckweiterverarbeitung folgen müssen. Er sei hier sicher gut aufgehoben mit seinem Auftrag und sie freue sich, hier behilflich sein zu können. Michael stand neben ihr und dachte, er wäre im falschen Film. Dennoch machte er eine sehr zufriedene Miene, auch wenn sie dem Sozialismus dienen könnte. Er wurde vom Interviewer nicht befragt, Lena Sokolová zog ihn nach ihrem Statement auch unauffällig aus dem

Geschehen. Sie flüsterte ihm zu, sie hätte nicht gelogen. Ihre Ausführungen waren nur adäquat für die Inlandspresse formuliert, der Tageszeitung Neues Deutschland, dem Zentralorgan der SED.

Andere Aussteller der Leipziger Messe interessierten Michael nicht. Es war auch ganz im Sinne von Udo, recht schnell die Messestadt verlassen zu können, und sie machten sich auf den Rückweg ins etwa 100 Kilometer entfernte Gera.

Gegen 19:00 Uhr glaubte er, seinen Augen nicht trauen zu können. Zusammen mit anderen Westlern saß er in geselliger Runde in den schweren Sesseln der Lobby, als Lena Sokolová durch die automatische Eingangstür trat. Er stellte sein Bierglas auf dem schwarzen Flügel ab, auf dem ein Pianist leise melodische Weisen spielte, und ging staunend auf sie zu. Auch sie war überrascht und hielt freundlich lächelnd inne. Sie trug noch das graue Kostüm, das sie bereits auf der Messe kleidete.

„Ich bin platt", sagte Michael zu ihr. „So schnell kommen Sie mit einer Erfolgsnachricht und überbringen Sie sogar persönlich?"

„Leider keine Erfolgsnachricht", stellte Lena klar. „Sie erzählten mir doch gar nicht, dass Sie im Interhotel Gera zu Gast sind. Ich wohne ebenfalls hier. Ich bin in Gera groß geworden und treffe mich im Messezeitraum gerne mit Freundinnen von damals."

„Ich denke, Sie sind Sowjetbürgerin? Wie können Sie dann in Gera aufwachsen?"

„Mein Vater ist Berufssoldat in der sowjetischen Armee und war über Jahre hier stationiert. Ich habe auch in Deutschland studiert."

„Ach, daher sprechen Sie Deutsch wie eine Deutsche. Ich hatte mich schon gewundert. Ich wollte gerne noch etwas mit Ihnen plaudern, aber Erich machte uns ja einen Strich durch die Rechnung."

Lena lächelte.

„Wir können es ja getrost heute Abend nachholen. Mit meinen Freundinnen habe ich mich gestern Abend schon getroffen."

Ohne nachzudenken, sagte Michael: „Sie könnten mir keine größere Freude machen. Ich muss gestehen, dass ich das Geschwätz meines Reisegenossen und seiner Freunde hier fast nicht mehr ertragen kann. Es geht nur um ihre Erfolge bei den Nivea-Damen. Sie wissen, was Nivea-Damen sind?"

„Natürlich weiß ich es. Sie heißen so, weil sie sich für einen Einkaufsbummel im Intershop für eine Nacht an einen Westler verschenken. Und im Intershop gibt's ja bekanntlich auch Produkte von Nivea."

Nach einer kleinen Pause, in welcher Michael das Gesagte verarbeitete, fragte sie: „Sicherlich haben Sie gestern Abend gesehen, wie es unten in der Hotelbar zuging?"

Michael schüttelte den Kopf. „Ich war gestern nicht mit unten." Dabei deutete er auf die breiten Treppen, die ins Untergeschoss zur Nachtbar Rubin führten. „Die Reise und die Impressionen hatten mich sehr erschöpft. Ich bin gleich aufs Zimmer und habe mir noch ein wenig DDR-Fernsehprogramme reingezogen."

„Sie waren bislang wohl noch nie in der DDR?"

„Nein", antwortete Michael. „Es ist das erste Mal, und es ist darüber hinaus von Erfolglosigkeit gekrönt. Ich hatte sehr gehofft, hier einen Druckpartner zu finden."

„Na dann genießen Sie den Aufenthalt doch mit den Jungs da drüben. Ich bin mir sicher, auch für Sie fällt eine Nivea-Dame ab."

Lena lächelte dabei etwas bitter.

„Bei mir, als bekennendem Monogamisten, mit einer treuen Ehefrau und zwei Söhnen, würde sich wohl jede der Damen die Zähne ausbeißen." Beide lachten herzhaft.

Michael schlug vor: „Darf ich Sie denn zum Abendessen einladen? Wir können ja ein bisschen über unsere Branche plaudern. Denn alles ist mir lieber, als diesen schwanzlastigen Gesellen zuzuhören." Entsetzt über seine eigene Aussage, entschuldigte sich Michael sofort, und Lena lachte noch herzlicher.

„Unter einer Voraussetzung gerne", antwortete sie. „Wenn wir nicht hier im Restaurant dinieren müssen. Ich mag die Küche nicht besonders."

„Vorschlag?"

„Wir gehen in die Gaststätte ‚Glückauf'. Das heißt, wenn wir einen Platz bekommen. Die Rindsrouladen dort sind eine Sünde wert."

Lena bat um eine halbe Stunde und sagte im Gehen: „Vielleicht haben Sie noch etwas anderes zum Anziehen dabei als diesen gestelzten Anzug? Es darf leger sein."

Michael zog sich schnell um und wählte eine Jeans, ein kariertes Hemd und ein graues Sakko. Fast zeitgleich trafen beide wieder in der Hotelhalle ein. Lena trug ebenfalls Jeans, dazu eine rot gestreifte Bluse und ein farblich passendes Top. Michael stellte fest, dass sie eine ausgezeichnete Figur hatte. In ihrem Dienstanzug war ihm dies nicht aufgefallen. Auch zauberte sie sich ein gekonntes Make-up ins Antlitz, in Rekordzeit, wie er meinte. Die Gaststätte „Glückauf" lag unweit des Hotels, kaum fünf Minuten zu gehen.

„Wir sind ein bisschen spät dran", meinte Lena. „Hoffentlich lassen sie uns noch rein." Sie erhielten Platz, der Ober wies sie ein. Am selben Tisch saß ein älteres Ehepaar nebeneinander. So setzten sich Michael und Lena ebenfalls nebeneinander auf die andere Seite des Tisches. „Man hat in den Speisegaststätten in der DDR selten einen Tisch für sich allein", bekannte Lena. Beide bestellten Rindsrouladen mit Rotkohl und Thüringer Klößen. Dazu eine Flasche Stierblut, einen ungarischen Rotwein.

Michael traute seinen Augen nicht, als er die Preise sah. Die Rouladen kosteten zwei Mark und achtzig Pfennig. Die Flasche Stierblut knappe sechs Mark. Und der Wein schmeckte nicht einmal schlecht. „Das ist ja Wahnsinn!", sagte er. „Kann man für so wenig Geld ein Lokal unterhalten?"

Lena wurde mit dieser Aussage bestätigt, dass sie es wirklich mit einem DDR-Neuling zu tun hatte.

„Sie werden gleich schmecken, was man für zweiachtzig auf die Teller zaubern kann. Das Essen kommt hier allerdings immer sehr schnell, damit der Tisch auch rasch wieder frei wird für die nächsten Gäste. Und nicht nur der Preis unterscheidet sich in der DDR von dem westlichen. In der ganzen Republik steht nur gelerntes Küchenpersonal am Herd und jede Person im Service hat dies auch von der Pike auf gelernt. Bei euch kann ein Schustergeselle ein Restaurant eröffnen. Hier nicht."

Tatsächlich schmeckte das Gericht vorzüglich. Im Inneren der Rouladen befand sich ein fingerdickes Stück glasiger, ehemals weißer Speck.

„Dies ist das Geheimnis einer guten Roulade", meinte Lena. „Wer den Speck nicht mag, kann ihn ja am Stück herausziehen." Sie selbst führte dies sogleich vor. „Aber ohne Speck schmeckt eine Roulade wie salzige Schuhsohle."

Michael nahm sich vor, seiner Familie nach seiner Rückkehr sofort Rindsrouladen Thüringer Art zu kochen. Es sollte nachhaltig die Leibspeise seiner beiden Buben werden, wie sich zeigte.

Erstaunlicherweise vermied Lena jedes Gespräch geschäftlicher Art. Zwei seiner Ansätze bügelte sie gekonnt nieder und lenkte das Gespräch wieder auf allgemeine Dinge.

„Sie haben doch Mark der DDR?", fragte sie ihn. „Mit Scheckkarte zu bezahlen, das geht hier nämlich nicht."

„Genau die 75 Mark für drei Tage Zwangsumtausch", antwortete Michael. „Aber bei diesen Preisen reicht das locker."

Sie hatten die Flasche Stierblut ebenfalls recht schnell getrunken, weil sie bemerkten, dass trotz der späten Stunde eine Traube von Hungrigen im Eingangsbereich des „Glückauf" auf frei werdende Plätze wartete. Daher bewegten sich beide recht beschwingt in Richtung Interhotel.

„Darf ich Sie denn in die Hotelbar einführen?", begann Lena das Gespräch auf dem Rückweg. „Sonst ist hier in Gera nichts los. Dort unten können wir über alles reden, es hört keiner mit."

Michael nickte fröhlich und freute sich über ihre spontane Art und die Fortführung ihrer Gesellschaft.

„Leider müssen wir uns jedoch nochmals umkleiden", sagte Lena. „Dort unten wollen sie Abendgarderobe sehen, egal wie verrucht es zugeht."

„Kein Problem", meinte Michael. „Meine Frau ist Weltmeisterin im Kofferpacken. Ich habe neben dem gestelzten Anzug auch noch einen dunklen Anzug als Wechselgarderobe dabei."

„Wie lieb Sie doch von Ihrer Frau und Ihren Kindern reden", bemerkte Lena. „Da möchte man direkt neidisch werden."

„Sie haben keine Kinder?", fragte Michael neugierig.

„Nein, leider nicht." Es schien echtes Bedauern in der Aussage zu liegen. „Ich bin unstet, beruflich viel unterwegs und daher selten zu Hause. Da funktioniert es nicht mit Familie." Ob sie in einer Beziehung lebe, traute sich Michael nicht zu fragen.

Dieses Mal musste Michael zwanzig Minuten länger in der Lobby warten. Dann aber verschlug es ihm fast den Atem, als er Lena im eng anliegenden, schwarzen Seidenkleid und einer roten Kostümjacke auf sich zukommen sah. Sie verstand es, perfekt in ihren ebenso roten High Heels zu gehen. Es war die dritte Version von Lena, die er an diesem Tag kennenlernte. Eine war schöner als die andere.

Sie beschritten die breite, geschwungene Treppe ins Untergeschoss. Lena war nur noch einen halben Kopf kleiner als er, der ja mit 1,90 Metern ein Hüne war. Der große

Vorraum vor dem Eingang in die Tanzbar war nüchtern, an der Decke flackerte Neonlicht. Eine schlichte Garderobe war mittig an der hinteren kahlen Wand, links und rechts davon ging es in die Toiletten.

Die beiden hatten keine Mäntel abzugeben, daher gingen sie, vorbei an einem Türsteher, der vermutlich nur auf adäquate Bekleidung achten musste, in die Tanzbar. Michael war dankbar, dass die Life-Band nicht allzu laut spielte. Er hasste laute Discomusik. Die fünf Musiker brachten einen aktuellen amerikanischen Hit in Perfektion, wie er feststellte. Davor befand sich die wenig belebte, runde, mit Mosaiksteinen belegte Tanzfläche. Gleich nach der Eingangstür ragte eine deckenhohe Wand aus bunten Glaselementen empor und fungierte als Raumteiler. An ihr entlang führten einige Stufen hinunter an die Tanzfläche und die lange, abgewinkelte Bar. Dort war eifriges Treiben im Gange.

„Wie wäre es mit einem Glas Sekt?", fragte Michael.

„Wenn Ihnen unser Rotkäppchen-Sekt genügt, sehr gerne", antwortete Lena. Ein wunderbarer, überhaupt nicht aufdringlicher Geruch umgab sie. Ihr Make-up war viel betonter als noch vor einer Stunde. Michael war sich sicher, nachdem er die anderen weiblichen Gäste musterte, dass er hier wohl die schönste Frau an seiner Seite hatte. Udo stand bereits in einem Pulk fröhlicher Zecher prominent an der Bar. Er warf Michael einen anerkennenden Blick zu ob seiner Begleitung.

Dazwischen bewegten sich einige Damen ausgelassen im Takt der Musik. Vier eifrige Barkeeper machten ihren Dienst, plauderten mit dem einen oder anderen Gast und mixten gekonnt Drinks. Nach dem Glas Sekt, der Michael tatsächlich nicht besonders schmeckte, wählten die beiden einen Tisch, drei Absätze weiter oben, weit von der Tanzfläche entfernt. Hier waren Kellnerinnen im Einsatz. Der gesamte Raum wurde rot beleuchtet. Wie im Puff, dachte Michael.

Als ob Lena Gedanken lesen könne, sagte sie: „Letztes Jahr hingen hier überall meist weiße Glühbirnen. Rote gab es nicht zu kaufen, in der ganzen Republik nicht. Diese hier hat vermutlich ein mitleidiger Stammgast aus dem Westen mitgebracht."

„Es sind die ersten Worte aus Ihrem Mund, die doch etwas die Mangelwirtschaft der DDR erwähnen", meinte Michael, als sie sich an einen der hinteren Tische setzten. Die Tischreihen gingen rund um die Tanzfläche stufenweise nach oben. Sie waren nur spärlich besetzt, erst am übernächsten Absatz saßen Pärchen.

„Natürlich, die Mängel der Planwirtschaft sind hier allgegenwärtig." Lena sprach leise. „Es ist jedoch ein absolutes Tabuthema. Ich muss Worte, die mitgehört werden können, stets sorgfältig planen. Aber alle Bürger der DDR haben sich daran gewöhnt, nicht überall alles sagen zu dürfen. Auch da unten an der Bar sitzt stets ein Mitarbeiter des Staatssicherheitsdienstes. Alles ist unter Kontrolle."

Michael nickte.

„Jetzt verstehe ich auch Ihre Aussage am Messestand, als der Staatsratsvorsitzende Erich Honecker neben Ihnen stand."

„Es war echter Zufall, dass die Gruppe ausgerechnet dann vorbeikam, als ich mit einem Gesprächspartner aus Deutschlands Westen aus der Koje trat. Ich musste in dieser Weise antworten und war erleichtert, dass Sie von den Journalisten nicht befragt wurden und von sich aus nichts kommentierten. Es hätte peinlich werden können. Wäre ich ehrlich gewesen, hätte ich sagen müssen, dass Sie einen Druckauftrag in der DDR drucken lassen wollen, weil alles im Sozialismus viel billiger angeboten wird. Und ich hätte aufklären müssen, dass das strukturierte Krepppapier, welches für diesen speziellen Druckauftrag gebraucht würde, aus keiner Papiermaschine des Sozialismus läuft. Sie als Kunde hätten das Papier für jeden einzelnen Auftrag anliefern müssen."

„Dann hätte sich alles nicht gerechnet, und ich wäre auch niemals unter die drei Pfennig gekommen", stimmte Michael zu.

„Und nicht nur das", fuhr Lena fort. „Unsere Druckfarben strotzen nur so vor Blei und Cadmium. Insbesondere bei einem Einmallätzchen für Kinder müssen aber zwingend lebensmittelspezifische Farben verwendet werden. Sie hätten also auch noch die Druckfarben liefern müssen. Dabei hätten Sie niemals die Garantie, dass die Farben auch für Ihre Auflagen verwendet würden. Dieses Risiko konnte ich Ihnen nicht zumuten."

„Okay, die Hoffnung auf einen Billigdrucker in der DDR ist heute Vormittag schon geplatzt", meinte Michael. „Aber danke für die ehrliche Aufklärung."

Eine Kellnerin kam an den Tisch. Lena und Michael einigten sich auf Gin-Tonic.

Michael seufzte.

„So ist mein Besuch auf der Leipziger Messe tatsächlich ein Metzgergang."

„Wie lange müssen Sie denn ausharren?", fragte Lena.

„Übermorgen fahren wir zurück. Ich bin lediglich Beifahrer. Und glauben Sie nicht, dass ich Spaß habe an dieser Anmache dort unten. Manchmal verachte ich meine Geschlechtsgenossen."

Lena grinste. „Und sie alle fallen ganz dämlich auf Huren rein, Ihre Freunde da unten. Nivea-Damen, wie Sie sie nennen, sind hier nur wenige. Diese sitzen meist mit einem Mann an einem Tisch, so wie wir es tun. Schauen Sie. Manche treffen sich zweimal im Jahr mit einem Westler. Es gibt wunderbar romantische Temporär-Beziehungen darunter, die über Jahre Bestand haben."

Michael sagte: „Das kann ja aber doch nicht befriedigend sein. Weder für sie noch für ihn. Was ist so reizvoll an den Westmännern?"

„Das kann ich Ihnen sagen", antwortete Lena. „Sie haben einen anderen Umgangsstil, sie sind recht freigebig, sie achten das Weib, sehen besser aus, sind besser gekleidet … und sie riechen besser als die Ostmänner. Die wenigen Messetage sind für diese Frauen dann wie ein bisschen Westen. Nivea und Co. spielen dabei eine völlig untergeordnete Rolle."

„Da mag sogar was dran sein", pflichtete Michael nachdenklich bei. „Aber was ist dann mit den Huren? Ich habe gelesen, dass es in der DDR keine Prostituierten gibt? Weil die käufliche Liebe verboten ist?"

„Sehen Sie die dickliche Wasserstoffblonde da unten? Die im grünen Kleid? Sie ist eine Art staatlich geduldete Zuhälterin. Sie bewohnt in Lusan zwei Dreiraumwohnungen. Offiziell allein. Dreiraumwohnungen sind eigentlich vierköpfigen Familien vorbehalten. Ihr stehen gleich zwei davon zur Verfügung."

„Ihr Freudenhaus hat also sechs Zimmer?", fragte Michael, schon etwas erstaunt.

„Zur Messezeit geht in ihnen die Post ab. Gisela, so heißt sie, hat vier Mädchen dabei. Die reißen sich die Freier auf, hier in der Hotelbar. Es ist den Männern als Hotelgast jedoch verboten, die Mädchen mit auf ihr Zimmer zu nehmen. Sie werden in der Trabantenstadt Lusan bedient. Selbstverständlich gegen harte Westwährung."

„Und da kassiert der Staat DDR mit? Das ist unvorstellbar."

„Natürlich nur indirekt. Volkswirtschaftlich betrachtet, ist die harte Währung ja dann als Bargeld im Hoheitsgebiet der Republik, egal in welcher Tasche es sich befindet. Die Damen können aber nicht direkt im Intershop damit bezahlen, sondern es muss vorher in Wertscheine getauscht werden. Und schon sind die bunt bedruckten Papierscheinchen in staatlicher Hand."

„Ein bisschen umständlich, aber es scheint zu funktionieren."

Lena wusste über die Gäste noch mehr zu berichten: „Oder sehen Sie den Mann da, in der blauen Lederjacke?

Ein Zuhälter aus Hannover und ebenfalls Stammgast hier. Der braucht sich auch nicht als Herr zu verkleiden, er genießt hier einen absoluten Sonderstatus, hat sogar ein Dauervisum zur Einreise in die DDR. Hier generiert er sich neues Blut für seinen Puff drüben. Wenn ein leichtes Mädchen der DDR lieber ein leichtes Mädchen der BRD sein möchte, setzt sich ein Räderwerk in Gang, das es offiziell nicht gibt. Das Mädchen stellt einen Ausreiseantrag, dem meist innerhalb von 14 Tagen stattgegeben wird. Ohne Repressalien, sie darf ihr Hab und Gut komplett mitnehmen und ihre Familie wird nicht diskreditiert."

„Und der Zuhälter bezahlt Provision."

„So ist es. Sicher recht stattliche Summen. Darüber hinaus sind illegale Nutten keine wertvollen Staatsbürger, somit ist die DDR eine wertlose Person gewinnbringend los."

„Sagen Sie, Frau Sokolová, warum wissen Sie so viel über Dinge, die man offenbar nicht wissen darf? Und es scheint, dass Sie hier unten Stammgast sind?"

„Sie sind tatsächlich nicht der erste Gast, den ich hier unten in der Hotelbar einführe." Lena lachte herzlich, als sie dies sagte. „Dutzenden Männern habe ich schon die Hotelbar gezeigt. Wegen meiner guten Deutschkenntnisse durfte ich häufig dolmetschen, wenn sowjetische Delegationen hier in Gera waren. In der Zeit, die wir schon hier sind, trinken die russischen Männer übrigens bereits den fünften Gin-Tonic."

Michael verstand und winkte lachend nach der Kellnerin.

Sie plauderten noch drei weitere Gin-Tonics. Michael erzählte von sich und seiner Familie, Lena berichtete von sich und der DDR. Dabei erwähnte sie ganz beiläufig, dass es innerhalb der nächsten Jahre kein geteiltes Deutschland mehr geben werde. Es werde zu friedlichen Aufständen der Bürger der DDR kommen, welche normalerweise mithilfe der Sowjetischen Armee zerschlagen werden. In den

Entscheidungsgremien der Sowjets hat man aber bereits beschlossen, es diesmal nicht zu tun. Man überlässt dies den Exekutiven der DDR, die aber wiederum so etwas nicht ohne Rückfragen beim großen Bruder machen. In Bereitschaft gestellte Kampftruppen der volkseigenen Betriebe würden sich ganz sicher auch zurückhalten, so müsste es klappen.

Als sie endete, schob Michael den Vortrag dieser unglaublichen These auf die Gin-Tonics, die in der Bar grundsätzlich mit drei Schnapsgläsern voll Gin gemixt wurden. Lena hatte offensichtlich einen Schwips. Er fand es lustig, wie sie, zwar ohne schwere Zunge, aber mit viel Fantasie, völlig unrealistische Dinge sagte. Hätte sie prognostiziert, dass morgen ein Ufo in Gera landet, es hätte glaubwürdiger gewirkt. So nickte Michael nur grinsend während ihrer Rede.

Die Musikkapelle genehmigte sich eine Pause. Udo kam neugierig an den Tisch.

„Wir haben uns auf der Messe kennengelernt", sagte Michael zu ihm fast entschuldigend.

Udo grinste: „Und ihr redet sicherlich nur über Business, hihi. Michael, du willst bestimmt Geld tauschen. Die Bankbeamtin ist auf der Toilette. Hier unten musst du nämlich immer in Ostmark bezahlen, es kann nicht aufs Valuta-Zimmer geschrieben werden."

Die beiden Männer verließen die Bar und gingen auf die Toilette. Michael drückte Udo zweihundert DM in die Hand und sagte: „Mach du mal. Du bist hier der Routinier. Ich schau mir solange die Urinale mal an."

Zwischen der Damen- und der Herrentoilette war ein Raum mit gläsernen Türen in beide Anlagen. Darin saß eine ältere Dame, die Toilettenfrau und Wechselbank. Udo wendete sich ihr zu, Michael betrat die Toilette und sah als Erstes ein Speibecken aus schwerem Porzellan mit zwei stabilen Griffen rechts und links. Diese Sanitäreinrichtung war ihm vom Westen her unbekannt. Tatsächlich beugte sich kurz darauf einer der Gäste darüber und entleerte seinen Mageninhalt darin. Er wirkte komischerweise nicht betrunken und ging geraden Schrittes wieder hinaus.

„Das ist Ronny, ein privater Metzgermeister aus Sonneberg", klärte Udo auf, während er Michael 800 Mark der DDR in die Hand drückte. „Er ist jede Messe da, trinkt ohne Unterlass und geht drei- bis viermal pro Abend zum Kotzen, damit er sein Pensum schafft. Als selbstständiger Metzger verdient er wahrscheinlich viel Geld und wirft es hier mit den Mädchen wieder zum Fenster hinaus."

Lena hatte sich in der Zwischenzeit ebenfalls auf die Toilette begeben, um sich etwas frisch zu machen. Der Tisch war unbesetzt, als Michael an ihn zurückkehrte. Er setzte sich und Sekunden später kam Gisela, die Pseudozuhälterin, an seinen Tisch.

„Neu auf der Messe?", fragte sie. „Brauchst du jemand, der dir ein bisschen Gesellschaft leistet?" Michael wollte schon höflich antworten, er sei in Begleitung und bestens unterhalten, als Lena an den Tisch kam, sich neben ihn setzte und, ohne Gisela eines Blickes zu würdigen, flötete: „Tut mir leid, Liebling, es hat etwas länger gedauert." Dann nahm sie seinen Kopf zwischen ihre Hände und gab ihm einen zärtlichen Kuss auf den Mund. Gisela stand sofort auf und verließ den Tisch. Lena hielt immer noch Michaels Kopf in den Händen, sah ihm sekundenlang in die erstaunten Augen und küsste ihn kommentarlos erneut, dieses Mal länger. Er erwiderte den Kuss, so gut, wie es seine Aufregung zuließ.

Danach sagte sie kaum vernehmbar: „Der erste Kuss war ein zweckmäßiger, um Gisela ohne Worte zu vertreiben. Sorry. Der zweite war ein Wunsch von mir, nachdem ich deine zarten Lippen auf den meinen gespürt hatte. Ich habe schon ewig nicht mehr geküsst … und ich könnte schon wieder." Und sie küsste ihn ein drittes Mal und berührte dabei wie zufällig mit ihrer Zunge kurz seine Oberlippe.

Die Kapelle beendete die Pause und spielte erneut zum Tanz auf. Sie begann mit einer langsamen Weise. Michael brachte noch keinen verständlichen Laut heraus, als Lena sagte: „Und getanzt habe ich auch schon lange nicht mehr." Sie nimmt Michaels Hand und zog ihn überschwänglich und imperativ auf die Tanzfläche. Weitere Paare gesellten sich hinzu.

„Bei uns nennt man es Stehblues", brachte Michael endlich hervor.

„Hier sind wir uns deutsch-deutsch einig", lächelte Lena. Sie tanzten eng, wie es ein Stehblues vorschrieb. Lena suchte den Körperkontakt und näherte sich Michael mehr, als es hätte sein müssen. Er spürte einen Hauch ihres kleinen, straffen Busens. Ohne nachzudenken, legte er seine rechte Hand auf ihren Rücken und drückte den schlanken Körper noch etwas fester an sich. Dabei spürte er unter ihrer Kostümjacke nichts, er strich den ganzen Rücken hinunter. Sie trug keinen BH, stellte er fest. Michael zitterte vor Aufregung, als er seine Hand bis an ihr Becken hinuntergleiten ließ und dort ebenfalls nicht mehr erfühlen konnte als eine Lage dünnen Stoffes. Sie war nackt unter dem Kleid, schoss es ihm durch den schon etwas vernebelten Kopf.

„Stimmt!", flüsterte Lena ihm ins Ohr und biss ihn kurz in dasselbe. Natürlich wusste sie um den Zweck seiner prüfenden Hand. Nachdem beide stets parallel getrunken hatten, war sie auch schon etwas beschwipst und kicherte.

„Lass uns in deinem Zimmer noch einen Gute-Nacht-Drink zu uns nehmen", flüsterte sie ihm ins Ohr. „Ich darf ja mit hoch, da ich selbst Hotelgast bin."

„Ich muss noch bezahlen", stotterte Michael und gab somit seine Zustimmung.

„Du bist ja morgen noch da. Bezahle morgen." Und sie verließen Arm in Arm die Hotelbar. Bereits im Aufzug küssten sich beide leidenschaftlich. Michael vergaß die Welt um sich.

Als Michael am nächsten Morgen recht früh von dem Quietschen der Straßenbahn geweckt wurde, lag er allein in seinem Bett. Ein klein wenig brummte sein Kopf. Sie verbrachten eine leidenschaftliche Nacht. Lena ging in ihr Zimmer, als er bereits im Reich der Träume weilte. Und das passierte mir, dachte er und strahlte die Zimmerdecke an. Noch überlagerte sein Hochgefühl das schlechte Gewissen. Er hatte seine Frau betrogen. Zum ersten Mal, und er dachte bis gestern Abend, dass es nie passieren würde. Hastig zog er sich an. Lena musste auf die Messe und saß sicher bereits am Frühstückstisch. Doch im noch leeren Frühstücksraum saß keine Lena. Er nahm sich einen Tisch am Fenster, ließ sich einen Kaffee einschenken und schaute dem Treiben draußen zu. Wie rege schon alles war: Schulkinder, Männer, Frauen, alle wuselten durcheinander. Die Straßenbahn spie Dutzende Menschen aus und nahm wieder Dutzende auf. Lena kam nicht. Einer der Kellner bot ihm eine Tageszeitung an, die Michael gerne entgegennahm. Die Ausgabe von Neues Deutschland ist überraschend dick für einen gewöhnlichen Werktag, wie er meinte. Schon nach den ersten Seiten wurde ihm klar, warum. Auf zwölf Seiten wurde allein von der Leipziger Messe berichtet. Gestern war ja der Eröffnungstag. Auf jedem zweiten Bild war Staatsratsvorsitzender Erich Honecker mit irgendjemand abgebildet. Michael war nicht besonders überrascht, auch sein eigenes Konterfei zu erblicken. Lena stand zwischen ihm und Honecker. Zwar in Schwarz-Weiß und im groben 30er-Raster auf schlechtem Papier gedruckt, dennoch klar erkennbar. Die Bildunterschrift war glücklicherweise wenig aussagekräftig: „Der VEB Kombinat Polygraph-Planeta empfängt einen Geschäftsmann der BRD. Es wurde über Druckaufträge in Millionenauflagen gesprochen. Planeta entwickelt zurzeit eine Bogenoffsetmaschine mit zehn Farben. Sie soll in einem Jahr marktreif sein."

Michael erlaubte sich, die Seite herauszutrennen, faltete sie zusammen und steckte sie ein. Langsam füllte sich der Frühstücksraum. Michael ging ans Büfett und war erstaunt über die Vielzahl der Köstlichkeiten. Es gab Eier in allen Variationen, Hackfleischbällchen, feinstes Rauchfleisch und Wurst. Einen guten Käse vermisste er, es lagen nur Dreiecke mit Streichkäse da. Der Kaffee schmeckte furchtbar, der Orangensaft auch. Erstaunt blickte er auf eine Flasche Rotkäppchen-Sekt im Kühler. Daneben eine Flasche Wodka.

„Es ist den russischen Gästen geschuldet", sagte Udo, der plötzlich neben ihm stand. „Die brauchen häufig morgens schon einen Auffrischer." Sie befüllten sich die Teller und setzten sich an den Tisch. „Du hast es richtig gemacht", lobte er Michael. „Nicht bis zum Umfallen saufen. Da geht nichts mehr. Ein, zwei Drinks und ab nach Lusan."

„Ich war nicht in Lusan", stellte Michael knapp richtig. Er will Udo nichts von der Nacht erzählen. Er hasste die Prahlhans-Mentalität. Außerdem kannte seine Frau Udo, die Familien waren alle im selben Tennisclub. Das Risiko, dass er einmal eine dumme Bemerkung machen würde, war groß. Udos Ehefrau hatte sich in all den Jahren mit seinen Messeausflügen arrangiert, wohl wissend, was der Grund war. Als Versicherungsverkäufer hatte er in Leipzig keine Plattform für Geschäfte.

Sie saßen bis 10:00 Uhr beim Frühstück. Michael fragte am Empfang, ob Frau Sokolová das Haus schon verlassen hätte.

„Sie ist schon früh gegangen", sagte die nette Dame am Empfang. „Aber wenn Sie Herr Maier sind, hat Sie Ihnen einen Brief dagelassen."

Michael nahm den Brief an sich und ging damit wieder auf sein Zimmer. Es roch immer noch nach Lena. Auch der Brief. Er las: „Lieber Michael, du bist ein wundervoller Mensch. Ich habe den Abend mit dir genossen. Hab' Dank dafür! Lena."

Heute war kein Messebesuch geplant. Michael fragte Udo, ob er seinen Wagen haben dürfe, er müsse nochmals auf die Messe. Udo reichte ihm den Schlüssel.

Am Empfang saß wieder die nette Mitarbeiterin. „Ist Frau Sokolová am Stand?", fragte Michael.

„Das tut mir leid", bedauerte die Dame. „Frau Sokolová war nur zur Eröffnung hier. Sie ist heute Morgen mit der ersten Maschine nach Leningrad geflogen. Vielleicht kann Ihnen jemand anderes weiterhelfen?"

Michael verneinte höflich.

Die Dame ergänzte: „Sie sind ja heute im Neuen Deutschland abgebildet. Zusammen mit unserem Staatsratsvorsitzenden und Frau Sokolová."

Michael setzte sich in ein Messecafé und besorgte sich nochmals eine Zeitung. Nicht weniger als 37-mal war Honecker in dieser Ausgabe mit allerhand Ausstellern, meist aus einem befreundeten sozialistischen Bruderland, abgebildet.

Der Beitrag mit Lena, Erich und ihm fiel dabei kaum auf und wurde vermutlich auch schnell vergessen.

Er wird den Abend und die Nacht mit Lena hingegen niemals vergessen. Es war einer dieser One-Night-Stands, von denen er gehört, selbst aber noch nie erlebt hatte, auch als triebgesteuerter Jugendlicher nicht. In ihm herrschte ein Mix aus Glück und Scham. Gerne hätte er Lena noch einmal gesehen. Diese Frau hätte aber auch das gefährliche Potenzial, seine gute Ehe in ernsthafte Schräglage zu bringen. Also eher gut so, dachte er. In ihm blieb aber auch ein Gefühlshauch zurück, missbraucht worden zu sein. Zu abrupt war der Ausgang. Und doch war er irgendwie glücklich, es erlebt zu haben.

Michael und Vera sitzen sich im Wohnzimmer der Maiers immer noch in gebührlichem Abstand gegenüber. Vera hat sich Michaels Whiskey gerne angeschlossen, regennass, wie sie noch vor einer Stunde war, fröstelt sie ein wenig. Sie kann nicht einfach fragen, ob sie sich trockene Kleidung aus ihrem Koffer holen darf, um sich umzuziehen. Eine Stunde hört sie Michaels Geschichte geduldig zu. Sie stellt ihr insbesondere ihre Mutter Lena neu dar. In bestem Licht. Michael erzählt taktvoll nur vom Messetag von 1987, bis sie gemeinsam in die Hotelbar gegangen waren.

„Wir hatten dort unten ziemlich viel getrunken, gelacht und getanzt", endet seine Geschichte. „Und dabei hatten wir beide in jugendlichem Leichtsinn im Anschluss die Nacht miteinander verbracht."

„Und ich bin das Ergebnis, das daraus hervorging", bemerkt Vera. Es ist das Erste, was sie von sich gibt. Gebannt hört sie ihm zu. „Es ist für mich nunmehr noch unverständlicher, warum sie mit niemandem darüber gesprochen hat. 33 Jahre nicht. Nicht einmal mit ihren Eltern." Vera überlegt eine Weile. „Ich habe mit meinen Großeltern und meinem Onkel mehrfach darüber sinniert. Wir kamen zu dem Schluss, dass meine Mutter keine Männer mag."

Wie selbstverständlich gehen Michael und Vera ins „Du" über. „Du meinst, deine Mutter ist Lesbe?", fragt Michael.

„Nein, so sollte es nicht rüberkommen. Sie ist sicher nicht lesbisch. Sie hatte niemals einen Partner und auch keine Partnerin. Opa hat mir vor seinem Tod erzählt, dass Lena als Teenager von einem Soldaten vergewaltigt worden sei. Von einem Landsmann. Einem Sowjetsoldaten, der in derselben Brigade diente wie mein Opa. Dieser war damals im Range des Majors und Brigadekommandeurs. Der Vergewaltiger war schnell identifiziert. Major Sokolov ließ ihn Spießruten laufen. Eine gesamte Kompanie drosch mit Knüppeln und Ruten auf ihn ein. Er musste auf dem Exerzierplatz durch eine hundert Meter lange, aus 200 Soldaten bestehende Gasse laufen. Er ist wohl schon nach 80 Metern zusammengebrochen. Die Kameraden hatten leidenschaftlich zugeschlagen. Vergewaltigern wird in der Truppe nur Verachtung entgegengebracht. Danach hat ihn niemand mehr gesehen. Sicher wurde ihm später noch der Prozess gemacht und er ging ab, vermutlich in ein sibirisches Lager. Mit Lena habe ich nie darüber gesprochen. Sie weiß wahrscheinlich nicht, dass ich es weiß. Meine Vermutung ist, sie hat diese Vergewaltigung damals nie richtig verarbeitet. Sie wurde zur Männerhasserin. Aber sie war und ist mir die liebste Mutter auf der Welt."

Lange ist Michael nach diesen Worten stumm. Schließlich steht er auf und geht ins Obergeschoss in sein Homeoffice. Mit einem Griff zieht er die Zeitungsseite der Neues Deutschland hervor. Wohl dutzendmal hatte er in den letzten Jahrzehnten draufgeguckt. Er zeigt den Artikel Vera.

„Diesen Zeitungsartikel kennst du wahrscheinlich nicht", sagt er.

Vera schüttelt den Kopf. „Ich kenne meine Mutter wohl in Dienstkleidung, aber es gibt aus dieser Zeit kaum Bilder von ihr. Natürlich, sie ist es. Aber sie hat sich seither mächtig verändert." Dann schaut sie Michael lächelnd an und sagt: „Du übrigens auch."

Beide lachen herzlich. Michael wird wieder ernst und sagt:

„Ich hatte vorhin die Geschichte abgekürzt. Mir wird jetzt einiges klar. Die Initiative ging damals von deiner Mutter aus. Ich habe mich verhalten wie ein Pubertierender, sie hingegen wusste genau, was sie wollte. Ich habe ihr von meiner glücklichen Ehe erzählt und von meinen goldigen Buben. Nie hätte ich versucht, sie zu einer Nacht oder gar zu einer Affäre zu überreden. Lena sagte mir im Laufe des Abends, dass sie gerne Mutter wäre, dass sie aber in keiner Beziehung stünde. Schwanger werden geht halt nur mit einem Mann. Ich wurde vermutlich als Samenspender missbraucht – sonst nichts."

„Ich muss das leider bestätigen", meint Vera. „Und mir wird jetzt auch einiges klar. Zum Beispiel, warum sie so ein Geheimnis um dich gemacht hat und noch macht. Sie wollte ein Kind, aber keinen Mann. Du musst ihr dennoch gut gefallen haben, wahrscheinlich gerade deshalb, weil du so von deiner Familie geschwärmt hast. Du gehörtest zu einer Spezies, die es so in der Sowjetunion nur selten gab. Und sie war für dich nach dieser Nacht nicht mehr erreichbar. Wie tief war doch der Graben zwischen Stuttgart und Leningrad." Nach einer Pause fügt sie hinzu „Und niemals, niemals wollte sie deine Ehe gefährden. Michael, ich hoffe inbrünstig, ich tue das jetzt nicht mit meiner Existenz. Deine Frau kommt heute Abend nach Hause. Muss ich bis dahin wieder verschwunden sein? Weiß sie von diesem Abenteuer?" Vera sieht ihn mit ängstlichen Augen an.

„Da kann ich dich beruhigen, Vera. Die Mutter meiner Söhne lebt nicht mehr. Sie starb an Brustkrebs. In meinen Armen. Vor 14 Jahren, viel zu jung. Vor ihr konnte ich den Ausrutscher verheimlichen. Meine zweite Frau Maria wirst du nachher kennenlernen. Ihr habe ich von der Geschichte erzählt."

Vera fällt ein Stein vom Herzen.

Michael fragt mit etwas ängstlichem Blick: „Du kannst doch noch so lange bleiben, bis sie nach Hause kommt? Heute ist Donnerstag, da kommt sie erst gegen acht. Ich glaube, sie wird Freude an dir und der Story haben. Du wirst sehen. Ich bin gespannt auf ihr Gesicht."

Vera fällt ein zweiter Stein vom Herzen. Sie sieht ihren Vater dankbar an.

„Wie bist du eigentlich hier?", fragt Michael.

„Mit einem Leihwagen von Sixt aus Lahr. Ich kann ihn überall wieder abgeben."

„Musst du heute wieder zurück nach Lahr? Jetzt fällt's mir wieder ein. Im Europapark arbeitest du? Der darf doch gar nicht öffnen? Es steht täglich in den Zeitungen, dass alle Vergnügungsparks nicht öffnen dürfen."

Vera antwortet: „Ich muss möglicherweise nie wieder in den Europapark. Mein Arbeitsvertrag sei null und nichtig, hat man mir gesagt. Ich bin vogelfrei; möglicherweise sogar illegal in Deutschland."

Michael schaut auf die Uhr. „Jetzt ist es gleich sechs. Am Airport Stuttgart gibt es Sixt. Wir geben den Wagen gleich zurück, sonst kostet es ja einen weiteren Tag. Wenn du möchtest, kannst du hier übernachten."

Vera ist erleichtert: „Um ehrlich zu sein, wüsste ich nicht, wo ich sonst die Nacht verbringen könnte. Ich durfte die letzten Tage bei einer Freundin übernachten, eigentlich bis zur Eröffnung des Parks, aber Vika hat ihre Wohnung räumen müssen. Ich stehe auf der Straße." Und leise fügt sie hinzu: „Gott sei Dank, muss ich sagen. Ohne diese Notsituation wäre ich wohl nie auf die Idee gekommen, nach meinem Daddy zu suchen."

Nun ist es Michael, der dankbar dreinschaut.

Veras Gepäck ist schnell ins Haus getragen. Sie stellen es an der Garderobe ab. Sie holt aus dem riesigen Rollkoffer ein paar Utensilien, geht damit auf die Gästetoilette und richtet sich wieder einigermaßen her. Als sie sich im Spiegel sieht, muss sie lachen. Wie ein explodierter Handfeger, denkt sie. Das schwarz gefärbte Haar steht ab in alle Richtungen, ihre Wimperntusche ist im gesamten Gesicht verteilt. Was der Regen nicht schaffte, haben ihre Tränen vollendet. Sie fragt sich, welchen Eindruck sie bei Michael hinterlassen hat. Umziehen muss sie sich nicht, ihre Kleider sind mittlerweile getrocknet. Sie hat mit Michael glücklicherweise nur einen Whiskey getrunken, sodass sie das Auto zum Vermieter fahren kann.

Als sie wieder ins Wohnzimmer kommt, meint Michael erstaunt: „Es ist fast ein Déjà-vu! Exakt wie vor dreiunddreißig Jahren, damals im Interhotel in Gera. Da habe ich auch an einem einzigen Tag verschiedene Lenas kennengelernt."

Vera folgt Michaels SUV. Von Degerloch an den Stuttgarter Flughafen sind es nur ein paar Kilometer. Michael will den Mietwagen bezahlen, aber Vera lehnt es vehement ab. „Ich habe noch etwas Geld auf dem Konto und ich erhalte auch 800 Euro Arbeitslosengeld." Auf der Rückfahrt wagt sie es, Michael auf den Tod seines Sohnes anzusprechen: „Vorhin hast du von deinen Söhnen gesprochen. Frau Eisele hat mir heute Vormittag erzählt, dass einer deiner Söhne erst kürzlich gestorben sei. War es dieser Daniel, dessen Name auf dem Briefkasten steht?"

„Ich musste mich gerade besinnen, wer Frau Eisele ist. Du hast den Namen mir gegenüber bisher noch nicht erwähnt. Sie war früher mal unsere Vermieterin. Hat sie dir meine neue Adresse genannt? Aber zuerst zu deiner Frage: Ja, Daniel ist genau heute vor sieben Wochen an einer Lungenentzündung gestorben. Nicht am Coronavirus, wie man annehmen könnte, denn dann hätten wir den Virus auch gefangen. Er wohnte in unserem Haus in der Einliegerwohnung." Michael bemerkt, dass er seit Stunden nicht mehr an seinen Sohn gedacht hatte. Das Erscheinen von Vera hat ihn, zumindest temporär, in die Normalität zurückgeführt.

„Das tut mir sehr leid." Vera sagt es aufrichtig und sie ist erleichtert, dass Michael es so emotionslos formulieren kann und nicht voll Bedauern und Trauer. „Ich hätte meinen neu gewonnenen Halbbruder gerne kennengelernt."

„Du hast noch einen anderen Halbbruder." Michael lächelt, als er dies sagt. „Christoph wohnt jedoch in Berlin und ist nicht allzu häufig hier. Ein Karrieremensch, wie er im Buch steht. Er ist Rechtsanwalt." Dann überlegt er kurz und sagt: „Und du hast noch einen Stiefbruder. Marias Sohn Marcus. Er wohnt auch in Stuttgart. Sogar auch in Degerloch, ganz in der Nähe. Er ist etwas älter als du, ich glaube zwei Jahre."

„Mit einem Schlag einen Vater und zwei Brüder", flüstert Vera. Sie ist kurz davor, wieder in Tränen auszubrechen, sagt dann aber schnell. „Michael, Marcus, Maria. Ihr fangt alle mit M an. Und dann noch Maier mit Zunamen."

„Zufall", sagt Michael. „Maria ist übrigens eine geborene Müller. Auch M. Daher hatte sie auch kein Problem damit, meinen Allerweltsnamen Maier anzunehmen."

„Ein gewöhnlicher Name vielleicht", sagt Vera, „aber sicher eine ganz außergewöhnliche Familie."

Maria ist es gewohnt, abends mit einer warmen Mahlzeit begrüßt zu werden.

„Ich habe dir heute leider nichts kochen können." Michael empfängt seine Frau grinsend an der Tür. „Wir müssen vespern."

„Wieso, war was?", fragt Maria. Als sie die Garderobe passiert, sieht sie einen großen Rollkoffer und einen riesengroßen, unförmigen runden Sack. Sie schaut Michael fragend an und bemerkt: „Ja, es war offensichtlich tatsächlich was."

„Wir haben Besuch bekommen." Mehr sagt Michael nicht.

„Ich wüsste niemanden, der mit solchem Gepäck anreist", meint Maria dann und lacht. „Da bin ich aber mal neugierig." Schon an der Tür fällt ihr Michaels gute Laune auf. Seit vielen Wochen hatte sie ihn nicht mehr so gelöst gesehen. Wortlos gehen beide ins Wohnzimmer. Vera springt sofort auf, als die beiden eintreten. Sie geht auf Maria zu und streckt ihr die Hand entgegen.

Maria zögert, greift dann, als sie Veras fast flehenden Blick sieht, aber beherzt zu und sagt: „Sorry. Ich muss den ganzen Tag in der Praxis auf Hygienebestimmungen und Abstandsregeln achten. Das prägt."

Michael schnauft tief durch. Beide Frauen schauen ihn erwartungsvoll an. Er sucht nach Worten. Sie fehlen ihm einige Sekunden lang.

„Soso", beginnt Maria voller Humor. „Kaum ist man mal aus dem Haus, schon hat mein Mann Damenbesuch." Sie lächelt dabei Michael an. Noch kann sie alles nicht einordnen, aber die Aufklärung wird schon folgen, weiß sie.

„Maria, du erinnerst dich doch an die Geschichte damals auf der Leipziger Messe", beginnt Michael zögerlich. „Damals, als ich diese kleine Liaison mit einer russischen Dame hatte?"

„Natürlich erinnere ich mich. Du hast sie einige Male erwähnt. Ich fand es immer erstaunlich, wie es dir überhaupt passieren konnte."

„Du erinnerst dich dann vielleicht auch an den Namen? Ich hatte ihn sicher genannt."

„Michael, du weißt, wir Frauen haben ein Elefantengedächtnis, wenn es um so etwas geht. Sie hieß Lena. Lena Sokolová." Maria lächelt, Vera ist erleichtert.

Michael stellt Vera vor: „Vor dir steht eine junge Dame aus St. Petersburg. Ihr Name ist Vera. Vera Sokolová."

„Oh!", sagt Maria. „Besuch aus Russland? Die Tochter von Lena, nehme ich an. Dies ist wahrlich ein unerwarteter Besuch. Sprechen Sie denn Deutsch? Und was treibt Sie nach Deutschland?"

Vera antwortet höflich und leise, noch völlig unsicher, ob sich der Tag, der bisher so gut gelaufen ist, ebenso gut fortsetzt: „Ja, ich spreche Deutsch, und ich arbeite bereits seit fünf Jahren in Deutschland, im Europapark in Rust."

Michael ergänzt: „Ja, Vera ist tatsächlich Lenas Tochter …" Er zögert. „Sie ist Lenas Tochter – und auch die meine. Was soll ich lange drum herumreden. Schau her …" Er faltet nochmals den vergilbten Zeitungsartikel auseinander. „Den Artikel habe ich dir doch auch schon mal gezeigt. Lena und ich mit etwa 30 Jahren. Jung und unverbraucht. Wir kannten uns zu diesem Zeitpunkt etwa eine halbe Stunde. Zwölf Stunden später war Vera gezeugt." Fast entschuldigend spricht er weiter: „Ich habe eine Tochter! Ich habe mir schon immer eine Tochter gewünscht. Du

weißt, dass ich mir immer eine Tochter gewünscht habe."
Er schaut Maria dabei glücklich an. Diese blickt auf den
Artikel, dann mustert sie zunächst Veras und schließlich
Michaels Antlitz. „Völlig objektiv muss ich sagen, ihr
beide habt tatsächlich Ähnlichkeit … bis auf die Haar-
farbe."

„Ich tanze in einem Ensemble, in dem alle Mädchen
schwarze Haare haben müssen", erklärt Vera. „Ich färbe."

„Damit muss ich jetzt vielleicht auch anfangen", sagt
Michael.

Maria freut sich, ihren Mann glücklich zu sehen. Seit
Daniels Tod hatte er sich abgekapselt. Stets mit versteiner-
ter Miene. Er war irgendwie nicht mehr in dieser Welt. Er
war wie ein lebender Toter. Maria hatte gehofft, dass es
sich im Laufe der Zeit bessert, aber Michael hatte sich immer mehr verschlossen. Und heute das? Sie freut sich mit
ihm.

„Ich rufe den Pizzaservice an!", ruft sie fröhlich. „Michael, wie immer Calzone? Ich wie immer Margherita und
du, Vera?" Auch Maria geht sofort ins vertraute Du über.

„Auch gerne eine Margherita", antwortet Vera bescheiden, obwohl sie eigentlich die Vierkäsepizza liebt. Sie hat
seit dem Frühstück in Rust, bevor Roman sie zu Sixt nach
Lahr gefahren hatte, nichts mehr gegessen. Ihr Magen
brummt.

„Eine Stunde wird es dauern", tröstet Maria, als sie auflegt. „Ich mache jetzt als Aperitif eine Flasche Sekt auf.
Und dann will ich hören!"

Michael beginnt: „Vera ist seit etwa drei Stunden hier.
Ihre Mutter Lena hat ihr stoisch vorenthalten, wer ihr Vater ist. Vera hätte auch niemals einen Versuch gewagt,
nach ihrem Vater zu suchen, aber sie befindet sich pandemiebedingt in einer äußersten Notlage. Sie kann ihren Job
im Europapark nicht antreten, weil der nicht öffnen darf.
Somit hat sie auch keine Möglichkeit im Park zu wohnen.
Ihr Arbeitsvertrag wurde gekündigt. Ein Flieger zurück

nach St. Petersburg oder sonst irgendwohin nach Russland geht auf absehbare Zeit keiner. Vera weiß nicht, wohin."

Die Gläser sind eingeschenkt und Maria erhebt ihr Glas. „Herzlich willkommen, du verlorene Tochter." Sie stoßen an. Michael sagt: „Nach der Geburt eines Kindes wird immer angestoßen. Hier im Schwabenland nennen wir es ‚Fiaßle bada' – Füßchen baden."

„Fiaßle bada?" Vera wiederholt etwas holprig. „Das kenne ich nicht."

„Du bist in Rust ja auch Badenerin. Dort gibt es das wahrscheinlich nicht. Wir trinken also auf dich."

Maria fragt: „Aber du wusstest doch, dass dein Vater Michael Maier heißt? Das muss Lena ja irgendwann mal erwähnt haben."

Vera erzählt, wie ihre Mutter in einem alkoholseligen Moment den Namen nannte, wie sie in Lenas alten Unterlagen recherchierte und sie beschreibt ihre Expedition durch Stuttgart. Erst die alte Wohnadresse, dann Frau Eisele, dann die Werbeagentur.

„Du warst auch in der Agentur?", fragt Michael erstaunt.

„Ja, ein Mitarbeiter hat mir geöffnet. Bernd Eichtaler."

„Und der hat dir dann unsere private Adresse genannt?", forscht Michael nach.

„Nein, er hat sie mir nicht genannt. Das hätte er ja gleich an der Tür tun können. Er bat mich herein und ich musste an einem Tisch Platz nehmen, auf dem Waffen lagen. Ich habe ihn mehrfach gebeten, mir deine Adresse zu nennen, aber er wollte mit mir Sekt trinken."

„Dieses Arschloch!" Maria ruft es spontan und entrüstet aus.

„Da muss ich dir recht geben", sagt Michael mit besorgtem Blick. „Die Geräte haben nichts zu suchen im Besprechungszimmer. Die müssen im Tresorraum bleiben, bis es mit dem Job weitergeht. Ich habe keine Ahnung, was in diesem Kerl vorgeht,"

„Ich habe Angst gehabt", gesteht Vera leise. „Vor ihm und vor den Waffen. Ich bin fast geflüchtet. Unten begegnete mir dann ein Mann in Arbeitskleidung. Der wusste deine Adresse."

„Hast du Bernd erzählt, dass du meine Tochter bist?", fragt Michael.

Vera schüttelt den Kopf. „Nein, habe ich nicht. Ich solle nur Grüße von einer alten Bekannten ausrichten, sagte ich. Ich habe ihm nicht einmal meinen richtigen Namen genannt. Als er mich danach fragte, sagte ich Vera Sovchenko statt Vera Sokolová. Ich weiß eigentlich nicht, warum. Herr Eichtaler war mir nicht besonders sympathisch."

„Da bist du bei Gott nicht allein mit dieser Einschätzung!" Maria schaut immer noch entrüstet. „Ich kann ihn nicht ausstehen und Daniel konnte es auch nicht."

Über Michaels Gesicht geht ein Leuchten: „Apropos Daniel. Vera, wir stellen dir gerne Daniels Wohnung zur Verfügung. Du bleibst doch bei uns? Bis auf Weiteres zumindest. Ich war zwar seit Daniels Tod nicht mehr in der Wohnung, Maria hat das Bett aber sicher neu bezogen und aufgeräumt." Auch Maria nickt zustimmend. „Aber klar. Die Wohnung steht dir zur Verfügung."

Vera ist die Erleichterung anzusehen. Sie hatte schon überlegt, wie sie die Bitte formulieren könnte, länger als nur eine Nacht hier bleiben zu dürfen. Keine Sekunde hatte sie ihre prekäre Situation gedanklich verdrängen können, trotz der angeregten Unterhaltung. Michael hatte „bis auf Weiteres" gesagt.

„Vielen Dank", sagt sie erleichtert. „Ich habe offen gestanden keine Ahnung, wo ich die nächsten Tage sonst verbringen könnte. Aber ich hätte auch auf dem Fußboden geschlafen", beteuert sie. „Ich werde ab morgen gleich nach einer Lösung suchen."

„Quatsch! Wir haben doch gerade keine andere Verwendung für die Wohnung!", ereifert sich Michael. „Du kannst hier so lange bleiben, wie du willst. Vera, du bist meine Tochter. Du bist hier zu Hause!"

Vera schaut beide dankbar an.

Gemeinsam zeigen Michael und Maria Vera die Einliegerwohnung. Ihr Gepäck nehmen sie mit und stellen es im kleinen Flur ab. Die Wohnung besteht aus zwei Zimmern, einer kleinen Küche und einem Badezimmer.

Maria dachte bis eben noch, er würde dieses Appartement nie wieder betreten. Sie ist enorm erleichtert. Michaels Missmut hatte sie in den letzten Wochen heftig belastet.

Der maskierte Pizzabote jongliert drei Kartons bis an die Haustür und stellt sie auf dem Boden ab. Michael bezahlt, nimmt die Pizzen auf und trägt sie ins Speisezimmer. „Essen wir gleich aus dem Karton?", fragt er.

Maria protestiert und holt drei groß dimensionierte Pizzateller aus der Küche. „Na ja, ein bisschen Stil soll es doch haben, unser erstes gemeinsames Mahl."

Sie setzen sich. Michael verteilt die Pizzen. „Guten Appetit zusammen", sagt er und beginnt auch gleich, seine Calzone zu zerteilen.

Vera wünscht ebenfalls einen guten Appetit, faltet die Hände unter dem Tischtuch und spricht in Gedanken ein leises Tischgebet. Es soll nicht auffallen, wird aber dennoch von Maria und Michael bemerkt. Beide legen das Besteck ab und verharren, bis Vera wieder ihren Blick erhebt.

„Ich habe meinem Herrn gedankt für dies alles hier", flüstert sie kaum vernehmlich. Dann lächelt sie: „Auch für die Pizza. Ich habe nämlich seit heute Morgen nichts mehr gegessen. Vielen Dank, auch euch beiden. Ich wüsste nicht, was ich gemacht hätte ohne euch."

„Du bist gläubig? Betest du immer vor den Mahlzeiten?" Michael fragt interessiert, nicht kritisch.

„Immer!", antwortet Vera. „So viel Zeit muss sein. Wenn es euch nicht stört?"

„Bewahre, bewahre." Michael hebt beide Hände. „Es ist halt in unserer Familie nicht Brauch. Zumindest ich bin bekennender Atheist."

„Der Glaube ist leider für viele Menschen nicht wichtig", sagt Vera. Es soll nicht vorwurfsvoll klingen, wird von Michael auch nicht so verstanden. Vera betont es eher bedauernd. „Vielleicht findet Gott dich, wenn du ihn brauchst. Auch wenn du nicht nach ihm suchst. Vielleicht hätte dir dein Gott geholfen, mit dem Verlust deines Sohnes leichter zurechtzukommen, wenn du seine Existenz akzeptieren könntest."

Michael schaut betreten und nachdenklich. Er weiß darauf nichts zu erwidern.

Maria meint: „Jetzt aber hü! Ich verhungere fast!" Alle fallen über ihre Pizzen her.

Vera muss nach dem Essen alles von sich erzählen. Insbesondere Maria fragt viel, etwa warum sie so gut Deutsch spricht, warum sie Tänzerin werden wollte, wo sie Tanz und Choreografie studiert hat. Vera berichtet, welche Aufgaben sie im Europapark innehat. Sie beichtet, dass sie lieber in Deutschland leben wolle als in Russland. Allerdings schwärmt sie auch von St. Petersburg. Eine wunderschöne Stadt sei es, ja, die schönste Stadt Russlands. Aber eben nicht im dunklen Winter. Seit Jahren hatte sie ihre Geburtsstadt kaum einmal im Sonnenlicht gesehen. Beim Thema St. Petersburg legen sich Sorgenfalten auf ihre Stirn. „Meine Mutter hat allein heute ein Dutzendmal versucht, mich per FaceTime zu erreichen. Ich bin nicht drangegangen. Aber jetzt muss ich mich unbedingt melden, sonst macht sie sich Riesensorgen. Wenn ich nur wüsste, was ich ihr sagen soll, wo ich bin."

Michael überlegt nicht lange: „Völlig klar, dass sie wissen muss, wie es dir geht. Natürlich musst Du ihr die Wahrheit verkünden. Du könntest von deinem neuen Domizil aus mit ihr sprechen. Es ist sicher besser, wenn sie die neue Meldung etwas verarbeiten kann, bevor sie und ich miteinander reden ... - das heißt, wenn sie es überhaupt möchte."

Sie beschließen den Abend recht früh. Vera ist auch todmüde nach dem anstrengenden Tag. An Freitagen arbeitet Maria nicht, daher droht Michael ein fulminantes gemeinsames Frühstück an. Vera verabschiedet sich, macht dabei aber keinen Ansatz einer Umarmung. Sie nickt nur dankbar und geht in ihr neues Reich. Sie ist froh darüber, der ganze Tag war so ereignisreich, dass ihr Kommunikationsbedarf gestillt ist. Allerdings hat sie das schwerste Gespräch noch vor sich. Ein Gespräch mit ihrer Mutter.

Das Appartement ist kreativ eingerichtet. Daniel liebte die Farbigkeit, daher war alles recht bunt. Geschmackvoll bunt, von den Wänden über die Möbel bis hin zu den Accessoires. Michael und Maria hingegen leben eher gediegen, wie ihr aufgefallen ist. Fast museal.

Das Speisezimmer, so gestelzt es sich auch anhört, ist tatsächlich eher ein Speise- als ein Esszimmer. Ein großer, ovaler Tisch erfüllt prominent den Raum. Acht gepolsterte Stühle passen um ihn herum. Alles im englischen Mahagonistil.

An den Wänden finden sich alte Stiche, Radierungen und Xylografien, allesamt in barocken Rahmen. In der Werbeagentur dominieren Schwarz, Weiß und Grau. Darauf angesprochen, hatte Michael gesagt, er suche den Kontrast zwischen Arbeiten und Wohnen. Schlichtheit fördert die Kreativität, Überladenheit, ein Attribut, das auf seine Einrichtung passt, behindert sie eher. Aber zu Hause wäre er nur in der Küche kreativ. Und an seiner Gitarre.

Auch in St. Petersburg ist der Frühling eingekehrt. Die Temperaturen liegen weit im Plusbereich. Lena sitzt in der Datscha. Sie hat ihr Smartphone vor sich liegen und wartet ungeduldig auf den Anruf ihrer Tochter. Schon nach dem ersten Klingeln geht sie dran.

„Hallo, Mama, wie geht es dir?", eröffnet Vera. Lena ist in ihrem Display kaum zu erkennen, es brennt nur eine schwache Leuchte über dem Tisch.

„Vera! Mein Kind, was habe ich mir Sorgen gemacht! Warum gehst du den ganzen Tag nicht ans Telefon?"

Vera geht in die Offensive. Es fällt ihr nicht einmal schwer. „Weil ich stinksauer auf dich bin!"

„Du bist sauer auf mich – und du wirst mir gleich sagen, warum."

„Hast du eine Ahnung, wie es hier in Deutschland zugeht? Was erzählen sie dir daheim über Corona?"

Lena sagt: „Natürlich gibt es hier auch nur dieses eine Thema. Wie geht es in Deutschland zu?"

„Der Europapark ist geschlossen, ich kann nicht bei Vika und Roman bleiben, weil die ihre Wohnung verloren haben, und ich bin illegal in Deutschland, weil mein Arbeitsvertrag keine Gültigkeit hat. Hier ist alles auf dem Nullpunkt, sie nennen es Lockdown. Es gehen keine Flüge und keine Busse mehr, überall müssen sie Gesichtsmasken tragen, so geht es hier zu!"

„Wo bist du? Du bist doch noch bei Vika?"

„Nein", sagt Vera trotzig, „ich bin in Stuttgart. Bei meinem Papa." Es war raus.

Lena schaut viele Sekunden lang Vera mit großen Augen an. „Ich habe schon richtig verstanden? Du bist bei deinem Papa? Müsste ich den auch kennen?"

Vera wird wütend: „Du machst ein albernes Dogma aus deinem Geheimnis! 32 Jahre blockierst du mir den Zugang zu meinem leiblichen Vater. 32 lange Jahre. Ich stehe in Deutschland auf der Straße, weiß nicht wohin, Onkel Filipp kann mir nicht helfen. Ich suche verzweifelt einen Michael Maier, von denen es in Deutschland mehr als 1000 Stück gibt, finde den richtigen, und du fragst süffisant: „Müsste ich den auch kennen?"

Wieder sagt Lena lange nichts. Sie überlegt. „Habe ich diesen Namen jemals erwähnt?"

„Das weißt du genau. Du hattest getrunken. Michael, seine Frau Maria und ich saßen heute stundenlang zusammen. Er hat mir die Geschichte von damals in Gera detailliert erzählt. Da war nichts dabei, was du mir 32 Jahre lang hättest vorenthalten müssen. Es war ja fast romantisch."

„Seine Frau war dabei? Weiß sie denn von der Geschichte?" Lena schaut erschrocken.

„Michaels Frau von damals und die Mutter seiner Kinder ist vor 14 Jahren gestorben. Maria ist seine zweite Frau. Eine tolle Frau. Sie kannte die Story bereits."

Lena beginnt zu schluchzen. Sie kann die Tränen nicht zurückhalten. „Vera, mein Kind, diese 32 Jahre meiner Verschwiegenheit sollten seine Ehe nicht gefährden. Michael hat sich mir gegenüber dargestellt als treuer Ehemann und liebender Vater. Er war so viel anders als alle Männer, die ich kannte. Männer, die ich niemals an mich rangelassen hätte. Aber ich brauchte leider einen Mann, weil ich ein Kind wollte. Ich wollte dich!"

„Das ist doch wohl auch kein Grund, so ein Geheimnis draus zu machen. Ich hielt mich für das Ergebnis einer Vergewaltigung. Und nicht nur ich, auch dein Bruder und deine Eltern vermuteten dies."

„Ihr glaubt doch wohl nicht, dass ich eine Leibesfrucht, entstanden aus einer Vergewaltigung, behalten hätte? Damals war es kein Problem, abtreiben zu lassen, es war sogar legitim. Nein, ich habe Michael benutzt. Ihn als Samenspender missbraucht. Als ich ihn am Abend zufällig in diesem Interhotel in Gera wieder traf, wusste ich nach wenigen Sätzen, dass dieser Mann der Vater meines Kindes werden wird, aber niemals mein Mann. Erstens war er Westdeutscher, und so eine Beziehung durfte es damals gar nicht geben, und zweitens hätte ich eine wunderbare Ehe zerstört."

„Männer als Samenspender zu missbrauchen ist doch bei Gott nichts Außergewöhnliches", schimpft Vera weiter. „Wie viele Leningraderinnen ließen sich damals ein

Kind machen, um dadurch den Anspruch auf eine eigene Wohnung zu erhalten? Um endlich aus der elterlichen Wohnung ausziehen zu dürfen?"

Lena nickt. Immer noch mit tränennassen Augen. „Hat er dir auch erzählt, wie lange unsere Beziehung dauerte? Hat er das?"

„Ja, hat er. Einen halben Tag und eine halbe Nacht. Eine wahrhaft kurze Liaison."

Lena öffnet sich und erzählt:

„Michael hat mich tief beeindruckt. Wir gingen zusammen zum Essen, danach in die Bar, und dieser Mann erzählt von Frau und Kind in einer Weise, wie es nur liebende Männer tun. Andere Männer, jene Spezies, die ich verachte, hätten alles darangesetzt, mich ins Bett zu kriegen. Sie hätten geprahlt und sie hätten versprochen. Sie hätten mich als leichte Beute betrachtet. Das war damals so in der DDR. Es war vor deiner Zeit."

Vera sagt: „Mama, ich kann deinen Eindruck von diesem Mann nur bestätigen. Ich habe einen wunderbaren Papa. Auch mich fasziniert er. Michael lässt mich in der Wohnung seines Sohnes Daniel übernachten. Daniel gibt es nicht mehr, er starb vor paar Wochen an einer Lungenentzündung."

Sie schwenkt ihr Smartphone durch den Raum, um ihn Lena zu zeigen, und kommentiert: „Hier hat Daniel gewohnt. Alles ist fröhlich-farbig eingerichtet. Ich hätte meinen Halbbruder gerne kennengelernt. Auch deshalb bin ich stinksauer auf dich!" Es klingt aber etwas milder als zu Beginn des Gesprächs.

„Einer dieser Buben, von denen er damals gesprochen hatte? O Gott." Lena fleht ihre Tochter an: „Vera, du musst mir verzeihen. Bitte, bitte, verzeih mir. Ich weiß, dass ich es nicht mehr wiedergutmachen kann. Aber Hauptsache ist, dass du gerade offenbar behütet und versorgt bist. Wenn du dort länger bleiben darfst, solltest du aber Miete bezahlen. Ich kann von hier aus leider nichts machen …

und jetzt musst du mir alles über deinen gestrigen Tag erzählen."

Als Vera die Agentur fluchtartig verlässt, unternimmt Bernd Eichtaler keinen Versuch, ihr zu folgen. Dabei ist er sich sicher, dass sie nicht nur umparkt, wie sie sagte, sondern nicht wiederkommt. Die Adresse bekommt sie auch woanders her. Er hätte die schöne Besucherin gerne etwas mehr befragt, etwa, wer die Bekannte ist, die Michael Grüße sendet. Oh, wie ängstlich sie geschaut hat, als sie die Waffen gesehen hat. Das tun alle Besucher und Besucherinnen im Anblick dieser Teile. Ein Maschinengewehr auf einem Besprechungstisch wirkt schon. Falls diese Vera nun bis zu Michael vorstößt, wird sie ihm möglicherweise erzählen, dass viele Waffen auf dem Besuchertisch lagen. Sie befanden sich nicht im Tresorraum, wo sie laut den Sicherheitskontrolleuren des Regierungspräsidiums hingehörten. Wenn Michael dies erfährt, wird er sicher nicht nur anrufen, sondern er wird nach vielen Wochen zum ersten Male wieder in der Agentur aufkreuzen. Bernd ärgert sich. Er hätte diese Dame nicht hereinlotsen dürfen. Wie blöd von ihm.

Bernd dachte, er hätte noch etwas mehr Zeit, um all das zu erledigen, was er sich vorgenommen hatte. Nun drängt die Zeit. Er muss sofort beginnen. Er wird den Netzwerkserver aufräumen. Einige Daten der letzten Wochen müssen verschwinden. Die Daten auf seinem Rechner zieht er seit Wochen kontinuierlich auf eine externe Festplatte. Er steckt sie in seine Aktentasche. Nunmehr muss er alle Daten auf dem Rechner löschen. Währenddessen trägt er alle Waffen in den Tresorraum und verriegelt die 12 cm dicke Stahltür. Nur er und Michael kennen den Code und besitzen einen Schlüssel. Es hatte lange gedauert, bis er vereidigt war und ebenso Einblick bekam in die tieferen Sphären der Verteidigungsindustrie. Aktiv mitgearbeitet hat er allerdings an den Jobs nie. Er blieb der Möbler all die Jahre. Und er wird auch in Zukunft der Möbler sein, wenn auch nicht in dieser Agentur. Heute ist sein letzter Arbeitstag in der 2M-Werbeagentur. Michael hat allerdings keine

Ahnung davon, hält ihn vermutlich immer noch für einen treuen Mitarbeiter. Oh, wie er diesen Menschen beneidet. Michael, der Charismatiker. Michael, der eloquente Verhandler. Michael, der von allen geliebt wird. Seit Jahren fühlt sich Bernd neben diesem Übermenschen wie ein Stück Dreck. Er selbst wird nicht geliebt. Von niemandem. Nicht einmal akzeptiert. Er wird sich offiziell ebenso ins Homeoffice zurückziehen wie alle anderen Mitarbeiter auch. An das Smartphone der Agentur wird er von nun an nicht mehr gehen. Seine private Handynummer kennt hier niemand. Jeder Tag, den Michael noch im Ungewissen bleibt, ist wertvoll.

Bernd ruft seinen Bruder an. Die Bandansage startet. Bernd spricht auf die Phone-Box: „Rainer, ich verlasse jetzt die Agentur." Wie gerne hätte er noch eine der „Wummen", wie er manchmal spaßeshalber die Waffen nennt, an sich genommen. Etwa die HK P7. Er ist fasziniert von der kleinen, handlichen Pistole. Eine Packung Munition hat er schon vor Wochen an sich genommen, als Michael nachlässig sein Büro unverschlossen verließ. Dieser bewahrt Munition, alle Kaliber, die man eventuell für Fotoaufnahmen am Schießstand benötigt, separat in einem kleinen Standtresor in seinem Office auf, getrennt von den Waffen. Aber Bernd beherrscht sich. Wohl wissend, dass er sich gegenüber seinem Arbeitgeber der Untreue schuldig macht, eventuell sogar des Betruges, möchte er nicht noch wegen Waffendiebstahls und eines Verstoßes gegen das Waffengesetz angeklagt werden. Hier bliebe es vermutlich nicht bei einer Bewährungsstrafe, mit der er jetzt mittelfristig rechnen muss. Aber alles ist geplant. Gut geplant.

Nachdem Vera sich in Daniels Appartement zurückgezogen hat, schauen sich Michael und Maria lange an. Dann legt sie ihre Hand auf seinen Arm und sagt: „Du hast vermutlich keine Ahnung, wie sich der Michael von heute Morgen von dem Michael heute Abend unterscheidet. Du hast gesprochen, du hast gelacht – ich bin glücklich. Du hast sogar Daniels Räume betreten. Vera tut dir gut. Vielleicht rettet sie sogar dein Seelenheil. Ich bin deiner Tochter so dankbar."

Michael ist tatsächlich sein Glück anzusehen. „Von nun an wird alles anders", sagt er. „Es beginnt eine neue Ära. Ich kann es immer noch nicht fassen. Ich habe eine Tochter. Hoffentlich bekommt sie jetzt mit ihrer Mutter keine Probleme. Ich kann nicht verstehen, warum Lena dem Mädel nie von mir erzählt hat. Wir haben ja nichts Böses getan." Michael und Maria gehen gemeinsam zu Bett. Zum ersten Mal seit vielen Wochen.

Die Sonne begrüßt alle an diesem Aprilmorgen. Bereits um 9:00 Uhr scheint sie auf die Ostterrasse. Die Morgenterrasse, wie sie von der Familie genannt wird. Maria deckt den Frühstückstisch wie alle Tage, an denen sie nicht arbeitet. Michael besorgt inzwischen Brötchen und Brezeln. Vera hat gut geschlafen und erscheint fröhlich auf der gemeinsamen Terrasse in einem weiten, einteiligen blassrosa Hausanzug. Dazu trägt sie blaue, flauschige Schlappen.

„Es fehlt noch ein gelbes Hütchen und du würdest perfekt zu Daniels kunterbunter Einrichtung passen", frotzelt Michael. Dabei strahlt er über das ganze Gesicht. Alle lachen, und wieder ist Maria glücklich, ihren Mann so gelöst zu sehen.

Während des Frühstücks berichtet Vera von dem Gespräch am gestrigen Abend. Dass es zunächst holprig verlief, sich aber dann beruhigte und Lena später sogar die Gera-Geschichte aus ihrer Perspektive erzählte. Sie betont, Lena hätte diese kurze Liaison in allerbester und angenehmer Erinnerung. Sie denke noch oft an Michael.

Allerdings kam in ihrem Bericht auch der Begriff „Samenspender" vor. „Ich habe meiner Mutter vorgeworfen, dass ich mein Leben lang nicht ausschließen konnte, das Opfer einer Vergewaltigung zu sein, weil sie so stur meinen Erzeuger verschwiegen hat."

„Vera", sagt Michael, „da stimmt deine langjährige Vermutung absolut. Du bist das Ergebnis einer Vergewaltigung. Nur, dass ich das Vergewaltigungsopfer bin und nicht Lena." Nachdenkliches Grinsen bei allen.

Später fragt Vera: „Meint ihr, ich könnte nachher in eurem Garten etwas trainieren? Das Wetter ist so schön heute. Ich habe einen regelrechten Trainingsstau mit meinen Hula-Hoop-Reifen. Ich brauche dazu viel Platz."

„Natürlich kannst du das. Der Garten ist so eingewachsen, er verwehrt jeden Einblick. Übe, was du willst und solange du willst. Du hast doch nichts dagegen, wenn wir dir etwas zuschauen?"

„Ich stehe mit meinen Hula-Hoops auf der Bühne vor Hunderten Zuschauern. Wie soll ich da etwas dagegen haben, wenn ihr mir zuschaut? – Obwohl, ein bisschen aufgeregt werde ich schon sein. Nach so einer Trainingspause klappt manches nicht so richtig." So bunt sie sich beim Frühstück zeigte, so schwarz geht sie an ihre Übungen. Vera hat eines ihrer Bühnenoutfits angezogen. Als sie mit einem Arm voller Reifen auf die Wiese geht, verschlägt es Michael fast den Atem. Vera trägt nur einen hauchdünnen Body auf ihrem perfekten Körper. Konturen, die er gestern Abend nur vage erkannt hatte und heute in ihrem Frühstücks-Strampler überhaupt nicht, werden in der Arbeitskleidung deutlich. Klar, denkt Michael, bei ihren Reifennummern muss sicherlich alles eng anliegen. Zunächst dehnt und streckt Vera sich, reckt und duckt sich, um ihren Körper durch die Übungen warm zu machen. Dann beginnt sie mit nur einem Reifen zu tanzen. Kurz drauf mit mehreren und schließlich mit zehn Reifen zeitgleich. Vera bewegt sich wie eine Kombination aus Schlangenfrau und

Elfe. Maria und Michael sitzen derweil noch am Frühstückstisch und schauen staunend zu. Die Reifen kreisen um die Hüfte und an beiden Oberarmen synchron. Dann asynchron, dann wieder synchron. Perfekt, wie Michael meint, trotz des Trainingsstaus.

„Wenn dein Sohn Marcus Vera so sehen könnte, würde er überschnappen", witzelt Michael und grinst Maria an.

„Hauptsache, du schnappst mir nicht über", kontert Maria.

Als Vera ihre Trainingseinheit beendet und an den Tisch kommt, klatschen beide verhalten Applaus. Michael nickt anerkennend und meint: „Als Gage darfst du dir heute Abend etwas wünschen. Was möchtest du gerne essen?"

„Rindsrouladen!", ruft Vera ganz spontan aus und freut sich.

„Ich werde Marcus anrufen. Wenn er Rindsrouladen hört, kommt er bestimmt gerne dazu", meint Maria spontan.

„Und wenn er erfährt, dass er seine Halbschwester kennenlernt, schmeißt er sich wahrscheinlich auch in Schale", schmunzelt Michael.

„Seine Stiefschwester", berichtigt Maria. „Zu deinem Christoph ist sie Halbschwester."

„Haarspalterei", sagt Michael.

„Genealogisch betrachtet nicht", stellt Maria richtig.

Vera freut sich ganz offensichtlich: „Ich bin gespannt, mehr über meinen Stammbaum väterlicherseits zu erfahren. Bisher war es ein weißes Blatt."

„Der Tag geht gut los", meint Michael. „Aber ich muss jetzt erst einmal in die Agentur und nach dem Rechten schauen, bevor ich dir von deinen Ahnen erzähle. Ich hoffe, mich erwartet dort keine Hiobsbotschaft."

Maria sieht ihn dankbar an. „Da bin ich doch erleichtert. Ich dachte schon, du würdest deinen Job völlig vergessen."

„Heute Nachmittag gehe ich dann Nahrung einkaufen." Michael spricht häufig von Nahrung, wenn er Lebensmittel meint.

„Nimmst du mich mit?", fragt Vera kindlich. „Ich brauche einige Kleinigkeiten und fußläufig gibt es in eurem Wohnviertel nichts."

Michael strahlt: „Aber gerne nehme ich dich mit."

In der Agentur hat Michael wenig zu tun. Bernd Eichtaler ist nicht da, Michael nimmt es fast erleichtert auf. Er hatte sich sowieso gefragt, warum Bernd all die Wochen stoisch Wache gehalten hat, während alle anderen im Homeoffice arbeiteten.

Die Waffen findet Michael allesamt im Tresorraum, er kann es anhand seiner Waffenbesitzkarte leicht überprüfen, was er auch tut. Michael besitzt eine rote Waffenbesitzkarte, die normalerweise nur Waffensammlern und Waffensachverständigen vorbehalten ist. Der Leiter der Waffenbehörde des Amts für öffentliche Ordnung meinte damals, als er die Karte ausstellte, es gebe in dieser Formulierung in ganz Baden-Württemberg nur drei mit gleichem Wortlaut: Es steht zu lesen: Lang- und Kurzwaffen, Einzel- und Mehrlader, alle Kaliber. In der Karte, eigentlich ist es ein DIN-A4-großes Heft, können bis zu 180 Waffen zeitgleich eingetragen sein.

Michael benötigt die Waffenbesitzkarte ausschließlich, um Waffen legal an sich zu nehmen, etwa um Fotoaufnahmen zu erstellen oder Technische Dokumentationen über Waffen. Sie sind, solange er über sie verfügt, offiziell in seinem Besitz und er hat die Verantwortung dafür. Nach getaner Arbeit bringt er die Geräte persönlich zurück zum Hersteller. Dort werden sie wieder in der Karte ausgetragen, und alles wird danach der Behörde zur Kenntnisnahme vorgelegt. Michael steht bei seinen Kunden in der Rüstungsindustrie in hoher Gunst. Insbesondere bei Herstellern von Waffen, welche dem Kriegswaffenkontrollgesetz unterliegen. Damit Michael auch diese an sich nehmen darf, bedarf es einer Erweiterung, die ausschließlich das Verteidigungsministerium erteilen darf. Michael hat sie. So kommt es, dass im Tresorraum zeitweise auch Maschinengewehre, Panzerfäuste und Maschinenpistolen verwahrt sind. Allerdings niemals mit dazugehörender Munition und meist auch mit entfernten Bauteilen, etwa Schlagbolzen, damit sie nicht funktionsfähig sind. Einen Anspruch, den Michael bei den Herstellern selbst erhoben hat, denn für diese bedeutet es stets einen erhöhten Aufwand. Michael dürfte offiziell auch funktionstüchtige Geräte mit entsprechender Munition an sich nehmen, sie transportieren, aber sie natürlich ausschließlich auf dafür zugelassenen Schießständen in Einsatz bringen. Es gibt momentan jedoch nur einen einzigen Auftrag in der Wehrtechnik von Heckler & Koch, der liegt aber auf Eis. Die Defence-Technologie-Messen sind weltweit abgesagt, so müssen auch keine Prospekte und Broschüren gedruckt werden. Tote Hose in der Werbung.

Ein Anruf kommt herein. Nach wenigen Sekunden wird es auf Bernds Handy umschalten, denkt Michael, aber es schaltet nicht um. Es tönt weiter.

Schließlich geht Michael ans Telefon des Empfangs und meldet sich.

„Oh!", sagt die Anruferin erstaunt. „Herr Maier, Sie selbst? Ich hatte sonst immer Herrn Eichtaler dran."

„Ach Sie sind es, Frau Hermann." Michael hat seine Steuerberaterin sofort an der Stimme erkannt. „Ja, ich bin allein in der Agentur. Bernd ist offenbar im Homeoffice. Ich bin selbst überrascht. Vielleicht kann ich Ihnen weiterhelfen?"

Frau Herrmann ist Urschwäbin, bemüht sich aber stets ein wichtiges Hochdeutsch zu sprechen, was ihr aber nicht gelingen will. Sie hatte Michael gleich nach Daniels Tod kondoliert und muss es jetzt nicht mehr tun. „Ich warte auf die Buchhaltung. Wir haben doch Anfang Januar die letzte

Umsatzsteuererklärung gemacht. Jetzt ist es April. Ohne Corona hätte das Finanzamt längst gebruddelt."

„Da erwischen Sie mich exakt auf dem falschen Fuß, Frau Herrmann. Ich habe die Buchhaltung ja Herrn Eichtaler übertragen. Der ist aber nicht da. Ich werde versuchen, ihn zu erreichen, und melde mich wieder. Eigentlich müssten die Anrufe auf sein Handy umgeleitet werden. Ich schaue gleich mal."

Er beendet das Gespräch. In der Telefonanlage ist die Rufumschaltung deaktiviert, wie er feststellt. Sicher ein reines Versehen, denkt Michael und wählt die Nummer von Eichtalers Agentur-Handy. Nach einer Weile schaltet sich die Bandansage ein, Michael spricht aber nichts drauf. Er wird sich sicher melden, wenn er sieht, dass ich angerufen habe, denkt er.

Michael entschließt sich aber vorsichtshalber, die Anrufe auf seinen Anschluss umzuleiten. Er hat ein dummes Gefühl im Bauch. „Meine Agentur ist ein Totenschiff", murmelt er vor sich hin.

Er verlässt dennoch die Agentur mit guter Laune. Er freut sich auf seine neue Tochter Vera und ihre fröhliche Art. Und er freut sich aufs Nahrungsbeschaffen.

Als Vera in seinen SUV steigt, folgt ihr ein betörender Duft. „Du siehst schick aus", stellt Michael fest. „Und du duftest wunderbar. Meinetwegen hättest du dich aber nicht so einnebeln müssen."

Vera lacht. „Du hast vergessen, dass ich Russin bin. Russinnen gehen niemals in schlechtem Outfit auf die Straße und da gehört ein gutes Parfum zwingend dazu. Ich habe eine äußerst empfindliche Nase und kann manche Menschen nicht riechen. Da hilft mir mein Chloe dabei."

Michael ist verunsichert. „Da hast du an mir als Pfeifenraucher sicher keine große Freude."

„Oh, dein Pfeifentabak riecht gut! Ich habe ihn heute Morgen sogar bis auf den Rasen gerochen. Ich rieche ihn wirklich gerne." Unterwegs meint Vera: „Euer Marcus hat spontan zugesagt heute Abend, soll ich dir von Maria ausrichten. Ich freue mich, meinen Stiefbruder kennenzulernen. Nicht meinen Halbbruder. Ich habe schnell gelernt, gell?"

„Schnell!", lobt Michael.

„Die beiden waren noch heftig am Telefonieren, als ich das Haus verlassen habe. Ich glaube, Maria erzählt ihm schon von deinem neuen Nachwuchs."

Es sind tatsächlich einige Kilometer zu fahren, bis sie einen Verbrauchermarkt erreichen.

„Die Fleischabteilung ist super", meint Michael. „Ich kaufe dort immer irisches Rind. Es schmeckt am besten. Habe ich dir schon erzählt, dass wir Irland lieben? Wir waren schon oft mit dem Wohnmobil auf der Insel."

Sie trennen sich im Markt, jeder nimmt einen eigenen Wagen, und sie verabreden sich vor der Kasse. Michael checkt den Einkaufszettel: Zwölf Rouladen aus der Oberschale, Rotkraut in der Dose und die fertig verpackte Teigmasse für die Thüringer Klöße sowie ein Toastbrot für die unabdingbaren gerösteten Würfelchen, die in die Klöße müssen.

Michael ist schnell fertig. Er hasst es, Mund-Nase-Maske zu tragen. Ständig sind seine Brillengläser beschlagen und er bekommt schlecht Luft. Dennoch wartet er geduldig vor der Kasse, bis Vera kommt. Sie hat erstaunlich viel im Wagen. Alle Waren hat sie in einer Papiertüte des Marktes versteckt, die sie vor dem Einkauf bereits an einer Kasse an sich genommen hat.

„Du musst dir keine Lebensmittel kaufen", meint Michael vorbehaltlich. „Wir nehmen die Mahlzeiten doch hoffentlich gemeinsam ein?"

„Nur ein paar Dinge des täglichen Bedarfs", erwidert sie. „Am besten, wir nehmen verschiedene Kassen." Schnell stellt sie sich an einer anderen Kasse an. Michael wollte ihren Einkauf eigentlich mitbezahlen, aber er sieht, wie sie bereits ihren Einkauf bei der übernächsten Kasse aufs Band legt. Sie ist schon lange durch und fragt sich, warum Michael so lange für den Zahlvorgang braucht. Sie wartet. Es dauert noch immer. Sie geht an Michaels Kasse. „Meine Karte funktioniert komischerweise nicht", sagt er entschuldigend. „Dabei habe ich garantiert die richtige PIN eingegeben. Wie hast du bezahlt?"

„Auch mit der Karte", sagt Vera. „Meine hat funktioniert."

„Meinst du, du könntest diese Rechnung auch bezahlen? Ich hole am Automaten draußen Bargeld und zahle es dir bar zurück."

„Klar!", sagt Vera und bezahlt.

Als Michael seine Karte in den Automaten steckt, 200 Euro eingibt und seine PIN, erscheint im Display der Satz: *Ihre EC-Karte wird einbehalten. Bitte setzen Sie sich mit Ihrer Bank in Verbindung.*

„Ich habe keine andere Karte dabei", entschuldigt sich Michael bei Vera, die den Satz auch liest. „Es ist die Karte des Agenturkontos. Meine private habe ich versehentlich zu Hause liegen lassen. Ich habe ja schon ewig nichts mehr mit dieser Agenturkarte bezahlt. Wir regeln den Einkauf zu Hause, okay?"

Sein Puls ist derweil auf 180. Ihm wurde noch nie eine Karte vom Automaten eingezogen. Spontan ruft er noch im Auto seinen Bankberater an. Konrad Bauer ist Mitarbeiter der Volksbank und ein Schulfreund von ihm. Michael ist guter Hoffnung, dass dieser ihm mitteilt, es läge ein Fehler im System vor oder so etwas. Auch, damit Vera nicht glaubt, das Konto wäre nicht gedeckt. Sein Agenturkonto ist immer gedeckt – denkt er sich. Tatsächlich erreicht er seinen Gesprächspartner mit dessen Durchwahlnummer.

„Michael", freut sich Konrad. „Gut, dass du anrufst. Ich habe dich auch auf der Liste und hätte mich dieser Tage gemeldet."

„Konrad, stell dir vor, der Geldautomat bei Edeka hat meine EC-Karte gefressen. Deshalb rufe ich dich an. Habt ihr einen Fehler irgendwo im System?" Konrad ist lange ruhig.

„Konrad, bist du noch dran?"

„Jaja, ich bin noch dran. Michael, das ist ein Automatismus."

Jetzt ist es Michael, der lange ruhig ist.

Konrad Bauer fragt: „Kann ich reden? Bist du allein?"

„Fast", sagt Michael, „rede!"

„Guckst du dir denn hin und wieder deine Kontoauszüge an?"

„Schon lange nicht mehr", bekennt Michael. „Du weißt ja, warum."

„Deshalb habe ich so lange gezögert, dich anzurufen." Konrad sagt es fast entschuldigend. „Auf dem Konto ist seit einem halben Jahr kein Geldeingang mehr zu verzeichnen, aber deine laufenden Kosten sind geblieben. Ich weiß, ich weiß, Corona zollt seinen Tribut, ich muss es täglich mehrfach von gebeutelten Selbstständigen hören, aber in deinem Fall stimmt etwas nicht. Es gehen nicht nur Gehälter, Miete und Leasingraten ab, sondern es wurden auch immense Druckrechnungen bezahlt. Und wie gesagt, Eingang nicht ein Cent. Habt ihr vergessen, Rechnungen zu schreiben? Oder kann dein Möbelkunde nicht bezahlen?" Trotz Freisprecheinrichtung ist Michael auf einen Parkplatz gefahren.

„Wieviel?", fragt er.

„Ich sitze gerade nicht vor meinem Rechner", kommt die Antwort. „Aber bestimmt 800 000."

Michael ereifert sich: „Konrad, da stinkt etwas gewaltig. Ich muss recherchieren. Ich war heute Morgen in der Agentur, aber Eichtaler war nicht da."

„Den versuche ich in Rücksichtnahme auf dich seit Wochen zu erreichen. Es geht aber keiner ans Telefon. Aber eigentlich ist das Thema Chefsache. Ihr habt sicher auch alle Mitarbeiter ins Homeoffice geschickt. Das geht bei einer Werbeagentur auch recht gut."

Michael sagt: „Ich wähnte ihn in der Agentur, er ist aber ausgeflogen. An sein Telefon geht er auch nicht. Konrad, ich melde mich, sobald ich etwas weiß." Sie beenden das Gespräch.

Während er weiterfährt, sagt Michael: „Tut mir leid, dass du das alles mithören musstest." Er lächelt gekünstelt. „Ich freue mich jetzt aber auf heute Abend. Ich muss mich beeilen, die Rouladen müssen ins Rohr."

Vera fragt: „Ihr habt von dem Arschloch Eichtaler gesprochen?"

„Nennen wir ihn besser ‚Dubbeler'. Arschloch hört sich so derb an."

„Michael, was ist ‚ins Rohr'?"

„Ach so. Klar, deine Generation kennt den Begriff nicht. Rohr ist der Backofen. Ich bereite Rindsrouladen immer im Backofen zu. Früher hat man auch Backrohr dazu gesagt. Es dauert mindestens zwei Stunden, damit sie zart werden."

„Als Kind habe ich zum Rohr immer ‚Heißer Schrank' gesagt."

„Muss ich mir merken", frotzelt Michael fröhlich.

Vera lächelt. „Ich merke mir dafür den Begriff ‚Dubbeler'."

Zu Hause angekommen, geht Vera gleich in die Einliegerwohnung.

Michael sagt noch: „Können wir die Nahrung morgen verrechnen? Ich hole erst morgen Geld."

„Aber sicher!" Vera lächelt. „Wann soll ich heute Abend erscheinen?"

„Ist sechs recht?", fragt Michael. „Marcus kommt um halb sieben."

Michael verschanzt sich sofort in der Küche und beginnt, das Abendessen zuzubereiten. Er schließt immer die Tür, wenn er kocht. Er mag es nicht, wenn ihm dabei über die Schulter geguckt wird, wie der Eins-neunzig-Hüne es paradoxerweise nennt. Maria deckt inzwischen im Speisezimmer den Tisch. Auch wenn wir nur vier sind und nur Familie, denkt sie, eine frische Tischdecke und Kerzen kommen mit auf den Tisch. Gemeinsame Mahlzeiten sind bei den Maiers ein wichtiges Element. Sie ertappt sich dabei, dass sie bereits nach einem Tag Vera unverrückbar in die Familie eingeschlossen hat. Und in ihr Herz. Marcus hatte sie nur angedeutet, was ihn heute Abend erwartet.

Routiniert füllt Michael die Rouladen mit Zwiebeln, Speck, Essiggurke, Senf sowie Petersilie und wickelt sie gekonnt zusammen, um sie mit Küchengarn zu fixieren. Er bereitet das Rotkraut zu und rollt die Thüringer Klöße, nicht ohne sie vorher mit gerösteten Brotwürfeln zu füllen. In Gedanken ist er allerdings bei Bernd Eichtaler. Ganz offensichtlich wird er von ihm hintergangen. Wie konnte er sich nur so in ihm täuschen? Hätte er gestern nicht noch mit ihm telefoniert und vernommen, Möbelbecker hätte sich für eine andere Agentur entschieden, könnte er im Glauben sein, Bernd hätte nur vergessen, Rechnungen zu stellen. Becker hatte immer prompt bezahlt, all die Jahre, er hätte sicher erfahren, wenn dieser sich in Zahlungsschwierigkeiten befände. So muss Michael davon ausgehen, dass hier ein abgekartetes Spiel im Gange ist. Auf seine Kosten. Morgen werde ich Christoph anrufen, denkt Michael. Vielleicht weiß er als Jurist, was ich tun soll. Vorher werde ich aber zu Bernd nach Hause fahren. Ich muss ihn irgendwie erwischen und mit ihm sprechen. Vielleicht ist doch alles ein Irrtum, tröstet er sich.

Michael hat Maria nichts von dem Gespräch mit Konrad Bauer erzählt. Er will ihr nicht auch noch die Stimmung verderben. Sie ereifert sich immer dermaßen, wenn sie den Namen Eichtaler hört. Hätte er ihr heute den Vorfall mitgeteilt, sie wäre wohl ausgerastet. Etwas, was er an ihr sonst nicht kennt. Michael vermutet, indirekt gibt

Maria Bernd Eichtaler eine Mitschuld am Tod Daniels. Um drei Ecken herum. Gäbe es diesen nicht in der Agentur, hätte Daniel die Agentur niemals verlassen. In diesem Falle hätte Michael sicher mitbekommen, dass er eine Lungenentzündung verschleppt, und hätte ihm dringend geraten, zu einem Arzt zu gehen. Man musste Daniel seit jeher nötigen, zu einem Arzt zu gehen.

Trotz Michaels kreisenden Gedanken gelingt das Mahl vortrefflich.

Vera klingelt pünktlich um 18:00 Uhr. Sie trägt keinesfalls den rosaroten Hausanzug wie am Morgen, sie hat sich fürs Dinner herausgeputzt. Ein enges schwarzes Kleid schmiegt sich um ihre tadellose Figur, dazu trägt sie passende Schuhe mit hohen Absätzen. „Du weißt, ich bin Russin", sagt sie zwinkernd beim Eintreten, als sie Michaels erstaunten, dennoch bewundernden Blick sieht. Michael kommt dabei das Bild von Lena in den Kopf, als sie damals in der Lobby auf ihn zuging.

„Bitte, kein Wort heute Abend über die Agentur", flüstert er ihr zu. Vera nickt verständnisvoll. Marcus kommt eine halbe Stunde später und macht natürlich Riesenaugen, als er Vera vorgestellt wird. Als sie sich die Hand reichen, überziehen sich sein Halsansatz und die Wangen mit Schamesröte. Marcus weiß, dass er angesichts schöner Frauen errötet, ärgerte sich auch schon oft darüber, findet sich aber damit ab, dass es halt so ist. Marcus ist Lehrer an einem Gymnasium und gerade, wie alle Schulen, vom Lockdown betroffen. So eloquent, wie er vor seinen Schülern steht, so unbeholfen ist er Frauen gegenüber. Er stottert: „Stimmt das, was die beiden sagen? Wir sind Stiefgeschwister?"

„Das haben die beiden beschlossen, dass wir das so sehen müssen", lächelt Vera.

Marcus sagt etwas aufgeregt: „Na, hoffentlich komme ich mit der neuen Situation zurecht."

Vera hat die Einkaufstüte mitgebracht, deren Inhalt sie am Morgen so geheimnisvoll erworben hat. Daraus fischt sie drei Flaschen. „Einen irischen Whiskey für dich, Michael." Sie drückt ihm eine Flasche Tullamore Dew in die Hand. Sie wendet sich Maria zu und reicht ihr eine Flasche Taittinger. „Eine Flasche Champagner für dich. Leider nicht gekühlt." Maria und Michael murmeln vor sich hin, es wäre doch nicht nötig oder so ähnlich.

Dann wendet Vera sich Marcus zu und sagt: „Und hier habe ich etwas für meinen Stiefbruder." Sie drückt ihm theatralisch ein Netz voller grüner Limetten in die Hand und grinst.

„Hoppla, womit habe ich das verdient? Saures?", wundert sich Marcus.

„Das ist aber noch nicht alles für dich, Marcus." Aus der Tüte holt sie noch eine Flasche Kaktusschnaps und eine Packung braunen Zucker. „Euer Kühlschrank macht doch Crashed Ice? So stünde einem Caipirinha als Apero nichts mehr im Wege."

„Und schon hat meine Tochter das Regenten-Zepter der Familie in der Hand!", schmollt Michael gespielt. „Vera, du musst uns doch nicht beschenken."

„Ich mache das ja nicht uneigennützig", sagt Vera. „Ich hoffe, dass ich, zumindest bis zur Aufhebung des Lockdowns, bei euch bleiben darf. Ich komme weder nach Russland zurück noch weiß ich, wohin ich hier in Deutschland soll. So können wir abends wenigstens zusammen einen lupfen. Ich liebe Champagner und Caipi." Und ernst fügt sie an: „Ich möchte auch gerne Miete bezahlen. Lena hat mir gestern Abend gesagt, dass ich Miete bezahlen soll. Die Situation sei ein Segen für mich, daher müsse ich mich erkenntlich weisen."

„Ich will das von dir nicht mehr hören!", spricht Maria ein empörtes Machtwort. „Das wäre ja noch schöner, wenn du für ein Appartement bezahlst, das ohne dich leer stünde. Michael hätte es sowieso niemand anderem überlassen."

„Bleibe bitte, solange du willst", sagt Michael leise. „Du tust mir saumäßig gut."

Vera bedankt sich und fragt Marcus: „Willst du mit mir die Caipis machen?"

Solange Marcus mit einem Kochlöffel die Limetten in den Gläsern zerquetscht, einen Holzstößel gibt es im Haushalt nicht, mustert Vera ihn. Er hat wenig von Maria, trägt bereits mit seinen 35 Jahren ein kleines Wohlstandsbäuchlein vor sich her. Vermutlich isst er sehr gerne und hält sich mit Sport zurück.

„Was unterrichtest du?", fragt sie ihn.

Marcus antwortet: „Deutsch und Geschichte. Die klassische Kombination."

„Warum hast du heute Abend deine Freundin nicht mitgebracht?"

„Meine Freundin, die ich gar nicht habe, mag leider keine Rindsrouladen." Marcus grinst Vera an. „Du fragst halt?"

„Na ja, man muss seinen neuen Bruder doch kennenlernen. Entschuldige, wenn ich zu forsch war."

„Ist schon okay", sagt Marcus. Nach einer kleinen Pause spricht er fast entschuldigend weiter: „Weißt du, ich habe lange studiert: Geschichte, Deutsch und Pädagogik. Es war keine Zeit für eine feste Partnerschaft. Es hat nur für Liebschaften gereicht."

Maria hat die letzten Worte mitbekommen, als sie in die Küche kommt. „Und ich wünsche mir nichts sehnlicher als ein Enkelkind. Marcus, mein Lieber, du weißt, ich bin bereit."

„Und du?", fragt Marcus nun Vera. „Bist du in festen Händen?" Er ignoriert geflissentlich die Aussage seiner Mutter. Zu oft musste er sie schon ertragen.

„O nein!", lacht Vera. „Ich bin viel zu unstet. Als Mitarbeiter des Europaparks hast du keine Chance auf eine Bekanntschaft oder gar eine Beziehung außerhalb des Parks. Und dann bin ich noch volle zwei Monate pro Jahr in St. Petersburg. Das überstehen nur ganz stabile Beziehungen. Nein, ich bin Single."

Vera mixt die Caipirinhas wie immer, 8 cl Pitu, drei Löffel Zucker über die zerstoßenen Limetten, und das Glas danach auffüllen mit Crashed Ice. Alle gehen nach diesem wohlgemischten Aperitif schon etwas beschwingt zu Tisch. Michael stellt eine Glasschale mit den Rouladen in die Tischmitte. Dazu eine ovale Schüssel mit den Klößen und eine mit dampfendem Rotkohl. „Ich hasse filigranes Essen", tönt er. „Greift zu, und guten Appetit."

„Wartet noch!" Vera springt auf und macht mit ihrem Smartphone ein Foto von dem dekorierten Tisch. Dann eine Nahaufnahme der Rouladen. Zum Schluss noch eines von den drei Personen am Tisch. Alle lächeln in die Linse. „Darf ich das meiner Mama schicken?", fragt sie.

„Mal sehen, wie sie drauf reagiert", meint Michael. Es stimmen alle zu. Maria bestimmt: „Aber erst nach dem Essen, es wird sonst kalt."

„Wir trinken dazu einen trockenen Trollinger, ein Cannstatter Zuckerle", empfiehlt Sommelier Michael und schenkt die Gläser ein.

Marcus beobachtet Vera und stellt fest, dass sie gediegen mit Messer und Gabel essen kann. Irgendwie war er der Meinung, Russen essen noch mit den Fingern. Oder sie schmatzen beim Essen. Oder beides. Wahrscheinlich hat er sich geschichtlich zu viel mit der Zarenzeit, der Oktoberrevolution und der Sowjetunion beschäftigt. Über das moderne Russland, muss er sich eingestehen, weiß er wenig. „Magst du für uns denn einmal eine Stadtführung durch St. Petersburg machen?", fragt er Vera, nachdem der Tisch abgeräumt ist.

„Dies würde ich lieber Mama überlassen", antwortet Vera. „Sie kennt sich mit der Stadtgeschichte bestens aus und macht im Sommer sogar offiziell Führungen mit deutschsprachigen Touristen. Aus der Schweiz kommen recht viele."

„Apropos Mama – wolltest du ihr nicht die Bilder schicken?" Michael ist es, der seine Tochter daran erinnert. Vera schickt ein WhatsApp in die Datscha. „Jetzt müssen wir aber damit rechnen, dass sie anruft." Vera schaut etwas besorgt. „Willst du ihr dann auch hallo sagen?"

„Ja, gerne, wenn Lena damit kein Problem hat", sagt Michael. „Aber aufgeregt bin ich schon."

„Den Digestif nehmen wir im Wohnzimmer ein", entscheidet Maria. „Welches Schnäpsle darf's denn sein?"

„Tullamore Dew!", ruft Lena überschwänglich.

„Einen Whiskey nimmt man nicht als Diggi", belehrt Michael. „Ich schlage vor, wir nehmen einen Weißen. Einen Obstler. Ich hätte da einen guten aus Südtirol."

„Oder einen Wodka? Der ist auch weiß", meint Vera. Auch dieser findet sich an der Bar. Als sie beim Schnäpsle sitzen, fragt Vera Michael: „Willst du nicht etwas auf der Gitarre vorspielen?" Dabei zeigt sie auf die beiden Westerngitarren, die in der Ecke auf Gitarrenständern stehen.

„Marcus spielt besser als ich", bekennt Michael. „Außerdem klimpere ich meist nur irische Weisen. Die sind zwar melodisch, aber sie handeln alle vom Suff, vom Heimweh, von unerfüllter Liebe oder vom Tod. Ich meine, das passt nicht zum heutigen Abend."

„Aber ich wollte so gerne etwas hören", schmollt Vera.

Marcus fragt: „Hast du ein Lieblingslied? Kannst du es vielleicht sogar singen? Ich würde dich begleiten. Vielleicht ein russisches?"

„In Russland kennt jeder Katyusha. Es ist zwar nicht mein Lieblingslied, aber ein schönes und typisches."

Marcus muss zugeben, noch nie etwas von Katyusha gehört zu haben. „Ich bräuchte zumindest die Akkorde", sagt er. Vera nimmt ihr Tablet zur Hand. Innerhalb weniger Sekunden legt sie es auf den Tisch mit dem Gesuchten. Katyusha, mit Text in Kyrillisch, Noten und Griffen. Marcus spielt die Akkorde. Es ist einfach zu spielen, er vergreift sich nie.

„Etwas langsamer", bestimmt Vera. Marcus spielt etwas langsamer und Vera beginnt zu singen. Die beiden bringen es auf Anhieb perfekt in Vortrag. Nun erkennt Marcus auch die Melodie. Natürlich hatte er das Lied bereits irgendwann gehört, und mit seinem exzellent ausgeprägten musikalischen Gedächtnis summt er sofort eine zweite Stimme dazu.

„Ihr spielt zum Heulen schön miteinander", lobt Michael. „Als ob ihr schon tausendmal miteinander musiziert hättet."

Marcus lacht. „Es wäre noch besser, wenn ich diese Krikelkrakel da lesen könnte."

„Moment", sagt Vera und nimmt das Tablet wieder in die Hand. Sie gibt Katyusha in Deutsch ein. Es dauerte wieder nur Sekunden und sie legt mit triumphierendem Blick das Tablet wieder auf den Tisch. „Hier bitte, Katyusha in Lautschrift." Marcus zupft diesmal noch sicherer die Melodie. Er hängt zuerst einen Lauf vorne dran. Beide beginnen zu singen:

Rasvetali yabloni y grushi
Paplili tumane nod rekoy
Wehadi-ila na berig Katyusha
Navisog y bereg na krutoy
Wehadi-ila na berig Katyusha
Navisog y bereg na krutoy

Das Lied hat sechs Verse. Bereits beim ersten meldet sich Veras Smartphone mit aufdringlichem Summen. Es liegt auf dem Tisch. Im Display steht „Mama". Ganz spontan greift Michael danach, zeigt es der singenden Vera mit fragendem Blick.

Vera und Marcus lassen sich nicht unterbrechen in der inbrünstigen Wiedergabe des russischen Volksliedes. Aber Vera nickt zustimmend mit freudigem Blick. So drückt Michael auf den Annahmebutton. Im Display erscheint eine etwas in die Jahre gekommene Frau, die Michael nie und nimmer als Lena erkannt hätte. Sofort ist ihm bewusst, dass es ihr ja genauso gehen muss. Er trug vor 30 Jahren noch einen dominanten Schnauzbart, wie er damals schon nicht mehr in Mode war.

„Lena, grüß dich", sagt Michael knapp. „Warte, ich lasse dich an einem Konzert teilnehmen." Und er hält das Handy so, dass Lena im fernen St. Petersburg ihre Tochter in Stuttgart live miterleben kann. Lenas Schock, dass nicht ihre Tochter die WhatsApp annimmt, sondern Michael, bemerkt niemand. Sie atmet kurz und heftig durch und widmet sich dem, was sie sieht: Ihre Vera singend, fast Wange an Wange mit einem Mann, den Lena nicht kennt. Er spielt die begleitende Gitarre. Gekonnt, wie sie feststellt. Die beiden singen Katyusha im Duett, auf Russisch, also muss es auch ein Russe sein? Sie hört genauer hin, bemerkt dann doch sein etwas staksiges Russisch und die hohe Konzentration, mit der er vom Tablet liest. Daher stecken sie auch mit ihren Köpfen so nah beieinander.

Michael dreht das Handy und wendet sich Lena zu. Dieses Intro war jetzt ein wunderbarer Einstieg, denkt er und sagt: „Lena, unsere Tochter wird in Zukunft nicht nur tanzen, sondern auch singen."

Gefasst sagt Lena: „Michael, du hast deinen Bart abgenommen, ich hätte dich beinahe nicht mehr erkannt!"

„Ich hätte dich natürlich sofort erkannt", lügt Michael und lacht. Auch Lena lacht. Michael versucht sich zu erinnern, ob Lena damals auch gelacht hatte. Sie hatte nie gelacht.

Lena hat belegte Zähne, nicht mehr so weiß wie damals. Die kosmetische Zahnversorgung scheint in St. Petersburg nicht so zu funktionieren. Aber ihr Haar ist sorgfältig hochgesteckt und sie trägt einen Rollkragenpullover. Wahrscheinlich, damit man die Falten am Hals nicht sieht, denkt Michael und grollt gleich mit sich selbst, weil er so einen Mist denkt. Hier hatte er die Frau in der Hand, die sein Leben zumindest kurzzeitig auf den Kopf gestellt hatte, und er denkt an Falten und Zähne.

„Entschuldige, Michael, ich habe mich nach unserem letzten Treffen nicht von dir verabschiedet. Wollte es nachholen, aber es war immer was los in den letzten 33 Jahren."

Sie lacht immer noch.

„Kein Problem! Ich war dir dankbar, dass du mich hast schlafen lassen. Ich wäre sicher nicht mehr eingeschlafen."

„Und noch was, Michael … ich habe leider keine Druckerei gefunden, die drei Pfennig pro Wegwerflätzchen unterbieten würde."

„Cent!", sagt Michael. „Wir haben jetzt Cent." Wieder lachen beide erleichtert. Keiner hätte sich das erste Gespräch nach Jahren so vorgestellt. Vielmehr hatten beide ziemlich Bauchweh vor den ersten Worten. Jetzt waren sie raus. Vera und Marcus haben Katyusha beendet und lauschen gespannt dem Dialog der beiden. Aber immer noch halten sie, jetzt grundlos, ihre Gesichter nah beieinander. Maria klatscht leisen Applaus, wie am Morgen nach der Tanzeinlage. Sie schenkt nochmals allen Trollinger nach.

„Waren die Rindsrouladen so gut wie damals im ‚Glückauf'? Hast du gekocht? Oder seid ihr in einem Restaurant?", fragt Lena und geht vom Lachen ins Lächeln über.

„Schade, dass du es nicht selbst beurteilen kannst, liebe Lena. St. Petersburg ist halt schon etwas abgelegen, sonst hätten wir dich auch eingeladen. Natürlich habe ich gekocht. Und du hattest Einblick in unseren Speisesaal. Wie sie geschmeckt haben, fragst du am besten unsere Tochter. Die wolltest du doch eigentlich."

Schon will er das Handy an Vera weiterreichen, als er Lena rufen hört: „Warte! Warte, Michael!" Er schaut Lena wieder an. „Michael, ich möchte mich bei dir und deiner lieben Frau bedanken. Dafür, dass Vera bei euch bleiben darf. Ich machte mir um sie solche Sorgen. Ich habe das

Gefühl, das brauche ich im Moment nicht mehr. Ich bin Vera so dankbar, dass sie nach dir gesucht und dich gefunden hat."

„Nicht nur du, Lena. Du kannst dir nicht vorstellen, wie dankbar ich ihr bin." Danach gibt er das Smartphone weiter an Vera.

Nach etwas belanglosem Geplänkel, sie lobt das Essen und die Gesellschaft, beendet Vera jedoch ziemlich schnell das Gespräch. Das Lied mit Marcus hat sie beflügelt. Sie möchte jetzt nicht mit ihrer Mutter sprechen. „Ich will jetzt ein irisches Lied hören!", bestimmt sie. „Von dir, Michael. Oder von euch beiden."

Michael greift nach der zweiten Gitarre. „Sie sind stets perfekt aufeinander gestimmt. – Also etwas Irisches." Michael stimmt Carrickfergus an. Er muss den Titel nicht ankündigen, Marcus spielt bereits ab dem zweiten Takt mit. Oft hat er das Lied mit seinem Stiefvater gesungen. Beide kennen den Text auswendig. „I wish I was in Carrickfergus …" Maria ist der Song wohlbekannt, dennoch hört sie ihn immer wieder gerne. Vor allem jetzt. Seit Wochen hat Michael nicht mehr gesungen. Als ob in ihm ein Schalter umgelegt wurde, denkt sie und ist glücklich. Vera lauscht ebenfalls und bekommt dabei feuchte Augen. Genauso, wie Michael vorhin die irischen Balladen beschrieben hat, denkt sie: traurig und melancholisch. Ein alter Mann findet nicht zu seiner Liebsten. Einsam und krank wartet er auf den nahenden Tod.

„Ihr beiden könntet auftreten", sagt sie leise und anerkennend, als der Schlussakkord nachklingt. „Noch eins, bitte, bitte."

Gerne spielt Michael das bekannte Lied aus Dublin, Molly Malone. Eine alte irische Weise von einer hübschen, jungen Muschelhändlerin in Dublin. Sie stirbt an einem Fieber, und der Sänger sieht nunmehr nur noch ihren Geist den Wagen voller Muscheln durch Dublins

Straßen ziehen. Aber ihr Geist ruft immer noch „cockles and mussels, alive, alive, oh".

Und wieder steigt Marcus mit einer melodischen zweiten Stimme und einer perfekt gespielten Gitarre in die Ballade mit ein.

„So schön!" Vera strahlt. „Ihr müsst auf die Bühne! Maria, an deiner Stelle würde ich von den beiden jeden Abend solche Lieder einfordern." Voller Überschwang drückt sie Marcus einen Kuss auf die Wange. „Danke!", sagt sie noch einmal, fast zärtlich. Marcus überfällt erneut die Schamesröte. Aber er lächelt dabei.

„Marcus, pass mir auf!", droht Michael schmunzelnd. „Mir ging es damals mit Veras Mutter genauso. Auch sie gab mir einen Kuss in dem Moment, wo ich nicht damit gerechnet hatte. Hier siehst du das Ergebnis." Und er weist mit dem Kinn auf Vera. „Mich hat sie noch nie geküsst. Was hast du nur, was ich nicht habe?"

„O Papili!", ruft Vera überschwänglich, springt von der Couch auf, geht zu Michael und gibt ihm ebenfalls einen Kuss auf die Wange. Pitu, Trollinger und Wodka fördern dabei ihre Ausgelassenheit. Der erste Kuss, denkt Michael. Sie hatten sich bislang noch nicht einmal umarmt. Ihn überfällt keine Schamesröte, aber er ist, trotz dieses hässlichen Erlebnisses am Vormittag, so glücklich wie seit vielen Wochen nicht mehr.

Dennoch sagt er: „Hoppla, da lassen wir doch die Corona-Abstandswahrung völlig außer Acht."

Nach dem gemeinsamen Frühstück am nächsten Morgen, wieder auf der Terrasse, erzählt Michael vom Gespräch mit Konrad Bauer. Geflissentlich lässt er die Vermutung an Bernds Schuld weg. Auch, weil sich ja noch alles als Missverständnis herausstellen könnte. Er hofft es. Maria reagiert, wie vermutet. „Und ich sage dir, dieses Arschloch treibt dich in den Ruin. Eichtaler ist doch kriminell! Was willst du tun?"

„Ich hoffe, du hast nicht recht. Ich fahre nachher zu ihm nach Hause. Dort kann ich ihn stellen."

„Na, dann Waidmannsheil!", ruft Maria. „Nimm ein Jagdgewehr mit!"

Vera wirft ein: „Wir haben uns auf Dubbeler geeinigt. Nicht Arschloch."

Bernd bewohnt eine Zweizimmerwohnung in der Stuttgarter Innenstadt. Auf dem Pkw-Stellplatz steht der Firmenwagen der Agentur, ein silbergrauer Audi A4. Michael läutet mehrmals, es wird ihm aber nicht geöffnet. Er ruft Bernd an. Ohne Erfolg. Michael hatte damit gerechnet. Irgendwie ist er sogar erleichtert, Bernd nicht zu erreichen. Er hätte sich wieder nur fadenscheinige Ausflüchte anhören müssen. Alles spricht jedoch dafür, dass Bernd Eichtaler alles strategisch macht. Wie kann er die Agentur so plump schwächen, indem er keine Rechnungen stellt? Die Druckereirechnungen, Woche für Woche in erheblicher Höhe, bezahlt er aber offenbar ordentlich. Er kann nur ein Ziel verfolgen. Er will Michael und die Agentur in Schwierigkeiten bringen. Doch warum?

Michael fährt in die Agentur. Sein Interesse gilt Bernds Büro. Auf dem Schreibtisch liegt der Autoschlüssel des Firmenfahrzeugs. Michael zieht die Schubladen des Rollcontainers auf und stellt fest, dass er keinerlei private Dinge mehr enthält. Auch die Schränke nicht. Unter dem Schreibtisch findet Michael einen Karton, voll mit ungeöffneter Post: Kontoauszüge, Rechnungen, Mahnungen, alles ist dabei. Es steht Michael nicht der Sinn nach Aufarbeitung der Post, er nimmt jedoch den Karton mit in sein Büro und setzt sich an seinen Schreibtisch. Solange sein Rechner hochfährt, schaut Michael grübelnd den Lastkähnen auf dem Neckar zu. Sein Blick schweift über den Rosensteinpark bis hinüber zum Cannstatter Wasen. Eigentlich müsste dort bereits der Aufbau der Bierzelte für das Frühlingsfest beginnen, es sind jedoch im ganzen Land alle Veranstaltungen abgesagt. Besser untersagt. Arme Schausteller, denkt Michael, Corona fordert jeden auf seine Art.

Er geht in das Buchhaltungsprogramm der Agentur. Es dauert eine Weile, bis er den Zugangscode findet. Schon seit ewiger Zeit war er nicht mehr in diesem Programm. Es erstaunt ihn nicht, dass seit Januar alle Vorgänge gelöscht sind.

Hektisch wählt er die Privatnummer seines Sohnes Christoph.

Dieser meldet sich schnell: „Hi, Dad, wie ist das Wetter in Stuttgart?"

„Dunkelgraue Wolken ziehen auf", antwortet Michael. „Es gibt einen Grund für meinen Anruf."

Tatsächlich telefonieren Vater und Sohn äußerst selten miteinander. Es muss stets etwas passieren. Ohne Anlass kommt keiner von beiden auf die Idee, anzurufen. Nur zu plaudern ist nicht die Leidenschaft von beiden.

„Vater, was ist passiert?" Christophs klingt besorgt.

Michael berichtet vom Gespräch mit der Bank, von den nicht gestellten Rechnungen, aber vom Rechnungsausgleich bei den Druckereien in erheblicher Höhe und von den gelöschten Datensätzen.

Christoph reagiert schnell: „So haben wir am Montag beide etwas Wichtiges zu tun. Du entziehst Eichtaler mit sofortiger Wirkung alle Vollmachten. Insbesondere die Bankvollmacht natürlich. Der Mann muss zweifelsohne weg. Seine Vorgehensweise ist keine Nachlässigkeit. Es scheint pures Kalkül. Ich bin selbst auch im Homeoffice, die Kanzlei hat nur eine Notbesetzung. Ich werde in die Recherche gehen. Mal sehen, ob ich etwas herausfinde."

„Nächstes Wochenende ist Ostern", sagt Michael. „Hättest du nicht Lust, zu kommen? Du kannst ja überall arbeiten, also auch hier."

„Das werde ich tun", entscheidet Christoph wieder blitzschnell. „Ich kann ja Daniels Wohnung beziehen. Der

Schreibtisch steht sicher noch. Schnelles WLAN gibt es hier auch."

Michael fällt es wie Schuppen von den Augen: Christoph hat ja keine Ahnung von Vera. Es gab noch keine Gelegenheit, ihm zu berichten. Aber im Moment hat er keinen Geist, seinem Sohn die ganze Geschichte zu erzählen.

„Daniels Flat ist belegt", sagt er Christoph. „Wir haben eine Untermieterin. Du kannst doch wie immer unser Gästezimmer nehmen. Es war ja mal dein Jugendzimmer. Und wenn du in Ruhe arbeiten willst, steht dir jederzeit die Agentur zur Verfügung. Es ist kein Mensch da. Eichtaler hat im Übrigen alle seine privaten Dinge entfernt. Das Auto der Agentur steht vor seiner Wohnung, aber der Schlüssel dafür liegt hier. Mir schwant, ich muss Bernd nicht mehr entfernen. Er ist bereits weg."

„Gib mir zwei oder drei Tage", sagt Christoph. „Kannst du mir die Excel-Listen mit deinen Kundenkontakten schicken? Dann bräuchte ich noch die Kontaktdaten deiner Mitarbeiter. Und wenn du was Neues weißt, ruf mich bitte gleich an. Ansonsten bis Ostern. Vielleicht starte ich auch früher. Ich habe das Gefühl, ich müsste in Leipzig noch einmal bei Möbelbecker recherchieren."

„Maria wird sich auch freuen, dich zu sehen."

Christoph fällt noch etwas ein: „Sag mal, deinen Tresorraum hast du doch kontrolliert? Da lagerst du doch immer Waffen."

„Es war das Erste, das ich gemacht habe. Es sind noch alle Geräte da. Ich habe alles anhand der Liste kontrolliert."

„Hat Eichtaler einen Schlüssel?"

„Ja, und er kennt auch den Zugangscode."

„Das heißt, dass er den Raum entriegeln kann und noch immer Zugang zu den Waffen hat? Kannst du den Code ändern?"

Michael überlegt. „Ja, müsste gehen. Ich kann mich aber erinnern, dass es recht aufwändig ist."

„Dann weißt du, was du jetzt noch zu tun hast … und noch etwas. Falls du die Waffen nicht brauchst, für Fotos oder so, bring sie am besten schnellstmöglich zum Hersteller zurück."

Michael sucht und sucht, kann aber die Unterlagen für die Tresortür nicht finden. Er weiß nur, es ist recht mühselig, den 10-stelligen Code zu ändern. Es ist ein mechanischer Vorgang, der mittels komplizierter Schieber auf der Innenseite der Tresortür aufwendig bewerkstelligt werden muss. Er schließt die Tür ab und stellt den Drehknopf auf die Null. Vielleicht habe ich die Unterlagen zu Hause, denkt er. Die Exceltabellen hingegen findet er sofort und schickt sie an Christophs E-Mail-Adresse. Er ist voller Zuversicht, dass ihm sein Sohn helfen wird.

Michael fährt ziemlich missmutig nach Hause. Er grollt mit sich selbst. Tatsächlich hat er sich in der Vergangenheit zu sehr auf die Loyalität seines leitenden Mitarbeiters Bernd Eichtaler verlassen. Er muss anerkennen, dass Maria und Daniel recht hatten. Und seine Mitarbeiterinnen auch. Jene, von denen er auch gewarnt wurde. Und die schließlich die Agentur verließen, weil sie mit diesem Mann nicht mehr zusammenarbeiten wollten. Eichtaler wäre schizophren, hatten sie beide gesagt. Er schaffe es, sie tagsüber zum Weinen zu bringen, wenn mal irgendetwas nicht in seinem Sinne lief und er sie vor allen anderen niedermachte. Abends dann wollte er sie zum Essen einladen. Er hätte in Stuttgart überhaupt keine Freunde, weil er ja ein Zugezogener war. Deshalb sollten sie ihm die Abende verkürzen oder sogar versüßen. Am nächsten Tag gab's dann wieder häufig einen Anschiss aus nichtigem Anlass.

Michael hadert mit sich. Wie blind er doch war!

Er fährt bei seiner Lieblingskonditorei vorbei und kauft vier Stück Schwarzwälder Kirschtorte. Als er das Haus betritt, ist seine Laune auf dem Tiefpunkt. Dies ändert sich rasch. Im Wohnzimmer ist Vera singend am Wischen des Fliesenbodens.

Maria kommt hinzu und meint fast entschuldigend: „Vera will unbedingt im Haus mithelfen. Sie möchte sich dankbar zeigen und sich nicht unnütz vorkommen. Sie hilft mir schon den ganzen Tag."

„Dann machen wir jetzt Feierabend!", beschließt Michael. „Ich habe Torte mitgebracht."

„Oh. Schwarzwälder Kirschtorte!", jubelt Vera, als Michael auf dem Terrassentisch das Papier entfernt. „Ich liebe Schwarzwälder Kirschtorte."

Wie zufällig kommt auch Marcus vorbei. „Da bin ich ja froh, dass ich keinen Kuchen mitgebracht habe", sagt er. Vera und er strahlen sich an.

„Wie schön, dass du kommst!", begrüßt sie ihn fröhlich, hält aber Abstand.

„Und ich bin froh, dass ich vier Stückle gekauft habe", freut sich Michael. Marcus hört aber fast nicht hin, er hat nur Augen für Vera. Sie hat sich umgezogen und trägt ihre eng anliegenden Leggins, mit denen sie immer mit den Hula-Hoop-Reifen übt. Die Reifen stehen in einer Ecke der Terrasse, sodass sie nur schnell zuzugreifen braucht. „Ich will nach dem Kaffee im Garten trainieren, solange das Wetter so gut ist", teilt sie mit.

„So kommst du nachher auch in den Genuss einer kostenlosen Vorstellung", witzelt Michael.

Vera sagt kauend: „Die Schwarzwälder schmeckt besser als in Rust. Dabei sind wir Ruster doch viel näher am Schwarzwald dran." Dann meint sie, an Maria gewandt: „Sag mal, könnte ich mir von euch ein Fahrrad ausleihen? Ich brauche die Bewegung und will mir auch die Gegend ein bisschen angucken."

Ohne zu überlegen, sagt Maria: „Natürlich haben wir ein Bike für dich. Brauchst du ein Damenfahrrad oder kommst du auch mit einem Mountainbike zurecht? Daniels edles Scott-Bike steht in der Garage."

„Oh, es muss kein Scott-Bike sein. Ein ganz einfaches. Ich fahre keine Rennen oder Downhill oder so. Zu Hause habe ich auch ein Mountainbike. Wäre mir fast lieber." Dann meint sie noch: „Morgen früh möchte ich gerne mit dem Rad in die Kirche. Ich will nicht mit dem Bus fahren."

„In welche Kirche denn?", fragt Michael überrascht.

„In der Seidenstraße steht die russisch-orthodoxe Kathedrale. Um 10:00 Uhr gibt es dort einen Gottesdienst. Da möchte ich gerne hin."

„Ja, die Kirche kenne ich", sagt Michael. „Ein wunderschöner Bau. Ich habe mich immer gewundert, wie sich die Russisch-Orthodoxen so einen Bau leisten konnten. Hier in Stuttgart."

„Ich habe gegoogelt. Die St.-Nikolaus-Kathedrale in Stuttgart ist 1895 von der russischen Regierung finanziert worden."

Der Geschichtslehrer Marcus doziert: „Sie ist dem heiligen Nikolaus gewidmet, dem Nikolaus von Myra. Nicht etwa dem damaligen Regenten Nikolaus II. Aber ich vermute, er hat den Namen gewählt, als er damals den Geldbeutel aufmachte, und sich damit auch ein Denkmal gesetzt. Außerdem hatte er ja eine deutsche Frau."

„Nikolaus II. war ein Dubbeler!", bestimmt Vera. „So sehen wir es zumindest in Russland."

„Tatsächlich war er ein schwacher Zar. Im Russisch-Japanischen Krieg 1904 hatte er Bockmist gebaut. Dies schädigte seinen Ruf nachhaltig, offenbar bis heute."

„Und im Ersten Weltkrieg machte er auch keine gute Figur", weiß Vera.

„Na ja, im Ersten Weltkrieg wurde Europa im Allgemeinen von selbstsüchtigen Regenten beherrscht. Der Deutsche Kaiser Wilhelm II., der Österreicher Franz-Josef und das Englische Königshaus waren allesamt Dubbeler." Alle lachen herzlich.

Michael provoziert: „Wir gehen nie in die Kirche. Ein Kirchgang versemmelt doch den ganzen Sonntag."

Vera sagt mit ernstem Blick: „Ich will in die Kirche, um meinem Gott zu danken. Besonders zu danken, dass ich meinen Vater gefunden habe. Und dass ich bei euch sein darf. Und dass ich glücklich bin, obwohl ich es eigentlich nicht sein dürfte bei dieser ungewissen Zukunftsperspektive."

Michael schaut seine Tochter dankbar an. „Hätte ich einen Gott, ich würde ihm auch glatt für dich danken."

„Hättest du einen Gott, wärst du gerade auf ihn zornig, weil er deinen Sohn zu sich genommen hat. Gott wäre aber nachsichtig mit dir. Er würde deinen Zorn verstehen und verzeihen."

Eine frühe Wespe macht sich eifrig über die Kirsche eines Tortenstücks her. Vera deutet auf die Wespe. „Schaut, es ist nur ein kleines Insekt." Alle schauen auf das Tier, wie es sich bemüht, ein Stück von der Kirsche abzutrennen. Das Stückchen hat schließlich genau die Größe, um es transportieren zu können, und sie fliegt von dannen. „Nur eine Wespe", meint Vera, „aber alle Ingenieure der Welt und alle Wissenschaftler zusammen sind nicht in der Lage, auch nur eine einzige Wespe zu bauen. Ich für meinen Teil kenne da einen, der es ganz allein kann." Sie ergänzt: „Ist es nicht unglaublich schwer, nicht an Gott zu glauben, allein angesichts dieser Wespe?"

Michael muss sich eingestehen, dass ihm Vera mit diesem kleinen Vergleich Gott nähergebracht hat als alle Religionslehrer, die er früher hatte.

Marcus und Michael setzen sich danach auf Klappstühle direkt an Veras Manege im Zentrum des Gartens, während sie ihre Reifen wirbeln lässt. Beide haben ihre Gitarren auf dem Schoß und klimpern gemeinsam. Sie spielen Blues, Rock'n'Roll und Balladen.

Auch Maria schaut zu und weiß nicht, worüber sie sich mehr freuen soll. Über Michaels wunderbaren Stimmungswandel, über die Harmonie, mit der Vater und

Stiefsohn Gitarre spielen, oder über den Anblick Veras, die wirklich Unglaubliches aus ihren Reifen herausholt. Sie richtet ihr Wort an Marcus, der Vera voller Bewunderung applaudiert: „Du wirst dich doch hoffentlich nicht Hals über Kopf in deine Stiefschwester verlieben?"

Marcus schüttelt den Kopf. „Oh, du weißt, mit dem schnellen Verlieben habe ich es nicht so." Aber er lügt dabei.

Selbst Chino liegt im Gras und schaut Vera erstaunt bei ihren akrobatischen Einlagen zu. So etwas hatte er in diesem Garten ja noch nie gesehen. Als Vera die Reifen wieder ablegt, kommt er schwanzwedelnd auf sie zu und lässt sich streicheln.

„Ich würde jetzt gerne mit Chino noch ein bisschen spazieren gehen. Als Abspanntraining. Glaubt ihr, er käme mit mir mit?"

Maria nickt freudig: „Da tätest du nicht nur ihm einen Gefallen, sondern auch uns. Chino hat schon jede Menge Energie: Wenn wir eine halbe Stunde stramm mit ihm Gassi gehen, sind wir außer Atem und er hechelt noch nicht einmal. Als nächsten Hund wählen wir einen Dackel."

„Nimmst du mich auch mit?", fragt Marcus hoffnungsvoll. „Auch mir tut Bewegung gut, wenn ich so in den Spiegel schaue. Gleich dort hinten geht der Wald los. Außerdem verläufst du dich nicht, wenn ich dabei bin." Freudig stimmt Vera zu.

Es wird eher ein Spaziergang als ein strammer Marsch. Die beiden wissen sich viel zu erzählen. Vera von St. Petersburg und vom Europapark. Marcus erzählt von seinem guten Verhältnis zu seinem Vater, Marias erstem Mann, und wie er unter seinem Tod gelitten hatte. Nachdem seine Mutter Maria ihm mitgeteilt hatte, sie hätte einen sympathischen Witwer kennengelernt, den sie ihm vorstellen wolle, war sie kaum ein Jahr selbst Witwe gewesen. Christoph meint, er hätte zunächst ziemliche Zweifel gehegt.

Doch als er Michael kennengelernt hatte, waren sie ziemlich schnell Freunde. Er war damals bereits 20 Jahre alt und voll in seinem Geschichtsstudium in Tübingen gefangen. Sein Vater und er wären sich sehr ähnlich gewesen, so Marcus. Eher etwas reserviert und in sich gekehrt. Er hätte auf dem Sterbebett zu Maria gesagt, sie solle schnell nach einem guten Mann suchen. Noch sei sie jung und attraktiv, sie dürfe nicht lange warten. Tatsächlich ist Maria eine Frau, die eine Schulter zum Anlehnen braucht. Sie als Single? Er hätte es sich nicht vorstellen können. Auch mit Michaels Söhnen Christoph und Daniel hätte es von Anfang an wunderbar funktioniert. Wahrscheinlich, weil alle drei so dermaßen unterschiedlich waren, in allen Lebensbereichen. Daniel, der farbenfrohe Lebenskünstler; Christoph, der zielstrebige Lebemensch, und er, der stille, aber dennoch Lebensbejahende. Dass er bisher noch keine feste Beziehung hatte, läge auch an seiner Mutter Maria. Nicht, dass sie eine Glucke sei, die ihn unter ihren Fittichen spüren müsse, sie hätte jedoch alle seine Freundinnen mit deutlicher Ablehnung behandelt. Vermutlich ist es ein Instinkt. Sie hat Angst, ihren einzigen Sohn an eine Frau zu verlieren, die ihr nicht behagt. Dabei waren es gewiss nicht viele, und vielleicht war wirklich nicht die tolle Schwiegertochter dabei.

„Dies ist auch der Grund, warum ich meine kleine Wohnung ebenfalls in Degerloch habe, nur fünf Gehminuten entfernt", erläutert Marcus. „Ihr zuliebe. Mein Gymnasium liegt nämlich in Esslingen. Ich brauche jeden Tag eine halbe Stunde hin und eine halbe zurück."

Vera hält inne und fragt unvermittelt: „Sprichst wenigstens du manchmal mit deinem Gott?" Sie schaut Marcus dabei fast verzweifelt an.

Er bleibt ebenfalls stehen, hält ihrem Blick stand, während ihm wieder ein Hauch Schamesröte ins Antlitz steigt, sagt dann aber entschieden: „Nein. Auch ich glaube nicht. Mein Gott ist mit meinem Vater gestorben."

Große Augen bei Vera. „Gerade da hätte er dir doch helfen können, über den Verlust deines Vaters hinwegzukommen." Sie gehen wieder langsam weiter. Marcus sagt: „Es war die Trauerpredigt der Pfarrerin. Es war sehr schwer für mich, ihr zuzuhören. Sie hatte meinen Vater gekannt. Er war ein so toller Mensch. Die Leichenpredigt dauerte ziemlich lange. In ihrer Rede ging sie fünf Minuten auf meinen Daddy ein. Ganze fünf Minuten wusste sie zu berichten über ein Leben voller Aufopferung und Liebe. Und auch voller Gottestreue. Die restliche Zeit schwafelte sie nur über Gott und seinen Sohn, den Gekreuzigten, und dass dieser nach ein paar Tagen wiederauferstehen durfte. Warum, fragte ich mich damals ganz kindlich naiv, warum darf dann mein Vater nicht mehr auferstehen?"

Nach diesem Bekenntnis will Marcus das Thema wechseln. Er fragt Vera: „Du sprichst ein so tolles Deutsch. Es ist unglaublich, denn du bist ja nicht in Deutschland groß geworden. Hast du das wirklich nur von deiner Mutter gelernt? In St. Petersburg?"

Vera antwortet: „Nicht nur von ihr, sondern auch von meinem Onkel Filipp. Sie haben konsequent nur Deutsch mit mir gesprochen, eben, damit ich zweisprachig aufwachse. Außerdem arbeite ich schon fünf Jahre in Deutschland. Die beiden, Lena und Filipp, haben dennoch einen klaren Vorteil mir gegenüber. Beide hatten in Deutschland studiert. Ich habe in St. Petersburg studiert ... will sagen, würdest du einen Brief von mir korrigieren müssen, hätte ich wahrscheinlich Dutzende Fehler drin. Mein Manko. Ich spreche zwar gut Deutsch, aber ich schreibe es leider orthografisch miserabel."

„Hast du denn jemals, in Rust oder so, einen Deutschkurs besucht, um das Schreiben besser zu lernen?"

Vera bleibt wieder stehen, schaut Marcus dieses Mal trotzig an: „Marcus, ich lese und schreibe Englisch und Französisch, aber in der deutschen Schrift bin ich faktisch Analphabetin. Ich schäme mich dafür. Ich hatte nie den

Mut, es irgendjemandem zu sagen, und ich weiß auch nicht, warum ich es dir jetzt erzähle."

Marcus beschwichtigt: „Eine Analphabetin kannst du gar nicht sein, denn du kannst ja lesen. Eben zum Beispiel Englisch. Oder hatten wir gestern nicht gemeinsam vom Blatt gesungen?"

„Vom Screen", korrigiert Vera lächelnd. „Das Problem, das ich mit dem Schreiben in Deutsch habe, habe ich im Englischen nicht. Ich habe es in der Schule neun Jahre gelernt. Auch Französisch hatte ich sechs Jahre in Wort und Schrift. Aber Deutsch eben nicht."

Marcus sagt fröhlich: „Du weißt schon, dass ich gegenwärtig ein Schul-Lockdown-geschädigter Deutschlehrer bin? Und dass ich deshalb viel Zeit habe?"

„Willst du mir die deutsche Orthografie beibringen? Ich wäre überglücklich! Aber das kann ich doch niemals von dir verlangen!"

„Natürlich fordere ich von dir eine Gegenleistung", erklärt Marcus. Er spricht schnell weiter, weil er Angst hat, Vera würde diese Aussage falsch verstehen: „Deine Analogie mit der Wespe heute Nachmittag hat mich schon nachdenklich gemacht. Vielleicht kannst du mir als Gegenleistung helfen, meinen Gott wiederzufinden?"

„Marcus! Ja! Nichts täte ich lieber als das!" Fröhlich bringt sie dies hervor und ergreift spontan seine Hand. Sie lässt sie jedoch erschrocken gleich wieder los und sagt: „Da ist meine Aufgabe allerdings viel leichter als deine. Ich bin nämlich keine Religionslehrerin und darf meinen Job daher machen, wie ich will. Ohne Erfolgszwang und so."

Gerne hätte Marcus ihre Hand eben festgehalten, aber alles ging so schnell. Er schlägt etwas zögerlich vor: „Außerdem könntest du mir ja im Gegenzug auch ein bisschen Russisch beibringen?"

„Wir haben doch gestern Katyusha gesungen", erinnert ihn Vera. „Ich habe später am Abend meine Mama angerufen. Sie hat gefragt, ob du Russisch könntest. Du hättest gesungen wie ein Russe."

„Da besteht doch Hoffnung, dass ich es lerne?" Marcus grinst.

„Du weißt aber schon, Russisch ist für Deutsche sehr schwer zu lernen? Es gibt keine Parallelen zu den lateinischen Sprachen."

„Natürlich weiß ich das. Als Deutschlehrer. Also abgemacht", sagt Marcus. „Ich schlage Folgendes vor: Wir fangen morgen gleich mit meiner ersten Lektion im Fach Wiedererlangen des Glaubens an. Darf ich dich in deine Kirche fahren?"

„Ich wollte doch mit dem Fahrrad …"

„Mit dem Fahrrad quer durch Stuttgart zu radeln ist alles andere als prickelnd. Radle lieber hier oben, durch die Wiesen und Wälder. Oder meinetwegen durch die Gewerbegebiete ringsherum. Alles ist schöner und weniger gefährlich als eine Tour durch Stuttgart. Es ist die fahrradfeindlichste Stadt, die ich kenne. Glaubst du, sie lassen mich in deine Kirche hinein?"

„Hallo?! Wir sind doch keine Moschee. Wir sind zwar orthodox, aber Christen. Warum sollten sie dich nicht hereinlassen? Verstehen wirst du jedoch nicht viel. Die Predigt ist sicher in Russisch. Und du solltest dir bequeme Schuhe anziehen. In orthodoxen Kirchen gibt es nämlich keine Sitzbänke. Wir stehen. Und zwar ziemlich lange."

Zwei Stunden streichen Marcus, Vera und Chino noch durch die Gegend.

Vera ist überrascht, wie grün Stuttgarts Umland doch ist. Fast wie auf dem Land, meint sie.

Wie verabredet, steht Marcus pünktlich am nächsten Tag mit seinem Wagen vor der Haustür, um Vera zum Kirchgang abzuholen.

Über die Kleiderordnung hatten sie gestern nicht gesprochen, daher hat er sich für ein schlichtes Sakko und

Jeans entschieden. Er steigt aus, als Vera das Haus verlässt. Sie trägt einen dunklen Mantel und ein weißes Cape. „Seriös schaust du aus", sagt er, als er ihr, ganz gentlemanlike, die Tür aufhält.

„Na ja", meint sie, „wir gehen ja nicht in die Disco. Ich kenne die Kathedrale noch nicht, aber in Kirchen ist es meist recht kühl. Du hast keine Jacke oder einen Mantel dabei?"

„Ich werde es schon ohne durchstehen", antwortet Marcus. „Außerdem ist dieses Sakko aus dickem Tweed. Meine Mama und Michael haben es mir letztes Jahr aus Irland mitgebracht."

Sie fahren los. „Dein Navi hätte dich auf dem Fahrrad wohl genauso geführt, wie wir gerade fahren. Dabei gibt es für Biker einen schöneren Weg über die Alte Weinsteige. Ich zeige ihn dir gerne mal, wenn du unbedingt auch mit dem Fahrrad fahren willst."

Sie kommen am Sonntagmorgen zügig durch Stuttgart. Schon nach 15 Minuten stehen sie in der Seidenstraße vor der prächtigen ziegelroten Kathedrale. Auch Parkplätze gibt es dankbarerweise am Sonntag. Aber vielleicht auch, weil sie bereits zwanzig Minuten vor Beginn des Gottesdienstes da sind. Aber es soll keinen Gottesdienst geben. Vor dem Eingang der Kathedrale steht ein Geistlicher in einem bodenlangen, gelben Gewand. Er trägt einen Mundschutz. Marcus und Vera ziehen ihren auch an. Vera legt sich ihr weißes Cape locker über den Kopf.

„Wir Frauen müssen in der Kirche bedeckt sein", klärt sie auf. Der Geistliche meint mit bedauernder Miene und natürlich in Russisch, dass seit dem 16. März, laut einer Verordnung der Bundesrepublik Deutschland, sämtliche gottesdienstlichen Versammlungen untersagt seien. Die Kirche wäre aber selbstverständlich geöffnet. Vera nickt verständnisvoll und stellt sich vor.

Marcus hört sie zum ersten Male Russisch sprechen. Sie spricht diese harte Sprache recht melodisch und irgendwie mit etwas tieferer Stimme. Fast erotisch, wie er empfindet. Vera erzählt dem Priester, dass sie bis auf Weiteres in Stuttgart wäre. Sie gehöre einer Gemeinde in St. Petersburg an. Der Priester lächelt sie an und öffnet die Tür weit. Bis zum Beginn des Gottesdienstes könnten sie sich in der Kirche aufhalten. Dieser würde auf der Homepage dann als Livestream übertragen, ohne Besucher. Dann geht er wieder drei Schritte zurück, um Marcus und Vera den Zutritt zum Gotteshaus zu gewähren.

Dunkel ist es im Inneren und recht kalt, wie Vera vermutet hatte. Ein mächtiger Kristallleuchter in der Mitte der Kathedrale verteilt sparsames Licht. Außer ihnen ist niemand in der Kirche. „Die aktiven Gemeindemitglieder wissen natürlich, dass die Gottesdienste zwar stattfinden, sie aber keinen Einlass finden." Vera flüstert, obwohl sie allein sind. „Gib mir ein paar Minuten. Ich will eine Kerze anzünden und einige Takte mit meinem Herrn reden."

Marcus nickt. „Ich bleibe hier am Eingang stehen."

Vera nimmt sich eine schmale, lange Kerze und geht damit an einen erhöhten Tisch, auf welchem ein silbernes Tablett weitere Kerzen trägt. Dutzende sind es, manche bereits abgebrannt, andere noch recht frisch entzündet. Sie entflammt ihre Kerze und stellt sie dazu. Dann steht sie still, mit geschlossenen Augen. Marcus schaut sich um. Tatsächlich finden sich keine Bankreihen, wie er sie aus seiner evangelischen Kirche kennt. Nur entlang der Seitenwände stehen einige nackte Stühle. Sicher für die Alten und Kranken, denkt er sich. Die können ja nicht stundenlang stehen. Dass eine Liturgie durchaus auch mal länger als zwei Stunden dauern kann, hatte er von Vera bei der Herfahrt erfahren. So ist er eigentlich dankbar, dass er den Gottesdienst nicht miterleben muss. Er hätte ohnehin nichts verstanden. Und in Liturgien sprechen die Gläubigen ja mit. Da hätte er geschwiegen und wäre sich daher sicher wie ein Fremdkörper vorgekommen. Die dunklen Wände sind über und über geschmückt mit Gemälden.

Mutter Maria und ihr Kind erkennt er und jede Menge weißbärtiger Männer. Auch sind einige gekrönte Häupter darunter. Sicher sind die Gemälde auch schon über hundert Jahre alt. Ob Vera die wohl alle namentlich benennen könnte? Die russisch-orthodoxe Kirche gleicht der katholischen, wie Marcus empfindet. Es hängt auch ein schwerer Weihrauchgeruch im Raum.

Vera beendet nach einigen Minuten ihre stille Andacht und kommt wieder zu Marcus. Er meint, noch etwas feuchte Augen bei ihr zu erkennen, er kann sich aber bei dem Dämmerlicht auch täuschen. Sie erklärt Marcus noch das eine oder andere Ritual der russisch-orthodoxen Kirche. Er hört aufmerksam zu.

„Ich möchte jetzt tatsächlich gerne zu Hause den Gottesdienst anhören", schließt Vera mit ernster Miene. „Können wir denn wieder heim? Wir müssen die Kathedrale ohnehin gleich verlassen."

Als Marcus vor dem Haus hält, um sie aussteigen zu lassen, sagt Vera: „Michael bereitet für heute Abend einen Sonntagsbraten vor. Sehen wir uns da wieder?"

„Sicher und sehr gerne!", antwortet Marcus und lächelt ihr zu.

„Vielen Dank, dass du mich begleitet hast", sagt sie, bevor sie aussteigt, lehnt sich zu ihm hinüber und haucht ihm einen zarten Kuss auf die Wange. „Die erste Lektion in Glaubenssachen hast du hinter dir." Vera möchte sich den Gottesdienst gerne allein ansehen und bietet ihm nicht an, sie zu begleiten.

Als Marcus am Abend eintrudelt, ist Vera gerade dabei, an der Hausbar im Wohnzimmer wieder Limetten mit braunem Zucker in vier Gläsern zu zerdrücken. „Caipi wird wohl unser Standardaperitif sein, zumindest, solange die Flasche noch etwas hergibt", begrüßt sie Marcus freudig. „Ich mixe ihn heute Abend aber etwas braver."

Maria sitzt vor dem Fernseher und schaut Nachrichten.

Sie meint: „Ihr könnt eurem Vater keinen größeren Gefallen tun, als hier zu essen. Stellt euch vor, kauft der wieder ein Zweikilostück Schweinenacken für vier Personen. Morgen steht er dann wieder in der Küche und macht Tellersülze aus den Resten. Aber was alles entschuldigt: Er ist immer fröhlich und ausgeglichen, sobald er seine Kochschürze anzieht."

„Es riecht auch schon wieder verführerisch!" Marcus bläht die Nasenflügel. „Welche neuen Pandemiemeldungen gibt es im TV?"

„Sie warnen vor ausufernden Osterfeiern. Auch Familien sollen sich nur treffen, wenn es unbedingt sein muss. Ich habe das Gefühl, auch unsere Regierung kommt mit der Situation nicht klar. Mal so, mal so – mal hü, mal hott."

Marcus fragt Vera: „Wie war der Gottesdienst im Livestream?"

„Oh, es ist schon ein himmelweiter Unterschied, wenn man zu Hause im bequemen Sessel sitzend dem Priester zuhören darf, noch dazu mit einem Glas Tee in der Hand. Aber es fehlt doch was."

Michael kommt kurz aus der Küche, um mit den anderen den Apero einzunehmen. „Ich stelle fest, ihr beiden kommt gut miteinander klar", sagt er zu Vera und Marcus. „Gestern stundenlang in grüner Flur und heute schon miteinander in der Kirche."

Marcus überhört den Wortwitz und sagt: „Nur, dass es keinen Gottesdienst gab. Die Kirchen haben auch dicht gemacht." Und um Michaels Aussage zu bekräftigen, flüstert er Vera ins Ohr: „Gehen wir morgen dann gleich an die erste Lektion in unserem zweiten Fach? Willst du mich nachmittags in deiner Wohnung empfangen? Vormittags muss ich mich online um meine Schüler kümmern."

Sie flüstert zurück: „Aber gerne. Ich bin aufgeregt. Darf ich dich gegen 15:00 Uhr erwarten? Zum Tee?" Beide kichern, Michael und Maria werfen sich einen vielsagenden Blick zu.

Als der Schweinebraten und die Schüssel voll Spätzle dampfend auf dem Tisch stehen, flankiert vom schwäbischen Kartoffelsalat, schickt Vera ihrer Mutter ein Foto davon. „Die soll ruhig sehen, wie gut es ihrem Töchterlein hier geht."

Vera hat das Bedürfnis, mehr aus ihrem Leben zu erzählen. „Es gab Zeiten, da waren Lena und ich froh, wenn wir ein Brot hatten. Als ich noch ein Kind war. Mama hatte damals keinen Job mehr. In der Sowjetunion gab es das zuvor nicht, keinen Job zu haben. In Russland dann schon. Jeder in der SU hatte einen Job. Ich bin ja bereits in Glasnost hineingeboren. Die Sowjetzeit kenne ich nur aus Erzählungen. Die Perestroika, also der Umwandlungsprozess, war in vollem Gange und vieles stand auf dem Kopf. Die einen nutzten die neue Freiheit und Offenheit als Chance und kamen zu Wohlstand oder sogar zu Reichtum. Die anderen, die weniger Mutigen oder die weniger Korrupten, fielen durch den Rost. Meine Mutter gehörte dazu. Es geht ihr eigentlich bis heute nicht besonders gut. Daher wollte und will ich sie unterstützen. Letztendlich war dies auch einer der Gründe, warum ich mich für eine Arbeit in Deutschland entschlossen habe. Künstler werden in Russland miserabel bezahlt und haben auch kein hohes Ansehen. Dies war zu Sowjetzeiten ganz anders. Künstler, ob Maler, Musiker oder eben Tänzerinnen, hatten eine Art Alibifunktion. Wenn es den Künstlern gut geht, geht es der Nation gut, so der Leitgedanke. Lenas Bruder Filipp ist da ganz anders. Er nutzte seine Deutschkenntnisse und startete ein Business, das ihm bis heute reichlich Einkommen beschert."

Dann erzählt Vera von ihrem Onkel und seinem Geschäft mit den gebrauchten Autobahnleitplanken. Wie glücklich sie als kleines Mädchen war, als sie von Onkel Filipp einmal einen Kaugummi geschenkt bekam. Einen von Wrigley's. Er hätte ihr immer eine Kleinigkeit aus Deutschland mitgebracht.

Vera kichert. „Nachdem ich einen Tag darauf herumgekaut hatte, musste ich ihn stets an eine meiner Freundinnen weitergeben. Die kauten dann einen weiteren Tag drauf herum."

Vera erklärt, warum Filipp und Lena kein gutes Verhältnis haben. „Ich bin der eigentliche Grund dafür. Aber das könnte sich jetzt ändern", freut sich Vera. „Ich hoffe, dass es sich ändert. Ich mag meinen Onkel Filipp sehr. Und er würde sicherlich alles für mich tun, wenn ich in Schwierigkeiten wäre."

Marcus verabschiedet sich gleich nach dem Essen. Alle schauen erstaunt, als er vom Tisch aufsteht. „Ich muss bis morgen noch ein Diktat vorbereiten", sagt er im Gehen.

Vera verabschiedet sich auch bald höflich und begibt sich in ihre Wohnung. Sie möchte Filipp anrufen. Als sie zuvor am Tisch über ihn berichtet hatte, wurde ihr bewusst, dass er noch keine Ahnung haben kann, was sich in den letzten Tagen hier so alles ereignet hat. Es sei denn, Lena hätte ihm berichtet, wovon sie aber nicht ausgeht. Und so ist es auch. Filipp fällt aus allen Wolken, als er die Story vernimmt. Vera berichtet alles haarklein. Sie genießt es, mit ihrem Onkel zu reden und seine vertraute Stimme zu hören. „Michael ist ein wunderbarer Mensch, einen besseren Vater kann ich mir nicht vorstellen. Ich hoffe, dass du Michael mal kennenlernst."

Vera nimmt ihre Mutter in Schutz: „Sie hat wohl einen sehr triftigen Grund für ihre Verschwiegenheit gehabt, nämlich den, keine Ehe zu gefährden. Und dies ist doch sehr ehrenwert."

Filipp verspricht, gleich Lena anzurufen, um endlich ein klärendes Gespräch mit ihr zu führen und einen Knopf an die bestehenden Diskrepanzen zu machen.

„Es ist schade", sagt er abschließend, „dass deine Großeltern deinen offenbar guten Vater nicht kennenlernen durften."

Am Montag nach dem Frühstück, Maria ist bereits in ihrer Praxis, fragt Michael Vera: „Könnten wir nachher gemeinsam den Firmenwagen von Bernds Wohnung holen?"

Vera stimmt gerne zu.

Sie sitzen noch am gedeckten Küchentisch, als bei ihr ein WhatsApp von der Personalabteilung des Europaparks ankommt. Vera fragt: „Darf ich's kurz lesen?"

„Aber klar, es ist ja sicher wichtig."

Die Kommunikation mit den Mitarbeitern des Europaparks erfolgt generell nicht in Deutsch, sondern in Englisch. Es steht drin, dass der Europapark Mitte Mai wieder öffnen darf, jedoch unter hohen Auflagen. So werden nur 10 000 Besucher täglich in den Park eingelassen, nicht die üblichen 50 000, und auch nur nach vorheriger Online-Anmeldung.

„Das hört sich doch gut an!", sagt Michael. „Hauptsache ist doch, der Park darf wieder öffnen."

„Es ist leider noch nicht alles", sagt Vera und liest weiter. Sie übersetzt: „Daher werden auch weniger Animateure und Mitarbeiter benötigt. Wir bedauern, Ihnen mitteilen zu müssen, dass wir Ihnen derzeit keinen neuen Vertrag anbieten können. Sollte sich an den Pandemieeinschränkungen etwas ändern, kommen wir gerne wieder auf Sie zu."

Michael hört aufmerksam hin und fragt Vera: „Hast du denn außer den Tanzvorstellungen in der Gruppe und deiner Reifen-Nummer auch andere Aufgaben im Park?"

„Ich bin eigentlich als Animateurin angestellt", bekennt Vera. „Tagsüber laufe ich in einem Mäusekostüm herum und unterhalte die Besucher. Insbesondere die Kleinen. Die Maus ist das Maskottchen des Europaparks. Abends gehe ich dann in den täglichen Paraden mit, jeweils in anderen Kostümen. Im Winter bin ich zum Beispiel eine Eiskönigin. Auf der Bühne stehe ich nur zu einem Galadinner, es ist aber immer nur ein kurzer Auftritt. Manchmal muss ich mich dreimal umziehen."

„Und das machst du seit fünf Jahren?" Michael guckt ungläubig.

„Seit fünf Jahren, aber die Reifen-Nummer erst seit letztem Jahr."

„Wie lange ist dein Arbeitstag?"

„Etwa 10 Stunden, mit kleinen Pausen dazwischen."

„An wie vielen Tagen in der Woche?"

„Wir alle haben einen freien Tag pro Woche … nicht viel Freizeit, aber das macht uns allen nichts aus. Wir sind jung und werden gut bezahlt."

Letzteres fügt Vera schnell an, weil sie bemerkt, wie kritisch ihr Vater schaut in Anbetracht der Konditionen.

„Wir haben auch viel Spaß!"

Michael lässt es ein wenig setzen. „Ich resümiere also: Du arbeitest 60 Stunden pro Woche, zehn Monate am Stück. Dann hast du zwei Monate frei, um diese Zeit dann im winterlich-dunklen St. Petersburg abzusitzen. Und du erhältst in den zwei Monaten vermutlich keinen Cent. Dann geht alles von vorne los?"

Vera nickt stumm, als ob ihr diese Arbeitsbedingungen zum ersten Male bewusst werden.

„Dein Visum ist an einen Arbeitsvertrag gekoppelt; das heißt: ohne Arbeitsvertrag keine Aufenthaltsberechtigung in Deutschland?"

Vera pflichtet Michael wieder bei. Sie weiß darauf nichts zu erwidern.

Michael ereifert sich: „Vera, du bist auch nicht mehr so jung, wie du eben sagtest. Du wirst bald 32! Wie lange willst du die Maus spielen? Noch ein paar Jahre, bis du 40, 50 bist? Und dann?"

Vera kneift die Lippen zusammen, aber Michael ist noch nicht fertig.

„Du hast den klassischen Tanz und Choreografie studiert, um im Europapark als graue Maus stundenlang mit einer Maske die Leute zu bespaßen? Niemand sieht dein hübsches Gesicht! Niemand kann sich an deiner tollen

Figur ergötzen! Oder an deiner Tanzbegabung! Und alles nur, weil du der Meinung bist, gut bezahlt zu werden?"

Vera ist den Tränen nahe. Ihre Unterlippe zittert. Michael hält erschrocken inne. Er nimmt impulsiv ihren Kopf zwischen seine Hände und küsst sie auf die Stirn.

„Entschuldige, mein Kind. Ich wollte es nicht so deutlich sagen. Es ist nur so … wie soll ich sagen … es ist, weil wir dich lieben!"

Das war's. Vera schießen die Tränen aus den Augen und sie lässt sie hemmungslos fließen. Chino kommt sofort und drückt sich mit seinem dicken Fell an sie. Vera streichelt ihn ausgiebig.

„Siehst du?", lächelt Michael. „Auch Chino liebt dich."

Michael gibt Vera Zeit, sich wieder zu fassen, und räumt derweil den Frühstückstisch ab. Dann fragt er: „Wo bist du eigentlich gemeldet? Du musst doch allen Behörden einen festen Wohnsitz angeben?"

„Im Europapark", antwortet Vera. „Alle Mitarbeiter sind dort offiziell gemeldet. Wir wohnen auch im Parkgelände."

„Dort bist du aber nicht mehr zu erreichen. Amtliche Post läuft ins Leere. Wir werden dich heute noch hier anmelden. Es geht sicherlich online."

Vera lächelt dankbar und sagt erleichtert, als ob sie auf dieses Angebot gewartet hätte: „Ich danke dir. Ich danke euch."

„Wir glauben und hoffen, dass du noch eine ganze Weile bei uns bist. Wir wären darüber glücklich", tröstet Michael.

„Du hast mir eben die Augen geöffnet", sagt Vera leise. „Dies war sicher das wichtigste Gespräch, seit ich hier bin. Ich verplempere tatsächlich meine besten Jahre unter einer Mäusemaske. Wie gut, dass du es mir so deutlich gesagt hast. Mein Onkel Filipp warf mir übrigens dasselbe vor."

„Es scheint ein fürsorglicher, intelligenter Onkel zu sein. Wir finden etwas für dich. Nicht als Tänzerin. Alles

Künstlerische leidet gerade besonders unter den Einschränkungen. Wir werden sehen. Die Zeit drängt noch
nicht", entscheidet Michael. „Okay? Dann lass uns jetzt
den Wagen holen. Ich bin mir sicher, er steht noch vor
Bernds Wohnhaus. Ich habe den Schlüssel zur Sicherheit
an mich genommen."

Sie fahren mit Michaels SUV in die Stadt. Der A4 steht
noch genauso da wie neulich. Michael läutet vorsichtshalber. Keiner da. Michael öffnet den A4 und startet ihn. Er
schaut, ob noch genügend Sprit im Tank ist. Die Wind-
schutzscheibe ist mit einem dicken Film Blütenstaub über-
zogen. Der Beweis, dass das Fahrzeug seit Tagen nicht bewegt wurde. Die Wischwasch-Anlage tut sich schwer, die
Scheiben klar zu bekommen.

„Es ist ein Automat", sagt er zu Vera und macht ihr den
Fahrersitz frei. „Du kommst doch mit einem Automatik-
getriebe klar? Ich fahre voraus."

Als Bernd die Haustürglocke vernimmt, schaut er verstoh-
len durch die Gardinen auf die Straße. Sofort erkennt er
Michaels SUV. Sein Chef ist in Begleitung dieser jungen
Frau, deren Besuch in der Agentur ihn zum schnellen Handeln motivierte. Sie holen gemeinsam seinen Firmenwagen ab, wie sich zeigt. Michael muss jetzt also definitiv
wissen, dass in der Agentur etwas falsch läuft, denkt er.
Nunmehr will Bernd Stuttgart schnell verlassen. Heute
noch. Die Zeit drängt.

Seinen privaten Pkw hatte er in der Tiefgarage bereits
beladen mit allem, was er mit nach Leipzig nehmen will.
Vor seiner fluchtartigen Abreise will er der Agentur jedoch nochmals einen Besuch abstatten. Vorsichtshalber,
ob er nicht beim schnellen Verlassen noch etwas übersehen hatte. Der Schlüssel ist ja immer noch in seinem Besitz. Als er wenig später die Agenturräume betritt, stellt er
schnell fest, dass Michael in den Räumen gewesen sein

muss. Schließlich hatte er ja auch den Autoschlüssel gefunden.

Der Karton mit der ungeöffneten Post steht nicht mehr unter seinem Schreibtisch. Bernd ist sich sicher, dass Michael jetzt handeln wird. Da ist es besser, wenn er aus der Stadt verschwindet. Seit er die Agentur verlassen hatte, geht ihm diese P7 nicht aus dem Kopf. Wie in Trance öffnet er den Tresorraum, nimmt die P7 aus dem Karton und steckt sie ein. Dass Michael das Fehlen einer Waffe bemerkt, ist äußerst unwahrscheinlich. Er kontrolliert den Bestand eigentlich nie.

Zu Hause bietet Michael Vera an: „Du kannst den Schlüssel behalten und darfst das Fahrzeug nutzen. Es steht ab jetzt doch nur herum. – Und jetzt rufen wir gemeinsam das Bürgeramt an. Es wird hoffentlich einer arbeiten." Die Anmeldung geht tatsächlich online und einfacher als gedacht.

„Corona hat auch sein Gutes", freut sich Michael. „Früher wäre der Tag futsch gewesen, mit viel Schreiberei vor Ort und so. Wir können aus der Pandemie sogar lernen."

Vera freut sich sehr über den Audi. „Darf ich dich heute Abend in der Küche entlasten?", fragt sie Michael. „Jetzt kann ich ja einkaufen."

„Woran dachtest du denn?" Michael nickt freudig zustimmend.

„Ich werde in den russischen Mix-Markt fahren. Ihr müsst heute Abend Borschtsch essen. Eines unserer Nationalgerichte."

„Hört sich ja sehr lecker an", meint Michael mit bittersüßem Lächeln. „Die Küche ist frei für dich. Ich hoffe, Maria erschrickt nicht, wenn sie nach Hause kommt und etwas zu essen bekommt, das es hier noch nie gab."

Vera googelt den Mix-Markt am Ernst-Reuter-Platz aus. Mit einem unglaublichen Gefühl der Freiheit steigt sie in den Audi A4 und lässt sich vom Navigator führen. Die

Parkplatzsuche war zwar eine Expedition, aber Vera findet tatsächlich in diesem Markt, der sich auf russische und osteuropäische Lebensmittel spezialisiert hat, alles, was sie braucht: Kohl, Rote Bete, Sauerrahm, Suppengemüse und ein dickes Stück Rinder-Suppenfleisch. Dann legt sie noch ein klassisches russisches Brot in den Einkaufswagen. Es ist sehr dunkel, fast schwarz. Vera weiß, es schmeckt eher leidlich, kein Brot kann mit deutschem Brot konkurrieren, es gehört jedoch traditionsgemäß zum Borschtsch. Sie möchte auch Tee kaufen und etwas Süßgebäck für ihre erste Deutschstunde mit Marcus am Nachmittag. In Daniels Wohnung hatte sie keinen Tee gefunden.

Auf der Rückfahrt ertappt sie sich dabei, kreuz und quer durch Stuttgart zu kurven. Sie hat noch viel Zeit. Alle Menschen tragen Masken, verhalten sich sehr diszipliniert. In einem Anflug von Hochgefühl ist sie dem Virus dankbar. Gäbe es die Pandemie nicht, hätte sie niemals den Weg zu ihrem Vater gefunden. Und wie recht Michael doch hatte mit seinem Statement. Eine Maus zu spielen, das kann tatsächlich nicht ihr Lebensinhalt sein. Leider muss sie sich selbst eingestehen, dass sie, neben der Tanzerei, über keine anderen herausragenden, künstlerischen Begabungen verfügt. Sie spielt kein Instrument, sie kann nicht malen, leidlich schreiben.

Okay, sie ist mehrsprachig, dies könnte bei einer zukünftigen Jobsuche hilfreich sein. Innerlich hatte sie sich ziemlich schnell nach der WhatsApp-Botschaft vom Europapark verabschiedet.

Zu Hause macht sie sich gleich an die Vorbereitung des Borschtsch. Zuerst setzt sie die Fleischbrühe auf. Zwiebeln halbieren, die braune Schale dranlassen und dann in einem großen Suppentopf, mit der Schnittfläche nach unten, anrösten lassen. Das Suppenfleisch kommt dazu und alles wird mit kaltem Wasser aufgefüllt. Während sie alle zwei Minuten den aufsteigenden Schaum mit einer Schaumkelle abschöpft, zerkleinert sie schon das Suppengemüse:

Karotte, Sellerie, Lauch, Petersilienwurzel. Ein Lorbeerblatt, einige schwarze Pfefferkörner und Liebstöckel dazu. Fertig. Zwei Stunden muss die Suppe jetzt köcheln. Es wird die Basis für den Borschtsch sein. Die Rote Bete wird nebenher eine Stunde in Salzwasser gekocht, mit der Schale und später, nach dem Abkühlen, geschält und geraspelt. Glücklicherweise findet sie in der Küche Latex-Handschuhe. Die Bete färben nicht nur den Borschtsch in tiefdunkles Rot, sondern auch die Finger und Fingernägel, falls dieses Utensil nicht zur Verfügung steht. Michael schaut ihr zwar immer mal wieder neugierig über die Schulter, obwohl er selbst diese Schultergucker hasst, wie alle wissen. Mit besserwisserischen Ratschlägen hält er sich jedoch geflissentlich zurück. Veras unsicheren Blick erwidert er mit anerkennendem Nicken.

Um 14:00 Uhr beendet Vera ihren Kocheinsatz. Der Borschtsch ist ihr gut gelungen, wie sie meint. Er muss am Abend nur aufgewärmt werden. In Russland sagt man, er schmeckt dann noch besser.

Pünktlich klingelt Marcus um 15:00 Uhr an Veras Wohnungstür. Vera lächelt, als sie ihm die Tür aufhält.

„Versprochen ist versprochen", sagt Marcus beim Eintreten. „Es ist schon komisch, die Wohnung eines Bruders zu betreten und er ist nicht da. Aber es riecht jetzt erheblich besser hier drin."

„Schön, dass du kommst!" Vera freut sich. „Auch wenn ich für dich nachher vermutlich eine große Enttäuschung sein werde." Dann erzählt sie aber voller Überschwang, dass sie jetzt den Audi nutzen darf und sie gleich in der Stadt war, im Russenladen. „Ich habe uns einen russischen Tee gemacht und russisches Gebäck gekauft." Es solle ihm den Einsatz mit ihr etwas versüßen. Sie setzen sich in die beiden roten Clubsessel an den kleinen, blauen, nierenförmigen Tisch mit gelben Sprenkeln. Er war bereits gedeckt, der schwarze Tee dampfte aus den türkisfarbenen Tassen.

„Farbe war Daniels Leben", meint Marcus etwas melancholisch.

„Wollen wir gleich an die Deutschstunde gehen?", fragt Vera etwas nervös.

„Ja klar, deshalb bin ich ja hier." Marcus zieht einen Schreibblock aus seiner Tasche und reicht ihn Vera. „Legen wir los. Ich muss mir zunächst einen Einblick verschaffen in deine Schreibkenntnisse. Ich habe ein Diktat vorbereitet."

„Dann bist du gestern Abend wegen meines Diktats so schnell gegangen? Ich habe mich schon gewundert." Sie steht auf und setzt sich an den Schreibtisch. „Das wird ja dann ordentlich schwierig werden."

Marcus diktiert pointiert. Zunächst der ganze Satz: „Apfel beginnt mit A Birne beginnt mit B Chino beginnt mit C aber Liebe beginnt mit V. Und jetzt langsam zum Mitschreiben: Apfel beginnt mit A ..." Vera legt los. Marcus beobachtet ihre Motorik beim Schreiben. Vera führt den Kugelschreiber bemerkenswert schwungvoll. Sie verfügt über eine schöne Handschrift. ... Apfel beginnt mit A (aber tatsächlich schreibt sie Abfel mit „b") ... Birne beginnt mit B ... Chino beginnt mit C ..." Vera schreibt Chino erstaunlicherweise richtig. „... aber Liebe beginnt mit V." Ohne zu stocken schreibt Vera das Gehörte nieder. Statt V schreibt sie jedoch „M wie Maier Müller und Marcus." Er liest mit, und würde Vera ihn beobachten, könnte sie sehen, wie ihm wieder die Röte zu Gesicht steigt. Diesmal nicht aus Scham, er ist furchtbar aufgeregt.

Vera ist cooler. „Herr Lehrer, ich habe mir eine Variante gestattet."

„Ich sehe, ich sehe", betont Marcus gespielt. Dann wird er sachlich und belehrt: „Falsch ist nur das Wort Apfel", dabei betont er das P beim Aussprechen. „Ich habe keine Satzzeichen mitdiktiert. Es fehlen sämtliche, bis auf den Punkt am Schluss. Aufzählungen müssen jedoch durch Komma getrennt werden."

Hastig setzt Vera die Kommas an die Stellen, an denen sie meint, dass sie gehörten. Vor das „aber" setzt sie jedoch keins.

„Normalerweise richtig", sagt Marcus, „denn aber ist ein Bindewort, da gehört kein Komma davor. Es sei denn, es folgt ein vollständiger Satz, also mit Subjekt und Prädikat. In diesem Fall beinhaltet dieser vollständige Nebensatz ein Subjekt: nämlich die *Liebe*, und ein Prädikat: *beginnt*."

Leise fügt er hinzu: „Für deine Variation erhältst du von mir allerdings eine glatte Eins mit Sternchen."

„Liebe beginnt …", wiederholt Vera langsam. „Das war jetzt mal ein schönes Diktat. Hast du noch eins? Die Stunde ist noch nicht vorbei."

„Okay", antwortet Marcus mutig und legt los:
„Er hatte sie vorher noch niemals gesehen.
Doch ist es um ihn sofort geschehen.
Sie hat sein Leben mit einem Kuss erhellt
Und es somit auf den Kopf gestellt.
Ab diesem Moment hat sich in ihm alles gedreht
und seine Sorgen wie weggeweht.
Sein Herz, das schlug jetzt immer schneller,
doch sein Mut sinkt in den Keller."

Ohne aufzublicken schreibt Vera sogleich mit. Dieses Mal ohne Variation. Dann legt sie den Kugelschreiber beiseite.

„Du darfst es vor der Abgabe nochmals durchlesen", sagt Marcus. Vera liest es nochmals und bewegt die Lippen mit. Dann steht sie auf, haucht ihm einen Kuss auf die Wange und flüstert: „Danke, Herr Lehrer, für diese Lektion. Aber du gibst mir noch ein bisschen Zeit?"

„Ich bin dir dankbar, wenn du noch ein bisschen Zeit einforderst", antwortet Marcus. Und er meint es wirklich so. Das Schlimmste wäre für ihn, wenn er den Eindruck bei ihr hinterließe, er suche nur ein Abenteuer und wolle ihre Situation ausnutzen. Aber er kann nicht verhindern,

173

dass sein Herz bis zum Hals schlägt. Erleichtert fragt er: „Wollen wir an die Korrektur des Diktats gehen?"

Michael gelingt es an den Folgetagen, sein Agenturproblem aus seinen Gedanken zu verdrängen. Aus Selbstschutz, wie er sich selbst vormacht. Er verlässt sich voll und ganz auf die Recherchen seines Sohnes Christoph. Er verbringt viel Zeit mit Vera, schaut ihr vergnügt beim Reifenwirbeln zu, sie kochen leidenschaftlich feinste Gerichte miteinander und reden viel.

Am Donnerstagvormittag kündigt sich Christoph von unterwegs an: „Ich war soeben bei Möbelbecker in Leipzig", beginnt er sein Telefonat mit Michael. „Die Prospekte liegen nicht mehr im Eingang aus. Ich habe eine sehr hübsche Verkäuferin gefragt, ob ich einen aktuellen Wochenprospekt haben könnte. Sie sagte mir, sie hätten keine mehr im Haus, die Prospekte würden nur noch Zeitungen beigelegt. Auf meine Frage: ‚Wieso?' erhielt ich die Antwort, es sei eine Anweisung vom Chef. ‚Von Herrn Becker?', fragte ich. ‚Nein', sagte sie. ‚Herr Becker hat sich in Spanien das Virus eingefangen. Alles entscheidet hier Herr Eichtaler.' Bernds Bruder also."

„Es kommt ja immer dicker", jammert Michael.

„Warte bis heute Abend. Ich habe noch mehr in Erfahrung gebracht. Gibt's bei dir was Neues?"

Michael muss zugeben, er hätte sich noch um nichts gekümmert und wolle erst einmal auf ihn warten, was er zu berichten hätte. Aber die Bankvollmachten seien Bernd Eichtaler entzogen. Auf dem Konto würde im Moment sowieso nichts mehr gehen. Er wäre weit über dem Dispo-Limit.

„Kannst du bis heute Abend noch die Kontobewegungen besorgen? Ich werde gegen fünf eintrudeln", teilt Christoph noch mit und sie beenden das Gespräch.

Sofort macht sich Michael auf den Weg in seine Werbeagentur. Der Karton mit den Postsendungen aller Art steht immer noch in seinem Büro. Er hielt sein Büro seit jeher stets verschlossen während seiner Abwesenheit. Schon wegen seines Munitionsdepots. Die Kontoauszüge sind ernüchternd. Schneller geht es, wenn ich die Umsätze über mein E-Banking hole, denkt er und druckt sie aus. Ab Januar wurden keine Rechnungen mehr geschrieben, also gibt es auch keine Zugänge. Aber die Abgänge schockieren ihn. Woche für Woche wurden an die österreichische Tiefdruckerei etwa 25 000 Euro überwiesen. Normalerweise werden deren Rechnungen immer sofort an Möbelbecker weiterverrechnet mit der gesetzlichen Mehrwertsteuer. Aus Österreich kamen die Rechnungen stets ohne Mehrwertsteuer. Die Agentur bezahlte hier eine entsprechende Einfuhrumsatzsteuer. Auf die Rechnungen wurden nach Absprache mit Becker stets 5 % Service-Fee aufgeschlagen. Dies war zwar ein aufwendiges Prozedere, aber die Steuerberaterin erledigte den Job stets fehlerfrei. Die Entscheidung für eine Tiefdruckerei fiel vor Jahren auf die einzige österreichische, weil diese erheblich billiger anbot als die wenigen Tiefdruckereien Deutschlands.

Die Grazer Druckerei liefert die entsprechenden Auflagen direkt an die einzelnen Zeitungsverlage in den neuen Bundesländern. Diese legen sie einmal pro Woche einer Ausgabe bei. Die Zeitungsverlage rechnen mit dem Möbelhaus direkt ab, und nach Eingang der Zahlung überweisen die Verlage jeweils 5 % Vermittlungsprovision auf das Konto der Agentur. Die übliche Vermittlungsprovision für Werbeagenturen beträgt zwar generell 15 %, Bernd Eichtaler beteuerte aber immer, dieser Satz wäre mit Becker ausgehandelt. Dennoch, die Beträge, die daraufhin eintrudeln, waren in einem angenehm vierstelligen Bereich pro Woche.

Okay, hätte Möbelbecker die Werbeagentur gewechselt, wie Bernd ihn glauben machen wollte, hätten natürlich auch keine Druckrechnungen bezahlt werden müssen. Im ganzen Posthaufen befindet sich keine einzige Rechnung der österreichischen Druckerei. Auch nicht im E-Mail-Postfach. Aber es wurde regelmäßig vom Agenturkonto bezahlt, so rutschte es tief ins Minus. Michaels

Gedanken drehen sich im Kreis. Er findet allein keine Antwort.

Als Christophs Porsche in die Einfahrt rollt, ist Vera dabei, die Treppenstufen zu kehren. Nanu, denkt Christoph, die Eltern leisten sich eine Putzhilfe? Dabei hätte sein Vater gerade viel Zeit, selbst zu fegen. Michael hat den Sound des 911er gehört und beeilt sich, nach draußen zu laufen. Christoph wundert das Outfit der jungen Frau. Sie trägt einen einteiligen, blassrosafarbenen Hausanzug. Vielleicht die Untermieterin, von der sein Vater sprach? Michael holt seinen Sohn am Wagen ab. Dieser steigt aus, mit einer Aktenmappe unter dem Arm.

„Schön, dich zu sehen", sagt Michael, „aber setz dich, bevor ich dir zuerst meine Neuigkeiten berichte. Es würde dich sonst umhauen. Es geht um Vera." Dabei weist er auf Vera.

Christoph und Vera nicken sich zu, halten aber Abstand. Für Christoph unverständlich, sein Vater grinst dabei fröhlich. Fröhlichkeit hätte er heute nicht erwartet.

Vera fegt weiter, die beiden gehen ins Haus. Sie schaut ihnen nach und mustert ihren Halbbruder intensiv. Ein hübscher Kerl, denkt sie. Ebenso groß gewachsen wie sein Vater, allerdings mit akkuratem Haarschnitt. Christoph trägt Jeans und Pulli, beides auf den ersten Blick als teure Modelabel erkennbar. Und dann das Fahrzeug. Ein Porsche. Vera ist noch nie in einem Porsche gesessen. Schwarzer Porsche, schwarze Jeans, schwarzer Pulli. Alles schwarz. Wie er sich doch von Daniel unterscheidet. Vom farbenfrohen Daniel.

Die beiden Männer nehmen am Wohnzimmertisch Platz, in bequemen burgunderroten Chippendale-Sesseln. Nachlässig bietet Michael seinem Sohn kein Getränk an, sondern legt sofort los.

„Das war Vera", sagt er. „Sie bewohnt Daniels Appartement."

„Eure neue Mieterin? Aber sie wohnt doch sicher nicht so, wie alles drinnen war? Wie Daniel es verlassen hat?" Christoph schaut verwundert. „Du hast doch aus der Wohnung seit Daniels Tod ein Heiligtum gemacht? Zumindest bis zur Beisetzung hattest du sie nicht einmal betreten. Kanntet ihr diese Vera vorher schon?"

Michael sagt: „Nein, wir kennen Vera erst seit ein paar Tagen. Es ist eine unglaubliche Fügung. Um es dir zu erklären, muss ich etwas ausholen."

Michael schnauft durch und beginnt: „Als du noch ein kleiner Bub warst, war ich doch einmal auf der Leipziger Messe, wie du vielleicht noch weißt. Und sicher erinnerst du dich daran, dass ich viele Jahre später, nach dem Tod deiner Mutter, eine kleine Liaison zugab. Ich hatte einen One-Night-Stand mit einer Russin. Lena war ihr Name."

„Natürlich kann ich mich daran erinnern." Christoph lächelt erwartungsvoll. Er hat keine Ahnung, warum sein Vater mit dieser Geschichte beginnt. Aber sicher hat es etwas mit dieser Vera zu tun.

„Seit exakt einer Woche weiß ich, dass diese Liaison nicht gänzlich ohne Folgen blieb. Die Folge fegt draußen gerade die Treppenstufen."

Große Augen bei Christoph.

Er braucht etliche Sekunden, bevor er sich gefasst hat und antwortet.

„Du meinst, diese Vera ist deine Tochter?"

„Ja, Vera ist meine Tochter."

„Somit meine Schwester?"

„Deine Halbschwester, um es korrekt auszudrücken."

Tatsächlich ist Christoph froh, dass er sitzt. Mit vielem hat er gerechnet, aber nicht mit einer solchen Meldung. „Du bist dir da ganz sicher?"

Christoph fragt analytisch, mit ernster Miene.

„Ich bin mir zu einhundert Prozent sicher. Und ich bin glücklich", antwortet Michael leise. „Ich hatte mir immer eine Tochter gewünscht."

„Und wieso erfahre ich erst 30 Jahre später, dass ich eine Schwester habe?"

„Weil ich es selbst nicht gewusst hatte. Bis vor einer Woche."

„Und warum ist sie hier? Was will sie bei euch?" Christoph fragt eine Spur aggressiver, als er eigentlich will. „Und gibt es einen Grund, dass du von ihr nie etwas erfahren hast?"

„Lena wollte keinen Keil zwischen deine Mutter und mich treiben. Sie hatte ihrer Tochter nie von mir erzählt. Aber weil deine Schwester offenbar eine ähnlich gute Recherchebegabung hat wie du, hat sie mich gefunden."

„War sie denn schon in Deutschland, als Corona losging?"

„Sie arbeitet seit fünf Jahren im Europapark in Rust. Der darf aber gerade nicht öffnen, wie du weißt. Und plötzlich stand sie auf der Straße, ohne Wohnung, mit annulliertem Arbeitsvertrag, aber mit einem Foto meiner alten Visitenkarte von damals auf dem Handy. Diese hatte sie mal heimlich fotografiert, als sie sie in den Unterlagen ihrer Mutter entdeckte. Es war alles, was sie von mir hatte. Ein Foto meiner 30 Jahre alten Visitenkarte. Nichts darauf war noch aktuell. Sie ging auf eine Expedition. Erfolgreich, wie du siehst."

„Aber ihr macht doch sicher einen Vaterschaftstest?"

„Ich konnte von meinem Sohn als Anwalt keine andere Reaktion erwarten." Michael schaut verärgert. „Natürlich nicht. Außerdem haben die Kliniken und Labore zurzeit andere Aufgaben." Mit mildem Blick sagt er: „Du wirst Vera lieben. Wie wir alle hier auch."

„Ich werde mir Mühe geben", meint Christoph mit zweifelndem Blick.

Vera kommt hinzu.

„Du hast deinem Sohn nichts zu trinken angeboten. Darf ich euch einen Kaffee bringen?" Und sie verschwindet auch gleich in der Küche.

„Die spricht doch ein perfektes Deutsch. Die ist doch in Deutschland aufgewachsen und sicher nicht in Russland", sagt Christoph, immer noch kritisch.

„Die Geschichte ist länger. Wollen wir sie aufheben bis heute Abend zum Dinner? Da ist Maria auch aus der Praxis zurück. Ich habe im Übrigen was Gutes vorbereitet: Rindsrouladen. Allerdings mit Kartoffelpüree und Blumenkohl. Mit Blaukraut und Klößen hatten wir erst letzte Woche."

„Wenigstens ein Lichtblick." Christoph lächelt kurz. Dann wird er aber wieder ernst: „Ich hoffe, du hast bis dahin noch Appetit. Jetzt vermelde ich dir nämlich Neuigkeiten. Und das sind keine guten."

Vera kommt mit dem Kaffee. Michael bittet sie, sich doch zu ihnen zu setzen, was sie gerne tut. Er teilt Vera mit, er hätte erst jetzt Christoph von ihr und den Zusammenhängen berichten können.

„Ging irgendwie an mir vorbei, dass ich noch eine Schwester habe." Christoph lächelt Vera verhalten an.

Vera ist erleichtert und erwidert das Lächeln. „Ich hätte es mir Anfang letzter Woche auch noch nicht träumen lassen", sagt sie. Sie plaudern noch unverfänglich und oberflächlich, eine Tasse Kaffee lang, dann zieht sich Vera in die Küche zurück. Tatsächlich hatte sie aber bemerkt, dass Christoph gehemmt ist, dieses heikle Thema Agentur und Dubbeler in ihrem Beisein anzusprechen. Er ist jedoch nur deshalb nach Stuttgart gekommen, wie sie vermutet.

Christoph beginnt zunächst mit Vorwürfen: „Ich weiß nicht, ob ich mich darüber freuen will, plötzlich eine Schwester zu haben. Du hättest mich doch auch am Telefon darüber informieren können. Ich komme mir jetzt gerade vor wie ein Doofele. Ihr alle liebt diese Vera und ich habe keine Ahnung, dass sie überhaupt existiert."

„Wir werden heute Abend alles erzählen", sagt Michael knapp. „Die Ereignisse haben sich die letzte Woche überschlagen. Alles ging so plötzlich und schnell. Vera hat im Übrigen mein Gespräch mit der Bank mitbekommen. Wir waren gemeinsam im Auto unterwegs. Sie weiß zumindest, dass hier gerade etwas läuft, wie es nicht laufen sollte."

Christoph berichtet von seiner Recherche: „Alles ist dubios und eigentlich unglaublich, was ich dir jetzt erzähle. Dein Eichtaler geht so was von trottelig vor, es ist eine Schande, dass du dies erst nach einem Gespräch mit deiner Bank realisierst."

„Gerade du solltest eigentlich den Grund dafür respektieren", erwidert Michael.

„Hey, es geht hier nicht nur um dich und dein Seelenheil. Es geht um Verantwortung deiner Familie und deinen anderen Mitarbeitern gegenüber. Das Vorgehen der Eichtaler-Buben ist kriminell. Die ziehen ganz offensichtlich an einem Strang. Ich habe recherchiert und telefoniert. Mit allen Tricks und bewährten Verbindungen zu einer befreundeten Kanzlei in Leipzig. Mit deinen verbliebenen Grafikern, mit der österreichischen Druckerei, mit einigen Zeitungsverlagen und mit dem Handelsregister Leipzig."

„Okay", sagt Michael, „was willst du zuerst erzählen?"

„Ich fange mit dem Handelsregisterauszug an." Christoph zieht einige Ausdrucke hervor. „Die Brüder Eichtaler haben eine Gesellschaft gegründet. Die Gesellschafter der Piranha GmbH in Leipzig sind Rainer und Bernd. Hier scheint der Name Programm. Die Piranha GmbH haben sie für wenig Geld über einen dubiosen Vermittler erworben. Bereits vor etwa fünf Jahren. Sie wurde als GmbH-Mantel angeboten, weil sie inaktiv und das Kapital verbraucht war. Sie hätte von Amts wegen eigentlich gelöscht gehört. Solche Deals begegnen einem immer wieder, selten sind sie seriös. Als Geschäftsführerin der Piranha GmbH ist Carmen Eichtaler eingetragen, die Ehefrau von Rainer. Sie steht aber sicher nur auf dem Papier. Die GmbH ist aktiv. Sehr aktiv. Sie stellt der Firma Möbelbecker jede Woche die Gestaltung, den Druck und die Schaltung für die Wochenbeilagen in neun Tageszeitungen in Rechnung. Die

Rechnungsstellung für die Gestaltung und den Druck erfolgt seit Februar 2020, also seit drei Monaten deines absoluten Phlegmas. Provision von der Druckerei und die Beilagen-Schaltung in Höhe von – halte dich fest – satten 10 % ziehen sie hingegen seit Gründung. Also bereits seit fünf Jahren. Dies habe ich von einem Zeitungsverlag erfahren. Und eines sage ich dir. Dies ist allerdings noch Vermutung. Die Piranha GmbH ist trotz der hohen Einnahmen nach wie vor vermögenslos. Sie hat vermutlich eine Gewinnabtretungsverpflichtung mit den Brüdern Eichtaler privat geschlossen. Alles ist unlauter, dennoch juristisch nicht angreifbar."

Michael hatte sich viel vorgestellt, aber so ein abgekartetes Spiel nicht.

„Sprich weiter", bittet er.

„Dann habe ich einen deiner Grafiker angerufen. Du bezahlst ihnen immer noch das Gehalt. Sie sitzen mit ihren Rechnern zu Hause und lassen ihr Programm InDesign brummen, um die Zeitungsbeilagen zu gestalten. Sie haben allerdings von nichts eine Ahnung, weil es immer noch so abläuft wie seit Jahren. Sie schicken die Print-PDFs an Bernd und Bernd schickt sie an die Druckerei weiter. Die Daten, also Bilder und Texte, die sie für die Erstellung benötigen, ziehen sie aus einer Cloud, die allein dein Bernd mit Information füllt."

„Ich verstehe nicht …", überlegt Michael. „Es sind ja keine Millionen, die da erzielt werden können. Die beiden riskieren auf so tölpelhafte Weise ihre Zukunft? Es muss ihnen doch klar sein, dass wir es bemerken und reagieren werden?"

„Seit mindestens fünf Jahren hintergeht dein Adjutant Bernd Eichtaler dich, wo du warm bist. Allein deine Gutgläubigkeit und dein Vertrauen sind daran schuld. Mit der Zeit kam schon etwas zusammen. Ein deutlich sechsstelliger Betrag, der dir nicht nur an der Liquidität fehlt, sondern dich aktuell in die Situation der Zahlungsunfähigkeit bringt, die eigentlich dringender Anlass für dich sein müsste, zum Insolvenzrichter zu gehen. Schon deshalb, um dir den Prozess wegen Insolvenzverschleppung zu ersparen." Christoph sagt es seinem Vater knochenhart.

„Da hat Corona sein Gutes", sagt Michael mit traurigem Gesicht. „Es gibt eine Karenzzeit bis Jahresende."

„Hast du denn die Corona-Schnellhilfe beantragt? Bei der IHK?"

„Ich habe lediglich davon gelesen. Beantragt habe ich bisher nichts."

„Noch nicht", bestimmt Christoph. „Das kannst du morgen gleich online tun. Oder wir, ich gehe mit dir in die Agentur. Es sind immerhin einige Tausender, die da recht schnell von der Württembergischen Kreditanstalt zur Verfügung gestellt werden. Ohne Rückzahlungsverpflichtung."

„Okay", stimmt Michael zu. „Aber es ist immer noch die Frage nach dem strategischen Ziel der Brüder Eichtaler."

„Ihr erstes Ziel scheint es zu sein, die 2M-Werbung in den Ruin zu treiben. In die Insolvenz, um dann, als zweites Ziel, legal das Werbebudget von Becker zu übernehmen. Deshalb auch der Kauf der Piranha GmbH. Sie ist als Werbeagentur eingetragen. Nachdem du mit deinem Angestellten Eichtaler ganz sicher keine Konkurrenzausschlussklausel im Vertrag hast, darf er dies sogar ganz legal."

„Habe ich tatsächlich keine in Bernds Anstellungsvertrag. Wer denkt denn an so was."

„Siehst du? Es ist deine vermaledeite Leichtgläubigkeit. In Agenturen mit personenabhängigen Budgets gehört so etwas rein. Als Eichtaler vor zehn Jahren in die Agentur kam, zusammen mit den Werbeaufträgen des Möbelbecker, war es sicher ziemlich schnell Bernds Wunsch, Teilhaber deiner Agentur zu werden. Dies ist ein hehres Ziel. Es hätte vom Alter her auch gepasst. Daniel war jedoch der Blocker – er wusste sicher, warum. Bernd fand bei den anderen Mitarbeitern deiner Werbeagentur auch keine Akzeptanz. Haben die dir nicht mit kollektiver Kündigung gedroht, falls du Eichtaler zum zweiten Chef machst?"

„Haben sie."

Vera kommt wieder ins Zimmer. Sie trägt zwei Tonkrüge mit Bier und stellt sie auf den Tisch: „Ich weiß, ihr habt ein schwieriges Thema. Ich dachte, man kann es ja mit einem Bier versüßen?"

„Oder noch mehr verbittern", kommentiert Christoph. „Aber es ist eine gute Idee. Mir klappert schon die Zunge beim Sprechen vor Trockenheit. Vielen Dank!" Und er bringt sogar ein Lächeln zustande.

„Vera, wenn du möchtest, kannst du dich gerne dazusetzen. Das Thema betrifft letztendlich die ganze Familie", bietet Michael seiner Tochter an.

Sie setzt sich mit an den Wohnzimmertisch. Christoph gefällt es nicht besonders, dass Vera von den Problemen weiß. Nicht weil er der Meinung ist, es würde sie nichts angehen, sondern eher, weil Michaels Aufforderung der Beweis für die vollendete Integration Veras in die Familie darstellt. Dennoch fährt er fort: „Dann habe ich etwas von einer hübschen, aber etwas naiven Verkäuferin des Möbelhauses in Leipzig erfahren. Eine Plaudertüte. Der alte Eichtaler, also der Vater der beiden, und Otto Becker, also der Inhaber der Häuser, sind eherne Freunde seit Jugendzeiten. Dieser Freundschaft ist es zu verdanken, dass Becker den beiden die Chance geboten hatte, Karriere im Unternehmen zu machen. Becker ist kinderlos. Bernd ist bei ihm vor seinem Studium nachhaltig in Ungnade gefallen, weil er betrogen hat. Jeder im Unternehmen weiß das. Rainer hingegen ist nicht nur sein Liebling und Generalbevollmächtigter, sondern auch – halte dich erneut fest – designierter Erbe des ganzen Imperiums. Becker ist zwar erst siebzig, hätte also noch einige Jahre vor sich, aber er liegt gerade in Spanien in einer Klinik als Corona-Patient. Er soll wohl in eine deutsche Klinik geflogen werden zur Verbesserung seiner Genesungschancen." Vater und Sohn stoßen an und trinken. „Becker dürfte die Konstellation niemals erfahren, nämlich dass Bernd Mitarbeiter der 2M-Werbeagentur ist. Rainer versteht dies auch wunderbar zu verhindern. Becker hätte alles in Bewegung gesetzt, dass die Jobs woanders laufen. Rainer und Bernd haben vor Jahren bereits alles ausgeklügelt. Gäbe es das charakterliche Defizit Bernds nicht, und wären beide Brüder anständig, hätte es durchaus eine gute Lösung innerhalb der 2M-Werbung geben können. Auch mit dir als Gewinner, denn dann hättest du getrost in den wohlverdienten Ruhestand gehen können. So stehst du im Moment vor der wahrscheinlich größten Herausforderung deines beruflichen Lebens und möglicherweise vor dem Bankrott."

Lange bleibt es ruhig am Tisch. Michael atmet tief durch: „Die Agentur lediglich mit den Möbelbecker-Aufträgen zu betreiben, brächte den beiden ja nur den halben Umsatz. Ohne mich gäbe es keine Jobs mehr aus der Rüstungsindustrie. Und diese haben die 2M ja eigentlich groß gemacht. Oder besser: stabil und lukrativ. Wirklich groß waren wir nie. In meiner derzeitigen Stimmung würde ich die Agentur jederzeit verkaufen. Und ich würde dem neuen Besitzer gerne noch Jahre als zuverlässiger Berater zur Seite stehen, damit die Waffenbrüder weiterhin die Treue hielten."

„Aber deine Agentur ist nichts mehr wert!", ereifert sich Christoph. „Im Moment ist sie hoch verschuldet. Wer kauft denn so was? Vor allem in dieser ungewissen Zeit?"

„Stell es bitte nicht so tragisch dar. Für das Jahr 2019 erwartet die Agentur immerhin ein Ergebnis von einer Viertelmillion nach Steuern. Eine Agentur hat bei den meisten Bewertungsmodellen einen Marktwert vom 10-Fachen des Jahresergebnisses. Das wären zweieinhalb Millionen."

Es ist Vera, die unerwartet das Wort erhebt: „Gibt es da denn keine Rechtsmittel, die man anwenden könnte? Es ist doch alles eine eindeutige Machenschaft."

Christoph antwortet Vera: „Als Anwalt für Wirtschaftsrecht weiß ich, wie die Sache ablaufen würde. Vermutlich rechnen die Brüder Eichtaler in Folge sicher mit einer Klage. Wir könnten sie momentan nur gegen Bernd erheben. Rainer ist außen vor. Es gäbe die Möglichkeit der Anschuldigung wegen Veruntreuung. Meinetwegen auch wegen Betrugs. Die Beweislage ist so eindeutig, dass wir Erfolg damit hätten. Die Chance allerdings, auch nur einen Cent vom veruntreuten Kapital zurückzuerhalten, geht jedoch gegen Null. Der alte Becker hat seinerzeit, nach Bernds Betrug, auf eine Anklage gegen ihn verzichtet. Im Interesse seines Freundes Papa Eichtaler. Bernd ist also nicht vorbestraft. Als bislang Unbescholtener bekäme er für diese Geschichte hier im ungünstigsten Falle zwei Jahre auf Bewährung. Er müsste also nicht einmal in den Knast. Mit einer Bewährungsstrafe ließe es sich jedoch auch weiterhin gut leben."

Und weiter spricht er zu Vera: „Aber es ändert nichts an der aktuellen Situation. Die Agentur fällt möglicherweise sogar in Misskredit bei seinen treuen Waffenkunden, wenn diese von dieser Schräglage erfahren. Die sind da sehr sensibel. Der Kunde Möbelbecker ist ohnchin verloren. Alles läuft in Zukunft über die Piranha GmbH. Die Grafiker der Agentur werden sicher ab sofort nicht mehr in die Jobs involviert sein. Sie beziehen aber weiterhin Gehalt von der 2M. Geld, das im Moment nicht da ist. Wir brauchen eine schnelle Lösung. Dazu käme, dass die Gerichte in dieser Zeit des Lockdowns alle verschiebbaren Prozesse vertagen. Wir hätten irgendwann mal in zwei oder drei Monaten einen Termin. Je nachdem, wie sich die Pandemie entwickelt. Und solche Prozesse dauern mit den Revisionsvarianten auch gerne mal ein Jahr und länger. Uns läuft aber inzwischen die Zeit davon."

Vera nickt nachdenklich.

Dann richtet Christoph das Wort an seinen Vater: „Damals, als du vor etwa zehn Jahren Haus und Vermögen auf Maria übertragen hast, hatte ich kein Verständnis dafür. Ich hielt es für nicht notwendig, dass in einer Ehe er das wirtschaftliche Risiko trägt und sie das Vermögen hält. Aber da hast du zweifelsohne Weitsicht bewiesen. Es fiel ungefähr auf die Zeit, als ihr den Möbelbecker-Etat erhieltet. Als ob du die Entwicklung damals schon geahnt hättest. Maria und du, ihr kanntet euch erst zwei Jahre, ich war schon in Berlin und konnte sie nicht einschätzen. Heute bin ich überzeugt, es war der richtige Schritt. Maria ist, wie ich heute weiß, das Beste, was dir nach Mutters Tod passieren konnte. Sie hat dich damals schon aus dem ersten Trauerkrampf geholt, was Daniel und mir nicht gelungen war, weil wir selbst litten wie Hunde. Privat kann dir wirtschaftlich also nichts passieren. Aber ich weiß, es würde dich dennoch zerbrechen. Deshalb möchte ich auch alles unternehmen, dass die Geschichte ein gutes Ende findet."

Vera bemerkt, wie Christoph in ihrer Achtung wächst.

„Ich habe von eurem Gespräch nicht alles mitbekommen", sagt sie, „es steht mir eigentlich auch nicht zu. Aber wie ich es sehe, ist der Einzige, der nie einen offenen Konflikt mit Bernd Eichtaler gehabt hatte, unser Vater. Er hielt stets zu diesem Dubbeler, obwohl ihn alle anderen gewarnt hatten. Er wollte die 2M immer haben, soll er sie doch bekommen. Ihm und seinem Bruder müsste die Agentur verkauft werden. Geld haben sie ja, wenn auch nicht offensichtlich. Und bei der Preisverhandlung gäbe es ein gewichtiges Argument: Kauf oder Klage. Und die beiden hätten die Wahl: Zukunft oder Ehrverlust."

„Hey!" Christoph schaut Vera lange und mit hochgezogenen Brauen an. „So kenne ich meine kleine Schwester ja gar nicht. Okay, ich kenne meine Schwester erst seit einer Stunde. Aber diese Idee könnte tatsächlich ein

Strohhalm sein. Mir wäre diese Alternative, ehrlich gestanden, nicht eingefallen."

„Ich möchte doch als deine neue Schwester gerne in bestem Licht erscheinen", schmunzelt Vera. Zu Michael gewandt flötet sie: „Papili, ich habe vorhin Kartoffeln geschält und aufgesetzt. Ein paar mehr, denn vielleicht kommt Marcus auch zum Dinner? Das Kartoffelpüree wollen wir doch alle nur von dir. Die Rouladen sind schon seit fünf im Rohr. Ich will nicht drängeln, aber Maria kommt demnächst und hat Hunger. Ich auch."

Tatsächlich erscheint Maria wenig später, betritt den Raum und ruft fröhlich: „Hunger!"

Michael verschwindet in der Küche, Maria geht, nachdem sie Christoph herzlich begrüßt hat, nach oben, um sich umzuziehen. Vera und Christoph sitzen noch am Wohnzimmertisch.

Vera druckst etwas herum: „Christoph, da ist etwas, was ich dir sagen möchte, solange wir allein sind. Vielleicht überstürzt und hektisch, aber ich muss es loswerden." Vera atmet nochmal kräftig durch und sagt dann: „Ich bin glücklich, euch als Familie gefunden zu haben. Aber ich kann mir vorstellen, dass du über meine Existenz nicht besonders glücklich bist. Zumindest war dies vorhin mein spontaner Eindruck. Aber lass dir sagen, ich werde nie einen Anspruch auf ein mögliches Erbe erheben. Ich weiß, dass du dir darüber Gedanken machen musst, auch wenn du es nicht zugeben würdest. Es ist mir wichtig, dass du das weißt, weil ich nicht will, dass sich etwas verhärtet."

„Meine Schwester Vera", sagt Christoph und lächelt sie an. Sich selbst gegenüber muss er zugeben, vorhin tatsächlich kurz diesen Gedanken gehabt zu haben. „Ich verstehe jetzt, warum dich alle lieben. Und ich glaube, ich werde es auch tun, wenn du so weitermachst."

Marcus kommt herein und setzt sich dazu. Er begrüßt Christoph fröhlich und strahlt Vera an. „Puh, was ist das für eine Herausforderung für uns Lehrer. Homeschooling. Der Tag war anstrengend."

„Meiner war ganz easy", spöttelt Christoph.

Als Aperitif mixt Vera wieder ihre berüchtigten Caipirinhas. Fünf Gläser, die Flasche Pitu ist danach nur noch halb voll. So wächst recht schnell eine ausgelassene Stimmung vor dem Abendessen. Das Thema Dubbeler wird geflissentlich am Tisch gemieden. Es gibt auch so viele andere schöne Dinge, über die gesprochen werden kann. Auch über Daniel können alle mittlerweile sprechen. Maria bricht nicht mehr in Tränen aus, Michael tut es sogar mit Humor. Er frotzelt, dass Daniel eine Vorliebe zur Farbe hatte. Er könne so bunt nicht leben. Vera meint, sie freue sich über die fröhlichen Farben in der Wohnung und bekennt, dass sie auf Daniels Schreibtisch einen Stapel Fotos von Daniel und seinen Freunden liegen sah und nicht widerstehen konnte, sie zu betrachten. Auf jedem Bild hätte Daniel gelacht. Er müsse ein humorvoller Mensch gewesen sein. Es wird allseits bestätigt und während des Abendessens vernimmt Vera lustige Anekdoten über Daniel.

„Ich hätte ihn auch so gerne kennengelernt", meint Vera mit bedauerndem Blick. „Und wieder bin ich auf meine Mutter sauer! Oh, apropos Mutter! ..." Ihr fällt ein, dass sie lange nichts von sich hat hören lassen. Sie blickt in die Runde: „Lena braucht ein Update. Darf ich sie kurz anrufen?" Alles nickt zustimmend, Vera wählt. „Schau mal, Mama!", ruft sie, als Lena annimmt. Vera lässt Lena in die noch gut gefüllte Servierschale mit den Rouladen blicken. „Was meinst du, was es heute gibt?"

„Oh, wieder Rindsrouladen?" Lena kichert. „Es scheint in Stuttgart eine sehr vielseitige Küche zu geben."

„Mama, ich wollte dir nur sagen, dass hier alles okay ist. Wir sitzen hier in der Familienrunde. Hier ist Gründonnerstag vor Ostern. Normalerweise isst man in Stuttgart am Gründonnerstag Maultaschen. Aber Christoph kam heute, und Rouladen sind sein Lieblingsgericht. Du siehst, wir bekommen es leider – oder Gott sei Dank – schon wieder."

Vera schwenkt ihr Smartphone, damit Lena alle Personen am Tisch sehen kann. Als die Kamera an Michael vorbeihuscht und er verhalten Lena zuwinkt, meint sie:

„Michael, können wir ein paar Takte miteinander reden? Geht es gerade?"

„Na ja, die werden sich auch ohne mich unterhalten können", antwortet er, übernimmt von Vera das Smartphone, steht vom Tisch auf und begibt sich ins Wohnzimmer. „Wir hatten uns letztens ja wirklich nur kurz unterhalten." Er setzt sich in den Sessel am Kamin. „Vera spricht oft von dir, Lena. Ich kenne dich aktuell sicher besser als du mich."

„Und du meinst, mir erzählt sie nichts über dich? Aber sei versichert …", Lena stockt. „Hört denn jemand zu?"

„Nein, nein", beruhigt Michael, „wir beide sitzen allein vor dem Kamin."

„Vera schwärmt so von ihrer deutschen Familie. Sie ist sehr glücklich bei euch. Und dankbar … und ich bin dir dankbar, Michael. Denn du hast auch mich glücklich gemacht."

„Dann fassen wir doch zusammen", sagt er, „unsere Vera hat uns alle glücklich gemacht."

„Und stell dir vor, mein Bruder Filipp und ich sprechen wieder miteinander. Er ist Veras einziger, daher Lieblingsonkel, wie du weißt."

Michael bestätigt: „Doch, ich weiß es von Vera, er war dir gram, weil du so ein Geheimnis um ihren Vater gemacht hast. Aber sei versichert, noch mehr darunter gelitten hat sicher unsere Vera. Wenigstens ihr hättest du sagen können, dass ich kein Vergewaltiger bin oder sonst ein Scheißkerl. Das bin ich doch wahrhaftig nicht."

Vera ist sehr lange ruhig am anderen Ende der Leitung. Sie schaut dabei Michael in die Augen. Endlich beginnt sie: „Willst du wissen, warum ich dich sprechen wollte? Ich möchte dir gerne erzählen, wie ich es nach unserer Nacht empfunden habe."

„Nach unserer halben Nacht", korrigiert Michael. „Du bist vermutlich fort, gleich nachdem ich eingeschlafen war."

„Nein, stimmt gar nicht!" Lena dementiert entschieden. „Wir schliefen gemeinsam ein, mein Kopf auf deiner Schulter. Ich wachte nur früher auf. In einer unbeschreiblichen Stimmung. Einerseits wollte ich den Mann, um den ich da meinen Arm legte, nie mehr loslassen, andererseits wollte ich flüchten – musste ich flüchten. Es hätte alles nicht passieren dürfen … aber es ist passiert. Es ist Gott sei Dank passiert."

Michael berichtet auch von seiner Stimmung danach: „Ich war entsetzlich enttäuscht am nächsten Morgen, als ich allein aufwachte und mir die Frau an der Rezeption mitteilte, du hättest bereits früh ausgecheckt. Ich wollte dich dann am Messestand besuchen, da sagte man mir jedoch, du wärst bereits auf dem Weg nach Leningrad."

„War ich auch. Um elf Uhr ging mein Flieger. Michael, du hättest mich da nicht sehen wollen." Lena spricht leise weiter. Michael musste das Ohr an den Lautsprecher des Smartphones legen, um sie zu verstehen. „Ich habe den ganzen Flug über geflennt. Und die nächsten Tage auch. Ich machte grausame Tage durch. Ich wusste, du kehrst zurück zu deiner Familie nach Westdeutschland, vermutlich mit einem schlechten Gewissen, aber um ein Abenteuer reicher. Du warst sicher rundum glücklich. Ich fiel dagegen in ein tiefes Loch."

Michael hebt an, etwas einzuwenden, aber Lena spricht weiter:

„Und weißt du, wann ich das nächste Mal geheult habe? Ich sag's dir. Als ich nach ein paar Wochen sicher war, dass ich ein Kind unter dem Herzen trage und dass dieses Kind von dir ist. Dieses Mal aber vor Glück."

Lena ist noch nicht fertig.

Sie spricht jetzt wieder etwas lauter, Michael kann ihr wieder in die Augen sehen.

„Michael, ich gebe zu, was du ohnehin vermutest. Ja, mein Ziel war es, einen Mann zu finden, der mir sein Bestes gibt, damit ich schwanger werde. Dieser Mann ist mir jahrelang nirgendwo begegnet. Ich wollte keinesfalls eine feste Bindung. Ich brauchte nur einen Samenspender. Dich habe ich zunächst genauso wenig als einen solchen betrachtet. Als wir uns dann zufällig am Abend wieder im Interhotel in Gera begegneten, dachte ich aber, du bist mir von unserem Herrgott persönlich geschickt worden. Ich bin tiefgläubig, musst du wissen. Gott schickt mir also den Mann, nach dem ich Jahre suchte, da konnte ich gar nicht anders. Ich musste agieren, wie ich es tat. Ich habe alle weiblichen Register gezogen. Du hast darauf reagiert, wie ich erhofft hatte. Vorher hatte ich dies nie getan und danach auch nie wieder. Was mir mein Gott jedoch hätte ersparen können, ist, mir einen Mann zu schicken, mit dem ich mir ein gemeinsames Leben nicht nur hätte vorstellen können, sondern es mir sogar gewünscht hätte."

Michael nickt. „Ich danke dir, Lena, dass ich dein Ausgewählter sein durfte. Und ich danke dir für deine Ehrlichkeit. Ich musste zwar mehr als dreißig Jahre auf die ersehnte Tochter warten, jetzt habe ich sie und bin glücklich. Ich habe mir tatsächlich immer eine Tochter gewünscht. Vera hilft mir unglaublich viel, über den Verlust meines Sohnes hinwegzukommen."

„Realistisch sehe ich es jetzt so", führt Lena weiter sachlich aus, ohne auf Daniels Tod einzugehen. „Ich hatte dreißig Jahre eine Tochter und nun wirst du dreißig Jahre eine haben."

Solange Michael überlegt, wie sie diese Aussage wohl gemeint haben könnte, klärt Lena auf. „Ich bin mir sicher, dass Vera nicht zu mir zurückkehren wird. Sie ist clever genug, irgendeinen Weg zu finden, um in Deutschland zu bleiben. Sie will in Deutschland bleiben." Lena holt tief Luft. „So, und jetzt geh zurück zu allen und grüß sie schön von mir. Und, Michael …"

„Ja?", fragt er.

„Ich wünsche dir Gottes Segen. Dir und deiner Familie." Lenas Finale hört sich sehr traurig an, aber auch sehr ehrlich.

Die freien Tage um Ostern herum sind für Michael die schönsten, an die er sich erinnern kann. Die Sonne strahlt vom stahlblauen Himmel, es ist frühlingshaft warm und die Familie ist beisammen. Tagsüber unternehmen sie gemeinsame Ausfahrten in Michaels SUV. Alle passen hinein, selbst Chino. Sie nehmen sich Lunchpakete mit, denn die Gastronomie ist in ganz Baden-Württemberg wegen Corona geschlossen. Am Karfreitag besuchen sie zusammen das Schloss Lichtenstein bei Reutlingen. Es werden zwar keine Führungen angeboten, das Schloss ist aber selbst von außen sehenswert. Vera zeigt sich begeistert von der Schönheit der Schwäbischen Alb, als sie am Hauffdenkmal beim Schloss stehen und den Blick ins Echaztal genießen. Marcus weiß viel zu erzählen. Über die Geschichte des Schlosses und über Hauffs Roman Lichtenstein.

Abends schlägt Michael wieder leidenschaftlich als Küchenbulle zu, wie er sich spaßeshalber selbst bezeichnet. Es wird österlich-adäquat gespeist. Auf der sonnigen Westterrasse. Karfreitag gibt es Maultaschen. Vera kennt Maultaschen. Oft schon hat sie sich in Rust selbst welche gekauft, im Discounter. Mit den Maultaschen, die jetzt in einer köstlichen Fleischbrühe vor ihr im Teller schwimmen, getoppt mit angeschwitzten Zwiebelchen, haben diese jedoch nur entfernt zu tun.

„Ich habe noch nie selbst gemachte Maultaschen gegessen", gesteht sie. Als sie sieht, wie die Familie schwäbischen Kartoffelsalat in die Brühe gibt, schaut sie doch etwas befremdlich. Kurz darauf weiß sie aber, dass sie wohl nie wieder Maultaschen kaufen wird. „Ich will das nächste Mal dabei sein, wenn du welche machst", sagt sie zu Michael. „Und bitte, bitte, auch beim nächsten Kartoffelsalat. Wie schmeckt der doch gut!"

Christoph genießt die Auszeit von der Kanzlei und die Harmonie der Familie. Die Familie genießt hingegen seine Anwesenheit. Es ist seit vielen Jahren wieder das erste Mal, dass er den gesamten Osterblock in Stuttgart weilt. Er unterhält sich viel mit Marcus. Die beiden müssen eingestehen, dass sie sich in den letzten Jahren etwas voneinander entfernt hatten. Die Jurisprudenz und die Historie treffen sich in langen Gesprächen auf den Spaziergängen.

Samstagvormittag besuchen sie, wieder gemeinsam, die historische Altstadt von Esslingen. Auf dem Markt besorgt sich Michael einen frisch geschlachteten, schweren Stallhasen. Am Nachbarstand dann einen Braten vom Alblamm. „Glückliche Lämmer von der Wacholderheide", wie Michael erläutert.

„So", meint er glücklich, „der Hasenbraten für heute und der Lammbraten für morgen sind gesichert. Ostermontag gibt es den ganzen Tag Eier in allen Varianten."

„Normalerweise hätte ich im Europapark Hochsaison. Ostern platzt der Park immer aus allen Nähten. Es ist mein erstes deutsches Osterfest."

„Habt ihr Orthodoxen denn kein Ostern?", fragt Maria.

„Doch, doch. Wir haben auch Ostern. Das orthodoxe Osterfest ist dieses Jahr eine Woche nach dem katholischen", beantwortet Vera die Frage. „Nächstes Jahr sind wir sogar fast einen Monat später dran. 2017 fielen das westliche und das östliche Ostern aber auf dasselbe Wochenende. Unser Ostersonntag ist stets der Sonntag nach dem ersten Vollmond im Frühling. Schon seit fast 1000 Jahren. Einen Osterhasen haben wir allerdings keinen. Dafür jede Menge bunte Eier. Wir tunken die Hühnereier aber nicht einfach in bunte Farbe, sondern wir bemalen die Eier kunstvoll mit dem feinen Pinsel. Sie werden vorab jedoch ausgeblasen."

Marcus ergänzt oberlehrerhaft: „Da in Russland jedoch nicht der bei uns übliche gregorianische Kalender gilt, sondern der julianische, wird der Frühlingsanfang anders berechnet." Vera ist erneut begeistert, was Marcus alles weiß. Sie sagt: „An Ostern feiern wir intensiv die Auferstehung unseres Jesus Christus. Das Fest ist bei uns viel wichtiger als zum Beispiel Weihnachten. Selbst in der atheistischen Sowjetunion ließen sich die Russen nicht davon abhalten, ausgiebig das Osterfest zu feiern."

„In Deutschland wissen die meisten nicht einmal, warum wir Ostern feiern", gibt Maria zu.

Auch für Michael und Maria ist es das erste Osterfest, das sie zu Hause verbringen. All die Jahre davor waren sie immer mit dem Wohnmobil unterwegs. Dieses Jahr haben jedoch die Campingplätze und öffentlichen Stellplätze alle geschlossen.

Dienstag nach Ostern fahren Michael und Christoph in die Agentur. Sie haben viel vor. Christoph konnte sich locker einige Tage aus der Kanzlei zurückziehen, eine Fügung des Schicksals.

Michael ist dankbar, dass sein Sohn sich mit in die Angelegenheit kniet.

„Hast du die Waffen zurück nach Oberndorf gebracht?", fragt Christoph im Aufzug.

„Nein, aber ich habe die Waffenbehörde angerufen und mitgeteilt, dass ich sie vorläufig hierbehalte. Zumindest die nächsten zwei Monate. Heckler & Koch hat nur eine Notbesetzung und das mit der Austragung der Waffen aus meiner WBK ist immer so ein Riesenaufwand."

Sie betreten die menschenleeren Agenturräume. Wo es einst so gebrummt hat, schwebt jetzt ein muffiger Geruch. Sie öffnen zunächst alle Fenster und lassen frische Luft in die Agentur.

Michael setzt sich zunächst ans Telefon und ruft die Volksbank an. Er wählt die Durchwahlnummer Konrad Bauers.

„Michael, du hast dich lange nicht gemeldet. Ich machte mir Sorgen. Konntest du etwas herausfinden?", erkundigt sich dieser.

Michael erzählt Konrad Bauer, was durch Christophs Recherchen ans Tageslicht kam.

„Die letzte Kontobewegung nach Österreich ist schon einige Zeit her. Ich kann versuchen, den Rechnungsbetrag zurückzuholen, möchte dir aber nicht viel Hoffnung machen", deutet Bauer eine mögliche Lösung an.

„Versuchen kannst du es gerne, den Kunden Möbelbecker können wir getrost verärgern, wir werden ihn zukünftig ohnehin nicht mehr betreuen."

Es ist ein entspanntes, freundschaftliches Gespräch. Bauer versichert Michael, solange es geht, sich in Zurückhaltung zu üben.

„Wir haben die nächsten Wochen sicher keine interne Revision im Haus. Aber schau, dass du schnell Klarheit in die Sache bringst. Irgendwann brauchen wir eine Lösung."

Nach dem Gespräch kommt ein Anruf von Heckler & Koch rein. Herr Maurer ist dran, der Vertriebschef. Michael nimmt an.

„Oh, Herr Maier, wie schön, dass ich Sie in der Agentur erwische. Ich hatte immer nur Herrn Eichtaler dran, aber der ist ja nicht im HK-Team. Es gibt gerade auch keine Jobs, wie Sie bemerkt haben. Der ganze administrative Laden hier ist nur mit der Ausschreibung des Verteidigungsministeriums für das neue Sturmgewehr der Bundeswehr beschäftigt. Das G36 soll ja abgelöst werden, wie Sie wissen. Wir haben jedoch zum ersten Mal ernsthafte Konkurrenz aus Deutschland: Haenel bietet mit."

„Haenel? Ernsthaft? Wie wollen die in der vorgegebenen Zeit 120 000 Geräte produzieren? In Suhl sicher nicht."

„Wir müssen dranbleiben und abwarten. Aber das ist nicht der Grund meines Anrufes. Wir brauchen sehr schnell eine ganzseitige Anzeige für die Zeitschrift Caliber. Anzeigenschluss nächster Montag. Sie schaffen das doch?"

Michael zögert. „Wir haben hier auch offiziell Kurzarbeit angeordnet. Die Belegschaft ist komplett im Homeoffice. Warum so schnell?"

Maurer antwortet: „Na ja, wir haben die Seite schon letztes Jahr gebucht. Wegen Staffelrabatt und so. Der andere Grund ist, die Schützengesellschaften verzeichnen einen Zulauf wie noch nie. Wir haben reichlich vormontierte ‚Universelle Selbstladepistolen' auf Halde und könnten den Handel schnell beliefern."

Michael denkt kurz nach: „Ich habe einige USP im Tresor. Die Expert, eine Elite und die P2000, glaube ich. Eine P7 auch, es soll aber eine USP sein? Doch, eine USP-Stainless habe ich noch hier. Die hat aber keine verstellbare Visierung."

„Ja, die Stainless nehmen wir. P2000 und P7 sind ja reine Behördenwaffen", sagt Maurer. „Und noch was: Wir brauchen eine hübsche junge Frau mit Pistole. Erstaunlicherweise entdecken die Frauen den Schießsport für sich. Haben Sie ein Model, das sich für Waffenwerbung zur Verfügung stellen würde?"

„Habe ich!", sagt Michael spontan. „Sogar eine sehr hübsche. Ich muss nur gucken, ob sie verfügbar ist."

„HK-Accessoires haben Sie auch noch in Stuttgart vorrätig? Sweatshirts, Caps und so? Dann legen Sie los, Herr Maier."

Michael meint zuversichtlich: „Geht in Ordnung, Herr Maurer, bis spätestens Freitag haben Sie die Anzeige zum Querlesen auf dem Tisch. In Rot-Schwarz, unseren Zivilfarben."

„Ich wusste, dass ich mich auf Sie verlassen kann." Maurer ist erleichtert. „Haben Sie Dank."

197

Christoph hat mitgehört. Er grinst. „Als Model denkst du wahrscheinlich an meine Schwester?"

„Aber klar doch! Da muss sie durch. Vera ist ganz sicher verfügbar, aber ob sie bei diesem Thema auch fügsam ist, weiß ich noch nicht."

„Sie wird schon mitmachen, so, wie ich meine kleine Schwester kennengelernt habe."

„Schön, wieder im Business zu sein", freut sich Michael. „Ich hole die Stainless gleich mal raus."

Als Michael auf die Tresortür zugeht, fällt ihm auf, dass der Drehknopf nicht mehr auf der Null steht. Er erinnert sich genau, ihn, einer alten Angewohnheit folgend, beim letzten Verriegeln auf null gestellt zu haben.

„Christoph!", ruft er seinen Sohn, der sich gerade an seinem Schreibtisch in den Antrag auf Soforthilfe einliest. „Hast du vorhin an dem Knopf am Tresorraum gedreht?"

„Keine Spur!", ruft Christoph zurück. „Aus dem Spielalter bin ich raus. Wieso?"

Christoph steht auf und geht zu seinem Vater, der immer noch vor der schweren Stahltür steht und das große, 100-stellige mechanische Zahlenschloss anschaut.

„Der Drehknopf stand garantiert auf der Null, als ich das letzte Mal hier war."

„Wenn du dir sicher bist, dann war wohl einer dran. Wenn du es nicht warst und ich auch nicht, bleibt nur noch Eichtaler übrig, oder?"

Michael öffnet die Tür. „Sieht aus wie immer", meint er beruhigt. „Ich checke aber sicherheitshalber noch einmal den Bestand durch." Er geht mit Christoph in sein Büro und zieht die Waffenbesitzkarte aus der Schublade. Christoph setzt sich wieder an sein Formular. Fünf Minuten später steht Michael wieder im Türrahmen. „Hier ist die Stainless. Eine 45er. Aber es fehlt tatsächlich eine Waffe. Die P7 mitsamt dem 8-Schuss-Magazin."

„Du bist dir sicher, dass sie letzte Woche noch da war?" Christoph schaut entsetzt.

„Todsicher." Michael zieht die linke Braue nach oben. „Der Karton liegt noch im Tresor. Eichtaler muss noch einmal hier gewesen sein, um sich eine Pistole zu besorgen. Es kann nur Bernd Eichtaler gewesen sein."

„Was will der denn mit einer Pistole? Das passt doch gar nicht in die Geschichte?" Christoph blickt fassungslos.

Michael öffnet den weißen Wandtresor in seinem Office. Er kontrolliert seinen Munitionsbestand. „Der Idiot hat auch eine Packung Munition mitgehen lassen. Eine 50er-Packung .45er fehlt."

„Es ist Zeit, die Polizei anzurufen und den Diebstahl zu melden", sagt Christoph und hat schon den Hörer in der Hand.

„Nein, warte noch!" Michael hebt den Zeigefinger. „Wir brauchen nicht zu befürchten, dass Eichtaler damit Blödsinn macht. Er wiegt sich in vermeintlicher Sicherheit, führt aber eine Schusswaffe mit sich, deren Schlagbolzen fehlt. Die P7 funktioniert nicht. Zweitens hat der Schlauberger eine Packung .45er-Patronen an sich genommen. Er wird sich schwertun, sie in ein 9-mm-Magazin zu laden. Die P7 ist eine 9-mm-Pistole." Zum Vergleich zeigt Michael je eine Patrone im Kaliber .45 und eine 9 mm. Die .45er ist deutlich dicker. „Und selbst wenn die Pistole funktionstüchtig wäre und er die passende Munition in der Tasche hätte, könnte er mit einer P7 nicht umgehen. Da braucht man Wissen um die Technik und zusätzlich Übung. Wer mit dieser Waffe umgehen kann, liebt sie. Wer nicht, macht nur Scheiß damit. Sie hat ein außergewöhnliches Sicherungssystem: den Spanngriff, keinen Sicherungshebel also wie die USP."

Christoph denkt nach und meint dann: „Du hast recht. Wir könnten den Verlust ja erst später bemerkt haben. Es erspart uns auch einen Haufen Schreiberei und Verhöre. Warten wir mal ab, wie es weitergeht. Irgendetwas müssen wir ja unternehmen. Leider habe ich keine Idee, wo wir ansetzen könnten."

Der Ansatz kommt eine Stunde später. In Form eines Anrufs aus Leipzig. Michael schaut aufs Display der Telefonzentrale und erkennt die Leipziger Vorwahl. „Leipzig ruft an?", murmelt er verwundert und schaut Christoph an. „Soll ich ran?"

„Was denn sonst!", bestimmt dieser. „Und mach den Lautsprecher an." Christoph zückt sein Smartphone. Er möchte das Gespräch mit aufzeichnen, wer immer am anderen Ende der Leitung sein sollte. Michael nimmt das Gespräch entgegen.

„Hallo, Herr Maier, hier spricht Rainer Eichtaler." Seine Stimme klingt müde, auch spricht er schleppend. Michael hat ihn als gewandten Redner in Erinnerung. Aber er hat sicherlich schon zwei Jahre nicht mehr mit Rainer Eichtaler gesprochen."

„Ich muss Bernd krankmelden", beginnt Eichtaler. „Sicher haben sie ihn bereits vermisst."

Michael ist die Ruhe selbst. „Nun, vermisst habe ich ihn nicht, ich wähnte ihn im Homeoffice, wie die anderen Mitarbeiter. Ich habe einige Male versucht, ihn telefonisch zu erreichen. Warum geht er nicht ans Telefon? Warum ruft er mich nicht selbst an, um sich krankzumelden?"

„Bernd ist in klinischer Behandlung. Er wird wohl eine ganze Weile nicht mehr kommen können. Sein Handy hat er nicht bei sich."

„In einer Klinik?", fragt Michael ehrlich erstaunt. „Er hat auf mich keinen kranken Eindruck gemacht. Was fehlt ihm denn?"

„Mein Bruder ist in einer psychiatrischen Klinik", erklärt Eichtaler knapp.

„In der Psychiatrie, sagen Sie? Wollte er sich denn umbringen?"

„In der Tat", sagt Rainer, „Ich habe ihn zwangseinweisen lassen."

„Wo ist er? Hier in Stuttgart?"

„Ich habe ihn nach Sachsen überführen lassen. Ich darf ihn besuchen."

Michael sagt ganz ruhig: „Herr Eichtaler, Ihr Bruder hat hier viel Mist gebaut während meiner Abwesenheit. Er hat eine Menge Geld veruntreut. Eine sechsstellige Summe. Außerdem …" Christoph hebt hektisch die Hand und deutet Michael an, indem er den Zeigefinger auf die Lippen legt, er solle die entwendete Pistole nicht erwähnen. „Außerdem hat er hier nachlässig Fehler gemacht mit der sicheren Verwahrung von Waffen."

Michael hat gerade noch die Kurve bekommen. Er wollte Rainer Eichtaler tatsächlich spontan berichten, dass die P7 fehlt.

Michael fragt ihn: „Was ist denn der Grund für seine Erkrankung? Er machte doch so einen stabilen Eindruck. Man würde als Chef doch merken, wenn ein vertrauter Mitarbeiter psychische Probleme hat."

„Das fragen gerade Sie!", antwortet Eichtaler scharf. „Mein Etat und sein Einsatz hätten sicher ermöglicht, ihn zum Teilhaber der 2M-Werbung zu machen. Er ist bis jetzt noch nicht Geschäftsführer. Er hat nicht einmal Prokura. Er ist ein Nichts in Ihrer Agentur. Das hat ihn krank gemacht!"

„Das Einzige, was ich mir vorwerfen kann, ist, dass ich die Agentur etwas schleifen gelassen und ihm ermöglicht habe, diesen Blödsinn zu machen. Mein Sohn ist gestorben. Hat Ihnen Bernd das erzählt?"

„Hat er. Ja. Mein Beileid", schnarrt Eichtaler teilnahmslos. „Nochmals und in aller Deutlichkeit: Sie haben meinen Bruder letztendlich in die Klapse geschickt. Auch wenn Sie sich keinen Vorwurf machen wollen."

„Okay", sagt Michael, „und was soll ich jetzt tun? Soll ich ihm offiziell die Prokura erteilen? Was ändert dies denn? Ich habe ihm alle Befugnisse eingeräumt. Nur, dass er aus der Agentur keine Bonbonfabrik oder einen Bauernhof machen kann."

Rainer Eichtaler redet wieder in normalem Tonfall: „Herr Maier, Sie haben Ihren Sohn verloren, der designierter Nachfolger in Ihrer Agentur war. Sie haben mittlerweile das Rentenalter erreicht. Es fällt Ihnen schwer, sich mit den neuen, digitalen Medien anzufreunden, ohne die eine Werbeagentur nicht mehr existieren kann."

Es entsteht eine Pause, Michael kann diesen Tatsachen nicht widersprechen. Natürlich sollte er sich langsam zurückziehen.

Da spricht Eichtaler weiter: „Herr Maier, verkaufen Sie mir Ihre Werbeagentur."

Michael wäre wohl normalerweise nach dieser Aussage aus allen Wolken gefallen. Nachdem aber Vera diese Lösung neulich ins Gespräch gebracht hatte, ist es für ihn kein abstrakter Gedanke. Michael reagiert sehr sachlich: „Bernd kennt die Agentur genau. Auch die Zahlen. Wenn Sie ihn besuchen dürfen, können Sie ihn in die Tiefe befragen. Vielleicht bessert sich sein Zustand auch ad hoc, wenn er von dieser Perspektive hört. Verbleibt noch, über den Preis zu sprechen. Machen Sie mir ein Angebot."

„Darüber habe ich mir noch keine Gedanken gemacht", erwidert Eichtaler erstaunt. „Ich muss gestehen, ich hätte nicht damit gerechnet, dass Sie spontan einem Verkauf zustimmen würden. Ich wollte nur ein Samenkorn streuen."

„Mir geht es jetzt auch um Bernds Seelenheil", sagt Michael. „Wenn er in einer neuen Konstellation mit seinem Bruder als Boss besser leben könnte, wäre ihm geholfen. Sie könnten ihn dann bedingungslos zum Geschäftsführer machen."

„Geben Sie mir eine Hausnummer?", fragt Eichtaler. „Wieviel Kapital brauche ich?"

„Der Ertrag der Agentur lag nach Steuern 2019 bei einer Viertelmillion", sagt Michael. „Einem simplen, aber bewährten Bewertungsmodell nach hat die Aktiva der Agentur demnach einen Wert von mindestens zweieinhalb Millionen."

„Sie sprechen von Euro?", fragt Eichtaler spöttisch.

Michael sagt: „Ich spreche von zweieinhalb Millionen Euro."

„Da werden wir wohl doch nicht zusammenkommen", meint Rainer Eichtaler.

„Machen Sie ein Angebot", fordert Michael. „Was können Sie sich leisten?"

Die Antwort Eichtalers braucht einige Sekunden: „Ich biete Ihnen an, die Agentur gegen Schuldübernahme zu erwerben. Die Verbindlichkeiten, die Sie im Moment auf dem Girokonto haben."

„Woher wollen Sie wissen, dass die Agentur überhaupt Girogelder in Anspruch nimmt?", fragt Michael etwas brüskiert.

„Sagten Sie nicht soeben, Bernd hätte Einblick in alles? Er sprach von etwa 800 000 Euro, die Sie im Minus sind. Diese würde ich bringen."

„Herr Eichtaler, lassen Sie uns am Donnerstag noch einmal miteinander sprechen. Die Pfosten sind gesteckt, wir können uns beide in diese Version hineindenken. Sprechen Sie mit Bernd und rufen Sie mich Donnerstag wieder an. Gegen 10:00 Uhr, okay?"

„Okay", sagt Eichtaler. Sie beenden das Gespräch.

Christoph drückt die Stopptaste und beendet seine Tonaufzeichnung. Er schaut seinen Vater lange schweigend an.

„Er hat nicht vom Möbelhaus aus angerufen", sagt Michael. „Das hätte ich im Display gelesen. Es war eine andere Leipziger Nummer."

„Schreibe vorsichtshalber mal die Nummer ab. Vielleicht ist es der Anschluss der neuen Piranha-Werbeagentur? Das kann ich mit der Nummernrückverfolgung rausfinden", schlägt Christoph vor.

„Meinst du, an der Geschichte ist was dran?", fragt Michael. Das Telefonat hat ihn völlig verunsichert. Er macht sich plötzlich Sorgen um Bernd. „Die Geschichte hat sich so schlüssig angehört. Und auch die fehlende Pistole wäre plötzlich erklärbar. Er wollte sich erschießen."

„Hätte ich jetzt nicht die ganze Information recherchiert, man hätte Eichtaler die Story glatt glauben können. Aber die beiden sind ein gerissenes Brüderpaar, das sich hier ein abgekartetes Spiel hat einfallen lassen. Du hast gut reagiert, hast klug und mit Bedacht gesprochen. Er hat keine Ahnung, was wir bereits alles wissen."

„Aber es ist schon dreist, was er für die Agentur bezahlen will. Lächerliche 800 Mille", klagt Michael und schüttelt den Kopf.

„Eichtaler weiß doch genau, in welcher Situation die Agentur gerade steckt. Er entscheidet, wer in Zukunft Möbelbecker betreut. Zumindest, solange der alte Becker noch in der Klinik ist. Andererseits muss er doch Panik schieben und Angst davor haben, dass wir Otto Becker von den Machenschaften berichten würden."

Michael schüttelt den Kopf: „Rainer Eichtaler ist Stratege, er ist Realist. Er weiß, dass Becker von ihm abhängig ist. Wer sollte von jetzt auf nachher den Etat übernehmen können? Ich meine, Becker stünde hinter ihm, und Eichtaler ist sich dessen sicher."

„Dies scheint der Grund, dass er dir nur ein solch lächerliches Angebot macht. Bernd könnte genauso gut von der neuen Agentur aus arbeiten."

Michael schaut nachdenklich auf einen vorbeiziehenden Neckarkahn. „Ich verstehe nur nicht die abenteuerliche Geschichte mit der Psychiatrie."

„Ist doch klar", sagt Christoph. „Ein geistig verwirrter Mitarbeiter ist juristisch sehr schwer zu packen. Er spielt den vorübergehend Unzurechnungsfähigen. Vielleicht sitzt er wirklich in der Klapsmühle ein? Dann erhält er nicht einmal Post von der Staatsanwaltschaft. Es reicht heute ja, wenn einer behauptet, er höre nachts fremde Stimmen. Schwupp – und er kann sich freiwillig in Behandlung begeben."

Nach der Völlerei über Ostern wird am Abend nur gevespert. Die ganze Familie sitzt gemeinsam am Tisch. Gespannt hören sie Christoph zu. Er ist es, der alles haarklein berichtet, von der entwendeten Pistole bis hin zum unseriösen Kaufangebot.

„Ich glaube, du bist eine Hexe", sagt er grinsend zu Vera, die ihn daraufhin fragend anguckt. „Du hast vor Tagen schon gewusst, dass es zu Verkaufsverhandlungen mit den Eichtalers kommen wird. Dies hat sich heute bestätigt."

„Wenn es zu Verhandlungen kommt", stellt Michael in den Raum. „Warten wir das Gespräch am nächsten Donnerstag mal ab. Das Gespräch heute war nämlich noch nicht vielversprechend. Es gab aber auch einen sehr erfreulichen Anruf von Heckler & Koch. Seit Langem kam wieder ein Auftrag herein. Eine Anzeigengestaltung. Am Donnerstag hole ich eine Fotografin in die Agentur. Wir brauchen eine Aufnahme von einer Pistole, die von zarter Frauenhand gehalten wird."

Michael schaut erst Maria an, dann Vera.

„Die Eile gebietet es: Ich brauche eine Frau aus meinem direkten Umfeld. Maria, du wirst ja wieder Praxisdienst schieben müssen, aber Vera, du wärst doch verfügbar. Willst du mein Model sein, mit einer Pistole in der Hand?"

Über Veras Antlitz geht ein Leuchten. „Aber klar will ich dein Model sein. Wenn ich dir als Fotomodell gefalle? Ich wäre glücklich, wenn ich da einspringen kann. So kann ich mehr leisten, als nur den Boden zu wischen und die Treppe zu kehren."

„Ich danke dir, auch im Namen von Heckler & Koch", sagt Michael dann theatralisch und neigt das Haupt. Ich habe die Gestaltung und einen Text schon im Kopf. Morgen im Laufe des Tages werde ich die Anzeige in der Agentur im InDesign schon mal aufbauen. Details dann morgen Abend."

„Darf ich denn auch mit zum Fotoshooting?", fragt Marcus. „Ich habe zurzeit ja nichts zu tun. Vielleicht kann ich einen Scheinwerfer halten oder so?"

„Klar kannst du mit", sagt Michael. „Das heißt, wenn du der Fotografin nicht den Kopf verdrehst. Sie muss nämlich einen guten Job machen."

In einem Raum der Agentur befindet sich ein komplett eingerichtetes Fotostudio mit einem Aufnahmetisch, einer Hintergrundleinwand und einer professionellen Hensel-Blitzanlage. Der Grund, warum die wehrtechnischen Geräte nicht in ein externes Studio transportiert werden, ist schlicht den Sicherheitsauflagen der Behörden geschuldet.

Somit kommt die Fotografin stets nach Absprache in die König-Karl-Straße und bringt lediglich ihre Kameraausrüstung mit. Donnerstag 11:00 Uhr war vereinbart. Das Gespräch mit Eichtaler steht schon um 10:00 Uhr an, daher reisen Michael, Christoph, Marcus und Fotomodel Vera bereits gegen 9:30 Uhr an.

Vera und Marcus fahren separat.

Michael hat am Mittwoch bereits die Accessoires zurechtgelegt. Eine Schirmmütze mit HK-Logo und ein schwarzes Sweatshirt, ebenfalls mit leuchtend rotem Logo.

„Kannst du dein Schminktäschchen mitnehmen?", fragt er Vera. „Wir haben leider keine Visagistin dabei. Du müsstest dich selbst ein bisschen anmalen. Aber nicht wie abends in der Disco, eher verhalten."

Vera ist aufgeregt. Als Maus, Eisprinzessin oder auf der Bühne mit ihrer Hula-Hoop-Show wurde sie zwar schon Tausende Male fotografiert, aber ein professionelles Foto-Shooting erlebt sie zum ersten Mal. Ihre Schminkutensilien sind in einem handlichen Koffer verstaut. Sie ist bestens ausgestattet mit Make-ups aller Art. Im Rampenlicht musste sie sich immer extrem schminken. Dunkle Lidschatten, jede Menge Wangenrouge und ein knallroter

Lippenstift. Aber sie kann natürlich auch ein dezentes Make-up auftragen. Puder sei das Wichtigste, hat Michael ihr eingeschärft. Wegen der Glanzlichter.

Auf die Sekunde pünktlich klingelt das Telefon. Es ist wieder dieselbe Nummer. Christoph hatte mittlerweile herausgefunden, dass sie wirklich einer Piranha-Werbeagentur gehört. Sie hatten sich gerade alle noch einen Kaffee aus der Maschine gelassen und sitzen um den kleinen Besprechungstisch in Michaels Office.

„Hallo, Herr Eichtaler. Lob, sehr pünktlich", eröffnet Michael das Gespräch. Wieder ist der Lautsprecher an und wieder schneidet Christoph mit.

„Ja, schließlich geht es um etwas Großes", sagt Rainer Eichtaler, „da ist Pünktlichkeit das Mindeste."

„Wie geht es Bernd? Haben Sie ihm von unserem Gespräch berichtet?" Michael legt Fürsorglichkeit in seine Stimme.

„Natürlich!", antwortet Eichtaler. „Gleich, nachdem wir aufgelegt hatten."

„Ich dachte, er hätte kein Handy dabei?", fragt Michael.

Eichtaler braucht drei Sekunden: „Ich habe ihn in der Klinik besucht."

„Und, wie hat er reagiert? Haben Sie ihn mit Ihrem Vorstoß begeistern können?"

„Na ja, er ist zurzeit wirklich ein Nervenbündel", berichtet Eichtaler zögernd. „Er hat sich zwar gefreut, aber schließlich konnte ich ihm noch keinen Erfolg vermelden. Wir beide sind uns ja noch nicht über die Konditionen einig."

„Gut, Sie nannten Ihre Vorstellung und ich nannte Ihnen die meine", resümiert Michael. „Sicher haben Sie sich darüber Gedanken gemacht. Ich könnte Ihnen einen Finanzierungspartner besorgen, falls Sie es allein nicht schaffen." Seine Stimme klingt selbstbewusst und sogar etwas überheblich.

„Ich mache es nur meinem kranken Bruder zuliebe. Ich selbst habe kein Interesse an einer Werbeagentur. Ihre Leistung ist austauschbar. Allein in Leipzig gäbe es wohl ein Dutzend Werbeagenturen, die einen Kniefall vor mir machten, um für Möbelbecker arbeiten zu dürfen." Eichtalers Überheblichkeit schlug die von Michael um Längen.

Michael geht in die Offensive: „Es wird mit dem Deal schon aus einem bestimmten Grund nichts werden. Die Etats aus der Rüstungsindustrie sind personenabhängig. Konkret, von meiner Person. Hier einen weiteren vertrauenswürdigen Ansprechpartner aufzubauen, dauert sicher viele Monate, wenn nicht Jahre. Ob hier der labile Bernd der geeignete Kandidat ist, bezweifle ich."

„Wie darf ich das verstehen?"

„Bernd ist in psychiatrischer Behandlung. Gut, das kann jedem im Leben passieren, wie wir wissen. Aber mit einem Marketingberater mit einer Verurteilung wegen Veruntreuung oder gar Betrugs kommt die Rüstungsindustrie nur schwer zurecht. Dieser Makel wird Bernd aber in Zukunft sicherlich anhaften."

Eichtaler spielt den Unwissenden. „Wovon reden Sie?", fragt er knapp.

„Sie wissen genau, wovon ich rede!", kontert Michael ebenso knapp. „Ich mache Ihnen einen Vorschlag, in alter Verbundenheit zu Bernd: Sie kaufen die Agentur zu meinem Preis. Ich verzichte auf eine Anklage, das veruntreute Geld darf bleiben, wo es ist. Keiner wird je davon erfahren, auch Herr Becker nicht."

„Herr Becker liegt mit Corona in der Klinik und stirbt gerade. Ich entscheide alles im Haus."

„Welch ein Glück für Sie", flötet Michael ins Telefon, „da haben Sie ja kein Problem damit, Bernd zukünftig mit Ihren Werbe-Euros zu unterstützen. Aber wenn ich ihn verklage, wird er Ihnen als Agentur-Dienstleister ausfallen. Zumindest, bis er die Strafvollzugsanstalt wieder verlassen hat."

„Ich habe immer noch keine Ahnung, wovon Sie reden." Rainer Eichtaler mimt den Unwissenden. „Sie wollen doch keinen Prozess anstoßen, der unweigerlich ins Leere führt? Falls Bernd irgendetwas Fehlerhaftes getan haben sollte, ist alles entschuldbar mit seinem derzeitigen Gemütszustand ... an dem letztendlich Sie die Schuld tragen."

Michael spricht unbeirrt weiter: „Damit Bernd jedoch unbescholten bleiben darf und zukünftig die 2M führen kann, mache ich Ihnen ein Angebot: Sie kaufen die Agentur zu meinem Preis. Bernds Sehnen wird erhört werden, er ist dann Geschäftsführer. Ich unterschreibe einen Fünfjahresvertrag als Berater, damit uns die wehrtechnischen Etats erhalten bleiben. Punktum."

Eichtaler sagt zynisch: „Hoppla! Punktum hört sich so endgültig an. So reduziere ich mein Angebot auf 500 000 Euro. Sie verkennen offenbar Ihre Situation, Herr Maier. Wenn Sie mir nicht zusagen, verlieren Sie demnächst alles. Nehmen Sie mein Angebot an und sichern Sie sich wenigstens die halbe Million. Über einen Beratervertrag können wir dann im Anschluss sprechen."

„Ich werde es mir durch den Kopf gehen lassen", verspricht Michael und beendet das Gespräch. Er schaut das Auditorium an und entschuldigt sich: „Ab jetzt wäre ich vermutlich laut geworden." Aber er ist die Ruhe selbst. Große Augen und offene Münder bei Marcus und Vera. Ein wütender Blick bei Christoph. Er sagt: „Die Burschen sind aalglatt. Leider muss ich ihm recht geben in einem Punkt. Sollte sein Bruder Bernd tatsächlich eingeliefert sein und könnte ein Attest vorweisen, wäre dies faktisch eine Art Freifahrtschein. Selbst wenn sich die Kohle nicht mehr fände."

Vera fragt: „Piranha heißt die Werbeagentur in Leipzig? Hast du die Adresse, Christoph?"

Er fischt ein Blatt Papier aus seiner Aktenmappe und liest vor: „Leipzig, Ortsteil Plaußig, Am Schenkberg 20,

Gründungsdatum 2015, Geschäftsführerin Carmen Eichtaler. So steht es in der Handelsregisterauskunft."

„Darf ich mal an deinen Rechner, Papili?", fragt sie Michael. Sie googelt die Adresse in Maps und setzt das bekannte gelbe Männchen von Street View in die Straße. Google hat die Straße in diesem Gewerbegebiet bereits fotografiert. Vermutlich deshalb, weil das riesige BMW-Werk Leipzig anschließt. Die Firmenimmobilie wird in Blickrichtung von der Straße aus gezeigt. Das Gebäude ist ein klassischer dreigeschossiger Bau, wie sie zu Tausenden in Gewerbegebieten in ganz Deutschland stehen. Drei große Firmenschilder sind angebracht, der Name Piranha findet sich nicht daran.

„Vielleicht ist die Aufnahme schon älter?", meint Marcus.

„Vielleicht wollen sie aber auch nicht präsent sein", folgert Christoph.

Michael schaut auf die Uhr. „In einer halben Stunde wird die Fotografin aufschlagen. Vera, komm, wir machen jetzt ein hübsches Mädchen aus dir."

Im Studio liegt alles parat. Auch die Stainless-USP in einem offenen Koffer. Vera ist auf eigenartige Weise fasziniert von der Waffe. Sie hatte noch niemals eine Pistole oder ein Gewehr in der Hand. Es stellt sich als gut heraus, dass sie keinen Nagellack trägt und auch keine französischen Nägel, die nämlich mit der unnatürlich weißen Farbe unter den Fingernägeln. Sie hat völlig natürliche Hände. Schöne Hände.

„Zuerst das Sweatshirt anziehen", ordnet Michael an. „Erst dann schminken, sonst verwischst du alles." Er lässt die Rollläden herunter. „Es muss im Studio immer dunkel sein", klärt er auf. „Alles Licht darf nur von der Beleuchtung kommen. Also von der Blitzanlage und den Scheinwerfern für den Hintergrund." Er poliert die Stainless sorgfältig mit einem Tuch.

Marcus ist zum ersten Mal bei einem Shooting dabei. Witzig, denkt er, es ist ein Shooting eines Shootings.

Die Fotografin, ein eher unscheinbares Wesen, kommt pünktlich. Sie holt ihre Kamera samt Stativ aus einem Aluminiumkoffer und baut alles routiniert auf. Michael führt Fotoregie. Er hat eine klare Vorstellung von dem Foto, das dann die Anzeige in der Zeitschrift Caliber zieren soll.

„Stell dich vor die Leinwand", weist er Vera an. Er zieht ihr eine schwarze Baseballkappe auf, macht zwei Schritte zurück und rückt sie dann etwas zurecht und nickt zustimmend. Marcus darf dann tatsächlich einen der Scheinwerfer halten. Er beleuchtet in tiefem Rot den Hintergrund. Michael erzählt, wie er sich schwertat, seinem Kunden Heckler & Koch die Farbe Rot als Leitfarbe für die Zivilwaffenlinie zu verkaufen. Rot sei Blut, hätten die Geschäftsführer gesagt, das ginge bei Waffen wohl überhaupt nicht. Rot ist aber auch die Farbe der Liebe, hätte er darauf erklärt – und hatte gewonnen.

„So, Vera, schau bitte ernst, aber nicht zu ernst. Nein, nicht lächeln. Schau interessiert. Meinetwegen, lächle auch mal. Und halt – du hast ja den Finger am Abzug. Das darf nicht sein! Lege ihn einfach entlang der Pistole, nicht an den Abzug." Währenddessen klickt der Auslöser ohne Unterlass, und die Blitzanlage spielt Gewitter. „Und Marcus, zieh mal den Scheinwerfer etwas tiefer. Ja, genauso – super."

Das Ergebnis kann sich sehen lassen. Gemeinsam lehnen sich alle nach dem Shooting, alle Corona-Abstandswarnungen ignorierend, über den Laptop der Fotografin und wählen aus.

„Ich danke euch herzlich", sagt Michael zufrieden und fröhlich. „Vera, du bist ein Supermodel. Und Marcus, du bist der beste Scheinwerferhalter ever."

Die Fotografin übergibt Michael einen Stick mit den Aufnahmen. Die beiden haben seit Jahren ein Agreement. Üblicherweise nehmen Fotografen die Aufnahmen mit nach Hause, um dann nur die besten weiterzugeben. Michael will aber traditionsgemäß alle Aufnahmen und diese auch sofort. Die Bildauswahl möchte er treffen und die anschließende Bildoptimierung nimmt er ebenfalls selbst vor. So ist die Fotografin jetzt auch mit ihrem Job fertig, packt ihre Kamera ein und geht.

Vera nimmt noch einmal die USP-Stainless in die Hand. Die Waffe fasziniert sie in eigenartiger Weise. „Darf ich mal mit, wenn du zum Schießen gehst?", fragt sie Michael.

„Die Schießstände unseres Schützenvereins bleiben leider bis auf Weiteres geschlossen", bedauert er. „Aber vielleicht machen wir im Mai wieder auf. Da nehme ich dich gerne einmal mit. Nur fangen wir mit dem Schießunterricht aber ganz sicher nicht mit einer großkalibrigen Kurzwaffe an, so einer wie dieser hier. Die Königsdisziplinen des Schießsports sind nämlich diejenigen, die mit Luftdruckwaffen ausgeübt werden. Sie sind im Übrigen technisch viel komplizierter als Feuerwaffen. Am Funktionsprinzip dieser Gattung hier, dabei nimmt er die Stainless aus Veras Händen, hat sich nämlich seit Jahrzehnten kaum etwas verändert. Ein Luftgewehr ist dagegen ein technisches Wunderwerk."

„Du kennst dich so gut aus mit Waffen." Vera schaut bewundernd. „Aber auch ich hätte wohl Hemmungen, für die Kriegsindustrie zu arbeiten. So aus dem Bauch heraus. Du hingegen scheinst es leidenschaftlich zu tun. Schon immer?"

Michael setzt sich auf die Tischkante, während er die Pistole wieder im Koffer verpackt.

„Ich war Soldat. Vier Jahre hatte ich mich damals verpflichtet. Als Oberleutnant ging ich ab. Nach sechs Wehrübungen wurde ich zum Major der Reserve erhoben. Ich war nie im Kriseneinsatz, wie sie die Bundeswehr heute bestehen muss. Damals gab es nur ein Feindbild in der Bundeswehr. Du nämlich."

Vera versteht nicht gleich. „Ich?"

„Er spricht vom Warschauer Pakt und dem Kalten Krieg", klärt Marcus auf.

„Der Sowjet war in meiner Dienstzeit recht expansionstriebig. Das demokratische Deutschland musste sich rüsten, um keine leichte Beute zu werden. Meiner Überzeugung nach muss ein Rechtsstaat zwingend über eine funktionierende Verteidigungsindustrie verfügen. Bei uns spricht keiner von Kriegsindustrie, wie du eben. Die Bundeswehr sah sich von Anfang an als Verteidigungsarmee." Michael hält kurz inne. Dann sagt er: „Es gibt ein Bonmot, mit welchem sich manche Politiker gerne schmücken, wenn sie auf den Verteidigungsetat angesprochen werden. Es lautet: Wenn du Frieden willst, musst du den Krieg vorbereiten."

„Kommt aus dem Lateinischen", ergänzt Marcus. „Schon die Römer wussten: „Si vis pacem para bellum."

Vera hat fast ein schlechtes Gewissen, weil sie mit ihren Fragen Michael in Erklärungszwang bringt. Dennoch fragt sie weiter: „Aber was ist mit den vielen Waffen, die über dunkle Kanäle in Krisengebiete gelangen?"

Michael antwortet besonnen: „Es gibt weltweit ständig etwa 50 kriegerische Auseinandersetzungen. In den kleineren Staaten in Afrika etwa, aber auch in Südamerika und in Asien. Wir Europäer schauen dabei weg. Es ist ja weit fort. Die Konflikte sind leider meist glaubensbedingt, seltener territorial. Sie bestünden auch, wenn keine der Parteien über Waffen verfügte. Die Gegner würden auch mit Sensen und Dreschflegeln aufeinander losgehen. Keine deutsche Waffe kommt jedoch auf legalem Weg in diese Regionen. Das ist in Deutschland strengstens reglementiert. Wir liefern ausschließlich an Nato-Partner beziehungsweise an Polizeibehörden dort. Dass dennoch immer wieder eine Waffe aus unserer Produktion irgendwo auftaucht, ist traurig, aber offenbar unvermeidlich. Die Wege kennen nur die, die im illegalen Waffenhandel zu Hause

sind. Uns bleiben sie verschlossen. Dies ist aber kein Anlass, mit der Weiterentwicklung von Waffensystemen auf-
zuhören. Zurzeit dreht sich die Diskussion um die bewaff-
nete Kampfdrohne, wie du vielleicht mitbekommen hast.
Es bricht eine neue Ära an. Diese Geräte retten Menschenleben. Die Leben unserer Truppenmitglieder."

Vera nickt verständnisvoll. „Ich verstehe es jetzt besser. Vielen Dank."

Aber Michael ist gerade in seinem Element: „Ich
möchte dir noch ein Beispiel erzählen. Die MP5, die Maschinenpistole von HK, spielt dabei eine Hauptrolle.
Komm, ich zeig sie dir."

Vera und Marcus folgen in den Tresorraum. Die Stainless findet ihren Platz im Regal. Akkurat aufgereiht sieht
Vera all die Waffen wieder, die Bernd Eichtaler im Besprechungszimmer aufgebaut hatte. Im Gegensatz zu damals empfindet sie die Waffen heute nicht als bedrohlich.
Sie ist fasziniert. Ohne Hemmungen nimmt sie die MP5
entgegen, als Michael sie ihr reicht, und hält die Maschinenpistole wie bei einem Einsatz in der Hand. Die rechte
Hand am Griffstück, die linke am Griff unter dem Verschluss.

Michael beginnt zu erzählen.

„In einem Gebiet in Afrika brach eine Cholera-Epide-
mie aus. Die Menschen dort mussten mit Medikamenten,
Wasser und Nahrungsmitteln versorgt werden. Dies er-
folgte auf dem Landweg, Lkw übernahmen den Transport.
Kaum einer kam jedoch durch. Wegelagerer töteten die
Fahrer, stahlen die Lkw samt Fracht, fuhren weiter ins
Zielgebiet und verkauften dort das Diebesgut an genau
jene Menschen, die alles von uns kostenlos erhalten hätten.
Die Kranken und Armen mussten ihr letztes Hemd herge-
ben, um an Medizin und Nahrung zu kommen, die sie dringend benötigten. Nun wurde den Fahrern ein bewaffneter
Soldat zur Seite gesetzt. Nur ein einziger pro Fahrzeug. In
seiner Hand hielt er allerdings diese Maschinenpistole. Sie

ist jeder Pistole haushoch überlegen. Oder gar den alten Armeerevolvern, mit der die Wegelagerer ausgerüstet waren. Die Schergen ließen ab diesem Zeitpunkt jeden Lkw durch. Somit hat diese Maschinenpistole Dutzende, vielleicht Hunderte Menschenleben gerettet."

Vera muss sich eingestehen, dass sie es noch nie aus einer solchen Perspektive betrachtet hatte. Sie versteht plötzlich, warum ein Mann wie Michael für Waffen Werbung macht. Aus tiefster Überzeugung. Er schließt seinen Vortrag mit der Aussage: „Du siehst, in guten Händen bewirken Waffen Gutes."

Nachdem Marcus und Vera gegangen sind, setzt sich Michael an seinen Rechner, um die Anzeige für Heckler & Koch fertig zu gestalten. Er hat nur einen Tag Zeit bis zum Korrekturabzug. Christoph zieht sich in ein anderes Office zurück, um darüber zu sinnieren, wie den Brüdern Eichtaler an den Karren gefahren werden kann.

Der übergewichtige Eurasier Chino hat bereits ein Kilo an Gewicht verloren. Täglich darf er jetzt Marcus und Vera zu langen Spaziergängen begleiten. Zusehends schrumpft auch Marcus' Bäuchlein. Die beiden holen Chino und fahren in das nahe Siebenmühlental im Schönbuch. Ihre Gedanken und Gespräche kreisen immer noch um das Erlebte am Vormittag.

„Ich würde Michael so gerne helfen", klagt Marcus. „Er hat es nicht verdient, dass sein Lebenswerk verschleudert wird."

„Und dann noch an einen solchen Dubbeler", ergänzt Vera.

„Am liebsten würde ich nach Leipzig fahren und gucken, ob dieser Bernd wirklich gaga ist", sagt Marcus.

Veras Augen funkeln vor Zorn: „Und ich würde am liebsten nach Leipzig fahren, um diesem Eichtaler eins auf die Nase zu geben. Dies wäre für ihn dann sicherlich ein triftiges Argument, sein Angebot etwas anzupassen."

„Wenn wir heute Abend zusammensitzen, wird Christoph leider berichten müssen, es wäre ihm kein juristisch vertretbarer Weg eingefallen, um an das veruntreute Geld zu kommen", prognostiziert Marcus. „Es ist das Los der Anwälte, dass sie sich immer strikt in den Schranken der Justiz bewegen müssen. Er dürfte Eichtaler nicht einmal Prügel androhen, geschweige denn verabreichen. Es könnte ihn die Zulassung kosten."

„Manchmal wünscht man sich das Faustrecht zurück!", entfuhr es Vera. „So wie in Russland. In St. Petersburg bezahlst du ein paar Rubel an eine Gang, und die machen mit deinem Gegner, was für dich zielführend ist." Während die beiden lange Zeit stumm nebeneinander herlaufen, von Chino im gemütlichen Trott gefolgt, keimt in Vera ein Gedanke. Er basiert auf ihren eigenen Worten von soeben.

Beim abendlichen Dinner herrscht getrübte Stimmung. Maria hat wieder Dienst bis 20:00 Uhr. Michael tischt Döner auf, den er beim Stammtürken geholt hatte. Sein Tag verlief noch erfolgreich, bereits am frühen Abend konnte er Heckler & Koch die Anzeige schicken. So sitzen sie gemeinsam um den Tisch und reden nur über ein Thema. *Das* Thema. Wie Marcus vermutet hatte, fand Christoph keinen Weg, die Eichtalers in die Knie zu zwingen. Wenn selbst er als Jurist meint, der größte Schaden könne nur dann abgewendet werden, wenn Michael auf Eichtalers lächerliches Angebot eingehe, stirbt jede Hoffnung.

„Vielleicht legt er die 300 000 wieder obendrauf, dass wenigstens die 800 000 wieder erreicht sind", meint Christoph.

In Vera kocht es. Alle zeigen Verständnis, als sie sich früh in ihre Wohnung zurückzieht. Dort wählt sie sogleich die Nummer ihres Onkels. „Onkel Filipp, setz dich bequem hin, ich muss mit dir reden", eröffnet sie das Gespräch, als sein Gesicht im Display erscheint. Er grinst über beide Backen, offensichtlich erfreut über ihren Anruf.

Sie fragt ihn: „Was sind das für Leute, die hier in Deutschland für dich arbeiten?"

Filipp ist überrascht. Er weiß nicht, was Vera mit dieser Frage bezweckt, aber er gibt bereitwillig Auskunft: „Die beiden Russen kommen von hier aus St. Petersburg. Sie sprechen mittlerweile gut Deutsch und sind meine besten Mitarbeiter. Die beiden Ukrainer … sagen wir so … denen wolltest du nachts nicht allein begegnen. Iwan und Dimitri dürften beide nicht mehr in die Ukraine einreisen, sie würden vermutlich im Flughafen noch verhaftet. Hau-drauf-und-Schluss-Typen, wenn du dir etwas darunter vorstellen kannst. Aber sie können zupacken. Es sind auch wertvolle Mitarbeiter für mich, vor allem, sie würden sich für mich vierteilen lassen, weil ich ihnen den Job in meiner deutschen Firma biete. Sie besitzen deshalb ein Dauervisum. Warum fragst du? Du willst doch nicht nur plaudern mit deinem Onkelchen?"

Vera bringt es gleich auf den Punkt: „Deinen Iwan und deinen Dimitri möchte ich mir gerne einmal ausleihen. Für einen Tag."

„Oha, meine Vera!" Filipp lacht herzlich auf. „Ist bei meiner kleinen Nichte der Notstand ausgebrochen, dass sie gleich zwei Männer braucht?"

„Nein, Onkelchen", sagt Vera ernst. „Es ist viel schlimmer." Und dann erzählt sie Ihrem Onkel die ganze Geschichte. Eine geschlagene Stunde lang. Alles, was sie weiß, weiß Filipp danach auch. Er kennt die Häuser Möbelbecker, weil er ja viel auf deutschen Autobahnen unterwegs ist. Becker hat sie konsequent stets an Autobahnabfahrten in der Nähe der größeren Städte gebaut. Er selbst hätte wohl schon ein Dutzend Mal im angegliederten Restaurant der Möbelhäuser zu Mittag gegessen, meint Filipp. Es hätte nicht schlecht geschmeckt, was dort aus der Kantinenküche kam. Vera erzählt auch, dass der Inhaber, Otto Becker, im Koma läge, er hätte sich das Coronavirus in Spanien eingefangen.

„Otto Becker, Otto Becker?", murmelt Filipp, „Otto Becker sagt mir was. Aber ganz hinten in meinen grauen Zellen. Vielleicht komm ich noch drauf."

„Also? Kann ich mit den beiden rechnen?" Vera will ein Ergebnis.

„Aber natürlich, mein Täubchen. Konnte ich dir jemals einen Wunsch abschlagen? Ich informiere die beiden. Dir schicke ich ein Mail mit deren Handynummern. Sie sind immer noch in Würzburg, stehen dort mit ihrem Wohnwagen auf dem Rastplatz. Wir sind mit der Demontage voll im Plan, einen Tag kann ich auf sie verzichten. Und sie werden froh sein, mal eine andere Aufgabe zu bekommen, als den ganzen Tag nur Schrauben linksherum zu drehen."

„Vielen Dank, Onkel Filipp", flötet Vera. „Ich wusste, ich kann mich auf dich verlassen." Vera möchte das Gespräch beenden.

„Halt, warte!", ruft Filipp hektisch ins Telefon. „Weißt du, wo ich morgen Abend eingeladen bin?"

„Bei Putin?", fragt Vera.

„Viel besser. Bei deiner Mutter. Wir sehen uns wöchentlich, seit … na, du weißt schon."

Marcus hat Zeit. Es sind Osterferien und der Unterricht fällt danach ja ohnehin fast überall aus. Er gesellt sich bereits zum Frühstück in den Silberpappelweg. Ohne Vera wäre er wohl nie auf die Idee gekommen, aber er muss bekennen, dass er jede Minute in ihrer Nähe genießt. Dies jedoch mit Herzschmerz, denn Vera ging bislang noch keinen Millimeter mehr auf ihn zu. Doch beim Spazierengehen berühren sich ihre Hände wohl öfters wie zufällig und zur Begrüßung und zum Abschied nehmen sie sich kurz in die Arme – aber das war's dann auch schon. Er kann sich nicht erinnern, jemals für eine Frau so viel empfunden zu haben. Wahrscheinlich ging er in der Vergangenheit immer zu analytisch an eine Bekanntschaft heran, die große Liebe war jedenfalls noch nicht dabei. Ein Trost jedoch

218

bleibt ihm, Vera stellt sich nicht explizit gegen seine versteckten Bekundungen. Sie antwortet stets mit einem Lächeln. Und wenn er Gitarre spielt und dazu singt, schaut sie ihn sogar ein bisschen verliebt an, wie er sich tröstet.

„Wollen wir nach dem Frühstück wieder den Chino trainieren?“, fragt er Vera voller Hoffnung. Michael, Maria und Christoph schmunzeln sich an.

„Oh, gerne!“, ist Veras spontane Reaktion. „Wenn ich im Haushalt nicht gebraucht werde?“

„Du hast in letzter Zeit so viel geholfen“, sagt Maria sanft zu ihr. „Es gibt im Haushalt überhaupt nichts mehr zu tun.“ Maria bemerkt als Mutter natürlich die Veränderungen in Marcus' Verhalten. Sie sieht, wie er die Nähe zu Vera sucht. Es gefällt ihr gut. Wenn er nur etwas mehr wie Christoph wäre, denkt sie oft. Christoph lässt keine Gelegenheit aus und erreicht sein Ziel bei den Frauen mit hohem Prozentsatz. Marcus hingegen fehlt so ziemlich alles, um ein Draufgänger zu sein. Der Charme, der Humor, ein bisschen leider sogar das Aussehen. Er ist kein Adonis, wie sie eingestehen muss. Natürlich hat er jede Menge positive Seiten: Er ist strebsam, intelligent, aufrichtig und treu. Aber all das sind Attribute, die bei den oberflächlichen Mädchen leider zunächst eine untergeordnete Rolle spielen. Die wollen Helden.

„Unser orthodoxes Osterfest ist dieses Wochenende“, beginnt Vera, als sie mit Chino im Schurwald unterwegs sind, „aber nachdem meine Kirche geschlossen bleibt, kann ich nicht in den Gottesdienst. Außerdem haben wir letztes Wochenende miteinander ‚geostert‘.“ Leise fügt sie an: „Auch wenn von euch keiner in der Kirche war.“

Marcus sagt: „Michael ist schon ein hartnäckiger Atheist. Er lehnt den Glauben grundsätzlich ab. Für ihn gibt es keinen Gott. Meine Art des Nichtglaubens ist aber völlig anders. Ich kann mir nur keinen Gott vorstellen, der so viel Unnützes von seinen Schäflein einfordert. Etwa die

Strenggläubigkeit. Warum ist ein Mensch, der an in glaubt und ihn anbetet, besser als einer, der nur ein guter Mensch ist? Ich habe Ehrfurcht vor den gläubigen Menschen. Niemals würde ich mit Spott oder Häme jemanden kritisieren, nur weil ihm Gott etwas bedeutet. Aber ich hasse Religionen. Alle. Das Einzige, was ich gut an ihnen finde, sind die Musik und die klerikalen Bauten. Wobei diese unter allergrößten Opfern der Bevölkerung entstanden sind. Am Beispiel der Marienkirche in Reutlingen wird es deutlich. Hier wurde der Gottesmutter im 13. Jahrhundert innerhalb von 90 Jahren eine prächtige gotische Kirche gebaut. Reutlingen hatte damals gerade einmal 3000 Einwohner. Sie hatten kaum etwas zu essen, aber ihrem Gott stopften sie es hinten und vorne hinein. Ich zeige dir die Kirche mal bei nächster Gelegenheit."

„Ich kann mir noch einen Grund vorstellen, warum du keine Religionen magst", sagt Vera. „Es hat sicher mit den Glaubenskriegen zu tun."

„Im Geschichtsstudium musste ich in meiner Abschlussarbeit über die Reformation schreiben. Über Martin Luther, Philip Melanchthon und Ulrich Zwingli in der Schweiz. Wer sich mit diesem Thema beschäftigt und mit dem, was die Reformation letztendlich bewirkt hat, muss Religionen gegenüber kritisch sein. Eine christliche Kirche teilte sich 1517 in zwei Lager. Insbesondere, weil der Papst und seine Gefolgsleute die Gläubigen schamlos ausnutzten und ihnen das Fegefeuer vorgaukelten und Angst machten, nicht in den ersehnten Himmel zu gelangen. Die Gläubigen bezahlten für den versprochenen Nachlass der Sündenstrafen viel Geld für Ablassbriefe. In die Taschen der Kirchenoberen wohlgemerkt. Die Reformatoren stellten sich zunächst nur gegen die Unfehlbarkeit des Papstes und die Käuflichkeit eines Platzes im Paradies. Ein grundsätzlich hehres Ziel. Infolge der Reformation und der Gegenreformationen starben in verschiedenen Kriegen und Aktionen Millionen unschuldiger Menschen."

Vera muss die Kurve kriegen. Sie braucht Marcus, um ihren Plan umzusetzen. Michael darf von diesem Plan noch nichts wissen. Sie will ihn mit Marcus daher auf dem Spaziergang besprechen.

Also fragt sie Marcus: „Wie denkst du über diesen Bernd Eichtaler? Hast du auch so ein Problem mit ihm wie deine Mutter?"

„Na ja, irgendwie ist Michael ihm hörig. Oder wenigstens von ihm abhängig. Er könnte mit seiner Pistolenfrauengruppe niemals die Möbelmännergruppe ersetzen. Ist ja witzig." Marcus lächelt Vera an. „Es ist irgendwie verkehrt in der Agentur. Die Männer machen Möbelwerbung und die Frauen Werbung für Rüstungsgüter."

„Hast du mit Eichtaler schon einmal gesprochen?", fragt Vera. „Du hast doch auch Menschenkenntnis."

„Ich habe mit ihm nur zwei- oder dreimal telefoniert. Gesehen habe ich Eichtaler noch nie. Ich bin selten in der Agentur, und wenn, dann am Wochenende, weil ich etwas ausdrucken oder binden will. Bei Mutter setzt immer eine Art Schutztrieb ein, wenn die Sprache auf Eichtaler kommt. Frauen haben da einen speziellen Sinn. Ich kann aber nichts Schlechtes über ihn sagen. Ich urteile eher rational, und über Menschen, die ich nicht persönlich kenne, gebe ich sehr vorbehaltlich Urteile ab."

Vera greift an: „Bevor du mir die Marienkirche in Reutlingen zeigst, möchte ich die Thomaskirche in Leipzig kennenlernen."

„Diese hat geschichtlich ebenfalls eine Bedeutung. In der jüngeren … hä? … Wieso gerade die Thomaskirche in Leipzig?" Marcus bleibt stehen und guckt Vera erstaunt an.

„Ich möchte den beiden Eichtalers einen Besuch abstatten. Zusammen mit dir. Die sind ja nun mal in Leipzig. Bei der Gelegenheit könnten wir die Thomaskirche besuchen." Vera schaut Marcus mit blitzenden Augen an. „Marcus, mir tut Michael unendlich leid. Er zeigt uns nicht, wie es in seinem Inneren aussieht. Ich habe Angst um ihn. Das, was die beiden ihm antun, könnte mich zur Mörderin machen."

„Vera, ich glaube, ich kenne dich noch lange nicht. Willst du die Eichtalers umbringen? Oder soll ich es tun?"

„Dann müsste ich ja um dich auch Angst haben", antwortet Vera. „Nein, ich will nicht um zwei Männer bangen, die ich beide liebe." In Marcus macht sich bei dieser Aussage die Freude breit, fast will er das eigentliche Thema vergessen.

Sie spricht aber weiter: „Mein Plan ist folgender: Wir müssen Michael so weit bringen, dass er am Samstagnachmittag mit Rainer Eichtaler einen Telefontermin vereinbart. Er wolle nochmals über die Konditionen sprechen. Wir gehen doch davon aus, dass die Geschichte von Bernds psychischer Erkrankung nicht stimmt. Beide werden dann in ihrer Agentur sitzen und auf Bernds Anruf warten. Kommen werden aber wir."

„Was wollen wir beide denn ausrichten? Haben wir bessere Argumente als Michael?"

„Ja", sagt Vera, „wir haben schlagende Argumente. Hör dir meinen Plan an." Vera berichtet von ihrem Gespräch mit Onkel Filipp. Sie nennt die Namen der Unterstützer, Iwan und Dimitri. „Die beiden werden zwar keine verbalen Argumente vorbringen können, beide sprechen kaum Deutsch, aber gewichtige andere. Wir holen sie auf dem Weg nach Leipzig in Würzburg ab. Vielleicht müssen sie nur dabeistehen, wenn wir mit den Eichtalers sprechen. Eine Eskalation will ich aber nicht ausschließen."

Marcus macht große Augen: „Ich soll ein aggressives Gespräch führen? Ich, der Sanftmütige in Person? Wie stellst du dir das vor? Ich habe mich in meinem Leben noch nie geprügelt. Früher konnte ich immer schneller laufen als die, die mir eins auf die Nase geben wollten."

„Es spricht ja für dich. Mir gefallen auch keine prahlenden Draufgänger-Typen. Aber Marcus ...", Vera legt einen mahnenden Blick auf und fasst ihn am Arm. „Es geht um etwas Großes. Es geht um Michael. Ich meine, er hat es verdient, dass wir ihm helfen. Und wir können ein Register ziehen, das er niemals ziehen könnte. Und dieses Register, glaube es mir, ist wohl das einzige hilfreiche in diesem Fall."

„Wenn auch ein etwas disharmonisches", ergänzt Marcus aus der Musikerperspektive.

„Marcus, meinst du, Michael und Maria würden uns ihr Wohnmobil ausleihen für diesen Einsatz?", fragt Vera beim Weitergehen.

„Aber ganz sicher", betont Marcus. „Ich hätte es schon in der Vergangenheit nutzen dürfen, allerdings macht das reisemobile Dasein allein keinen Spaß." Die Vorstellung, mit Vera auf einen Trip zu gehen, und sei es auch nur nach Leipzig, um hässliche Gespräche zu führen, gefällt ihm gut. Er stimmt sogar leidenschaftlich zu, weil ihm plötzlich ebenfalls bewusst ist, dass sie Michael bei dieser Geschichte nicht im Stich lassen dürfen. Er spürt, dass sie etwas für ihn tun können. Und natürlich darf er Vera nicht allein in die Höhle des Löwen lassen. Er wird sie beschützen, da ist er sich sicher. „Verflixt ausgefuchster Plan!", lobt er Vera. „Lass es uns machen. Außerdem darf unsere Antwort auf dieses unverschämte Angebot ruhig unkonventionell sein. Die spielen doch auch mit allen Tricks."

„Danke!", sagt Vera und küsst ihn auf die Wange. „Ich wusste, du machst mit."

„Ich nehme aber vorsichtshalber eine Hose zum Wechseln mit, falls ich nach diesem Gespräch einen Klecks in derselben habe", meint er mit bittersüßer Mine.

Alle Familienmitglieder werden von Marcus und Vera am Abend informiert und speziell instruiert. Beide werden nach Leipzig fahren, um ein Gespräch mit Rainer Eichtaler zu führen. Michael soll Rainer Eichtaler im Möbelhaus anrufen und ankündigen, dass er am Samstag ein weiteres

Gespräch wünscht. Er soll ihm sagen, dass er ihn um 16:00 Uhr unter der ihm bekannten Nummer anruft. Michael soll sich dann aber erst eine Stunde später melden, gegen 17:00 Uhr, falls sie nicht vorher ihn anrufen. Vielleicht gebe es ja etwas Neues bis dahin. Sie wollen die entwendete Pistole noch in eine Drohkulisse für ein Strafverfahren einbauen, und sie hätten noch weitere Argumente. Auch werden sie recherchieren, ob sich Bernd tatsächlich zur Behandlung in einer psychiatrischen Klinik befindet. Kein Wort verlieren Vera und Marcus jedoch über Iwan und Dimitri.

Tatsächlich klappt die erste Phase ohne Hemmnisse. Vera ruft von ihrer Wohnung aus Iwan und Dimitri an. Sie sagen begeistert zu, als Vera ihnen grob erklärt, worum es geht. Eichtaler stimmt dem 16:00-Uhr-Gespräch zu. Michael hat sich über die Telefonzentrale mit ihm verbinden lassen und ihm den Termin genannt, und es müsse klappen, weil er seinen Steuerberater mit hinzuziehen möchte, und dieser könne nur dann.

Das Wohnmobil ist seit Monaten nicht mehr bewegt worden. Der teilintegrierte Dethleffs steht auf einem gepflasterten Stellplatz neben der Garage. Er ist schon ein paar Jahre alt, aber bestens in Schuss.

Marcus ist ihn noch nie gefahren, hat etwas Angst vor der Dimension.

Michael zeigt ihm aber geduldig alles, was er wissen muss, um das Mobil sicher zu fahren. Er dreht auch einige Runden mit Marcus, sitzt selbst auf dem Beifahrersitz. Er zeigt ihm, wie man mit Spiegeln rückwärtsfährt, und steuert auch sonst einige Tipps bei.

Maria unterweist Vera und Marcus in allem, was mit dem Wohnaufbau zu tun hat. Wo Wasser getankt und Grauwasser abgelassen wird oder wie man die Chemietoilette entleert. Auch wie es mit der Elektrizität auf den Stellplätzen funktioniert, und dass man stets einige Eurostücke in der Bordkasse haben sollte.

„Nur vorsichtshalber", sagt sie. „Es könnte ja sein, dass ihr noch einen oder zwei Tage dranhängt, wenn ihr schon mal unterwegs seid. Zeit habt ihr ja."

Rainer Eichtaler hat nicht recht, wenn er Otto Becker im Sterbebett wähnt. Dieser denkt nicht ans Sterben. Volle zwei Wochen lag er im Koma und wurde künstlich beatmet. Als das Ärzteteam ihn zurückgeholt hatte, fühlte er sich zunächst einige Tage so elend wie nie zuvor in seinem Leben. Jetzt kann er bereits wieder etwas schlucken und auch sprechen, wenn auch fast unverständlich. Aber er ist das Virus definitiv losgeworden, trägt Antikörper in sich. Er darf die Intensivstation verlassen und wird auf die Station verlegt. Sonntag wird er sogar mit dem Rollstuhl in die Kapelle der Charité gefahren, um dem Gottesdienst beizuwohnen. In langen Gebeten dankt er seinem Herrn, dass er ihn genesen ließ. Schon in ein paar Tagen besteht Aussicht, dass er nach Hause entlassen werden kann.

Eine Putzfrau, die auch im Haushalt von Otto Becker saubermacht, hat es als Erste erfahren und in der Geraer Möbelbeckerfiliale verkündet. Von dort aus geht die Nachricht wie ein Lauffeuer durch alle Möbelbecker-Filialen. Voller Glück erzählen es alle weiter, denn Otto Becker ist ein äußerst beliebter Chef. Nur einer ist nicht glücklich über die Nachricht. Von Beckers Wiederherstellung erfährt Rainer Eichtaler über seine Sekretärin. Becker hätte ihn gerne angerufen und es ihm selbst erzählt, sagt sie Rainer, aber er könne noch nicht gut sprechen, weil er wochenlang einen Schlauch in der Luftröhre gehabt hatte. Als die Sekretärin Eichtalers Büro verlassen hat, nimmt er den erstbesten Brief, den er in die Finger bekommt, zerknüllt ihn wütend, um ihn danach in eine Ecke des Raumes zu feuern.

„Verfluchter Mist!", zischt er.

Samstag um 8:00 Uhr starten Vera und Marcus. Nach Würzburg auf die Baustelle brauchen sie zwei Stunden. Sie fahren gemütlich, die Autobahn ist um diese Zeit frei, so erreichen sie gegen 10:00 Uhr bereits die Autobahnraststätte bei Würzburg. Sie ist für die Öffentlichkeit gesperrt, nur Baustellenverkehr ist zugelassen, und die beiden finden schnell die Lücke, durch die alle Baustellenfahrzeuge fahren. Die Suche nach dem Wohnwagen von Filipps Mitarbeitern gestaltet sich auf der riesigen Anlage aber etwas schwieriger. Überall lagern Baumaterialien oder stehen Straßenbaumaschinen herum. Doch eine Viertelstunde später werden sie fündig. Vor einem mächtigen Wohnwagen sitzen vier Männer in der morgendlichen Sonne und rauchen. Vera hat kein Problem, die beiden Russen von den beiden Ukrainern zu unterscheiden. Filipp hatte durchaus recht mit seiner Personenbeschreibung. Die vier begrüßten Marcus und insbesondere Vera sehr herzlich und fröhlich. Marcus hört nur russische Laute, Vera übersetzt hin und wieder. Sie schlagen den Kaffee, der ihnen angeboten wird, nicht aus. Man ist ja gut in der Zeit. Sie rechnen vier weitere Stunden bis Leipzig.

Erleichtert nimmt Vera den Vorschlag der beiden an, im eigenen Fahrzeug hinterherzufahren. Als Nasenmensch hat sie schon bei den ersten Gesprächstakten einen unangenehmen Geruch wahrgenommen, den Baustellen-Männer naturgemäß verbreiten. Die Hygienebedingungen sind im Wohnwagen halt mangelhaft bis ungenügend.

Iwan ist ein Hüne. Groß, schwer, mit einfältigem Blick. Er grinst ständig. Dimitri ist etwas kleiner, aber muskelbepackt und drahtig. Sein Blick ist aufmerksam und wach. Er scheint sehr viel intelligenter als Iwan.

Vera nimmt sich alle Zeit, die beiden zu instruieren. Marcus lauscht ihr andächtig, ohne ein Wort zu verstehen. Ich werde Russisch lernen, denkt er sich dabei. Obwohl die beiden aus Kiew kommen, also Ukrainer sind, sprechen alle russisch miteinander. Er weiß wohl, dass in der

Sowjetunion überall gleich gesprochen wurde, aber die einzelnen ehemaligen Sowjetrepubliken sind seit Glasnost bemüht, viele individuelle Wörter in das Russisch einfließen zu lassen, um dann zum Beispiel stolz von Ukrainisch zu sprechen.

Vera erzählt Dimitri und Iwan, die beiden Gesprächspartner, die sie am Nachmittag gemeinsam besuchen werden, würden ihren Auftraggeber mit bösen Mitteln unter Druck setzen und sie schuldeten diesem viel Geld. Dass Michael ihr Vater ist, erwähnt sie mit keinem Wort. Auch Filipp hatte sie gebeten, es ihnen nicht zu sagen. Vera wählt bewusst einfache Worte, weil sie den Begriffshorizont der beiden Ukrainer nicht allzu weit einschätzt. Aber das ist genau das, was wir brauchen, denkt sie.

Vera warnt Iwan und Dimitri auch vorsorglich davor, dass eine Pistole in Erscheinung treten könnte, gibt aber gleich Entwarnung, sie funktioniere sicher nicht. Ansonsten gibt sie den rustikalen Männern die Möglichkeit der freien Gestaltung des Gesprächsverlaufs. Vera will alles bereits hier bereden, damit sie nicht irgendwo in Leipzig anhalten müssen, vor dem Termin, um sie erst dann zu instruieren. „Wir parken das Wohnmobil ein paar Hundert Meter vom Firmengebäude entfernt und fahren dann mit euch in eurem Auto hin. Mal sehen, was dann passiert. Ich hoffe, die beiden sind in ihrem Office."

Filipps Pkw kennt Bernd nicht, Michaels Wohnmobil vermutlich schon.

Wieder auf der Straße, sagt Marcus zu Vera: „Bei diesem Dimitri bekomme ich eine Gänsehaut. Er guckt wie ein Massenmörder. Sag, warum dürfen die beiden nicht mehr in die Ukraine?"

„Ich habe Onkel Filipp dies auch gefragt, er sagte aber, es wäre besser, wenn ich es nicht wisse. So, jetzt weißt du's."

Der Navigator führt die beiden Fahrzeuge über die A71. Bei Suhl durchfahren sie den fast 10 Kilometer langen Rennsteigtunnel. Hätten sie nicht einen solch abenteuerlichen Termin mit völlig ungewissem Ausgang vor sich, Vera und Marcus würden die Route durch den frühlingshaften Thüringer Wald genießen. Aber mit jedem Kilometer, den sie sich Leipzig nähern, nimmt die Anspannung zu. Beide versuchen zwar, die Ruhe selbst zu mimen, es gelingt aber nicht wirklich. Am Schkeuditzer Kreuz, wo sich die A 9 und die A 14 kreuzen, passieren sie Möbelbecker.

„Vielleicht schauen wir nachher mal bei Möbelbecker rein, wenn wir Iwan und Dimitri nicht mehr im Schlepptau haben", meint Vera.

„Falls es ein Nachher gibt", murmelt Marcus leise.

Sie planen die Fahrt so, dass sie gegen 15:30 Uhr in der Straße Am Schenkberg parken. Etwa 300 Meter von der Piranha GmbH entfernt. Es geht ohne Probleme, das Gewerbegebiet ist nur spärlich mit Betrieben gesegnet. Allerdings ist die Straße die Lkw-Zufahrt für das monströse BMW-Werk. Ein Sattelschlepper nach dem anderen rollt langsam zur Entladestation, um dann über eine andere Strecke das Werk wieder zu verlassen.

Obwohl es Samstag ist, steht die Haupteingangstür des Gebäudes offen. In einigen Büros wird gearbeitet. Tatsächlich findet sich keinerlei Hinweis an der Fassade auf eine Firma Piranha-Werbeagentur. Aber der Briefkasten gibt Auskunft. Dort steht auf dem Schlitz, der zum zweiten Stock gehört, Piranha GmbH. Es ist kurz vor 16:00 Uhr.

Bernd und Rainer Eichtaler sitzen sich im Office der Werbeagentur gegenüber. Sie warten auf den angekündigten Anruf von Michael Maier. Sie hatten besprochen, dass sie etwas mit sich verhandeln lassen werden.

„Wenn er auf die 800 000 besteht, soll er sie bekommen", meint Rainer. „Vielleicht war ich etwas zu impulsiv, als ich spontan nur 500 000 geboten habe. Maier ist ja nicht blöd."

„Blöd ist nur das Damoklesschwert Otto Becker über uns, er ist wieder unter den Lebenden. Nicht auszudenken, wenn er von unseren Machenschaften erfährt."

„Na ja, sein Virus hat uns eben nur kurzfristig ein Glücksgefühl beschert. Aber er ist sicher noch für Wochen aus dem Rennen."

Sie hören ein kräftiges Klopfen an der Eingangstür.

„Mach du mal auf", bestimmt Rainer. „Maier kann jeden Moment anrufen." Bernd erhebt sich und sagt: „Es ist sicher jemand aus dem Haus."

Als er die Tür öffnet, stehen ein junger Mann und eine junge Frau im Treppenhaus. Beide tragen eine FFP2-Maske.

Vera sagt: „Guten Tag, Herr Eichtaler. Vielleicht erinnern Sie sich? Wir kennen uns aus Stuttgart. Sie waren allein in der 2M-Werbeagentur, als ich auf der Suche nach Michael Maier war."

„Ja, ich erinnere mich", antwortet Bernd Eichtaler perplex. „Haben Sie ihn denn gefunden?"

Vera macht sofort drei Schritte in die Werbeagentur, Marcus folgt ihr mit klopfendem Herzen nach. „Ja, ich habe ihn gefunden, obwohl Sie mir seine Adresse nicht verraten wollten. Heute will ich aber zu Ihnen. Ich muss mit Ihnen reden."

Überrumpelt schließt Bernd die Tür und geht voraus ins Büro. Vera gelingt es, die Eingangstür leise wieder zu öffnen, bevor sie und Marcus folgen. Rainer sitzt am Schreibtisch und erhebt sich erstaunt. Als die vier im Büro stehen, huschen Iwan und Dimitri in die Agentur. Unbemerkt von den Eichtalers, warten sie im Flur, dicht an der Wand stehend, auf eines der vereinbarten Signale von Vera.

Vera mustert Rainer Eichtaler. Er trägt einen dunkelgrauen Anzug und eine quergestreifte Krawatte. Auch blankgewienerte, schwarze Schuhe. Offensichtlich war er bis vor Kurzem noch im Möbelhaus. Eine sehr gepflegte Erscheinung im Vergleich zu seinem Bruder, denkt sie, und erheblich hübscher. Bernds verschobenes Gesicht hat sie noch in schlechter Erinnerung.

Sie sagt zunächst zu Bernd: „Schön, dass ihr Bruder auch hier ist. Wir beide sind gekommen, um mit Ihnen über den Kauf der 2M-Werbung zu sprechen. Sie sind doch Rainer Eichtaler?" Vera ist die Ruhe selbst. Das Gefühl in ihrem Bauch ist ähnlich wie kurz vor einem Auftritt. Lampenfieber muss unterdrückt werden. Volle Konzentration auf die Show. Marcus hingegen kann seine Aufgeregtheit kaum verbergen. Die Blicke der beiden Eichtalers sind auf Vera gerichtet. „Wir haben das Mandat von Herrn Maier erhalten und besitzen sämtliche Befugnisse, mit Ihnen einen Kaufpreis auszuhandeln."

Marcus sagt gefasst: „Allerdings sind wir erstaunt, Sie beide hier anzutreffen. Der Bernd von Ihnen beiden sollte ja angeblich in psychiatrischer Behandlung sein?"

„Woher wissen Sie, wo und wer wir sind?" Bernd fragt hektisch und etwas zu laut.

Rainer sagt ruhig: „Wir möchten vielleicht gar nicht mit Ihnen verhandeln. Lieber mit dem Chef selbst. Er wollte um 16:00 Uhr anrufen. Tut er das nicht? Ich kann ihn auch selbst anrufen …" Er nimmt demonstrativ den Telefonhörer in die Hand.

Marcus macht einen Schritt nach vorn und drückt die Gabel des Tischtelefons nieder. „Sie hören sich vorher besser an, was wir Ihnen zu sagen haben." Vera freut sich über Marcus' Aktion.

„Was erlauben Sie sich!", brüllt Rainer Eichtaler heraus. Sie dringen hier ein und wollen mir diktieren, mit wem ich zu verhandeln habe? Bitte verlassen Sie augenblicklich die Agentur!"

Vera antwortet ruhig: „Ihr lächerliches Angebot und der Wert der 2M unterscheiden sich exorbitant. Wir empfehlen Ihnen, einfach auf Herrn Maiers Forderung einzugehen, ihm dieses zu bestätigen, und wir sind dann auch ziemlich schnell wieder verschwunden."

Bernd lacht hässlich: „Haha! Zwei Millionen für eine Werbeagentur, die ohne den Etat von Möbelbecker die Insolvenz anmelden kann? Sie wissen schon, dass dieser Etat von uns beiden hier abhängt?"

Rainer sagt: „Bernd, halte dich zurück. Ich verhandle." Er wendet sich Vera zu: „Mein Bruder hat recht. Wir möchten natürlich eine Lösung, die für alle Seiten verträglich ist. Ihr Auftraggeber hat auch schon signalisiert, dass er nach der Übernahme als Berater weiterhin zur Verfügung stehen würde. Das wollen wir auch. So könnten wir uns vorstellen, ein Angebot über 750 000 Euro zu unterbreiten."

„Das entspricht etwa dem Betrag, den Sie ihm ohnehin schon schulden. Nein, der Kaufpreis beträgt zwei Millionen, vorausgesetzt, Sie bestätigen es hier und jetzt."

„Andernfalls?" Rainer Eichtaler lächelt überheblich.

Marcus guckt so drohend, wie er nur kann, und sagt: „Sie wissen genau, welches Räderwerk sich in Bewegung setzt, sollten wir uns nicht einigen. Ein Räderwerk, das nicht mehr zu stoppen ist, weil es die Staatsanwaltschaft dann weiterbearbeitet, mit einem Ausgang, der Ihnen nicht gefallen wird."

„Soll das das einzige Argument sein, das Ihnen mitgeliefert wurde, ist es zu wenig." Rainer lacht gekünstelt. „Ich bin mir sicher, Herr Maier wird von seinem Sohn beraten, dem Anwalt. Von ihm wird er wissen, dass die Sache verpufft. Aber wenn Sie uns drohen wollen, sehen wir von einem Kauf generell ab. Möbelbecker lässt sich wunderbar auch von hier aus betreuen."

„Was es seit Langem schon tut, zu Lasten der 2M-Werbeagentur. Unseres Wissens bereits seit fünf Jahren", sagt Vera.

„Ich fordere Sie nochmals auf, diesen Ort sofort zu verlassen." Rainer schwingt sich um den Schreibtisch herum und kommt Vera bedrohlich nahe. „Ich hätte keine Skrupel, handgreiflich zu werden."

Vera weicht zurück und zischt einige Worte in Russisch. Dann geht alles recht schnell. Mit einem Schlag stehen Iwan und Dimitri im Raum. Beide erfassen sofort die Situation. Rainer bleibt entsetzt stehen.

Iwan greift blitzschnell mit vier Fingern hinter Rainers Krawatte und zieht ihn dicht zu sich her. Wie eine Marionette baumelt dieser fast ohne Bodenkontakt. Er will aufbrüllen, Iwans Knöchel drücken jedoch so fest auf seinen Kehlkopf, dass nur ein Keuchen entweicht. Mit seiner linken Pranke umfasst er Rainers rechtes Handgelenk und biegt es nach oben. Als dieser seine linke Hand zur Gegenwehr anhebt, knackt es in seinem rechten Handgelenk schmerzhaft. Ein ungleicher Kampf. Vera hat kurz die Befürchtung, Iwan breche ihm die Knochen.

Ein heller Aufschrei Bernds lenkt kurz von den beiden ab. Er hält plötzlich die P7 in der Hand: „Sofort loslassen, sonst knallt's!"

Tatsächlich knallt es. Aber überhaupt nicht so, wie Bernd es angedroht hat. Es knallt sein Trommelfell. Dimitri schlägt ihm im Bruchteil einer Sekunde und ohne jede Hemmung mit der flachen Hand auf sein linkes Ohr. Ganz gewiss nicht zum ersten Male in seinem Leben, setzt er mit diesem eher sanften Hieb sein Gegenüber völlig außer Gefecht. Bernd krümmt sich jammernd auf dem Boden. Rainer zappelt immer noch an Iwans Faust. Die Pistole fällt zu Boden. Flugs nimmt sie Vera mit festem Griff an sich. Seit dem Shooting hat sie keinen Respekt mehr vor Pistolen.

„Sieh an!", triumphiert sie. „Da haben wir ja schon ein weiteres Argument."

Iwan lockert etwas den Griff indem er seine mächtige Faust ein wenig öffnet.

„Du Arschloch!", krächzt Rainer. Es gilt aber seinem Bruder Bernd, nicht Iwan.

„Einigen wir uns doch auf Dubbeler", hört sich Vera sagen.

„So sind die Karten jetzt neu gemischt", sagt Marcus. „Treten wir also fröhlich ein in weitere Verhandlungen."

Iwan behält Rainer weiterhin in der Zange. Bernd hockt in unwürdiger Stellung am Boden und hält sich sein schmerzendes Ohr.

Vera beginnt mit einer Aufzählung: „Also, Argument eins: Sie, Bernd Eichtaler, haben sich der Veruntreuung zu verantworten. Argument zwei: Sie werden des Betrugs angeklagt, zusammen mit Ihrem Bruder Rainer. Und zwar des bandenmäßigen Betrugs. Ab zwei Personen ist es nämlich eine Bande. Das mögen Richter gar nicht. Argument drei: Sie werden einen Prozess überstehen müssen wegen Waffendiebstahls und versuchten Totschlags, denn wir alle hier sind Zeugen, dass Sie uns mit einer Pistole bedroht haben. Nicht in Notwehr, Sie waren ja völlig unbehelligt. Staatsanwältinnen und Richterinnen machen da gerne einen versuchten Totschlag draus. Oder nicht?" Vera schaut abwechselnd die Eichtalers an und meint: „Auweia! Da sammeln sich ja Jahre im Knast."

Marcus fährt fort: „Von mir kommt Argument vier: Es ist für Herrn Maier sicherlich ein Leichtes, Herrn Becker davon zu überzeugen, nicht mit einer Werbeagentur zusammenzuarbeiten, die von zwei hochgradig Kriminellen geführt wird."

„Und die 2M arbeitet sicher gerne mit seinem neuen Marketingchef zusammen, den Herr Becker sich suchen wird, wenn er Sie gefeuert hat", ergänzt Vera.

„Bei Ihnen, Herr Eichtaler, …", Marcus schaut Bernd an, der immer noch am Boden kauert und mit den Tränen kämpft. Unklar, ob Tränen der Verzweiflung oder des Schmerzes. „… bei Ihnen hat er ja vor etwa zehn Jahren auch kein langes Federlesens gemacht, als Sie sein Geld veruntreut hatten. Er hat Sie sogleich gefeuert. Aber im Gegensatz zu ihm wird Herr Maier Sie beide sicher anzeigen. Zumindest werden wir es ihm empfehlen." Beste anwaltliche Unterstützung hat er ja durch seinen Sohn.

Vera setzt noch eins drauf: „Last, but not least, wird Herr Maier sich mit Ihrer Universität in Verbindung setzen und beichten, dass Ihre Masterarbeit von ihm verfasst ist und nicht von Ihnen, Herr Eichtaler. Mit der Konsequenz, dass Sie Ihren Titel nicht führen dürfen, sich mühsam ein Thema suchen müssten und dann ein halbes Jahr ausfallen würden, um eine eigene Masterarbeit zu schreiben."

„Wenn Sie dann aus der Haft entlassen sind", schließt Marcus.

Für Bernd ist es zu viel. Mühsam steht er auf, um sich gleich wieder auf einen der beiden Schreibtischstühle fallen zu lassen. Mit tränenfeuchten Augen sagt er zu seinem Bruder: „Ich wusste, es geht schief. Ich wusste es von Anfang an."

Vera signalisiert Iwan mit einer Geste, seinen Griff zu lösen. Rainer fasst sich mit schmerzerfülltem, ängstlichem Blick an den Hals.

Marcus sagt: „So, jetzt werden wir weiterverhandeln. Sie verstehen, dass wir einige Argumente vorbringen mussten. Herr Maier kennt nicht die Art unserer Verhandlungsführung. Wenn Sie gleich mit ihm sprechen, werden Sie ihm also nichts davon erzählen."

„Sie gehen auf die Forderung Herrn Maiers ein?", fragt Vera bestimmt. „Zwei Millionen für die Aktiva der 2M-Werbeagentur." Beide Eichtalers nicken stumm. Zuerst Rainer, dann auch Bernd.

„Sie werden die Gesellschaft mit allen Verpflichtungen und Verbindlichkeiten übernehmen", fährt Marcus ruhig fort. Mittlerweile ist er die Ruhe selbst. Er muss nur an Michael denken, dann ist er sich sicher, dass sie im Moment genau die richtige Methodik anwenden.

Vera schickt drohend hinterher: „Sie nicken jetzt vielleicht etwas voreilig, sicher nur, um uns loszuwerden. Glauben Sie aber nicht, wir geben Ruhe, bevor der Notarvertrag unterschrieben und die Finanzierungszusage der Bank auf Herrn Maiers Tisch liegt." Sie blickt Dimitri an, der nur auf ein Signal von Vera wartet. Dieser sagt laut und mit erstaunlich tiefem Bariton einen Satz in bestem Russisch. Dabei schaut er abwechselnd die Eichtalers an.

„Was hat er gesagt?", fragt Rainer verzweifelt.

Vera übersetzt: „Er sagte: Tun Sie besser, was von Ihnen verlangt wird, ansonsten wird es das letzte Verhandlungsgespräch sein, das Sie in Deutsch führen können."

Iwan darf auch etwas von sich geben. Vera hat es beiden schon in Würzburg eingetrichtert, was sie auf ihr Blicksignal zu sagen haben. Er spricht ebenso pointiert in Russisch, Vera muss jedoch schmunzeln, weil er mitnichten sagt, was er hätte sagen sollen. Er verdreht Worte und seine Aussage macht nicht den geringsten Sinn.

„Was hat der jetzt gesagt?", fragt dieses Mal Bernd Eichtaler.

„Er sagte, wenn es nicht klappt, werden wir euch finden. Eure Leichen jedoch finden sie nie!", übersetzt Vera. Ihr Schmunzeln fällt jedoch unter der Maske niemandem auf, ansonsten hätte diese etwas übertriebene Aussage zum Joke avancieren können. Beiden Eichtalers weicht die Farbe aus dem Gesicht.

Vera schaut vorwurfsvoll auf Rainer Eichtaler: „Sie haben Michael Maiers Gutmütigkeit schamlos ausgenutzt. Er steht immer noch hinter seinem Mitarbeiter Bernd Eichtaler. Es kann sich alles zum Guten wenden, wenn Sie jetzt vernünftig sind."

Marcus belehrt indessen: „Es wird dennoch niemals eine Entschuldigung dafür geben, wie Sie die Situation seiner Trauerstarre um seinen Sohn gewissenlos ausgenutzt haben. Ihr Verhalten ist so verachtenswert, dass Sie beide keine Chance hätten, Ihre Reputation jemals wiederzuerlangen. Wenn wir uns jetzt einigen werden, bleibt Ihr Vorgehen unser aller Geheimnis. Sollte es zu keiner Einigung kommen, werden Sie Ihre Story in der Bildzeitung lesen können. Auch Ihre Familie. Auch alle Mitarbeiter von Möbelbecker. Sie entscheiden."

„Genug, genug!", ruft Rainer. „Sie haben gewonnen!"

„Das heißt, Sie gehen auf die Forderung von Herrn Maier ein?", hält Marcus fest. „Zwei Millionen auf den Tisch für die 2M-Werbeagentur. In dem Zustand, in dem sie sich gegenwärtig befindet. Wir bemühen uns noch in dieser Woche, einen Notartermin zu vereinbaren. Hier in Leipzig. Sie erfahren ihn von Christoph Maier, dem Anwalt. Er hat beste Drähte zu einigen Leipziger Kollegen. Darunter auch Notare."

Rainer Eichtaler sagt mit wachem Blick: „Jetzt ist mir auch klar, wie Sie zu all der Information kommen. Okay, Sie haben wirksam argumentiert. Wir gehen auf alles ein."

Marcus spricht ruhig weiter: „Die Agentur hat 2019 einen Gewinn von etwa einer Viertelmillion gemacht, nach Steuern und abzüglich der Geschäftsführerentnahmen. Sie kaufen eine wunderbare Unternehmung. Falls Sie Probleme mit der Geldbeschaffung haben sollten, wird die Volksbank Stuttgart den Kauf finanzieren. Bernd Eichtaler genießt dort noch einen guten Ruf."

Michael und Christoph sitzen in der Agentur und schauen zappelig auf die Uhr. Warum sie erst eine Stunde nach dem vereinbarten Termin um 16:00 Uhr in Leipzig anrufen sollen, ist ihnen absolut schleierhaft. Um 16:25 Uhr klingelt das Telefon.

„Eichtaler ruft an", sagt Michael zu Christoph. „Ich bin mal gespannt." Er nimmt an und stellt den Lautsprecher laut. Christoph schneidet wieder mit.

„Sovchenko hier", hört er Vera sagen. „Herr Maier, wir sind hier in Leipzig in der Piranha Werbeagentur und haben mit den Herren Eichtaler die Übernahme der Agentur besprochen. Um es kurz zu machen, sie sind gewillt, auf Ihre Preisvorstellung einzugehen. Der Kaufpreis beträgt exakt zwei Millionen Euro. Könnten Sie Ihren Sohn Christoph bitten, er möge doch kurzfristig einen Termin mit einem der ihm bekannten Notare hier in Leipzig vereinbaren und dafür sorgen, dass ein notarieller Kaufvertrag vorliegt?"

„Christoph ist hier", sagt Michael perplex. „Moment, ich gebe weiter."

„Christoph Maier, hallo", sagt Christoph, als er den Hörer übernommen hat. Er schaut seinen Vater mit verwunderten Augen an und sagt zu Vera: „Ich habe mitgehört und werde nach dem Gespräch gleich versuchen, einen Termin zu bekommen. Drei Tage brauche ich aber, bis ich den Vertrag fertig habe. Es wird dann wohl Mittwoch werden. Woher bekomme ich die Daten? Namen und so?"

„Die werden wir Ihnen zukommen lassen", antwortet Vera. „Herr Bernd Eichtaler möchte gerne Ihren Vater sprechen. Ich gebe das Telefon weiter."

Bernd nimmt das Telefon ans linke Ohr, um es gleich nach rechts zu wechseln, weil sein linkes Ohr nur ein monotones Pfeifen von sich gibt. „Michael, hier Bernd. Rainer und ich haben Scheiße gebaut. Große Scheiße. Frau Sovchenko hat uns hier eben den Rost runtergelassen. Wir möchten uns ehrlich bei dir entschuldigen. Können wir weiter miteinander arbeiten?"

„Wir haben in der Vergangenheit gut miteinander gearbeitet, warum sollte es in der Zukunft nicht klappen?", antwortet Michael recht entspannt, obwohl er vor Aufregung zittert.

Während Bernd und Michael miteinander reden, holt sich Marcus sämtliche Informationen von Rainer Eichtaler.

„Ich brauche Kopien von Ihren Personalausweisen. Dann E-Mail-Adressen, Privatadressen und Handynummern. Planen Sie eine 50/50-Gesellschaft oder steigen noch weitere Personen ein, etwa Ihre Frau, die ja hier Geschäftsführerin ist?"

„Nein, 50/50 ist geplant. Geschäftsführer wird Bernd", sagt Rainer Eichtaler und fischt nach seinem Geldbeutel, zieht den Personalausweis hervor und legt ihn auf den

Kopierer. Kooperativ sagt er: „Wir mailen alles gleich in die 2M, dann kann Christoph Maier gleich loslegen. Bernd macht das nachher."

Vera fordert das Telefon wieder ein, als Michael und Bernd einige Sätze gewechselt hatten. „Herr Maier, wir melden uns nachher noch einmal. Wir wollen hier jetzt abschließen. Bis dann."

„Danke …", stottert Michael, Vera hat aber bereits das Gespräch beendet. Christoph und Michael schauen sich an und verstehen überhaupt nichts.

„Was hast du da für eine Tochter gezeugt?", flüstert Christoph endlich. Und er meint die Frage ernst.

„Ihr habt einen Super-Job gemacht, lieber Iwan, lieber Dimitri. Vielen Dank. Ohne euch wäre es nicht gegangen", dankt Vera den beiden Ukrainern, als Marcus und sie am Wohnmobil aussteigen. Iwan und Dimitri kommen mit nach draußen, um sich zu verabschieden. „Hier eine kleine Prämie." Sie steckt beiden je einen Hunderteuroschein zu. „Habt vielen Dank. Ich werde Filipp gleich Bescheid sagen, was er für tolle Mitarbeiter hat."

Die beiden steigen überschwänglich wieder in ihren Transporter und machen sich auf den Weg zurück nach Würzburg auf die Baustelle. Nicht, ohne vorher zu bekräftigen, weiterhin für Jobs dieser Art zur Verfügung zu stehen. Es entspräche eher ihrem Naturell, als Leitplanken abzumontieren, bekunden sie schmunzelnd.

Vera und Marcus schauen ihnen nach.

Beide winken, wie man der Oma zum Abschied nachwinkt.

„Mein Adrenalinspiegel ist am Anschlag", meint Marcus. „Ich glaube, bei einem Bungee-Sprung wäre ich weniger aufgeregt gewesen."

Vera schaut ihm tief in die Augen. „Marcus", sagt sie leise. „Marcus, ohne dich hätte ich mich da niemals reingetraut. Iwan und Dimitri waren nur Statisten, auch wenn sie die besseren Argumente vorbringen konnten. Du bist ein ganz toller Mann. Wir haben es für Michael gemacht, aber auch für uns und die Familie. Jetzt wird alles, alles viel entspannter sein."

Sie braucht sich nicht auf die Zehenspitzen zu stellen, um Marcus einen flüchtigen Kuss auf den Mund zu hauchen.

„Ich bin altmodisch. Ein Kuss auf den Mund bedeutet bei mir offenbarte Zuneigung", erklärt Marcus im Glückstaumel

„Mein Analyst", strahlt Vera – und küsst ihn ein zweites Mal. Diesmal sogar etwas nachdrücklicher. „Marcus, ich hätte jetzt Lust auf ein Glas Sekt. Ich will auf den Verhandlungserfolg anstoßen. Kaufen wir irgendwo eine Flasche und trinken sie im Womo?"

Sie fahren am Schkeuditzer Kreuz ab und statten Möbelbecker einen wirklich knappen Besuch ab. Es ist, zumindest aus Veras Sicht, ein furchtbar konservatives Möbelhaus. Die Kunden scheinen alle jenseits der sechzig, aber es herrscht ein reger Betrieb trotz reduzierter Verkaufsfläche.

Nicht weit entfernt finden Sie einen Verbrauchermarkt und kaufen eine Flasche Rotkäppchen-Sekt. Wenn schon, dann einen von hier, hat Marcus gemeint. Sie legen ihn in das Gefrierfach des Kühlschranks im Dethleffs, um ihn schnell zu kühlen.

„In die Thomaskirche brauchen wir heute nicht mehr", sagt Vera. „Die hat bestimmt schon geschlossen. Ich muss auch gestehen, dass mich die Thomaskirche nicht einen Pfifferling interessiert. Marcus, weißt du, wohin ich lieber möchte, um mit dir anzustoßen?"

Marcus schaut interessiert und meint theatralisch: „Ich fahre mit dir bis ans Ende der Welt, um ein Glas Sekt zu trinken."

„Ich will nach Gera", sagt Vera ernst. „Ich weiß erst seit zwei Wochen, dass ich dort gezeugt wurde. Ich war noch nie in Gera. Ich will Michael und meiner Mutter Lena ein Selfie mit dir aus Gera schicken."

Michael strahlt und jubelt: „Auf nach Gera!"

„Willst du heute zurück nach Stuttgart?", fragt Vera.

„Nein, ich bin restlos geschafft", ist seine ehrliche Antwort, dabei schaut er Vera treuherzig an. „Meinst du, wir könnten die Nacht auf irgendeinem Stellplatz verbringen? Ich könnte die Dinette zum Bett umbauen. Außerdem habe ich einen Bärenhunger. Vielleicht finden wir noch eine geöffnete Gaststätte?"

Der allgemeine Lockdown, der Deutschland lange geplagt hatte, ist mittlerweile wieder so weit gelockert, dass Gaststätten wieder unter mächtigen Auflagen öffnen dürfen. Die Tische müssen einen Mindestabstand von 1,50 Metern aufweisen, Tischdecken und Stuhlauflagen sind tabu. Maskenpflicht ist beim Betreten und Verlassen des Lokals oder beim Gang auf die Toilette obligat. Nach jedem Gastkontakt werden vom Personal sowohl Tische und Stühle als auch die Speisekarten desinfiziert. Die Gastronomie arbeitet jedoch gerne unter diesen harten Auflagen, denn ohne diese würde überhaupt nichts gehen.

Marcus fährt auf die A 9 in Richtung Süden. „Es sind knappe 100 Kilometer bis Gera", sagt er, als das Navi programmiert ist. „Ich fahre einfach mal mitten rein ins Zentrum."

Unterwegs erledigt Vera die Telefonate. Zunächst wählt sie die Nummer der Agentur. Christoph und Michael warten nervös auf ihren Anruf.

„Vera, gut, dass du anrufst. Wir blicken hier im Moment rein gar nichts", eröffnet Michael das Gespräch.

„Marcus und ich erzählen, wenn wir wieder zu Hause sind", verspricht Vera. „Es wäre am Telefon zu viel. Nur so viel: Die beiden sind leutselig und weichgeklopft. So ein bisschen im Sinne des Wortes. Nun muss es nur schnell mit diesem Notartermin gehen. Meint ihr, ihr findet einen Notar in Leipzig? Christoph, hörst du auch zu?"

„Ja, ja! Wir sitzen immer noch hier in der Agentur!", ruft Christoph hastig. „Ich habe von einem Freund und Notar die Privatnummer. Es ist eine der größten Anwaltskanzleien in Leipzig. Wenn ich ihn erwische, opfert er sogar seine Mittagspause für uns. Da bin ich mir sicher. Aber allen Ernstes … die unterschreiben tatsächlich den Verkaufspreis von zwei Millionen?"

„Alles ist gut", kürzt Vera ab. „Wir haben die zwei Millionen ausgehandelt und die Eichtalers haben ernsthaft zugesagt. Meldest du dich, wenn der Termin steht?" Nach einer kleinen Pause fügt sie an: „Wir fahren heute nicht mehr nach Hause. Im Moment gibt es für uns nichts mehr zu tun, da können wir uns also Zeit lassen. Sagt bitte Maria, sie hätte einen wahnsinnig tollen Sohn. Ohne seine Hilfe wären wir nicht so weit gekommen."

Vera beendet das Gespräch.

Marcus schaut Vera dankbar an. „Weißt du denn, wie lieb ich dich habe? Du bist ein so wertvoller Mensch. Ich bin so glücklich, dass es dich gibt. Vera, nimmst du denn, jetzt gerade, auf der A 9, zwischen Leipzig und Gera, meine Liebesbekundung entgegen?" Marcus macht keinen Spaß, das ist ihm anzusehen.

Vera antwortet spontan: „Ich will das zurückgeben. Ich weiß nicht, ob ich jemals im Leben so glücklich war. Und es liegt an dir. Natürlich auch am Rest der Familie. Aber du bist derjenige, der mir verdeutlicht, dass ich eigentlich hierhergehöre und nicht auf die Bühne eines Vergnügungsparks. Marcus …" Sie zögert etwas. „Marcus, ich meine, im Moment bist du das Wichtigste in meinem Leben. Deshalb sagen mir mein Bauch und mein Herz dasselbe."

Sie fahren viele Kilometer stumm weiter.

Schließlich wählt Vera die Nummer ihres Onkels Filipp. Er nimmt nicht ab, daher spricht sie auf die Mailbox: „Onkelchen, hier Vera, ganz auf die Schnelle: Deine beiden Mitarbeiter haben uns allerbeste Dienste geleistet.

Nochmals vielen Dank. Sie hatten Spaß dabei. Falls es mit den Leitplanken nicht mehr läuft, hätte ich eine neue Geschäftsidee für euch. Ich melde mich demnächst mal wieder, wenn ich WLAN habe. Mach's gut – bis dann."

Es gelingt Christoph binnen 10 Minuten einen Notartermin in Leipzig zu erhalten. Donnerstag 12:00 Uhr. Wie er vermutete, opfert sein Freund ihm tatsächlich seine Mittagspause. Sie vereinbaren, dass Christoph als Generalbevollmächtigter seines Vaters den Termin wahrnehmen wird. Michael selbst braucht somit nicht dabei zu sein. Ohnehin muss Christoph wieder einmal für einige Tage nach Berlin, um in seiner Kanzlei einige Dinge zu erledigen. Da liegt Leipzig ja günstig auf der Strecke. Alles geht halt nicht vom Homeoffice aus.

Michael ruft Konrad Bauer an, den Banker, und erzählt ihm von der Entwicklung. Er lässt die Feilscherei um den Preis der Agentur weg. Zwei Millionen wäre die vereinbarte Kaufsumme. Er hoffe, die beiden Eichtalers stemmen den Betrag, andernfalls müsste die Volksbank eine Finanzierung ermöglichen. Konrad Bauer zeigt sich sehr erleichtert und gibt spontan eine Finanzierungszusage. Er hatte sich um seinen alten Bekannten Michael Maier große Sorgen gemacht. Der Verkauf der Werbeagentur erscheint ihm sehr sinnvoll und schlüssig. Die Werbeagentur hat exzellente Zahlen, Bernd Eichtaler ist ihm vertraut und letztendlich ist die 2M ein sehr guter Kunde, den er sich für die Zukunft sichern möchte. Es ist ein gutes Gespräch.

Gera ist keine schöne Stadt auf den ersten Blick, stellen die beiden beim Einfahren fest.

„In diesem hässlichen Loch soll ich gezeugt worden sein?", fragt Vera fröhlich. „Im Interhotel. Meinst du, das Interhotel Gera gibt es noch?"

„Google doch mal rum", meint Marcus gelassen. „Es ist doch eine deiner Lieblingsdisziplinen." Nach einigen

Minuten stellt Vera fest: „Auf dem Gelände, auf dem das Interhotel stand, steht jetzt eine Riesen-Mall: die Arcaden. Schade."

„Lass uns dennoch hinfahren, für das Selfie", meint Marcus.

Einen Parkplatz zu finden ist etwas schwieriger. Marcus ist nicht der Routinier in Sachen Wohnmobil. Dreimal umkreiste er die Arcaden. Vera googelt derweilen herum. „Da gibt es einen Wohnmobilhafen in Gera. In der Gessentalstraße. Wollen wir nicht gleich dort hin? Wir sind doch gut zu Fuß. Da machen wir dann noch einen Bummel in die Stadt." Keine 10 Minuten später erreichen sie den Womo-Stellplatz. Zwölf Euro kostet die Nacht. Marcus bezahlt gleich beim Betreiber. Es ist recht wenig los, sie finden zügig einen schönen Standplatz auf dem Gelände.

„Entweder reisen die Leute in diesen Coronazeiten weniger oder die Stadt hat wirklich nichts zu bieten", kommentiert Marcus. Flugs ist das Verbindungskabel am Stromanschluss gelegt und ein Euro in den Automaten gelöhnt. Mehr ist nicht zu tun. Es dämmert bereits, aber es ist noch recht mild. Maria hat Vera gut eingewiesen in die Geheimnisse des mobilen Daseins. Sie zieht zwei Campingstühle aus der Wohnmobilgarage und einen Klapptisch. Dann holt sie den Sekt aus dem Gefrierfach. Er ist wunderbar kalt. Marcus entkorkt und schenkt ein. Als sie bequem vor dem Womo sitzen, macht sich bei beiden eine ziemliche Müdigkeit breit. Der Tag war anstrengend und ereignisreich. Sie beschließen, auf einen Stadtbummel zu verzichten. Morgen sei ja auch noch ein Tag. Aber sie hatten mächtigen Hunger. Leider hatten sie versäumt, unterwegs etwas zum Essen zu besorgen, es war ja eigentlich ein Restaurantbesuch geplant. Auch von zu Hause hatten sie nichts mitgenommen. Vera geht auf eine Expedition ins Innere des Mobils, in der Hoffnung etwas Essbares zu finden. Tatächlich wird sie im Schrank über der Küchenzeile fündig.

„Ich kann dir mit einer Büchse Ravioli dienen!", ruft sie fröhlich nach draußen. „Oder einer Büchse Hühnernudeltopf! Beide noch nicht abgelaufen!"

„Da verfallen wir ja in einen kulinarischen Glückstaumel!", ruft Marcus ebenso fröhlich zurück. „Aber gerne die Ravioli. Die mache ich mir auch oft zu Hause in Ermangelung einer Köchin. Küchenpersonal gibt ein Schulmeistergehalt leider nicht her."

Solange Vera das fulminante Abendessen zubereitet, ruft sie nebenher ihren Onkel Filipp an. Auf dem Platz wird kostenloses WLAN geboten. Sie lacht immer mal wieder hell auf, als sie ihm den Ablauf der Kaufverhandlungen berichtet. Sie wollen das Gespräch schon beenden, als Filipp noch etwas loswerden will.

„Ich habe mit deiner Mom gesprochen. Der Name Otto Becker ging mir nicht aus dem Kopf. Ich erinnerte mich, der Name hatte irgendetwas mit Lena zu tun."

„Ja?", fragt Vera. „Und was wusste sie?"

„Deine Mutter hat als Teenager Klavierunterricht gehabt. Hat sie dir das irgendwann erzählt?"

„Natürlich. Sie hat es immer mal wieder erwähnt. Und wie sie es bedauere, nicht dabeigeblieben zu sein."

„Ihr Klavierlehrer hat sie damals davongeschickt. Er weigerte sich, sie weiterhin zu unterrichten, obwohl sie echt gut gewesen sein muss", meint Filipp.

„Okay", sagt Vera, „und …?"

„Dieser Klavierlehrer hieß Otto Becker. Er hat damals in Gera-Untermhaus, einer kleinen Teilgemeinde, gelebt. Zumindest ist sie immer dorthin zum Unterricht gelaufen."

„Na ja, da haben eben ein unbedeutender Klavierlehrer und ein Möbelkönig denselben Namen. Becker gibt es in Deutschland zwar nicht so viele wie Maier oder Müller, aber immer noch genügend. Vielleicht wollte er keine Russin unterrichten?", sagt Vera.

„Ich wollte es nur gesagt haben. Wir haben neulich drüber gesprochen", schließt Filipp das Gespräch.

Marcus hat mitgehört. Er sitzt vor dem Wohnmobil, es sind keine zwei Meter bis an den Küchenblock. „Untermhaus hat einen großen Sohn hervorgebracht. Einen meiner Lieblingskünstler. Er heißt auch Otto, ist aber schon ziemlich tot."

„Und welcher Otto soll das sein?" Die darstellende Kunst ist Vera wohlvertraut, hingegen die bildende Kunst nicht sonderlich.

„Ich spreche von Otto Dix. Seine Lieblingsmotive waren Huren, Säufer und Krüppel."

„Wie nett!", höhnt Vera. „Also keine röhrenden Hirsche im Abendrot. Hätte vermutet, dass dir so etwas besser gefällt."

„Wenn wir doch schon mal in Gera sind, würde ich gerne das Otto-Dix-Haus besuchen. Es müssen eine Menge Werke von ihm dort hängen. Vielleicht gefällt es auch dir, was ihm so aus dem Pinsel floss? Ich hoffe, Museen dürfen wieder öffnen."

Die Ravioli schmecken beiden besser denn jemals. Der Hunger lässt mit jedem Bissen nach.

„Ravioli und Sekt, welch ausgewogene Kombination". Marcus kaut, während er spricht. „Da können Michaels Rindsrouladen einpacken."

„Die Gesellschaft macht's und die Atmosphäre", sagt Vera. „Ich habe mich schon seit Langem nicht mehr so rundherum wohlgefühlt. Aber wenn dir das Rotkäppchen nicht zu diesem italienischen Klassiker schmeckt, ich habe in Marias Vorratsschrank noch mehr entdeckt. Michael und sie werden uns verzeihen, wenn wir nachher noch diesen Primitivo knacken."

Sie geht ins Mobil und holt die Flasche.

„Oh, ein kräftiger Tropfen", stellt Marcus nach der Begutachtung fest. „Er hat 15 Umdrehungen. Super!"

Der Wohnmobilhafen Gessenpark ist einer der guten Stellplätze. Eigentlich ist er eher mit einem Campingplatz zu vergleichen, denn es gibt im Sanitärhaus auch Duschen.

Marcus und Vera werfen beide einen Blick in ihre Geldbeutel und freuen sich, einige Ein-Euro-Münzen dabei zu haben. Die Dusche muss gefüttert werden.

So ein anstrengender Tag hinterlässt Spuren, beide sehnen sich nach einer Dusche. Kleidung zum Wechseln haben beide nicht dabei, es war ja nur ein Tagestrip geplant. Das Reisemobil hat zwar eine separate Dusche, Wasser wäre auch genügend im Tank, aber seit einer Woche darf der Stellplatzbetreiber das Sanitärhaus wieder öffnen, er musste es davor einige Wochen geschlossen halten. Es duscht sich doch komfortabler dort. In der Nasszelle des Mobils finden beide, was man so braucht: Duschgel, Shampoo, Zahncreme und sogar noch zwei original verpackte Zahnbürsten.

Vera kann sich des Eindrucks nicht erwehren, Maria hätte in weiser Voraussicht ein wenig eingeräumt. Vielleicht sogar die Ravioli und den Primitivo? Als Marcus sie anruft, um ihr selbst ein paar Takte des Tages zu berichten, verbleibt ihm derselbe Eindruck. Seine Mutter scheint sehr glücklich, dass die beiden nicht sofort nach getanem Werk nach Hause hasten. Sie berichtet auch, wie gelöst und glücklich Michael und Christoph nach Hause gekommen sind. Auf die Frage, wie er und Vera das geschafft hätten, weicht Marcus aus. „Lass die beiden erst den Termin in Leipzig hinter sich bringen, Mama", sagt er. „Wir erzählen alles, wenn wir wieder im Ländle sind. Vera und ich wollen noch ein paar Dinge anschauen, bevor wir nach Hause kommen. Wir fühlen uns in unserer Gesellschaft saumäßig wohl."

Der Platz bietet auch einen Brötchenservice und einige andere elementare Verpflegung.

Marcus, der Schwabe, bestellt, als er aus der Dusche kommt, vier Weckle für den nächsten Morgen beim freundlichen Stellplatzwirt. Weckle hätte er nicht, meint dieser schmunzelnd, aber vielleicht dürften es Semmeln sein? Und er empfiehlt wärmstens, die Semmeln dann mit

Schweineschmalz zu bestreichen. Es wäre eine Geraer Spezialität. Er hätte die Schmalzpötte zu verkaufen. Die Delikatesse hieße „Gerschc Fettgusche" und sei überregional bekannt. Man könne nicht in Gera übernachten, ohne eine Fettgusche genossen zu haben.

„Ich nehme doch die Dusche hier drinnen!", hört Marcus Vera aus der Nasszelle rufen, als er ins Wohnmobil steigt. „Machst du alle Schotten dicht?" Es ist nicht zu überhören, dass Vera die Dusche genießt. Sie singt eine fröhliche, russische Weise.

„Ich bau auch kurz die Dinette zum Bett um!", ruft er zurück.

„Brauchst du nicht!", kommt die schnelle Antwort von Vera aus der Nasszelle. „Das Bett ist groß genug für uns beide."

Was Vera so leichtfertig gerufen hat, lässt Marcus' Pulsfrequenz in die Höhe schnellen. Er macht sich sofort daran, die Rollos der Fenster herunterzuziehen. Zwischen dem Führerhaus und dem Innenraum lässt sich ein Vorhang schließen, das Wohnmobil ist blickdicht abgeriegelt.

Es dauert lange, bis Vera mit ihrem abendlichen Abrüsten fertig ist. Marcus schenkt derweil noch den Rest des Rotkäppchens in die Plastikbecher, welche die Sektgläser ersetzen müssen. Dann endlich schaut ihr Kopf aus der Tür zur Nasszelle. Sie schaut in alle Richtungen.

„Ist alles dicht?", fragt sie Marcus, der ungeduldig am Tisch der Dinette sitzt. Dann tritt sie lächelnd heraus. Nackt, während sie sich noch mit einem Handtuch trocken rubbelt. Dass Vera über einen perfekten Körper verfügt, ist auch in voller Montur zu erkennen. Durch ihr Tanztraining und die Übungen mit den Hula-Hoop-Reifen ist sie zwar sehr muskulös, sie hat jedoch kein Gramm zu viel und kein Gramm zu wenig.

Selbst das Abtrocknen nach der Dusche mutiert bei ihr zu einer Choreografie. Sie lächelt währenddessen. Vera weiß genau, was sie im Moment in Marcus anrichtet.

Fast entschuldigend sagt sie: „Da drin ist es zu eng, um sich abzutrocknen. Wir haben dummerweise keine Kleidung zum Wechseln dabei. Nichts Bequemes für die Couch und keine Nachtwäsche. Aber als faktische Geschwister dürfen wir uns auch nackt kennen."

Marcus wendet den Blick von ihr ab. Er möchte nicht, dass Vera denkt, er genieße ihre Nacktheit. Dennoch lächelt er. Vera schlingt das Handtuch um ihren Körper und setzt sich ihm gegenüber an die Dinette.

„Nastrovje", murmelt sie leise und erhebt den Becher, „auf die deutsch-russische Freundschaft."

„Wir sind keine Geschwister", meint Marcus. „Wir nicht. Mit Christoph teilst du den Vater, mit mir niemanden. Wobei ich nicht weiß, wie Christoph in seiner draufgängerischen Art in dieser Situation reagieren würde."

„Wieder mein Analytiker", meint Vera, und etwas Unlustiges schwingt in ihren Worten mit. „Willst du mir nicht eher zeigen, wie du in dieser Situation reagieren würdest?"

„Gut", erwidert Marcus leise und schaut ihr tief in die Augen. „Bleiben wir im Konjunktiv: Wie würdest du reagieren, wenn ich jetzt über dich herfiele, dir das Handtuch von deinem schönen Körper zöge, dich ins Bett trüge und mit dir das tun würde, wovon ich träume, seit ich dich das erste Mal gesehen habe?"

Vera lacht fröhlich auf und sagt: „Marcus, du hast mir viel Deutsch beigebracht. Darum wechseln wir jetzt vom Konjunktiv in den Imperativ, damit ich dir beibringen kann, welche Reaktion eine Frau in so einer Situation erwartet: „Zieh dich aus, leg dich ins Bett, ich habe mit dir zu reden!"

Als der Stellplatzwirt seine allabendliche Kontrollrunde dreht, fällt ihm das typische rhythmische Schaukeln des Stuttgarter Wohnmobils auf. Er bleibt stehen und schmunzelt. Dann beschließt er, dem Weckle-Schwaben und seiner hübschen Begleiterin zu den Semmeln das Glas mit dem berühmten Schmalz als Geschenk mitzugeben. Er braucht sicher viel Kraft.

Die beiden geben sich der leidenschaftlichen Liebe hin. Marcus hört die halbe Nacht nicht auf, Veras schönen Körper zu streicheln und zu liebkosen. Vera weiß, wie und wo sie Marcus berühren muss, damit er vor Erregung zu zittern beginnt. Ihre zärtlichen Küsse wollen nicht enden. Sie spielt mit ihrer Zunge in einer Weise, die Marcus noch nie erlebt hatte.

Der in diesem Taumel äußerst zurückgedrängte Ratio-Verstand erinnert beide nicht an das Risiko der schutzlosen Liebe. Sicher hätte Marcus kurz vor dem Erguss Veras Schoß verlassen können, er dringt jedoch in dem Moment noch tiefer in sie ein. Er verharrt in dieser Position, hält Vera fest, während sie in orgiastischer Ekstase zuckt. Vollendung der wohl schönsten Sache der Welt. Der Moment ist wundervoller, als es sich beide jemals hätten träumen lassen.

Sie erwachen zeitgleich um etwa 10:00 Uhr, und immer noch schwelgen beide in unglaublicher Glückseligkeit. Sie liegen sich zugewandt, sprechen lange kein Wort, schauen sich aber lächelnd an. Marcus nimmt ihre Hand und küsst sie zärtlich.

„Du hast mein Leben auf den Kopf gestellt", flüstert er schließlich. „Es wird niemals mehr sein, wie es war. Ich sah mich schon als knorrigen alten Junggesellen. Vera …", er stockt, „Vera, ich bin doch kein Junggeselle mehr?"

Vera antwortet ebenso leise: „Lass es mich so sagen: Derjenigen, die ab jetzt versucht, dir schöne Augen zu machen, beiße ich die Kehle durch. Vergiss nicht – ich bin eine Russin."

Tatsächlich erhält Marcus ein Töpfchen Schmalz als Geschenk, als er eine halbe Stunde später die Frühstücksbrötchen abholt. Der Betreiber hatte extra auf ihn gewartet, denn eigentlich sollten die Semmeln bis 10:00 Uhr abgeholt sein. Er meint den Grund zu kennen, warum Marcus erst so spät aufkreuzt. Es war eine sehr lebhafte Nacht. Marcus freut sich sehr, und ganz überschwänglich bezahlt er einen weiteren Tag Stellplatzgebühr. Sie wollen sich Gera und das Otto-Dix-Haus anschauen, und der Tag war ja schon recht vorangeschritten. Vera ist sicher damit einverstanden.

Sie lassen sich Zeit. Nach dem Frühstück, tatsächlich streichen sich beide dick das Schweineschmalz auf die Semmeln, um diese Gersche Fettgusche zu versuchen, und stellen fest, sie schmecken vorzüglich, wenn man etwas nachsalzt. Mächtigen Hunger haben beide nach dem bescheidenen Ravioli-Abendessen und dem Kalorienverbrauch in der Nacht. Sie schließen das Wohnmobil ab und gehen Hand in Hand in Richtung Innenstadt. Es ist Sonntag und um die Gera-Arcaden ist nichts los. Auch die schön restaurierte Einkaufsstraße Sorge ist nahezu menschenleer. Vor dem steinernen Löwen am Simsonbrunnen auf dem Marktplatz lichten sie ein fröhliches Selfie von sich ab. Sie beschließen zu Fuß bis nach Untermhaus weiterzugehen, um dem Otto-Dix-Haus einen Besuch abzustatten. Glücklicherweise ist es sonntags geöffnet. Auch Vera ist beeindruckt von dem etwas skurrilen Malstil des Berühmtesten aller Gerscher, wie die Aufsichtsdame Otto Dix bezeichnet. Und sie hat keine Ahnung, was sie mit einer ihrer weiteren Erläuterungen im zukünftigen Leben der beiden Besucher anrichtet. Sie erzählt, dass der Besitzer der großen Möbelkette, Otto Becker, ein leidenschaftlicher Sponsor dieses Museums sei. Er stifte immer mal wieder eine größere Summe, um den Erwerb eines Werkes des Künstlers zu unterstützen, wenn denn auf dem internationalen Markt mal eines angeboten würde. Gerade stünde eines in Amerika zum Verkauf.

„Kommt denn dieser Otto Becker aus Gera?", fragt Vera interessiert.

„Nicht nur aus Gera", erwidert die Dame, „er ist sogar ein gebürtiger Untermhäuser. Ebenfalls ein großer Sohn dieses Ortsteils."

Und sie weiß noch mehr zu berichten: „Er stiftet auch viel aus seinem nicht unbeträchtlichen Vermögen der Marienkirche." Die nette Dame zeigt in die Richtung der Kirche, als ob Vera und Marcus wissen müssten, in welche Richtung es ginge, wenn sie das Gebäude, es ist auch das Geburtshaus des Malers Otto Dix, verlassen werden. „Er hat viel für die Kirche getan. Zum Bespiel hat er wesentlich die Kosten für eine Restaurierung des Altars übernommen. Wenn sie noch Zeit finden, sollten sie ihn sich anschauen. Er ist sehr alt, bereits 1443 geweiht. Sie müssen nur über die Brücke der Weißen Elster gehen, dann ist dort auch gleich die Marienkirche. Lohnt sich."

„Warum tut Herr Becker dies alles?", fragt Marcus.

Auch darauf weiß die Aufsichtsdame etwas zu sagen. „Er hat in seiner Jugend die Orgel bedient. Er ist ein ausgezeichneter Pianist. Und er ist ein sehr Gottestreuer. Er ist so um die siebzig rum. Der neueste Bericht über ihn: Er hat eine Corona-Infektion überstanden. Er ist zwar noch in der Berliner Charité, darf aber demnächst nach Hause. Gott hat ihn für seine Großzügigkeit belohnt."

Kein Zweifel, die Dame ist nicht nur heimatgeschichtlich bewandert, sondern auch selbst streng gläubig.

Vera bekommt bei den Worten eine Gänsehaut. Die Worte machen ihr bewusst, dass ihre Mutter Lena als junges Mädchen bei genau diesem Otto Becker, der hier als großer Mäzen geehrt und geliebt wird, Klavierunterricht genommen haben muss.

„Sie sind doch nicht von hier?", fragt die Dame. Dabei schaut sie Marcus interessiert an.

„Wir stehen mit dem Wohnmobil auf dem Womo-Stellplatz Gessenpark. Wir sind zu Fuß hier. Wir sind eigentlich nur an lauten Straßen gegangen. Gibt es einen besseren Weg zurück?"

„Klar doch." Die Dame freut sich, eine gute Auskunft geben zu können. „Sie gehen einfach immer entlang der Weißen Elster. Da kommen sie irgendwann … ach was, der Herweg war ja wirklich weit genug. Nehmen Sie die Straßenbahn zurück."

Vera und Marcus folgen dem Rat der Frau. Zunächst gucken sie sich den Altar an, die Kirche war geöffnet. Vera bedauert, dass in lutherischen Kirchen keine Kerzen angezündet werden können.

„Marcus", flötet sie, „habe ich einen Wunsch frei?" Marcus schaut interessiert. Welchen Wunsch würde er ihr wohl abschlagen? „Können wir morgen nach Weimar fahren? Ist nicht weit. In Weimar gibt es eine meiner Kirchen. Da möchte ich eine Kerze anzünden. Schließlich habe ich meinem Herrn nochmals für etwas Dank zu sagen."

Marcus strahlt. „Weißt du, wie sehr ich mir immer gewünscht habe, nach Weimar zu fahren? Einmal vor Goethe und Schiller zu stehen? Machen wir!"

Sie nehmen die Straßenbahn in die Geraer Innenstadt. Es ist früher Abend, und es übermannt sie heftiger Hunger.

„Wie wär's mal mit Chinesisch?", schlägt Vera vor. „In den Arcaden gibt es einen, habe ich gesehen. Meine Mutter hat mir erzählt, dass es früher im Interhotel auch ein chinesisches Restaurant gab. Es war noch zu Zeiten der DDR und da gab es keine Chinesen an jeder zweiten Ecke. Allerdings war es damals fast unerschwinglich teuer für sie und ihre Freunde. Dennoch haben sie sich einmal ein Essen gegönnt. Viele DDR-Bürger wussten nicht wohin mit ihren Ersparnissen. Es gab ja nicht viel zu kaufen in den Läden. Sie mussten wohl einen Monat vorher einen Tisch reservieren. Was sie nicht vergessen hat, bis heute nicht, sie hatten noch einmal eine Portion Glasnudeln nachbestellt und die kostete satte sieben Mark." Vera lacht. „Für sieben Mark gab es damals im ‚Glückauf' beinahe drei Riesenportionen Rindsrouladen. Michael hat mir erzählt, was er damals bezahlt hatte."

Als sie wieder im Wohnmobil sitzen, wählt Vera Lenas Nummer. Als ob diese drauf gewartet hätte, war sie innerhalb einer Sekunde dran. Zuvor hatte Vera das Selfie vom Simsonbrunnen gepostet.

Lena freut sich: „Ihr seid in Gera. Meiner Heimatstadt. Was gäbe ich dafür, wenn ich jetzt bei euch sein könnte. Was macht ihr da? Seid ihr beiden allein nach Gera gefahren?"

Vera erzählt ihrer Mutter vom Trip. Marcus und sie wären im Wohnmobil unterwegs. Sie erwähnt auch die Kaufverhandlungen in Leipzig, nicht jedoch den Verhandlungsstil. Sie vermutet, dass Filipp ihr schon etwas erzählt hat. Hat er aber noch nicht. Dann muss sie aber einfach ihre neuen Erkenntnisse berichten: „Mom, du hattest doch mal Klavierunterricht? Bei einem Otto Becker?"

„Stimmt", betätigt Lena sofort. „Es ist fast exakt 50 Jahre her. Gibt es einen Grund, dass du danach fragst?"

„Dieser Otto Becker hat erfolgreich nach der Wende ein Möbelhandelsimperium in den neuen Bundesländern aufgebaut. Weißt du was davon?"

Lena nimmt sich Zeit für die Antwort. „Ja, mein Kind, das weiß ich wohl. Google macht's möglich."

„Hattest du damals was mit ihm?", fragt Vera nicht lange herum.

„Du fragst halt frech", bemerkt Lena. „Nein, natürlich nicht. Ich war gerade einmal 15 Jahre alt. Otto war schon zwanzig."

„Ihr hattet euch geduzt?"

„Natürlich. So groß war der Altersunterschied auch wieder nicht."

Vera bleibt dran: „Und ihr hattet wirklich keine Romanze oder so? Man hört das ja häufig bei Lehrer und Schülerin oder andersherum."

Lena atmet tief durch, bevor sie antwortet. „Ich war ganz entsetzlich verliebt in Otto Becker. Er war mein Idol, mein Hero, er konnte himmlisch gut Klavierspielen. Nicht nur Kirchenmusik, auch Boogie-Woogie aus Amerika. Und er war mein ganz großes Vorbild." Nach einer Pause sagt sie leise: „Es wäre nicht mehr lange gut gegangen. Er fühlte genauso. Frauen spüren das. Aber weißt du, was für ein Theater es gegeben hätte? Die minderjährige Tochter eines hohen russischen Offiziers lässt sich mit einem kleinen, unbedeutenden Klavierlehrer ein?"

„Das hast du mir nie erzählt", klagt Vera. „Du hast nur immer gesagt, er hätte den Unterricht mit dir abgebrochen."

„Hat er ja auch. Er war es, der mich nach Hause geschickt hat. Ich war so unglücklich. So unendlich unglücklich. Ich hätte sicher alles unternommen, um wieder Unterricht bei ihm haben zu dürfen …"

Lena verstummt.

Vera wartet. Sie vermutet schon, Lena kann nicht weitersprechen, weil ihr die Stimme versagt bleibt. Doch Lena spricht mit stabiler Stimme weiter.

„An einem der Folgetage wurde ich von diesem Soldaten vergewaltigt. Ich dachte nicht mehr an das Klavierspiel, nicht mehr an Otto Becker, ich wollte nur noch sterben." Lena will nicht weitererzählen. Vera spürt dies deutlich. Dennoch schließt Lena das Thema: „Ich hoffe, Otto geht es gut."

Michael nimmt am Montagmorgen wieder den Agenturalltag auf. Wie vor Daniels Tod, begibt er sich nach dem Frühstück in die 2M. Nachdenklich durchschreitet er die menschenleeren Räume. Eine eigenartige Stimmung überfällt ihn. Über Jahrzehnte hatte er die Agentur aufgebaut. Deren Kundenfluktuation geht gegen null. Automatisiert kamen stets die Jobs der Rüstungsindustrie rein. Es ist eine sehr treue Klientel. Alle Hersteller von wehrtechnischem Gerät leiden unter einer sehr geringen Akzeptanz in der Bevölkerung. Teile der Allgemeinheit sehen in diesem Industriezweig eine gewissenlose Mörderbande. Wer Waffen baut, mit dem Menschen getötet werden können, kann nur ein Mörder sein, so scheint der Grundtenor. So sind die Hersteller nicht nur treue Kunden, sondern insbesondere auch dankbar, im hochsensiblen Bereich der Werbung und der Kommunikation einen loyalen Partner zu haben.

Michael steht in seinem schönen Büro mit der fantastischen Aussicht auf den Neckar und den Rosensteinpark. Er wird dieses Büro dann sicher räumen müssen. Es ist das Büro des Geschäftsführers und der wird in Zukunft Bernd Eichtaler heißen. Der Verlust ist ihm erstaunlicherweise gleichgültig. Ein seltsamer Wertewandel findet in ihm statt. Er nimmt in Zukunft gerne Bernds Büro ein. Aber wie werden die Mitarbeiter darauf reagieren? Michael weiß, wie übel es eine Belegschaft nehmen kann, wenn sie von solch entscheidenden Veränderungen erst im Nachhinein erfährt. Dass irgendetwas in eine verkehrte Richtung gelaufen ist, hat wohl jeder im Team mitbekommen. Aus Rücksicht auf seine Trauersituation hat jedoch niemand aus der Mitarbeiterschaft das Gespräch mit ihm gesucht. Vielleicht sind sie sogar glücklich über die Entwicklung? Michael nimmt sich vor, die Integration von Bernd zu unterstützen. Auch im eigenen Interesse. Natürlich könnte er sich jetzt zurücklehnen und den Tag einen guten Mann sein lassen. Es entspräche jedoch nicht seinem Naturell. Außerdem ist er gerne bereit, weiterhin der treue

Ansprechpartner für seine Waffenkunden zu sein. Sein kalendarisches Alter gibt ihm das Recht, seine Agentur in jüngere Hände zu übergeben. Ohne jeden Reputationsverlust. Er erinnert sich an den einen oder anderen Fall aus seiner Branche, wo ein vor sich hin alternder Agenturboss zur Witzfigur mutierte, weil er an seinem Chefsessel klebte. Tiefe Zufriedenheit macht sich in Michael breit. Alle Zeichen stehen auf eine Zukunft ohne Druck und Stress. Jetzt muss nur noch alles so aufgehen, wie es eingerührt ist.

Auf welche Art und Weise Vera und Marcus zu diesem Verhandlungsergebnis gekommen sind, werden die beiden sicher berichten. Der Zweck heiligt schließlich die Mittel. Wo sie wohl gerade sind? Maria hat schmunzelnd eingestanden, sie hätte ihnen das Wohnmobil ein wenig für den Trip hergerichtet. Er freut sich, dass die beiden dies wohl auch ausnützen werden.

Marcus und Vera denken tatsächlich nicht ans Heimfahren. Sie fühlen sich wie in den Flitterwochen. Am gestrigen Abend kam Marcus auch ohne Imperativ zärtlich zur Sache. Die beiden schweben im siebten Himmel.

„Schaut mal wieder rein", wünscht sich schmunzelnd der Stellplatzbetreiber, als sie sich von ihm beim Frühstücksbrötchenholen verabschieden. „Gera scheint euch beiden gutzutun."

Am Montag, gleich nach dem Frühstück, brechen Marcus und Vera auf in Richtung Weimar. Sie wollen ausschließlich Landstraßen nehmen. Auf der Autobahn wäre es nur knapp eine Stunde gewesen in die berühmte Goethe- und Schillerstadt, aber sie haben ja Zeit.

Der späte April zeigt sich von der schönsten Seite. Noch im Stadtbereich von Gera beschließen sie eine kleine Shopping-Tour. Vera findet in einem der Einkaufszentren an der Peripherie alles, was sie braucht: Eine Jeans, zwei T-Shirts, einige Teile für Unterwäsche und Strümpfe. Marcus tut es ihr gleich. So haben sie wieder etwas Wechselkleidung. Auch ihren zur Neige gehenden Lebensmittelvorrat stocken sie auf.

„Schließlich sind wir im Urlaub", meint Marcus, als sie durch einen Discounter schlendern, und packt Champagner, Primitivo, Räucherlachs und andere feine Dinge in den Einkaufswagen. Er bietet Vera an, ihre Rechnung zu bezahlen, Vera lehnt aber vehement ab.

„Ich habe doch ein kleines Einkommen."

Vera fallen unterwegs die vielen Schrebergartensiedlungen auf, die sich in der ehemaligen DDR immer noch um die größeren Städte schmiegen. Wie die Datschas in St. Petersburg, denkt sie. Um Rust herum oder auch in dem ihr mittlerweile vertrauten Stuttgart gibt es erheblich weniger dieser typischen Wochenendhaussiedlungen.

Sie landen am Nachmittag auf dem Wohnmobilstellplatz Hermann-Brill-Platz, ziemlich in Weimars Mitte. Wieder stehen die Campingstühle in ein paar Minuten, wenig später sind zwei Gläser Sekt eingeschenkt. Urlaub pur, wie beide es empfinden. Vera ist fleißig am Googeln. „Von hier aus schaffen wir morgen alles, was wir sehen möchten. Ich schlage vor, erst zu deinem Goethe-Schiller-Denkmal, dann in Goethes Wohnhaus, dann in meine Kirche St. Margareten, danach die Fürstengruft, weiter der historische Friedhof. Und später wieder heim zum Liebe machen." Sie lacht laut und herzlich auf.

„Nie habe ich jemand so sehr geliebt wie dich", bekennt Marcus.

Rainer Eichtaler erhält am frühen Montagmorgen einen Anruf aus der Charité in Berlin. Eine Krankenschwester spricht mit ihm.

Otto Becker wird heute auf eigenen Wunsch entlassen und will von ihm abgeholt werden. Zurzeit gibt es keine Krankentransporte und für die Reise mit einem öffentlichen Verkehrsmittel ist er noch zu schwach. Das Sprechen fällt ihm immer noch schwer, er ist aber wieder auf dem Damm. Rainer könne gleich starten.

Drei Stunden später fahren Otto und Rainer vom Gelände der Charité. Beide Männer hatten Freude gezeigt, als sie sich sahen, bei Otto war sie ehrlich gewesen.

„Wie läuft es mit den Häusern so?", fordert Otto zunächst eine Berichterstattung.

„Besser als befürchtet", sagt Rainer, „wir beschränken uns auf Aktionen in einem reduzierten Bereich. Wir halten uns gerade mit dem Einkauf neuer Ware zurück. Der Sommer steht vor der Tür, und da ist es ja sowieso immer ruhiger im Möbelhandel. Die Einschränkungen des Lockdowns werden wohl ab Mai sukzessive gelockert und so schauen wir unbeschwert in die Zukunft."

Otto erzählt seine Zukunftspläne, soweit es seine Stimme zulässt.

„Ich werde mich langsam zurückziehen aus dem operativen Geschäft und gedenke, dich zum Geschäftsführer zu erheben. Ich will mich intensiver wieder der Musik widmen. Während der Zeit meiner künstlichen Beatmung haben mir Bach, Beethoven und Konsorten den Lebenswillen erhalten. Es hat ein Umdenkungsprozess in mir stattgefunden."

Otto muss kurz innehalten. Er räuspert sich. Das Reden fällt ihm noch schwer.

„Ich will das letzte Lebensviertel auf eine andere Art genießen, als täglich im Büro zu sitzen. Ich möchte Konzerte besuchen und auch Museen. Es ist Zeit, alles in befugte Hände abzugeben."

Rainer schaut ihn aufrichtig dankbar an. Diese Pläne werden ihn leichten Herzens den Vertrag mit Maier unterschreiben lassen. Er hatte am späten Vormittag noch eine E-Mail auf seinem Handy erhalten mit den Vertragsentwürfen. Er wird allem zustimmen, sobald er wieder in Leipzig ist.

Plötzlich ist er insgeheim dieser Frau mit dem russischen Namen und ihren männlichen Begleitern dankbar. Eine Eskalation der dämlichen Vorgehensweise, die sich er und sein Bruder Bernd ausgedacht hatten, hätte sich zum Desaster entwickeln können. Mit der unüblichen Verhandlungsweise hatten sie dem Brüderpaar jedoch die Augen geöffnet. Eine andere Sprache hätten beide wohl nicht verstanden. Nunmehr kann er guter Hoffnung sein, dass sich die Zukunft für ihn und Bernd gut entwickelt.

Er wünscht sich plötzlich einen schnellen Termin mit dem Notar. Diesen wird er am Abend schon erhalten. Rainer hat sich vorgenommen, Otto Becker in seine Pläne bezüglich der Übernahme der Agentur einzuweihen. Natürlich sagt er nicht, wie holprig alles ablief. Er beginnt seine Schilderung mit Michael Maier, dem jetzigen Inhaber der 2M: „Michael Maier ist nicht nur altersbedingt, sondern insbesondere durch den Tod seines als designierter Nachfolger vorgesehenen Sohnes Daniel nunmehr bereit, die Agentur zu veräußern. Ich will meinen Bruder Bernd gerne integrieren. Ich weiß, Bernd hat damals im Möbelhaus mächtigen Mist gebaut. Ich will ihm eine zweite Chance anbieten."

Wie erhofft, nickt Otto Becker im Anfall seiner neu gewonnenen Sanftmut den Plan ab. Er fragt: „Was ist Michael Maier für ein Mensch? Weiß er, was Bernd damals für einen Fehltritt bei mir im Unternehmen machte? Dass ich ihn daraufhin entlassen habe?"

Rainer antwortet: „Auch ich kenne ihn nur durch einige Telefonate, aber ich habe nur den besten Eindruck von ihm. Und ja, er hat von Bernds Rausschmiss erfahren und er kennt auch den Grund dafür. Maier hat ihm dennoch die Praktikantenstelle gegeben."

„Es ist euch beiden hoch anzurechnen, dass ihr Bernd nicht verstoßen habt", sagt Otto Becker. „Auch du hast dich ja für deinen Bruder stark gemacht. Wenn alles über die Bühne gegangen ist, würde ich Herrn Maier gerne kennenlernen."

Die letzte Aussage erfreut Rainer zwar nicht besonders, doch will er seinem Chef nicht widersprechen. Otto Becker ergänzt seine geänderte Meinung über Bernd noch mit einer Aussage von Martin Luther: „Wo Vergebung der Sünden ist, da ist auch Frieden und Seligkeit."

Christoph benötigt nicht lange, um die Verträge aufzusetzen. Kaufverträge dieser Art hat er schon Dutzende in seinem Berufsleben erstellt.

Christoph gestaltet noch einen Beratervertrag zwischen der 2M-GmbH und Michael. Er ist zunächst auf fünf Jahre befristet. In fünf Jahren möchte auch Maria aufhören zu arbeiten, dann werden die beiden viel Zcit haben, um zu verreisen, so ist die Absprache zwischen den Senioren. Als Berater-Honorar orientiert sich Christoph an Michaels bisherigem Geschäftsführergehalt. Die Vertragsentwürfe schickt er bereits am Montag per E-Mail an Bernd Eichtaler. So schnell war es zwar nicht vereinbart, dennoch kommt am Abend die Zustimmung zurück. Christoph lässt sich von Michael eine Generalvollmacht unterschreiben und schickt alles zu seinem befreundeten Notar nach Leipzig. Dieser bestätigt allen Beteiligten den Termin am Donnerstag um 12:00 Uhr. Es müsste eine Sache von einer halben Stunde werden.

„Wir stehen auf einem Stellplatz in Weimar. Sind noch nicht besonders weit gekommen. Heute stehen Goethe, Schiller und die russisch-orthodoxe Kirche auf dem Besuchsprogramm. Habt ihr den Termin mit dem Notar fix?"

„Alles in trockenen Tüchern", antwortet Christoph. „Die Verträge haben wir gestern abgestimmt. Beide Eichtalers haben unsere Forderung akzeptiert. Marcus, ich kann es nicht erwarten, bis ihr euren Teil der Geschichte erzählt. Muss ich irgendetwas wissen, wenn wir beim Notar sind?"

Marcus verneint: „Es ist besser, wenn ihr nichts wisst. Wir hatten ein Verhandlungsmandat von Michael, auf welche Weise wir verhandelten, wurde uns überlassen. Das spielt aber beim Notar keine Rolle."

„Ihr beiden macht mir richtig Angst", meint Christoph. „Aber ist schon okay. Ich nehme den Termin im Übrigen allein wahr, unser Vater hat mir eine Generalvollmacht mitgegeben. Der Notar ist ein Duzfreund von mir. Es wird alles glatt laufen." Christoph teilt noch den Zeitpunkt mit und die Adresse des Notars.

„Es ist ja bereits übermorgen", stellt Marcus fest. „Weißt du, was?", dabei schaut er Vera fragend an, die ihm gegenübersitzt. „Wir beide kommen auch zu dem Termin." Vera nickt spontan und eifrig. „Wo bist du gerade, Christoph, in Berlin oder in Stuttgart?"

„Ich bin noch in Stuttgart, fahre aber heute Mittag los nach Berlin und am Donnerstag zurück, sodass ich pünktlich in Leipzig bin."

„Dann bekommst du von uns etwas mit auf den Weg nach Hause, falls wir noch ein wenig vagabundieren wollen. Bernd war so freundlich, uns die Pistole wiederzugeben. Die möchten wir schnell wieder loswerden."

„Ihr habt ihm die Pistole abgenommen?", erkundigt sich Christoph ungläubig.

„Eher abgewatscht. Was hab' ich gesagt? Nein, ich meine abgeschwatzt."

„Ich glaube, ihr habt viel zu erzählen", stellt Christoph fest.

„Ich wollte schon immer mal auf die Wartburg nach Eisenach und die mit Häusern bebaute Krämerbrücke in Erfurt besichtigen", sagt Marcus. „Vielleicht wollen wir wirklich noch ein bisschen die unbeschwerte Zeit genießen. Uns wird nicht langweilig."

„Wenn ihr so gerne zusammen unterwegs seid, heißt das, ihr seid ein Paar?", fragt Christoph Marcus frei heraus. Marcus bestätigt mit einem kurzen „Jaaap!"

„Das freut mich echt", sagt Christoph. „Und Maria wird glücklich sein. Darf ich es ihr denn sagen?"

„Klar darfst du. Ach, und noch etwas. Bringst du 200 Euro aus Michaels Schatzkästlein mit. Er hat bei seiner Tochter Schulden."

„Geht klar. Auch das werdet ihr erzählen müssen. Gute Fahrt, euch Turteltäubchen, und habt Spaß!"

„Danke, haben wir", sagt Marcus knapp. „Also dann bis Donnerstag um zwölf. Wir kommen aber nicht mit rein. Wir sehen uns vor dem Gebäude."

Vera und Marcus schlendern kreuz und quer durch Weimar. Meist Hand in Hand. Beide ahnen, dass diese ereignisreichen Tage nachhaltig beider Leben verändern werden. Nicht einen Ton verlieren sie über die Zukunft, dennoch sind sich beide sicher, dass sie dieselbe gemeinsam verbringen werden. Weder Vera noch Marcus waren sich in einer ihrer bisherigen, meist flüchtigen Partnerschaften jemals so sicher. Marcus genießt es, auf den Spuren der großen deutschen Denker und Dichter zu wandeln, und freut sich, wie interessiert Vera dabei fragt und kommentiert. Bei seinen Verflossenen hatte er dies noch bei keiner erlebt. Die Gespräche mit ihnen beschränkten sich auf Oberflächlichkeiten ohne jeden Tiefgang. Vera hingegen fragt. Manchmal muss Marcus sogar mit einer Erklärung passen. Selbst seine Schüler der gymnasialen Oberstufe fragen nicht so interessiert in die Tiefe.

Die russisch-orthodoxe Kirche Maria Magdalena in Weimar ist ebenfalls ein prächtiger, typischer Kirchenbau auf dem historischen Friedhof. Senffarben und geschmückt mit vier Türmchen, steht sie erhaben neben der Gruft der Großfürstin Maria Pawlowna. Auch die Gruft der beiden Dichter Goethe und Schiller findet sich hier. Vera ist glücklich, die Kirche ist geöffnet. Marcus geht mit, bis zur Hauptpforte, lässt Vera dann allein hinein. Sie wird von einer etwas missmutig und unfreundlich dreinblickenden Kirchenwächterin empfangen. Erst nachdem sie ihr sagt, sie wäre St. Petersburgerin und wolle eine Kerze entzünden, hellt sich ihr Antlitz etwas auf. Vera entscheidet sich dieses Mal für eine der großen Stabkerzen, die einen höheren Obolus erfordert. Sie ist allein. Während sie die Kerze entzündet, kann sie die Tränen nicht zurückhalten. Nie zuvor in ihrem Leben war sie so glücklich gewesen. Sie dankt Gott dafür. Marcus wartet geduldig, bis sie wieder herauskommt, um danach ebenfalls einen flüchtigen Blick in die Kirche zu werfen. Noch immer ist ihm alles Klerikale der Russisch-Orthodoxen Kirche fremd. Dennoch fasziniert ihn diese Pracht im Innern, die einer barocken katholischen Wallfahrtskirche in nichts nachsteht.

Der nahe Italiener am Wohnmobilstellplatz wird an Vera und Marcus zwei Pizzen los. Auch wenn die beiden ohne Klamotten losgefahren sind, an seine Gitarre hatte Marcus gedacht. Er spielt Vera in der Abendsonne irische Weisen und singt dazu. Wohnmobilnachbarn hören mit und genießen die melodischen Lieder ebenfalls. Aus gebührendem Abstand klatschen sie nach jedem Schlussakkord Applaus. Marcus ist es eher peinlich, er lässt sich aber gerne von allen Seiten zu einem weiteren Lied motivieren.

Eisenach und Erfurt schaffen sie locker an einem Tag. Von Mittwoch auf Donnerstag wählen sie den Stellplatz am Leipziger Stadthafen.

Vera und Marcus sind überrascht. Umgeben von Wohnbebauung aller Art, liegt der Stadthafen idyllisch am Elstermühlgraben, gerade einmal einen Steinwurf entfernt vom Neubau der Kanzlei des Notars. Alles läuft unspektakulär ab. Sie schicken Christoph per WhatsApp den Hinweis, wo sie stehen. Bereits um 11:00 Uhr klopft dieser an die Tür des Wohnmobils. Er grinst über alle Backen, als Marcus ihm öffnet. Sie trinken kurz einen Kaffee miteinander, Christoph nimmt die P7 an sich, gibt Vera einen Umschlag mit 200 Euro in die Hand, erhält aber keine Erklärung, was es mit diesem Betrag auf sich hat. Vera will das Geld nicht, Marcus besteht aber darauf. Er hatte Christoph aufgetragen, es von Michael einzufordern. Dass damit eine ukrainische Schlägercombo honoriert wurde, wird kein Mensch jemals erfahren.

Zu Fuß gehen sie die wenigen Schritte zum Notariat. Eichtalers sind noch nicht da. Christoph begibt sich ins

Haus und bereitet mit seinem Freund alles vor, Vera und Marcus bleiben vor dem Gebäude stehen. Fünf vor zwölf fahren Bernd und Rainer Eichtaler vor und parken auf dem Stellplatz, der zum Notariat gehört. Beide scheinen nicht überrascht, Marcus und Vera zu sehen. Als ob sie es sogar erwartet hätten. Im Vorbeigehen hält Rainer kurz inne und schaut Vera an. Alle tragen Masken, dennoch meint Vera zu erkennen, dass er darunter lächelt.

Rainer sagt: „Schön, dass wir uns nochmals sehen. So kann ich mich bei Ihnen bedanken. Es wäre schön, wenn niemand etwas über die Art und Weise unseres letzten Gespräches erfahren würde. Könnten wir dies noch in unseren Deal einfließen lassen?" Er schaut auch Marcus an.

Er und Vera nicken und versprechen es. Und beide wissen in diesem Moment, dass sie es nunmehr auch in Stuttgart nicht erzählen dürfen, worüber sie nicht unglücklich sind.

„Wir haben noch niemandem ein Sterbenswörtchen berichtet", beruhigt Marcus. „Nur vom Ergebnis. Christoph Maier ist schon beim Notar und erwartet Sie beide."

„Alles unter Dach und Fach!", verkündet Christoph eine Dreiviertelstunde später schon von Weitem, als er auf das Reisemobil zuläuft. „Es war ein unglaublich harmonischer Termin. Nicht zu vergleichen mit den Gesprächen in der Vergangenheit. Bernd scheint wie umgewandelt. Es ist mir ein absolutes Rätsel. Aber ihr werdet aufklären, sobald wir alle wieder daheim zusammensitzen. Ihr kommt doch dieses Wochenende heim?", fragt er mit unsicherem Blick.

Vera sagt: „Die Chancen stehen nicht schlecht."

Marcus und Vera gönnen sich dann tatsächlich noch den Freitag und den Samstag. Am Donnerstag, nach dem Notartermin, schauen sie sich Leipzig an. Und endlich besuchen sie auch die Thomaskirche. Marcus ergießt sich in Erklärungen um die Montagsdemonstrationen, die hier ihren Ursprung nahmen und sich auf die ganze Republik ausdehnten. Er hatte von Michael schon vor längerer Zeit davon erfahren, dass seine Liaison Lena in Leipzig bereits 1987 wusste, dass der Umbruch weitgehend unbeschadet stattfinden würde, weil der Kreml es so beschlossen hatte. Die Bürger der DDR, die damals auf die Straße gegangen waren, wussten dies noch nicht. Es war ein sehr mutiges Unterfangen mit ungewissem Ausgang. Dennoch trafen sich die Mutigen Montag für Montag hier vor der Kirche und zogen durch die Straßen.

Vera weiß von ihrer Mutter, dass es irgendwo in der Nähe von Gera eine bunte Schauhöhle geben soll. Sie nannte sie „Feengrotten". Sie liegt in Saalfeld an der Saale, wie Google weiß, und schon ein ganzes Stückchen von Gera entfernt, aber bereits in Richtung Heimat. Die Feengrotten bieten Übernachtungsplätze für Wohnmobile an.

„Ich habe jetzt von Stadtbesichtigungen genug", meint Vera, „und möchte diese Höhle besuchen, von deren Farbenpracht Mama öfter schwärmte."

Sie kommen erst am späten Abend in Saalfeld an, können aber ohne Probleme auf den Stellplatz fahren. Es ist außer ihnen nur noch ein weiteres Mobil auf dem großzügigen, geschotterten Platz direkt am Waldrand. Schon bei der Einfahrt weist ein großes Schild darauf hin, dass die Schauhöhle bis auf Weiteres geschlossen bliebe. Auch die Gastronomie ist geschlossen. Lena hatte stets auch von den köstlichen Thüringer Rostern erzählt, der typischen, berühmten Rostbratwurst, die es dort gegeben hätte. Vera zeigt sich etwas enttäuscht, sie verbringen jedoch einen wunderbar harmonischen Abend im Mobil und eine zauberhafte Nacht. Die Rostbratwürste nehmen sie dann am nächsten Tag an einem Imbiss ein, als sie das Städtchen Saalfeld besuchen. Von dort aus nehmen sie die Strecke entlang der Saale durch den Thüringer Wald. „Endlich auch mal ein schönes Umland", wie Vera feststellt, denn die Städte, die sie zuvor besucht hatten, liegen eher in landschaftlich weniger schönen Regionen.

Nürnberg besuchen sie als letzte Etappe, und Vera nimmt eine weitere Salve deutscher Geschichte in Empfang. Die dunkle Seite, mit Nürnberger Prozess, Hitlers Prunkbauten und seinen wahnsinnigen Plänen.

Vera besteht natürlich auf dem Besuch der russischen Kirchen in Nürnberg. Dort gibt es deren gleich zwei. Im Vergleich zu den anderen beiden, in Stuttgart und Weimar, muten die Nürnberger Kirchen eher schlicht an. Eine ist sogar in völlig schmucklosen Containern untergebracht. Vera schaut sich beide an und nimmt sich vor, in Zukunft mit Marcus zusammen so viele wie möglich ihrer Kirchen zu besuchen. Deutschland ist groß.

Nahe der zweiten Kirche in Nürnberg-Langwasser verbringen die beiden die Nacht völlig unspektakulär auf dem Messeparkplatz. Marcus hatte Michael letztes Jahr auf der IWA begleitet, der Internationalen Waffenausstellung, die jedes Jahr im März stattfindet, und weiß, dass man dort komfortabel über Nacht stehen kann. Dieses Jahr aber ist die IWA wegen der Corona-Pandemie abgesagt wie die meisten Messen.

Länger als eine Woche ist das verliebte Paar schon unterwegs. Es hat dabei sich und das mobile Reisen noch intensiver lieben gelernt.

Sonntag nach dem Frühstück treten sie gemütlich die Rückreise an und erreichen das Zuhause zur Nachmittagskaffeezeit. Zuvor hatten sie sich telefonisch angekündigt.

Vera und Marcus werden stürmisch begrüßt. Alle stehen vor dem Eingang und winken, als die beiden in die Einfahrt fahren.

Marcus erwidert mit rhythmischem Hupen. Strahlend begibt sich die gesamte Familie ins Haus. Statt Kaffee knallen allerdings zunächst Sektkorken, draußen auf der Westterrasse, in der warmen Nachmittagssonne. Sie setzen sich um den großen, runden Tisch.

„Wer fängt an zu berichten?", fragt Michael, als er sein Glas erhebt. „Ich glaube, jeder hat etwas zu erzählen. Christoph, du?"

Christoph gibt sachlich sein Statement ab: „Die Verträge sind alle unterzeichnet. Die Finanzierung stemmen die beiden ohne unsere Hilfe. Die Eichtalers sagten, Otto Becker ist eingeweiht und hat der neuen Konstellation seinen Segen erteilt. Dieser bürgt auch für die Finanzierung. Er ist auch damit einverstanden, dass Bernd Eichtaler die Agenturleitung übernimmt. Senior Eichtaler, der Vater der beiden, ist ihm als Lebensfreund immer noch sehr nahe. Summa summarum hat unser Vater jetzt einen Veräußerungsgewinn von ziemlich exakt zwei Millionen Euro zu versteuern. Es bleibt aber dennoch nach Steuern genug übrig, um sich entspannt zurückzulehnen, und er hat zukünftig viel Zeit, mit Maria und Chino um die Welt zu kurven. Auch sein flexibler Beratervertrag lässt dies zu, schließlich kann er überall auf der Welt am Laptop arbeiten. … Ach, und noch was: Otto Becker will demnächst Michael Maier kennenlernen. Er wurde von Rainer Eichtaler als großherziger Agenturchef beschrieben, der Bernd nach seinem Fall wieder aufgestellt hat. Mein Fazit: Es hätte nicht besser laufen können."

Christoph schaut Marcus und Vera an. Sie sitzen eng beieinander, ihre linke Hand verschämt in seiner Rechten.

„Ihr seid dran", sagt Christoph. „Was ich eben erzählt habe, wissen die anderen am Tisch bereits. Aber eure Story ist für alle neu. Also los!"

Marcus holt tief Luft, nachdem Vera und er sich zuge-
nickt hatten.

„Ihr alle habt saumäßiges Glück, dass wir überhaupt
wiedergekommen sind. Vera und ich haben diese Woche
sehr genossen. Jeder Tag war ein Highlight." Er schaut
Maria an, als er fortfährt: „Wir haben uns gefunden und
lieben gelernt. Wir sind ein Paar."

„Nicht, dass wir das nicht schon bei eurer Abreise geahnt hätten", meint Maria und lächelt dabei. „Ich wusste,
wie es in meinem Sohn rumort. Ich wäre enttäuscht gewesen, wenn ihr letzten Sonntag gleich wieder aufgekreuzt
wärt." Sie erhebt sich und geht auf die beiden zu, schaut
dabei Vera liebevoll an. Vera erhebt sich ebenfalls. Die
Frauen nehmen sich in den Arm. Stumm und einige Sekunden lang.

„Jetzt, da du ohnehin schon stehst, kannst du deinen
Bericht abgeben", fordert Michael Vera flapsig auf. „Ich
weiß wohl, es war dein Entschluss, nach Leipzig zu fahren.
Marcus war nur Statist und Fahrer. Willst du uns sagen,
wie du die beiden Eichtalers so weich bekommen hast?"

„Lass mich zuerst noch was sagen", wendet Marcus
ein: „Mit dem Statisten hast du absolut recht. Die Aktion
und das Ergebnis sind einzig und allein deiner Tochter zu
verdanken. Wir haben aber beide mit den Eichtalers vereinbart, Stillschweigen zu bewahren. Das wollen wir ein-
halten. Rainer und Bernd wissen im Übrigen weder, dass
Vera deine Tochter ist, noch dass ich Marias Sohn bin. Wir
hatten offiziell nur ein Verhandlungsmandat. Sie halten
Vera immer noch für Frau Sovchenko. Meinen Namen
kennen sie gar nicht."

Alle Augen sind auf Vera gerichtet, die von Maria zwi-
schenzeitlich losgelassen wurde. Sie kommentiert es mit
nur einem knappen, allen jedoch schon vertrauten Satz,
schaut aber beschämt auf den Boden: „Vergesst nicht, ich
bin Russin."

Ebendies hat die Ausländerbehörde auch nicht vergessen.

Michael übergibt Vera am Abend einen Brief. „Der kam gestern als Einwurfeinschreiben an. Ich hoffe, es steht nichts Schlimmes drin."

Vera öffnet ihn sofort in coram publico. Schnell erfasst sie den Inhalt. Ihr wird in knappem Amtsdeutsch mitgeteilt, die Behörde hätte von der Beendigung ihres Arbeitsvertrages im Europapark erfahren, somit wären auch ihr Visum und ihre Aufenthaltsberechtigung in Deutschland erloschen. Sie wird aufgefordert, unverzüglich das Land zu verlassen. Sie liest den Wortlaut vor und schaut im Anschluss in hilflos dreinblickende Gesichter ihres Auditoriums. Spontan weiß niemand einen Rat. Mit den Gesetzen um die Aufenthaltsgenehmigungen in Deutschland hatte sich auch Jurist Christoph nie befasst.

„Wir wollen dieses Thema auf morgen verschieben", bestimmt Michael schließlich. „Lasst uns heute Abend unbeschwert feiern. Und lasst euch überraschen, was ich für euch in der Küche gezaubert habe."

Tatsächlich fährt er ein wunderbares Filet Wellington auf, ein argentinisches Rinderfilet im Blätterteig. Es ist ihm fabelhaft gelungen, rosa im Kern, mit feiner Pilzummantelung und selbst gemachten Kroketten, die nur halb so gut ausschauen wie die fertigen Kroketten aus dem Supermarktregal, dafür aber doppelt so gut schmecken. So richtig munden mag es aber nach dieser bedrohlichen Nachricht niemand recht. Erst nachdem Vera und Marcus leidenschaftlich kleinere Episoden aus ihrer Kennenlernwoche von sich geben und hellauf von den thüringischen Städten schwärmen, heitert die Stimmung etwas auf. Vera erzählt auch vom Gespräch mit ihrer Mutter. Sie kenne Otto Becker seit etwa 50 Jahren, hätte ihn aber genauso lange nicht mehr gesehen. Er hätte ihr Klavierunterricht gegeben, dann ließen besondere Umstände einen Unterricht nicht mehr zu und, er trennte sich von seiner Schülerin. Dass es eine sehr intensive, wenn auch platonische

Liebe zwischen beiden gegeben hatte, lässt sie in ihrer Beschreibung allerdings weg.

Vera schläft schlecht in dieser Nacht. Sie wirft sich von einer Seite auf die andere. Die Gesellschaft hatte sich ziemlich schnell nach dem Abendessen aufgelöst. Marcus ist zu sich nach Hause. Er musste nach der tagelangen Absenz nach dem Rechten schauen. Seit einer Woche spürt Vera zum ersten Mal keinen Körper neben sich. Die plötzliche Einsamkeit plagt sie, Marcus fehlt ihr an ihrer Seite. Es erstaunt sie, wie schnell man sich an eine Schlafgemeinschaft gewöhnt. Auch wundert sie sich rational darüber, wie dieser etwas langweilige, brave und nicht einmal prickelnd aussehende Mann ihr den Kopf verdrehen konnte. Aber es ist so, und es fällt ihr ein Spruch ein, den ihre Mutter manchmal von sich gegeben hatte: Mit der Entfernung und der Liebe ist es wie mit Feuer und Wind. Kleine Feuer bläst der Wind aus. Große Feuer werden von ihm angefacht.

Die Männer, mit denen sie in der Vergangenheit Romanzen hatte, waren alle völlig anders als Marcus gewesen. Sie kamen allesamt aus dem Entertainmentbusiness. Sie arbeiteten ebenfalls im Europapark. Dort hast du keine Chance, einen bodenständigen Deutsch- und Geschichtslehrer kennenzulernen. Vera weiß jetzt, dass sie immer nach einem Marcus gesucht hatte, ohne dies eigentlich zu wissen. Ob es Marcus wohl ähnlich geht? Sie hofft es inständig. Sie möchte an der Seite von Marcus bleiben. Ewig! „Marcus, du fehlst", murmelt sie.

Und natürlich geht ihr das Schreiben der Ausländerbehörde nicht aus dem Kopf. All die Jahre hatte sie sich nicht um die rechtliche Seite der Visa gekümmert. Sie erhielt es automatisiert über zehn Monate, solange ihr Arbeitsvertrag im Park lief, danach ruhte es für zwei Monate, solange sie keinen Vertrag hatte. Daher hatte sie stets den Weg zurück nach St. Petersburg auf sich nehmen müssen. Die

Flüge wurden auch jeweils vom Europapark bezahlt. Der Inhaber Roland Mack ist ein guter Arbeitgeber, aber jene Vesna, die Kroatin, war ihr noch nie wohlgesonnen. Sicherlich hat sie eine Meldung an die Ausländerbehörde gemacht. Aber egal – sie muss reagieren. Morgen gleich. Und während sich ihre Gedanken noch um das Thema drehen, fällt ihr plötzlich der nette Herr ein, mit dem sie sich im Flugzeug so angeregt unterhalten hatte. Irgendwo muss sie noch seine Karte haben. Wie war sein Name doch gleich? Jäger. Gerhard Jäger. Dr. Gerhard Jäger. Arbeitete er nicht für das Außenministerium und hatte mit dem Pipeline-Projekt der Gazprom zu tun? Sie wird sich gleich morgen mit ihm in Verbindung setzen.

Marcus geht es ähnlich. Als er seine Wohnung betritt, kommt er sich vor, als ob er in einem fremden Haus ist. Er schaut sich um. Würde sich Vera hier wohlfühlen? Er befürchtet, nein. Alles ist irgendwie zweckmäßig. Kaum dekorative Elemente. Die Möbel hatte er sich im Laufe der Zeit überall zusammengekauft. Er wünschte sich die Begabung Michaels, mit Licht zu gestalten. Deren Wohnzimmer wird von geschätzten 20 Lichtquellen illuminiert. Jeder fühlt sich dort wohl. Hier, bei ihm, leuchtet eine einzige über dem schmucklosen Tisch. Dass ihm das noch nie aufgefallen war? Ein monströses Bücherregal lehnt an der Wand, daneben sein Schreibtisch und prominent darauf sein PC mit 27-Zoll-Bildschirm. Das Wohnzimmer wirkt wie ein Büro mit ein paar Wohnelementen. Nein, Vera würde sich hier nicht wohlfühlen. Als er sein Schlafzimmer betritt, stellt er sich vor, wie er und Vera ihrer neuen Leidenschaft nachgehen würden. Es schüttelt ihn. Zum ersten Mal fällt ihm auf, wie steril sein Schlafzimmer wirkt. Weiße Raufasertapete, drei lieblose Kunstdrucke an der Wand, ein zweitüriger Kleiderschrank, das 120 cm breite Bett – das war's. Eine seelenlose Junggesellenwohnung, in der sich eine Frau niemals wohlfühlen könnte.

Marcus fühlt sich einsam und glücklich zugleich. Eine Stimmung, die er nicht kennt. Sie waren so unbeschwert in der Gegend herumgefahren. Über eine gemeinsame Zukunft hatten sie nicht gesprochen. Und jetzt dieser bedrohliche Brief, der alle wachgerüttelt hat. Vera ist Russin, kein liebes Mädchen von nebenan. Marcus überfällt plötzlich die Angst, Vera wieder zu verlieren. Auch er schläft nicht gut.

„Bundesamt für Geowissenschaften und Rohstoffe, guten Tag", meldet sich eine melodische Frauenstimme, nachdem Vera am nächsten Morgen die Telefonnummer auf Dr. Jägers Kärtchen gewählt hat.

„Hier Vera Sokolová", sagt Vera. „Könnte ich Herrn Dr. Jäger sprechen?"

„Herr Dr. Jäger ist nicht im Dienst. Hier ist alles ebenfalls heruntergefahren. Er ist zu Hause. Kann ich Ihnen weiterhelfen?"

„Nein, sicher nicht, es ist eher privat."

„Sie könnten ihm eine E-Mail schreiben. Die liest er immer. Haben Sie seine Adresse?"

„Ja, ich habe seine Visitenkarte", antwortet Vera und hat bereits Angst, in ihrem orthografisch mangelhaften Deutsch ihr Anliegen formulieren zu müssen.

„Oder warten Sie, wie war Ihr Name bitte gleich noch mal?"

„Vera Sokolová."

Es dauert einige Sekunden, dann meint die freundliche Stimme: „Ich habe von Dr. Jäger eine Liste mit Namen, denen ich seine Handynummer weitergeben darf. Tatsächlich steht Ihr Name mit drauf." Sie teilt Vera die Nummer mit.

Vera atmet tief durch. Dr. Jäger hat also ihre Begegnung und den regen Austausch im Flugzeug in guter Erinnerung, sonst hätte er ihren Namen nicht explizit auf die Liste gesetzt.

Dr. Jäger ist aufrichtig erfreut, als er Veras Namen vernimmt. „Schön, Ihre Stimme zu hören", sagt er überschwänglich und offenbar erfreut. „Ich denke oft an Sie und unser nettes Gespräch. Seit diesem sind mir die Dreh-Kipp-Beschläge an meinen Fenstern richtig wertvoll geworden." Er lacht herzlich. Dann fragt er ernst: „Es gibt aber hoffentlich keinen schlimmen Grund, dass Sie mich anrufen?"

„Ich erinnere mich auch noch gerne an unseren Austausch im Flieger", flunkert Vera, denn sie hat seit Wochen nicht mehr an diese Zufallsbegegnung gedacht. „Wie Sie prognostiziert hatten, wurde mir mein Vertrag im Europapark gekündigt. Nun habe ich vom Ausländeramt Post erhalten und werde aufgefordert, unverzüglich Deutschland zu verlassen." Ihre Stimme zittert dabei etwas.

„Und Sie möchten Deutschland nicht verlassen?"

„Nein, möchte ich nicht. Es hat sich in den letzten Wochen sehr viel ereignet. Ich habe meine deutsche Familie gefunden."

Dr. Jäger sagt nach einer kleinen Pause mit warmherziger Stimme: „Wenn Sie über eine Telefonflat verfügen und es mir erzählen möchten, höre ich Ihnen gerne zu. Ich habe nämlich momentan viel Zeit." Vera erzählt. Dr. Jäger filtert aus jeder ihrer Aussagen eine tiefe Verbundenheit zu den Familienmitgliedern der Maier-Müller-Familie heraus. Diese nette hübsche Russin, die ein so fabelhaftes Deutsch spricht, gehört tatsächlich nicht ins dunkle St. Petersburg, denkt er, solange Vera noch berichtet. Ohne rechte Zukunftschancen und dann noch dem hässlichen Virus ausgesetzt, der gegenwärtig in ganz Russland um sich schlägt, sollte sie hierbleiben können. Er hört lange und geduldig zu. Dann sagt er: „Bitte schicken Sie mir eine E-Mail, ohne weiteren Kommentar, dann habe ich Ihre Adresse. Ich werde sehen, was ich machen kann. Das Schreiben von der Ausländerbehörde ist übrigens ein

Automatismus. Im Moment steht dort noch keine Person hinter dem Brief. Aber reagieren müssen wir dennoch. Lassen Sie mir den heutigen Tag. Sie lesen heute Abend von mir. Und vielleicht können Sie mir das Schreiben einscannen und mitschicken. Auch Ihren Arbeitsvertrag, wenn Sie möchten, und Ihr Visum."

Gleich fragt Vera Michael, ob sie seinen Scanner benutzen kann. Sie erzählt kurz von dem Gespräch mit Dr. Jäger. Auch Michael zeigt sich erleichtert, vielleicht findet sich eine Lösung. Was er nicht zugibt, auch Maria und er wurden durch das Schreiben ziemlich aus der Fassung gebracht. Es machte deutlich, wie sehr Vera allen ans Herz gewachsen ist. Ganz nebenbei hat sie ihm und der Familie schließlich auch die Haut gerettet. Michael hat keine Ahnung, wie sie es letztendlich geschafft hat, aus den aggressiven Eichtaler-Wölfen Eichtaler-Schäfchen zu machen. Und eigentlich möchte er es auch nicht wissen.

Kaum eine Stunde später findet Dr. Jäger die angeforderte E-Mail in seinem Postfach. Gleich macht er sich ans Werk. Das Schreiben, das er am Abend an Vera abschickt, beginnt sehr förmlich:

„Sehr geehrte Frau Sokolová!

Vielen Dank für Ihr Vertrauen. Die Scans kamen an. Ich habe mir Gedanken gemacht, wie Ihnen geholfen werden kann.

Um eine Aufenthaltsgenehmigung für Deutschland zu erhalten, bedarf es eines Arbeitsvertrags, welcher Ihnen jedoch gekündigt wurde. Grundsätzlich ist Ihnen die Aufnahme einer anderen Arbeit gestattet. Dies wäre also die einfachste aller Lösungen. Da jedoch in Ihrem künstlerischen Bereich gegenwärtig alles heruntergefahren ist, erübrigt es sich hier, nach einer neuen Anstellung zu schauen.

Es gibt aber auch andere Möglichkeiten, in Deutschland zu bleiben:

Die populärste Lösung wäre, Sie heiraten. Dies muss nicht die große Liebe sein, sondern nur ein hilfsbereiter, anständiger Herr, der Steuern sparen will und der mit Ihnen pro forma die Ehe drei Jahre führt. Hierzu kann ich aber leider keine weitere Empfehlung abgeben.

Auch könnten Sie sich auf einer Universität immatrikulieren. Durch die bestätigte Einschreibung bekommen Sie ein Visum. Hier erhalten Sie jedoch keine Unterstützung vom Staat, Sie bräuchten daher jemanden, der Sie über Wasser hält. Da Sie von der Integration in Ihre deutsche Familie gesprochen haben, wäre dies vermutlich eine Lösung.

Und weil wir gerade bei Ihrer deutschen Familie sind bzw. Ihrem leiblichen Vater, den Sie gefunden haben: Er soll Sie adoptieren. Es hört sich zwar etwas grotesk an, sich vom eigenen Vater adoptieren zu lassen, Sie nähmen aber dadurch auch seinen Familiennamen an und wären auch phonetisch gänzlich Deutsche (was durch eine Eheschließung ebenso funktioniere).

Eine weitere Möglichkeit ist es, auf Ihre russlanddeutsche Vergangenheit zu pochen, um die deutsche Volkszugehörigkeit zu erlangen. Diese ist in § 6 BVFG folgendermaßen definiert: Deutscher Volkszugehöriger ist, wer sich in seiner Heimat zum deutschen Volkstum bekannt hat, sofern dieses Bekenntnis durch bestimmte Merkmale wie Abstammung, Sprache, Erziehung, Kultur bestätigt wird. Aufgrund Ihrer Deutschkenntnisse, nicht nur in Sachen Sprache, sondern auch Geschichte, Kultur, Integrationsbereitschaft und Lebensstil, würde Ihnen dieser Nachweis leichtfallen.

Aber, liebe Frau Sokolová, ich möchte Ihnen gerne, als Mitglied des Bundesamts für Geowissenschaften und Rohstoffe, eine berufliche Perspektive anbieten. Wir arbeiten intensiv mit der Deutsch-Russischen Auslandshandelskammer zusammen. Sie hat Vertretungen in Moskau und St. Petersburg, Sie vertritt die Interessen deutscher Unternehmen in Russland und unterstützt russische Unternehmen in ihrer Zusammenarbeit mit und in Deutschland. Mit ihren rund 900 Mitgliedern bildet sie ein starkes Netzwerk und ist der größte ausländische Wirtschaftsverband in Russland. Derzeit sind im russischen Markt 4274 Unternehmen mit deutscher Kapitalbeteiligung aktiv. Die direkten deutschen Investitionen nach Russland betrugen 2019 rund 2,1 Milliarden Euro.

Derzeit verfolgt der Erdgasproduzent Gazprom Pläne, in Deutschland Fabriken für die Herstellung von Wasserstoff aus Methangas zu bauen. Pandemiebedingt finden die Zusammenkünfte der Entscheidungsträger für dieses Projekt nahezu ausnahmslos über Videokonferenzen statt. Dies wird auf absehbare Zeit auch so bleiben. Nachdem hier die Wissenschaft, die Politik und das Kapital, sprich die Unternehmen, gemeinsam über Videoplattformen kommunizieren, sind Simultandolmetscher vonnöten. Diese arbeiten ebenfalls von zu Hause aus.

Liebe Vera, wenn Sie es sich vorstellen können, diese Aufgabe zu erfüllen, würde Sie die AHK unter Vertrag nehmen. Ich habe dort mit den zuständigen Stellen bereits gesprochen. Zunächst befristet auf ein Jahr, einer späteren dauerhaften Anstellung steht meiner Erfahrung nach jedoch dann nichts im Weg. Die Bezahlung erfolgt nach BAT, dem Bundesangestelltentarifvertrag. Darüber hinaus erhalten Sie eine Vergütung pro Einsatz und das erforderliche Equipment für zu Hause.

Gerne erwarte ich Ihre Antwort.

Mit freundlichen Grüßen

Ihr Dr. Gerhard Jäger"

Vera schaut ungläubig auf das Schreiben. Sie liest es wieder und wieder durch. Was ist diese flüchtige Bekanntschaft Dr. Jäger doch für ein Segen! Aufopfernd bemüht er sich, für sie eine Lösung zu finden, und bietet gleich eine ganze Reihe davon an. Und dann auch noch einen Job. Vera ist sich jedoch nicht sicher, ob sie den Anforderungen Genüge leisten kann. Simultandolmetschen ist die Königsdisziplin der Fremdsprachenkundigen. Sie spricht immer entweder Deutsch oder Russisch, aber das schnelle Umswitchen während eines Dialogs blieb ihr immer erspart. Dann werden die Gesprächsführer ja auch mit allerhand Fachbegriffen um sich werfen, die in ihrem Wortschatz weder in der einen noch in der anderen Sprache im Zugriff sind. Dennoch fällt ihr ein riesiger Stein vom Herzen. Eines wird in dem Schreiben deutlich: Es gibt Wege, hier zu bleiben, und das möchte sie unter allen Umständen. Nicht nur wegen Marcus, sondern wegen der ganzen Familie. Diese hat sich zum Abendbrot verabredet. Vera freut sich, den Brief zu präsentieren.

Sechs Wochen später ist der Lockdown bundesweit zurückgefahren, die Infektionszahlen gehen in Deutschland kontinuierlich zurück. Zwar warnen die Virologen über Medien aller Art, dass ein zweites Herunterfahren zu Beginn der kälteren Jahreszeit vermutlich unabdingbar sein wird, im Moment haben jedoch die Shops, Restaurants und andere Einrichtungen wieder fast normal geöffnet, unter hohen Hygieneauflagen zwar, aber dennoch. Auch die Sporteinrichtungen. Marcus und Vera haben, neben Kurztrips mit dem Wohnmobil an den Wochenenden, eine neue Leidenschaft gefunden. Beide sind Mitglied geworden im Schützenverein und gehen mit Michael mindestens einmal pro Woche zum Schießen. Er genießt es sichtlich, für die beiden der Schießtrainer zu sein. Meistens am Mittwochabend. Noch beschränken sie sich auf Luftgewehr und Luftpistole, die anspruchsvollsten Disziplinen im Schießsport, wie Michael sagt. Kleinkaliberdisziplinen und die großkalibrigen Pistolendisziplinen werden aber sicher in Kürze folgen.

Michael denkt nur noch selten in Trauer an seinen Sohn Daniel. Auch diesen hätte er gerne, der Familientradition entsprechend, zum Sportschützen gemacht, jener hatte sich jedoch bereits als Kind mit Händen und Füßen dagegen gewehrt.

Michael hat nach dem Verkauf der Werbeagentur schnell wieder Tritt gefasst, geht täglich und gerne in sein Office. An seinen durch den Verkauf erlangten Wohlstand denken weder er noch Maria. Das gefüllte Konto hat bei beiden im Tagesablauf nicht die Spur geändert. Maria hätte die vergangenen Jahre schon nicht zu arbeiten brauchen, tat es dennoch leidenschaftlich und will es auch weiterhin tun.

Michael hatte darauf bestanden, mit Bernd Eichtaler die Büros zu tauschen. Der Agenturalltag hat zügig wieder begonnen und die beiden arbeiten harmonisch miteinander. Sie wissen, was sie aneinander haben. Bernd arbeitet vom ersten Tag an, als nach Beendigung der Kurzarbeit die Räume wieder in alter Weise gebrummt hatten, ohne Unterlass. Erstaunlicherweise hat er sich auch zu einem akzeptierten Chef entwickelt. Mit den beiden Grafikerinnen wurden Verträge ausgehandelt. Sie sind zukünftig als Freelancer für die vertrauten Kunden tätig und Michaels Weisung unterstellt. Die beiden Grafiker, die ausschließlich die Printmedien für Möbelbecker generieren, arbeiten konzentriert und unspektakulär, wie in der Vergangenheit auch schon.

Michaels Kunden aus der Verteidigungsindustrie halten ihn auf Trab. Auch wenn die gedruckte Information immer mehr an Bedeutung verliert, gibt es Kommunikationsaufgaben zuhauf.

Michael bedient zwei Newsletter für Jäger und für Sportschützen. Darüber hinaus ist er involviert in die wesentliche Korrespondenz der Geschäftsführer zweier Rüstungsunternehmen. Sie mailen ihm die bedeutenden Briefe an Behörden und wichtige Auftraggeber, die sie sinngemäß verfassen. Michael formuliert sie um und schickt sie in wortgewaltiger Sprache und in geschliffener Form wieder zurück. So gehen sie dann raus. Täglich erledigt er stressfrei und routiniert seine Aufgaben. Aufgaben, die er in dieser Form auch von jedem anderen Ort erledigen könnte, zunächst zeigt er jedoch ständig Präsenz, und Bernd scheint ihm dankbar dafür.

Nahezu jedes Wochenende sind Vera, Marcus und Chino auf Wohnmobiltour. Zwar zeigte sich der Hund entsetzt, als am ersten Abend bereits die Schiebetür zum Schlafbereich geschlossen wurde und er vom Wohnbereich aus Laute, die er dahinter vernimmt, mit Winseln und Gebrumm kommentieren musste, aber als lerneifriger Hund gewöhnte er sich schnell daran. Ausgiebige Wanderungen in Regionen, die er bislang nicht kannte, sind seine Belohnung dafür.

Es gibt ein ungewöhnliches Agreement zwischen Vera und Marcus: Sowohl Marcus' Zweckbehausung als auch Veras Wohnung sind für das Liebesspiel tabu. Beide finden es ausgenommen prickelnd, sich auf gemeinsame Wochenenden zu beschränken. Dabei entwickelte sich Veras Wohnung zu einem Arbeitsplatz. Sie hat sich, in Absprache mit allen Familienmitgliedern, ziemlich schnell für den Angestelltenvertrag mit der AHK entschieden. Nach der Unterzeichnung und auch infolgedessen, hatte sie eine Niederlassungserlaubnis bis zunächst 2026 erhalten. Die Befürchtung, Deutschland verlassen zu müssen, ist somit vom Tisch, unabhängig von der Anstellung bei der AHK. Marcus muss sich wieder dem Schulalltag fügen und Vera den Terminen der Videokonferenzen. Oft begleitet sie auch nur Telefonschaltungen zweier Gesprächspartner. Sie ist zwar nach jedem Termin schweißgebadet, erhält aber mächtig viel Anerkennung und Lob. Häufig hat sie schon von verschiedenen Seiten vernommen, dass dieser effizienten Art der Kommunikation wohl die Zukunft gehört. Physische Treffen, mit aufwendigen An- und Abreisen, werden sukzessive an Bedeutung verlieren. Die Angst vor den Fachbegriffen war zwar nicht ganz unbegründet, aber es hält sich in Grenzen. Und Vera lernt natürlich schnell.

Otto Becker hat sich wieder völlig von seiner Corona-Infektion erholt. Allerdings, so ganz zurückziehen, wie er es Rainer Eichtaler angekündigt hatte, kann er sich dann doch nicht. Schon seit Jahren ist er in Kontakt mit einem seiner Kollegen Möbelhausbesitzer im Schwäbischen. Auch dieser plant aktuell, sich aus dem Geschäft zurückzuziehen, auch ihm fehlt der familiäre Nachfolger, und jemanden wie Rainer Eichtaler hat er nicht. Auch ist er einige Jahre älter als Otto. Er bot Otto schon vor einigen Wochen die Übernahme seiner drei Häuser in Baden-Württemberg an. Nunmehr will er zügig aussteigen, weil er befürchtet, dass er einen möglichen zweiten Corona-Lockdown nicht überstehen würde.

In Verbundenheit und Freundschaft zu Otto bietet er ihm die Übernahme zu wunderbaren Konditionen an. Otto hat nicht lange überlegt, ob er diesen Schritt noch wagen möchte. Er will. All die Jahre hatte er sich auf die neuen Bundesländer beschränkt. Das Hauen und Stechen im umkämpften Wettbewerb, das vor der Wende in der Bundesrepublik Deutschland stattfand und auch heute noch stattfindet, hielt längst auch im Osten Einzug. Otto Becker könnte sein Imperium auf zwölf Häuser steigern und würde aus der Expansion einige Vorteile generieren. Auch Rainer Eichtaler zeigt sich von der Idee angetan. Die drei Möbelhäuser liegen zudem rund um Stuttgart, könnten also auch besonders gut von der 2M-Werbeagentur betreut werden.

Rainer Eichtaler ist glücklich, dass Otto Becker seinen Groll auf Bernd begraben hat. Becker plant sogar einen Besuch bei der 2M, im Rahmen seines Treffens mit dem schwäbischen Möbelhausbesitzer. Und er möchte bei dieser Gelegenheit Michael Maier kennenlernen. Rainer Eichtaler kann ihn auf dieser Erkundungsreise nicht begleiten, zu viele Aufgaben hat er in Leipzig zu erledigen, daher vereinbart Otto persönlich die Termine mit seinem Freund, bucht für drei Tage ein Zimmer im SI-Hotel in

Stuttgart, setzt sich in seine S-Klasse und fährt los. Er möchte nur die Häuser kennenlernen und die Pfähle stecken. Das Kaufprozedere wird dann wie immer sein Steuerberater abwickeln.

Bernd ist es nicht ganz wohl in seiner Haut, als sich Otto von unterwegs auf eine Stippvisite anmeldet. Seit etwa zehn Jahren hatte er Otto Becker nicht mehr gesehen und nicht mehr gesprochen. Sein Abgang damals war alles andere als rühmlich.

Becker weiß zwar, dass er hier die Ausbildung zum Werbefachmann absolvierte, aber dass sein Werbe-Etat die Entlohnung dafür bereitstellen musste, weiß er nicht. Vorsichtshalber bespricht er sich im Vorfeld mit Michael. Dieser beruhigt ihn dann. Er werde die Hintergründe nicht preisgeben. Vielmehr freue er sich, diesen Mann endlich kennenlernen zu dürfen.

Bernd und Michael empfangen Otto an der Tür. Herzlich, aber ohne Handschlag und mit Abstand. Michael ist dann doch erstaunt, dass Bernd Herrn Becker mit „Onkel Otto" anspricht, und fragt sich, ob Rainer es ebenso hält. Es macht jedoch die Verbundenheit der Familie zu Otto Becker deutlich.

Alle tragen Gesichtsmasken, beschließen aber, sie im Besprechungsraum abzulegen. Endlich lerne er einmal die Werbeagentur kennen, die seine Wochenbeilagen immer so kreativ und pünktlich liefern, lobt Otto eingangs höflich.

Er stellt aber auch fest, dass die Bilder an der Wand mit Möbeln absolut nichts zu tun haben. Waffen aller Art, von der Pistole bis zur Bordkanone und Soldaten im Einsatz. Rainer hätte ihm nie erzählt, dass die 2M auf die Werbung von Rüstungsgütern spezialisiert ist, meint er, und Michael hat schon Angst, dass er mit seiner gewohnten Argumentation beginnen müsste.

„Waffen sind nicht gerade meine Leidenschaft", sagt Otto, „aber ich sehe ein, dass es auch für diese Produkte Werbung geben muss."

„Welche Leidenschaft ist denn Ihre?", fragt Michael und hofft, schnell vom Thema Waffen wegzukommen.

„Es ist die Musik", antwortet Otto bereitwillig und strahlt dabei. „Keine Stalinorgeln, eher Kirchenorgeln."

„Da haben wir ja eine Gemeinsamkeit", meint Michael hoffnungsfroh. „Die Liebe zur Musik. Ich spiele Gitarre. Allerdings keine klerikale Musik, eher irische Folklore."

„Oh!", sagt Otto, und sein Antlitz hellt auf. „Irish Folk. Sehr schön. Ich höre ihn sehr gerne. Leider ist das Klavier für diese Musik völlig ungeeignet. In den irischen Pubs haben Klaviere und Flügel keinen Platz, daher spielen sie dort auch keine Rolle. Das Akkordeon ist das einzige Tasteninstrument, das in Einsatz kommt. Aber auch hier eher das diatonische, das spiele ich leider überhaupt nicht. Oh, es gibt aber wahre Meister auf dieser Knopfharmonika. Und vor allem Meisterinnen."

Bernd ist in diesem Gespräch zum Statisten geworden und irgendwie auch glücklich darüber. Er stellt zufrieden fest, dass die beiden Männer ähnlichen Alters sich auf Anhieb wunderbar verstehen. Kann ja nur gut sein für die Agentur und ihn.

„Aber nun zum Geschäft", bestimmt Otto Becker schließlich. „Herr Maier, Sie sind Stuttgarter Urgestein. Sie würden mir die Beurteilung und Entscheidung erleichtern, wenn Sie mich morgen und übermorgen begleiten könnten, um die Möbelhäuser meines Freundes zu besuchen. Es geht mir auch darum, ob wir die Marktansprache der Möbelbecker-Kette im Osten auf seine Häuser übertragen könnten oder ob wir die Werbung eher regional anpassen müssen. Er hat schon einen denkbar verknöcherten und konservativen Auftritt bislang. Sie sagen mir, was wir ändern müssen – oder eben beibehalten. Ich hätte kein Problem damit, weiterhin den angestammten Namen zu lassen, und wir machen keine Möbelbeckerfilialen draus. Sie würden mich sehr unterstützen, und ich höre auf Sie."

Michael sagt gerne zu. Nicht nur, weil ihn das Thema interessiert und er sich geehrt fühlt, bei einer solch gewichtigen Entscheidung mitwirken zu können, nein, es ist die Person Otto Becker selbst, die ihn tief beeindruckt. Dieser Mann, der noch etwas mehr an Jahren zählt als er selbst, ist ihm ausgesprochen sympathisch.

„Wo sind Sie untergekommen?", fragt er Otto. „Bei Ihrem Freund?"

Otto Becker verneint: „Ich habe ein Zimmer im SI-Hotel gebucht. Mein Freund lebt ebenso allein wie ich auch. Da ist man auf Übernachtungsgäste nicht eingerichtet." Er schmunzelt. „Schließlich sind wir keine Teenager mehr. Auch Sie schon lange nicht mehr."

„Das stimmt wohl", meint Michael. „Aber dennoch von der Piste nicht wegzubekommen." Entspanntes Lachen erfüllt den Besprechungsraum. Es gibt nichts Weiteres zu bereden.

Michael und Bernd zeigen Otto den Rest der Agentur. Dieser ist sehr von der Aussicht in Bernds neuem Geschäftsführerbüro beeindruckt. „Da hat dir dein Bruder Rainer einen tollen Dienst erwiesen, als er mit dir die Agentur gekauft hat", sagt er zu Bernd. „Allein hättest du es sicher nicht geschafft. Na ja, ich habe euch ja auch etwas dabei unterstützt." Er wendet sich Michael zu: „Wissen Sie, Herr Maier, ohne deren Vater Helmut hätte ich damals niemals meine Idee vom Möbelhaus realisieren können. Man sieht, letztendlich zahlt sich alles aus."

Im Weitergehen fragt er Michael: „Sagen Sie, wo kann man denn hier gut zu Abend essen? Das Restaurant im Hotel ist so spartanisch auf Corona umgestellt, da fühle ich mich nicht wohl. Keine Tischwäsche, Riesenabstand zum Nachbartisch. Kennen Sie ein gemütliches Lokal? Ich würde Sie auch gerne zum Abendessen einladen. Der Austausch mit Ihnen bereitet mir Freude und Abwechslung.

Bernd hat leider eine andere Einladung und heute Abend keine Zeit."

Michael vermutet, Bernd möchte den Abend nicht mit Otto verbringen und schiebt diese Einladung nur vor. Auch hat er das Gefühl, Otto ist auf Bernds Gesellschaft nicht besonders erpicht. Ganz spontan sagt er: „Herr Becker, es wäre mir eine Ehre und ein Vergnügen, wenn Sie heute Abend unser Gast sein könnten. Auch meine Frau würde sich sehr freuen. Es sei denn, Sie wären Veganer. Ich habe immer noch nicht gelernt, vegan zu kochen."

Otto lacht. „Ich gehöre seit meiner Kindheit zur Spezies der Allesfresser. Wir waren nicht nur arm, sondern auch Kinder der DDR. Da schmeckt alles." Ganz offensichtlich teilt Otto die Sympathie, die ihm von Michael entgegengebracht wird, und sagt freudig zu.

„Auch der Sohn meiner Frau und meine Tochter werden anwesend sein. Wenn Ihnen die keltische Musik gefällt, spielen wir Ihnen gerne auf. Wir haben ein paar Stücke im gemeinsamen Repertoire."

Ein Leuchten geht über Ottos Antlitz. „Sie könnten mir keinen größeren Gefallen tun!", betont er fröhlich. „Ich habe allerdings kein Mitbringsel dabei."

Otto verabschiedet sich. Er möchte noch ins Hotel, um ein Nickerchen machen, die Fahrt hätte ihn doch ziemlich strapaziert. Michael schreibt ihm seine Adresse auf und sie vereinbaren 19:00 Uhr.

„Du hast eine Tochter?", fragt Bernd Michael erstaunt, als Otto gegangen ist.

Siedend heiß fällt Michael ein, dass Bernd ja noch keine Ahnung von Vera hat. Na ja, irgendwann wird er es ja eh erfahren, denkt er und sagt: „Ja, ich habe seit etwa drei Monaten eine Tochter. Es ist eine lange Geschichte. Du kennst sie im Übrigen auch."

Bernd hatte sich in den letzten Wochen immer mal wieder an diese Vera erinnert. Diese schöne Frau mit einem russischen Namen und einem Verhandlungsmandat. Und natürlich hatte er sich gefragt, wie die beiden sich wohl gefunden hatten. Er sieht Michael sekundenlang und ungläubig an: „Du sprichst von dieser Vera?"

Plötzlich ist Michael glücklich, dass Vera ein Thema ist. Sie hatten bislang noch nie über Vera und ihren Besuch in Leipzig gesprochen.

„Sie ist meine leibliche Tochter, von deren Existenz ich bislang nichts wusste", bestätigt Michael. „Es ist eine lange und herzige Geschichte. Irgendwann gebe ich sie zum Besten. Ich weiß wohl, dass ihr beiden von ihr und Marcus Müller in Leipzig Besuch hattet. Beide haben aber kein Sterbenswörtchen darüber verloren, was ihr damals vereinbart habt. Du und dein Bruder ja auch nicht."

„So soll es bleiben", meint Bernd erleichtert. „Glückwunsch", sagt er dennoch. „Sie ist nicht nur hübsch, sondern auch mächtig taff." Dabei denkt er an sein linkes Ohr, welches seither nur noch etwa 50 % des normalen Hörvermögens aufweist.

Otto Becker erscheint pünktlich um 19:00 Uhr. Er hat, entgegen seiner Ankündigung, im Vorbeifahren an einer Tankstelle einen Blumenstrauß erworben, den er Maria in die Hand drückt. Er hat sich umgezogen und trägt ein Sakko, leger, ohne Krawatte.

„Ich freue mich sehr, Sie auch kennenzulernen", begrüßt er Maria.

„Sie machen meinen Michael glücklich", meint sie fröhlich. „Er liebt Essensgäste."

„An Leuten wie Ihnen verdiene ich am wenigsten", meint er spaßig, als er sich im Wohnzimmer umsieht. „Chesterfield hatte ich noch nie im Programm und die Schränke sind wohl alles Erbstücke?"

Michael antwortet: „Ich brauche seelisch das Museale. Meine Familie muss da leider mitziehen. Vera und Marcus werden auch gleich auftauchen. Wie wär's mit einem Gläsle Sekt zum Magenöffnen?" Und während der Korken knallt, kommen Vera und Marcus auch in die Stube und begrüßen Otto Becker. „Wollen wir auf der Terrasse anstoßen?", fragt Michael und geht voran.

Es ist ein lauer Abend und Stuttgart bietet einen karibischen Sonnenuntergang. Zuvor wittert Otto noch mit geblähten Nüstern in der Luft. „Lassen Sie mich raten", sagt er. „Es gibt meine Leibspeise. Rindsrouladen."

„Es ist auch meine Leibspeise", bestätigt Marcus. „Es werden vielleicht die besten sein, die Sie je hatten."

„Schluss mit den Vorschusslorbeeren!", meint Michael, wobei ihm dennoch der Stolz anzusehen ist.

Otto Becker ist von der ganzen Familie beeindruckt. Alles läuft so ungezwungen ab. Er ging doch mit einem etwas mulmigen Gefühl zur Einladung. Schließlich kennt er Michael Maier überhaupt nicht. Als sie aber auf der Terrasse stehen und ihn, obwohl er überhaupt kein leidenschaftlicher Small Talker ist, in fast spielerischer Weise miteinbeziehen, freut er sich, hier zu sein. Die netten Gespräche gehen lebhaft am Tisch weiter. Nicht über Möbel oder Werbeagenturen wird geplaudert, sondern über allgemeinen Weltschmerz, allen voran natürlich die Coronapandemie, die ganz Deutschland zu lähmen droht.

Otto berichtet kurz über den Verlauf seiner überstandenen Corona-Infektion. Einige Tage fehlen ihm jedoch in der Erinnerung.

„Aber ohne dieses Virus wäre ich nicht in den Genuss dieser lieben Einladung gekommen, und wir würden jetzt irgendwo in einem Restaurant sitzen", sagt Otto. „So aber bin ich plötzlich in eine nette Familie integriert, die ich gestern noch gar nicht kannte. Sie müssen wissen, Essen ist nach der Musik eine weitere Leidenschaft von mir. Leider sieht man es mir auch an." Dabei klopft er mit beiden Händen auf seinen Bauch. „Wobei ich einige Kilo verloren habe, als ich im Krankenhaus im Koma lag. Zwei sind aber schon wieder drauf."

Michael erzählt von sich, vom Tod seines Sohnes, vom Tod seiner ersten Frau und seiner Liebe zu Maria, und wie gut er sich doch mit ihrem Sohn Marcus versteht. Nicht nur musikalisch. „Eigentlich stehe ich ihm näher als meinem eigenen Sohn Christoph. Er ist Rechtsanwalt in Berlin. Und das Beste: Marcus und Vera haben sich auch als Paar gefunden."

Otto blickt alle Anwesenden der Reihe nach an. Dann sagt er: „Gott wird immer zusammenfügen, was zusammengehört. Es ist ein Hobby von ihm. Auch er hat seine Leidenschaften."

Vera, die in diesem Moment die Servierschale mit den Rouladen aufträgt, ruft freudig: „Es scheint mir, ich habe heute einen Tischgenossen gefunden, der mein Tischgebet ehrlich teilt." Sie schaut grinsend in die Runde. „Normalerweise wird es hier nur geduldet. Sie halten sich brav zurück, wenn ich bete. Aber meinen Marcus habe ich bereits etwas missioniert." In Marcus steigt wieder die Wangenröte auf.

„Wobei es mir angesichts dieser leckeren Mahlzeit heute schwerfallen wird", meint Otto im Anblick der dampfenden Rouladen und voller Humor. „Da möchte man doch sofort drüber herfallen."

Vera schießt, wie immer, ein Foto von der gedeckten Tafel. „Ich schicke es nachher meiner Mutter", kommentiert sie. „Sie ist der Meinung, die Stuttgarter Küche bestünde nur aus Rindsrouladen. Dabei mussten wir jetzt schon sechs Wochen drauf verzichten."

Während des Essens erzählt Michael von der wunderbaren Fügung, eine leibliche Tochter gefunden zu haben. Dass sie aus St. Petersburg stammt und bereits fünf Jahre im Europapark gearbeitet hat. Dass sie zwar von der Existenz ihres Vaters gewusst hätte, aber erst jetzt, nachdem sie quasi auf der Straße stand, den Kontakt zu ihm gesucht hatte. Seither wäre er wieder im Leben. Er hätte sich schon immer eine Tochter gewünscht. Michael erzählt, dass Rouladen in der Familie eine Art Leitmahlzeit seien, und beschreibt seinen Bezug zu diesem speziellen Gericht, welches er mit Lena, Veras Mutter, zum ersten Mal 1987 in der Gaststätte „Glückauf" in Gera gegessen hätte.

Otto bleibt fast der Bissen im Hals stecken, als er Gera und den Namen Lena hört. Er legt sogar das Besteck zurück auf das silberne Besteckbänkchen. Dann schaut er Michael ungläubig an. Er überlegt.

„In Gera, sagen Sie, hätten Sie diese Lena kennengelernt? Sie war russische Staatsbürgerin?" Sein Blick schweift zu Vera, die ihn mit erwartungsvollen Augen anschaut, und fragt mit fester Stimme: „Ihr Name ist Vera Sokolová und der Ihrer Mutter ist Lena Sokolová? Ich blicke im Moment überhaupt nichts mehr … Sie wissen, dass ich in Gera gebürtig bin und immer noch dort wohne?"

„So ist es, Herr Becker." Vera lächelt den Gast vielsagend an. „Und ich weiß von meiner Mama, dass sie bei Ihnen in Gera Klavierunterricht genommen hat. Ganz zufällig habe ich den Namen Otto Becker sowohl hier als auch von ihr vernommen, aber ich stellte zunächst keinen Zusammenhang her."

„Lena", flüstert Otto und schaut in die Ferne. Wie im Selbstgespräch flüstert er weiter: „Ich denke so oft an Lena. So oft. Ich habe auch schon nach ihr geforscht, aber nach der Wende sind alle Spuren der russischen Besatzer verwischt. Die einzige Information, die ich noch bekam, sie arbeitete im VEB Kombinat Planeta und ist zurück nach Russland. Oder damals noch in die Sowjetunion. Oder war es schon Russland?"

Alle an der Tafel schauen Otto Becker an, wie er seine Erinnerungen mit sich selbst bespricht. Sie spüren, dass sich hier etwas ganz Rührendes anbahnt.

Wieder schaut er Vera an: „Weiß Lena, dass ich heute bei Ihnen zu Gast bin?"

„Ich habe es ihr heute Nachmittag erzählt", bekommt er zur Antwort. „Wir sprechen täglich miteinander."

„Und hat Sie Ihnen etwas über mich gesagt?" Otto bettelt förmlich um eine Aussage, die ihm behagt.

Vera weiß einige Sekunden lang nicht, wie sie es formulieren soll, sagt dann fast etwas anklagend: „Sie haben sie damals sehr enttäuscht. Das Klavierspiel hat ihr mit Ihnen als Lehrer unheimlich Freude bereitet. Aber es hat auch Sehnsüchte geweckt. Sie war unsterblich in Sie verliebt, und Sie setzten sie einfach vor die Tür."

„Ich musste es tun", meint Otto entschuldigend. „Mir ging es ja genauso. Ich bekam dieses Wesen Lena nicht aus dem Kopf. Ich freute mich von Unterrichtsstunde zu Unterrichtsstunde auf ihren Besuch. Sie hatte kein Klavier zu Hause, ich musste sie also zu mir nach Hause einladen, um ihr Klavierunterricht zu geben. Sie durfte auch zum Üben an mein Klavier. Sie war, nachdem ich den Unterricht beendet hatte, noch einmal in der Marienkirche in Untermberg, als ich Orgel spielte. Ich hatte sie von oben gesehen. Wir hatten Blickkontakt. Ich bin nach dem

Gottesdienst fast panikartig aus dem Hintereingang geflüchtet. Es hätte nicht mehr viel gefehlt und …" Otto will nicht weitersprechen. Er schüttelt nur stumm den Kopf.

Vera übernimmt wieder das Wort: „Ihr wart beide närrisch ineinander verliebt, aber nur Sie wussten, dass es nicht sein durfte."

„Sie war 15! Ich war 20!", ist Ottos Erklärung. „Ich hätte mich schuldig gemacht. Nicht nur vor Gott."

„Darf ich meine Mama per FaceTime nachher anrufen?", fragt Vera. „Wollt ihr miteinander sprechen? Ich weiß, sie sitzt vor ihrem Smartphone und wartet, dass es klingelt." Otto schaut sie lange wie versteinert an und sagt nichts.

„Die Rouladen werden kalt", rettet Maria die Situation. „Esst doch bitte weiter."

Nach dem opulenten Mahl und einem Digestif sind alle entspannt und lehnen sich zurück. Otto nickt Vera zu: „Wenn nicht jetzt, wann dann?" Es war jedoch keine Frage, es war eher eine Aufforderung.

Michael und Marcus stehen beide auf, nehmen sich die Gitarren und spielen sich im Wohnzimmer ein. Maria räumt den Tisch ab und verzieht sich in die Küche. Vera wählt.

Ihr fällt sofort auf, dass am anderen Ende der Verbindung nicht jene Lena sitzt, die sie für gewöhnlich sieht. Lena hat sich aufgepeppt: Haare, Make-up, Bluse, Hintergrund, alles ist stimmig für das Gespräch, auf das sie sehnsüchtig, aber mit etwas flauem Magen gewartet hat. Sie sieht richtig gut aus, wie Vera feststellt, und sie scheint um Jahre jünger.

„Unser Essensgast ist hier und wir haben gute Gespräche", beginnt Vera.

„Lass mich raten … es gab Rindsrouladen", sagt Lena zur Gesprächseröffnung. Dabei ist sie bemüht, das leichte Zittern ihrer Stimme zu unterdrücken.

Vera bestätigt: „Ja, aber es gibt sie seit Wochen zum ersten Mal wieder, wir waren schon fast auf Entzug. Ich gebe jetzt an Herrn Becker weiter."

Lena sagt strahlend, als Beckers Konterfei auf ihrem Display erscheint: „Mein lieber Ottl, könnten wir endlich weitermachen mit dem Klavierunterricht? Ich bin mittlerweile etwas aus der Übung."

„Und du?", kontert Otto. „Wo hast du dich in den letzten 50 Jahren rumgetrieben? Mit einer solch laxen Einstellung wird's nix mit einer guten Pianistin."

Es freut ihn, dass Lena ihn sofort wieder mit dem vertrauten Ottl anredet. Alle nannten ihn damals so. Beide lachen entspannt. Vera verlässt das Speisezimmer. Sie möchte beide allein lassen. Sie setzt sich zu den Musikanten in die Chesterfield-Gruppe und lauscht der etwas traurigen Ballade „And The Band Played Waltzing Matilda".

Vorher geht sie noch an der Küche vorbei und sagt zu Maria: „Lass alles stehen, ich werde alles nachher erledigen."

Maria entgegnet: „Ich versorge nur schnell alles, was in den Kühlschrank muss. Dein Vater hat wie immer viel zu viel gekocht."

Eine stattliche halbe Stunde später begibt sich Otto ebenfalls ins Wohnzimmer. Ihm wurde der bequeme Ohrenbackensessel freigehalten. Er macht einen unbeschreiblich gelösten Eindruck. Entspannt und strahlend lässt er sich in dem Sessel nieder, als ob er hier wohnte.

„Entschuldigen Sie", sagt er, „jetzt habe ich mich doch mit meiner alten Liebe etwas verplaudert." Er schaut in ebenso strahlende Gesichter.

„Ich habe uns noch ein Glas Wein eingeschenkt", sagt der Sommelier Michael. „Ein Cannstatter Zuckerle, einer von hier."

Otto nimmt sein Glas und prostet Michael zu: „Ich bin Otto. Meine Freunde nennen mich Ottl. Wir waren beide vermutlich in dieselbe Frau verliebt, lassen Sie uns darauf Brüderschaft trinken."

„Michael", sagt Michael. „Es freut mich. Heute Nachmittag hätte ich noch nicht damit gerechnet, dass wir uns heute Abend bereits duzen." Alle schauten gespannt auf Otto. Ob er wohl etwas vom Gespräch mit Lena rauslassen wird? Michael und Marcus stellen die Gitarren zur Seite.

„Vera", beginnt er schließlich, „ich habe Ihre Mutter eingeladen. Ich möchte sie so schnell wie möglich wiedersehen. Ich werde ihr auch die Reise komplett bezahlen. Sie hat freudig zugestimmt, aber wir haben keine Ahnung, wie es funktionieren könnte, jetzt zu Coronazeiten. Sie kann doch nicht einfach in einen Flieger steigen?"

„Nein, das kann sie tatsächlich nicht", sagt Vera fast geschäftsmäßig, „aber ich habe da eine spontane Idee. Ich arbeite doch jetzt für die Deutsch-Russische Außenhandelskammer. Ich denke da an einen bestimmten Betrieb, der sie offiziell einladen wird. Dann hat sie das Visum innerhalb weniger Tage …" Ihr stockt der Redefluss. Sie schaut Otto Becker an und schüttelt entschuldigend den Kopf. Tränen füllen ihre Augen. „Ich bin so unendlich glücklich", flüstert sie und schämt sich ihrer Tränen nicht. Es ist Otto, der diesmal die Situation rettet. Er wendet sich Marcus zu: „Leider habe ich eure irischen Lieder nur ganz leise gehört im Esszimmer. Das allererste war so schön. Wollt ihr es nochmals spielen?"

„Es war mein schönster Abend seit Jahren", sagt Otto Becker zum Abschied. „Ich möchte mich herzlich dafür bedanken. Es ist so schön, dass es dich und deine Familie gibt, Michael." Sie hatten zuvor ihre gesamten Kontaktdaten ausgetauscht: E-Mail-Adressen, Handynummern und Wohnadressen. Alle sind sich sicher, es wird eine Verbindung von Dauer werden.

„Bis morgen, Ottl", verabschiedet sich Michael von seinem Gast. „Ich hole dich um 10:00 Uhr im SI ab, wie besprochen. Vielen Dank, dass du unser Gast warst. Du bist stets willkommen."

„Gottes Segen euch allen", sagt Otto noch und geht.

Die Frauen verschwinden gemeinsam in die Küche, um Michaels Chaos zu entfernen. Wie die meisten leidenschaftlich kochenden Männer produziert er zwar köstliche Mahlzeiten, aber eben auch eine mächtige Unordnung in der Küche.

Wie angestochen rast Vera plötzlich aus der Küche. Maria hört, wie sie sich auf der Gästetoilette heftig übergibt. Sie fragt von draußen: „Vera, wie geht's? Kann ich dir helfen?"

„Geht!", stöhnt Vera kurz und übergibt sich weiter. Nach drei Minuten kommt sie wieder in die Küche und sagt zu Maria, die sie mit sorgenvollen Augen anblickt: „Es waren doch wahrscheinlich zu viele Impressionen heute. Das hat mir auf den Magen geschlagen." Sie lächelt aber dazu.

„Dir ging es doch bis eben noch gut. Kam der Brechreiz holterdiepolter?"

„Ich bin jetzt schon wieder okay. Keine Ahnung … ich übergebe mich eigentlich nie."

Maria schaut Vera durchdringend an. Sie ist eine erfahrene Frau, ihr schwant sofort etwas. Dann sagt sie: „Mein Kind, kann es sein, dass du schwanger bist?"

Vera ziert sich nicht lange mit der Antwort: „Meine Regel ist 14 Tage überfällig. Sagen wir, die Wahrscheinlichkeit ist äußerst hoch." Maria stößt einen spitzen Jauchzer aus und nimmt Vera in den Arm. Ganz fest. Marcus und Michael schauen sich im Wohnzimmer an. Was war das eben für ein ungewöhnlicher Laut aus der Küche? Sie stehen beide auf und schauen nach. In der Küche erblicken sie zwei Frauen, die sich lachend in den Armen liegen. Maria jubelt überschwänglich und strahlt ihren Sohn an: „Marcus, Du glaubst es nicht, Du glaubst es nicht! Das

Erste, was du morgen früh machst: Du fährst in die Apotheke und kaufst einen Schwangerschaftstest."

Pünktlich um 10:00 Uhr fährt Michael am Eingang zum SI-Hotel vor. Otto wartet bereits vor dem Hotel und winkt kurz zum Gruß.

„Wollen wir meinen Wagen nehmen?", fragt Michael und Otto nimmt das Angebot gerne an. „Du kennst deine schwäbischen Gaue besser."

Otto hat sich mit seinem Freund, dem Möbelhausbesitzer, in der Ludwigsburger Filiale verabredet. Auf der Autobahn fragt Michael: „Ottl, weißt du eigentlich, warum sich die Schwaben und die Sachsen so gut verstehen?"

„Du wirst es mir gleich sagen", freut sich Otto. „Wobei ich anmerken muss, dass Gera in Thüringen liegt. Leipzig liegt in Sachsen. Also … warum?"

„Die Meinungsforscher von Emnid ermitteln in Umfragen immer mal wieder, welche deutschen Dialekte die beliebtesten sind", erklärt Michael. „Dabei streiten sich Bayerisch und Österreichisch immer um den ersten Platz. Um den letzten Platz streiten sich traditionsgemäß immer Schwäbisch und Sächsisch."

„Du mähnst, wir meechn uns, wail wir beede nen Schbroochfähler hom?", fragt Otto fröhlich.

„Genau – ao mir Schwoba hend an Schbroochfähler", erwidert Michael ebenso fröhlich. „Marcus hat mir mal erklärt, dass es so viele Parallelen zwischen diesen beiden Mundarten gibt, weil die reformierten Städte in Schwaben im 16. Jahrhundert die Lehrer, die damals ja meist auch katholische Geistliche waren, aus den Städten vertrieben und sich welche aus der Keimzelle der Reformation in Sachsen und Anhalt geholt haben. Die haben dann das ‚Ä' anstelle des ‚E' in das Schwäbisch eingeführt. Zumindest phonetisch."

„Du mähnst, die Lährer woren dos?", prustet Otto los.

„Freile, bloos wähga de Lährer schwätzed mir so."

Die beiden haben viel Spaß an diesem Austausch. Otto weiß noch was: „Wässde ächndlich den Undrschied zwischn einem Deegässl und Odello? Näh? Ganz ähnfach: Im Deegässl sieded dähr Dee – un in Odello deeded er sie."

Nachdem Michael zu Ende gelacht hat, droht er Otto: „Du weißt schon um die schwäbische Sparsamkeit und um das Risiko, einem Schwaben etwas verkaufen zu wollen? Doh muas d'Beddlaad schao zehmaghaglad sei, bevor ma sich a nuis Bedd kaufd."

Solange Otto die Worte noch schmunzelnd sortiert, spricht Michael weiter: „Ist ein Schwabe dabei, vorsichtig die Tapete im Wohnzimmer abzulösen. Ein Freund kommt vorbei und fragt: ‚So, Karle, duasch nui dabbeziera?' – ‚Noi', said dr Karle, ‚mir ziaged um.'"

Vor lauter Lachen hätten die beiden fast die Ausfahrt Ludwigsburg verpasst.

Im Dezember hat die Coronapandemie einen neuen Höhepunkt erreicht. Mehr als 30 000 Neuinfizierte an einem Tag und über 1000 Tote. Deutschland befindet sich wieder im Lockdown, der ähnlich konsequent von der Regierung angeordnet wird wie schon im Frühjahr. Die Impfungen der Ältesten ab 80 Lebensjahren sowie des Pflegepersonals in Krankenhäusern und Altenheimen soll ab 27. Dezember beginnen, der Effekt der Herdenimmunität wird aber erst einsetzen, wenn etwa 70 % der Bevölkerung geimpft sein werden. Dann erst gibt es Hoffnung, wieder in ein normales Leben zurückzukehren. Wobei sich alle einig sind, die Pandemie werde die Gesellschaft verändern. Auch nach dem Sieg über das Virus. Homeoffice-Arbeitsplätze wurden geschaffen und werden vermutlich dann auch gehalten. Mitarbeiter der Kliniken, sowohl die Ärzteschaft als auch das übrige Personal, genießen einen erheblich besseren Ruf und werden über die Monate hinweg in heldenhaftem Licht von den Bürgern wahrgenommen.

Marcus arbeitet im Homeschooling von zu Hause aus. Die Schulen bleiben wieder geschlossen, zumindest die Oberstufenschüler des Gymnasiums lernen ebenfalls am Computer von zu Hause aus. Marcus ist es sehr recht, so kann er sich um seine hochschwangere Vera kümmern. Sie nimmt ihren glücklichen Umstand jedoch sehr gelassen. Es geht ihr gut.

Die beiden schmücken gemeinsam den Weihnachtsbaum, eine stattliche Nordmanntanne. Den Christbaumschmuck hatten sie auf dem letzten Wochenendtrip mit dem Wohnmobil gekauft. Direkt in einer der traditionellen Glasbläsereien im Erzgebirge. Chino schnüffelt sehr interessiert am Baum, sucht einige Sekunden nach der besten Stelle, um daran das Bein zu heben. Vera und Marcus kichern wie die Teenager, als sie ihn dabei beobachten. Der Christbaum steht inmitten des Wohnzimmers ihres neuen Heims. Für Chino Grund genug, ihn anzupinkeln, was er in seinem eigenen Zuhause noch nie gemacht hatte. Seiner

Hundemeinung nach besitzt er jedoch hier das Recht, zu markieren: Chino was here.

Der Rest des Jahres 2020 hatte sich noch recht ereignisreich für die Familie gezeigt.

Nachdem Veras Schwangerschaftstest positiv ausgefallen war, hatten sie und Marcus ziemlich schnell beschlossen zu heiraten. Die standesamtliche Hochzeit war ernüchternd gewesen. Nur das Paar durfte ins Trauungszimmer des Stuttgarter Rathauses, in welchem eine Standesbeamtin hinter einer Plexiglasscheibe emotionslos ihren Dienst verrichtete. Selbst für Maria und Michael blieb die Tür verschlossen. Sie mussten sogar auf der Straße warten.

Eine weitere Enttäuschung erwartete Vera, als sie in der russisch-orthodoxen Kirche um einen kirchlichen Trauungstermin nachfragte. Nachdem Marcus nicht orthodoxen Glaubens war, fand sich kein Priester, der die Trauung durchführen wollte. Es war Otto, alias Ottl, der hier wieder aktiv wurde. Dann heiratet ihr eben protestantisch, hatte er entschieden. Er hat zur Kirchenobrigkeit der Marienkirche in Gera-Untermhaus allerbeste Beziehungen. Seinem Wunsch wurde gerne entsprochen. Vera hatte dabei ein besonders warmes Gefühl im Bauch und stimmte freudig zu. Die Erinnerung an die Tage in Gera und der Besuch in der Kirche waren ihr in wunderschöner Erinnerung. Otto versprach auch, die Orgel zu spielen. Der Zeitpunkt der kirchlichen Trauung wurde von Lenas Ankunft in Deutschland abhängig gemacht. Wie es Vera an jenem Abend im Beisein von Otto Becker angekündigt hatte, setzte sie sich gleich am Folgetag mit einem Unternehmen in Verbindung, das im Rahmen der deutsch-russischen Zusammenarbeit schon öfters über eine persönliche Einladung russischer Staatsbürger eine Art Blitzvisum generieren konnte. Lenas Visum galt ein Jahr. Vera gab dennoch keine Ruhe. Sie setzte sich wieder mit Dr. Gerhard Jäger in Verbindung und – über welche Kanäle auch immer – Vera und Lena wurde die Anerkennung als deutsche Staatsbürger zuteil aufgrund ihrer russlanddeutschen Wurzeln. Die russische Staatsbürgerschaft durften sie derweil behalten. Das alles passierte so nebenher.

Im Spätfrühling und Sommer hatte die Covid-19-Situation wieder fröhliches Reisen mit dem Wohnmobil zugelassen. Marcus und Vera nutzten dies an Wochenenden in ihrer geliebten und gewohnten Weise.

Ziemlich schnell allerdings überfielen beide Gewissensbisse, war doch Michael und Maria das mobile Reisen dadurch verbaut. Nie hatten die beiden etwas in diese Richtung verlauten lassen, zu sehr waren sie am Glück des jungverliebten und in freudiger Erwartung befindlichen Paares interessiert. Dennoch, ein eigenes Mobil sollte her.

Marcus hatte in den letzten Jahren einiges an Geld angespart und kaufte kurzerhand eines. Dieses unterschied sich von Michaels Mobil ziemlich; Vera und er entschieden sich für ein Alkoven-Mobil, ebenfalls von Dethleffs. Nicht neu, neue Mobile waren fast nicht zu haben, weil die isolationsgebeutelte Nation die Freiheit, die ein Wohnmobil bot, entdeckt hatte. Und es gab auf Neumobile elend lange Wartezeiten. Bis November wurden in Deutschland mehr als 76 000 Reisemobile neu zugelassen. Aber ein gutes gebrauchtes Mobil ließ sich finden, wenn auch zu einem recht hohen Preis. Im hinteren Teil des Dethleffs war bereits ein Stockbett für den Nachwuchs eingebaut. Das Entscheidungskriterium Nr. 1.

Otto Becker hatte es sich nicht nehmen lassen, Lena höchstpersönlich vom Flughafen in Berlin abzuholen. Er war von Gera etwa 500 Kilometer näher dran als die Stuttgarter. Lena musste zuvor mit ordentlich viel Gepäck mit der Eisenbahn nach Moskau reisen. Von dort aus gab es im Juli glücklicherweise einen der seltenen Flüge. Aber eben nur nach Berlin, von Hauptstadt zu Hauptstadt quasi.

Alle waren irgendwie zappelig und nervös. Die wunderbaren Zufälle waren nicht einfach zu verarbeiten. Es lief zugegebenermaßen auch etwas holprig ab. Lena hatte der Reise nur deshalb spontan und schnell zugesagt, weil sie ihre Tochter in einer guten Familie in Stuttgart wusste und diese auch gerne kennenlernen wollte. Das Wiederfinden des Otto Becker allein hätte sicher nicht ausgereicht, Haus und Hof zu verlassen. Auch hatten die beiden, Lena und Otto, seit jenem Abend nicht mehr miteinander gesprochen. Alle Kommunikation lief über Vera.

Sie erkannten sich von Weitem schon, trotz der Masken, die beide tragen mussten. Die Abfertigungshallen waren recht leer. Beide gingen strahlend aufeinander zu, wobei keiner der beiden das Strahlen des anderen sah, eben wegen der Masken. Sie gaben sich herzlich die Hand, Otto legte sogar die andere Hand noch über Lenas Hand. An eine Umarmung dachten beide jedoch nicht. Sie hatten sich auch vor 50 Jahren niemals umarmt.

Auf der Rückfahrt von Berlin nach Untermhaus öffneten sich beide. Auf Ottos Frage, ob sie denn nie verheiratet war, scheute sich Lena nicht, ihm über ihr gestörtes Verhältnis zu Männern zu berichten. Otto hatte damals, vor mehr als 50 Jahren, von dieser Vergewaltigung nichts mitbekommen. Alles spielte sich im Dunstkreis der Russen ab. Aber natürlich wusste Otto, wie sich eine solche Vergewaltigung auf ein 15-jähriges Mädchen nachhaltig auswirken konnte. Eine psychologische Betreuung gab es damals nicht, so hatte sich in Lena die Abneigung gegen alles Männlich-Sexuelle tiefgreifend manifestiert. Natürlich wollte Lena auch wissen, welche und wie viele Frauen in Ottos Leben eine Rolle gespielt hätten, aber nach ihrem Geständnis fiel es Otto leicht, von seiner Veranlagung, nämlich keine Veranlagung zu haben, zu berichten. Keine einzige, in siebzig Jahren nicht, hatte er trocken geschildert. Beide waren danach stumm weitergefahren, aber in beiden Köpfen breitete sich eine wunderbare Zuversicht aus. Lena musste keine unmittelbare Angst davor haben, dass Otto mehr von ihr einfordern könnte als Gesellschaft, er hingegen war sich plötzlich bewusst, dass Lena von ihm nicht mehr einfordern würde als Gesellschaft. Sie lächelten sich glücklich an. Es musste zu diesem Thema nichts mehr ausgesprochen werden.

Otto besaß in seinem schönen Wohnhaus in Untermhaus einen komfortablen Gästebereich mit eigenem Bad, das er seiner Besucherin gerne zur Verfügung stellte. Natürlich sehr geschmackvoll eingerichtet, wie es sich für einen Möbelhausbesitzer geziemt. Dennoch war Lenas Aufenthalt bei Otto zunächst nur über die Tage um die Hochzeitsfeier herum geplant. Sie ließ es offen, ob sie im Anschluss mit dem jungen Ehepaar zurück nach Stuttgart fahren würde. Zwar wusste sie, dass auch Michael und Maria nach Gera reisen werden, um an der Hochzeit teilzunehmen, aber mit denen zurückzufahren konnte sie sich nicht vorstellen. Sie hatte Angst vor der ersten Begegnung mit Michael. Zweifelsohne war Otto der Mann, dem sie in ihrem Leben ihre größte Zuneigung entgegenbrachte, über viele Monate hinweg, aber damals war sie ein romantischer Teenager gewesen. Otto kann durchaus als die größte unerfüllte Liebe ihres Lebens bezeichnet werden, aber Michael ist schließlich der Vater ihrer Tochter. Und nur mit Michael hatte sie je eine Liebesnacht erlebt. Eine für sie prägende Nacht war es damals gewesen, hatte sie ihr doch gezeigt, dass es nicht nur brutale und sexgierige Männer auf der Welt gab, sondern durchaus auch einfühlsame und zärtliche. Dennoch war die Nacht mit Michael zu nebulös gewesen, als dass es auf sie hätte therapeutisch wirken können, schließlich hatte sie sich vorab viel Mut angetrunken. Lena ging auch demzufolge aller Anmache aus dem Weg. Beiden Männern, Otto und Michael, begegnete sie nunmehr im kurzen Abstand von nur zwei Tagen. So war die Planung. Lena war entsetzlich aufgeregt.

Ach ja, dann war ja noch die Sache mit dem Hochzeitskleid. Natürlich wurde Vera gefragt, was sie zur Trauung in der Kirche tragen möchte. Sie hätte sich darüber auch schon Gedanken gemacht, hatte sie zugegeben, jedoch fand sie keine Idee. Eine klassisch-weiße Hochzeit könne sie sich nicht so recht vorstellen.

Es ging zurzeit ohnehin nicht, ein Hochzeitskleid mal schnell einzukaufen. Es gab kaum Trauungen, weil die meisten der Heiratswilligen die Eheschließung auf nach Corona verschoben. Die Fachgeschäfte für Brautmoden hatten allesamt geschlossen.

Maria lockte Vera, ohne lange nachzudenken, nach oben in ihr Ankleidezimmer.

„Ich hatte vor vielen Jahren eine ähnliche Statur wie du heute. Normalerweise sortiere ich meine Garderobe immer mal wieder aus. Allerdings bringe ich es bei einem Kleid einfach nicht übers Herz, es wegzugeben, auch wenn es mir längst nicht mehr passt. Ich habe es vor etwa dreißig Jahren bei Hilde Weiß, einem Fachgeschäft für Brautmoden, für 1700 DM gekauft und nur ein paarmal getragen."

Mit einem Griff zog Maria eine Kleiderhülle aus dem Schrank. Heraus kam ein blaues Ballkleid aus Seide, Tüllstoff und applizierten Perlen.

„Ein Traumkleid", beurteilte Vera.

„Zieh's mal an", regte Maria an, „es müsste dir eigentlich passen." Und es passte. Sogar wie für Vera maßgeschneidert.

„Marcus war damals etwa fünf Jahre, als ich mir das Kleid zu einem Ball kaufte", sinnierte Maria mit verklärtem Blick. „Er sagte bestimmt zwanzigmal hintereinander: ‚Mama, du bist so schön!'"

Vera drehte sich vor dem Spiegel. Tatsächlich konnte sie dieses Kleid ohne jede Änderung zur Hochzeit tragen. Es war schulterfrei. Sie will es tragen! Sie wird es tragen. Ihr Bäuchlein würde bis zur Hochzeit wohl gerade noch Platz darin finden.

„Lass es uns unten vorführen", schlug Maria vor. Michael und Marcus saßen im Wohnzimmer und spielten Gitarre. Marcus stockte der Atem, als er seine Zukünftige die Treppen herabschweben sah. Barfuß, in einem kobaltblauen Ballkleid. Er legte die Gitarre ab, stand auf, ging auf Vera zu und sagte: „Vera, du bist so schön!"

Es war mittlerweile August und Vera konnte ihre glücklichen Umstände bereits am Hochzeitstag in Gera nicht mehr verbergen. Sie wollte es auch überhaupt nicht, vielmehr trug sie ihr Bäuchlein stolz vor sich her.

Die Stuttgarter reisten mit zwei Wohnmobilen an. Bereits am Donnerstag. Am Samstag war die Hochzeit geplant. Sie fuhren hintereinander auf das große Grundstück, das Otto Beckers Villa umgibt. Er und Lena kamen ihnen entgegen. Chino begann sofort mit seinem Erkundungsgang. Otto rief schon von Weitem: „Lasst ihn ruhig laufen, das Grundstück ist komplett eingefriedet." Er hätte auch gerne einen Hund, aber mit seinen Reisen nach Spanien, in sein Feriendomizil, ließe sich ein Hund nicht vereinbaren. Otto war sich bewusst, dass die nächsten Minuten der außergewöhnlichen Begegnung über das Wohl und Wehe der nächsten Tage entscheiden könnten. Er plauderte daher zunächst über so eine Nebensächlichkeit wie Hundehaltung. Er und Lena hatten bereits den gestrigen Abend miteinander verbracht. Lena hatte ihm von ihrer Angst vor der Begegnung mit dem Vater ihrer Tochter gebeichtet. Otto hatte jedoch keinen Rat und konnte ihr nur versprechen, selbst alles zu tun, damit es harmonisch abliefe.

Natürlich fielen sich Mutter und Tochter zunächst in die Arme, gleich als Vera aus dem Mobil kletterte. Das erste Mal in Deutschland, fünf Jahre lang war das Begrüßungsprozedere immer in St. Petersburg am Flughafen Pulkowo abgelaufen.

Dann wurde Maria initiativ. Sie wartete nicht etwa, bis sie irgendwann an der Reihe war und Lena freundlich die

Hand geben durfte, nein, sie ging als Erste zielstrebig auf sie zu, sofort als Lena sich von Vera getrennt hatte. Spontan nahm sie Lenas Hände in die ihren und sagte:

„Frau Sokolová, Sie müssen jetzt gleich wissen, dass Vera uns zu den glücklichsten Menschen auf der Erde gemacht hat und dass Sie letztendlich die Verantwortung dafür tragen. Ich bin Ihnen unendlich und ewig dankbar."

Lena lächelte erleichtert und sprach: „Lena. Ich bin Lena, die Ältere. Wollen wir uns denn nicht duzen?"

Und Otto, der neben Lena stand, rief fröhlich: „Ja, genau! Ich will zu Maria auch Maria sagen. Ich bin der Ottl."

Erst dann gaben sich Lena und Michael die Hand. Die Spannung war abgeflacht, beide sprachen ja bereits mehrfach per FaceTime miteinander. Angst hatte Lena eher vor der Begegnung mit Maria gehegt, wie sie sich jetzt eingestehen musste. Wäre Michael noch mit der Frau von damals zusammen, stünde sie ganz sicher jetzt nicht hier. Lena empfand Maria auch um Welten attraktiver als sich selbst, jetzt, nachdem sie sie kennenlernte. Maria war auch zehn Jahre jünger und sie musste ganz sicher keine Angst davor haben, dass ich ihm besser gefallen könnte, dachte sie, und ihr fiel ein Stein vom Herzen.

Am Abend besprach man bei Otto Becker zu Hause den Ablauf der Trauungszeremonie. Der Pfarrer saß ebenso dabei. Ihm wurde die ganze Geschichte erzählt: Veras erfolgreiche Suche nach ihrem leiblichen Vater, ihre Integration in die Familie, wie sich Vera und Marcus fanden und auch, welche Bedeutung die Stadt Gera hatte. Der Pfarrer erfuhr, wie Otto und Lena zueinander standen, und ihn erstaunte der unglaubliche Zufall, wie sie sich wiederfanden. Der Herr Pfarrer schrieb eifrig mit. Ihm war klar, dass er den gesamten Freitag wohl an der Trauungsrede schreiben musste.

Dabei waren am Samstag recht wenig Personen in der Marienkirche zugegen, die diese Rede hören konnten. In großem Abstand saßen sie auf den Bänken, aber dankenswerterweise ohne Gesichtsmasken. Großzügig verteilt, fanden sich auch einige Gemeindemitglieder ein. Christoph war von Berlin angereist. Otto hatte Helmut Eichtaler dazu eingeladen. Lena und er kannten sich auch von damals, oberflächlich zwar, es reichte aber für eine freudige Begrüßung aus. Otto machte Helmut mit Michael bekannt. Michael konnte es kaum glauben, dass dieser höfliche, warmherzig dreinblickende Mann, welchen Otto stets als seinen Intimus und besten Lebensfreund bezeichnet hatte, der Vater von Bernd und Rainer sein sollte. Helmut meinte, er freue sich, endlich mal den Mann kennenzulernen, der seinem Bernd eine so tolle Ausbildung ermöglicht hatte. Offenbar wusste er um die anfängliche Unstetigkeit seines Erstgeborenen. Michael hingegen bestätigte Helmut, wie problemlos doch alles lief in der Agentur, und wie wichtig Bernd und Rainer waren, gerade in dieser Zeit, weil sie alle Hände voll zu tun hatten, um die drei Württemberger Häuser ins große Möbelbecker-Konglomerat einzugliedern. Dies sei auch der Grund, dass beide der Trauung nicht beiwohnen konnten.

„Ich werde es beiden berichten", sagte Helmut stolz.

Etwas staksig stand Marcus im dunklen Anzug vor dem Altar. Vera war in ihr traumhaftes, kobaltblaues Hochzeitskleid gehüllt. Und sie bewegte sich darin wie … ja eben wie eine Tänzerin. Vera wollte keinen Brautschleier und schon gar kein Diadem tragen. „Es ist so schön, einmal in einer Kirche ohne Kopfbedeckung zu stehen", sagte sie, und dabei schwang durchaus ein Tadel über die Gepflogenheiten der orthodoxen Kirche mit. Ganz offenbar litt sie immer darunter, sich im Gottesdienst ein Kopftuch überziehen zu müssen. Vera schwebte mehr, als dass sie ging. Otto beauftragte einen Fotografen. Jenen, der auch immer die Aufnahmen für die Möbelprospekte machte. „Ich kann aber auch Gesellschaften fotografieren", hatte dieser im Vorfeld betont.

Otto spielte die Orgel. Beim klassischen Hochzeits-
marsch schritten Vera und Marcus vor den Altar. Michael
und Maria saßen Hand in Hand direkt dahinter. Maria mit
den obligaten Bräutigamsmutter-Tränen, Michael mit stol-
zem Blick. Beiden wurde in der Kirche so richtig klar, dass
die Frucht, die Vera unter dem Herzen trug, ihr jeweils ei-
gen Fleisch und Blut war. Das Kind, das Geschlecht war
nicht bekannt, weil Vera trotzig nichts darüber verlauten
ließ, wird Opa sagen zum leiblichen Großvater und Oma
zur leiblichen Großmutter. Nichts Besonderes für den Au-
ßenstehenden, für Maria und Michael bedeutete es jedoch
die Krönung ihrer Ehe und ihres Glücks.

Der Pfarrer gab sich viel Mühe mit seiner Rede. Er fand
wohlgesetzte und treffende Worte: „Gott fügt zusammen,
was zusammengehört. Das Brautpaar hat sich kennen- und
lieben gelernt in einer Zeit, in der sich unter normalen Umständen nur wenige Menschen neu begegnen. Es ist der
allgemeinen Ausgangsbeschränkung geschuldet. In dieser
Zeit der unsäglichen Modeerscheinung zahlloser Internet-
bekanntschaften, Menschen, die sich aus unterschiedli-
chen Motivationen suchten und fanden, waren Marcus
Müller und Vera Sokolová im richtigen Leben aufeinan-
dergestoßen. In Stuttgart, im fernen Schwabenland. Und
warum stehen nun beide hier in Gera-Untermhaus vor dem
Altar, fragt man sich. Hat es denn in Stuttgart keine Kirchen? Doch, natürlich stehen auch in Stuttgart Kirchen.
Dennoch gibt es einen Grund, dass sich das Brautpaar hier
in der Marienkirche Untermhaus das Ja-Wort geben
möchte. Ohne zu tief in die Privatsphären Einzelner ein-
dringen zu wollen, darf ich dennoch erzählen, dass die
Braut die Tochter einer echten Gersche Fettgusche ist. Ihre
Mutter Lena ist in Gera aufgewachsen. Dies allein würde
aber sicherlich nicht ausreichen, dass auch das Töchter-
chen den Weg zurück zu den Wurzeln findet. Der Grund
hierfür sitzt oben an der Orgel. Ich spreche von unserem

Kirchenbeirat und – ich darf es sicher so sagen – unserem treuen Mäzen Otto Becker. Auch er wurde fündig, jedoch ohne gesucht zu haben. Seine Jugendliebe Lena Sokolová trat zusammen mit Vera in sein Leben. Wenn ich als Geistlicher jetzt neckisch mit den Augen zwinkern dürfte, würde ich jetzt neckisch mit den Augen zwinkern."

Der noch recht junge Pfarrer lächelte dabei Vera an. Ihr gefiel seine lockere Art ausgesprochen gut. Sie lächelte zurück.

„Nun stehen Vera und Marcus hier und wollen ihre Liebe und die Ehe von Gott besiegelt wissen. Dies ist nicht selbstverständlich in dieser Zeit, in der sich leider viele vom Glauben abwenden. Dabei hat dieser Gott ganz sicherlich in dieser Geschichte seine Finger im Spiel gehabt. Wie sonst wäre es zu verstehen, dass eine Tochter ihren Vater fand und eine Mutter ihren Jugendschwarm. Und in der Folge vier Herzen zueinander." Niemand bemerkte, dass Otto und Lena sich fest die Hand hielten.

Seine Rede schloss der Pfarrer mit dem Hinweis: „Die beiden tragen in Zukunft den Ehenamen Müller."

Otto hatte es sich auch nicht nehmen lassen, die anschließende Hochzeitsfeier zu organisieren. Es gab eigentlich keinen Grund dazu. Aber er machte es für Lena und ihre Tochter Vera. Und es fiel ihm, trotz der hohen Auflagen in der Gastronomie, leicht. Eines seiner kleineren Möbelhäuser steht in Gera. Dort bot ein Restaurantbereich eine schöne Außenterrasse. Sie gehörte am Samstagnachmittag allein der Hochzeitsgesellschaft. Das Haus war bereits geschlossen und es herrschte sommerliches Prachtwetter. Die Köche, die normalerweise die Gäste mit Tagesgerichten versorgten, verwöhnten die Hochzeitsgesellschaft mit einem feinen Menü und besten Weinen aus der Saale-Unstrut-Region.

Vera war die Einzige, die beim Mineralwasser blieb. „Ich werde es nachholen", meinte sie mehrfach humorvoll.

„Die beiden Reisemobile können auch über Nacht auf dem Kundenparkplatz stehen bleiben", versicherte Otto.

Vera bestand jedoch darauf, dass sie ihre Hochzeitsnacht auf dem Wohnmobilstellplatz verbrachten, auf dem sie sich im April als Liebespaar gefunden hatten. Sie war sich sicher, dass ihr Kind genau dort gezeugt wurde. So blieb Marcus auch einiges des guten Weines versagt, er musste ja noch fahren.

Otto organisierte ein Streichertrio. Zwei Geigerinnen und einen Cellisten. Würdig in Schwarz gekleidet, spielten Sie barocke Kammermusik. Vera war überglücklich. Das Strahlen wich nicht mehr aus ihrem Antlitz. Dennoch vermisste sie etwas, das zu einer vollendeten Hochzeitsfeier gehörte: den Tanz. Wie gerne hätte sie mit ihrem Marcus getanzt. Marcus tröstete sie mit dem Hinweis, dass er leider überhaupt nicht tanzen könne und es ihr daher glücklicherweise erspart bliebe, auf die Füße getreten zu werden.

Vera brauchte jedoch keinen Marcus und auch keine Tanzkapelle, um zu tanzen. Außer der kleinen Hochzeitsgesellschaft war niemand auf der Terrasse des Möbelhauses. Als das Trio einen Dreivierteltakt anspielte, hielt es Vera nicht mehr auf dem Stuhl. Sie erhob sich und begann zu tanzen. Selbstvergessen und anmutig. Alle schauten ihr schweigend und staunend zu. Wie auf einer Bühne drehte sie sich zu den Walzerklängen. Ihr Bäuchlein war nur vage von der Seite zu sehen. Von hinten und von vorn betrachtet, würde niemand eine werdende Mutter unter dem luftigen Kleid vermuten.

„Vera tanzt", murmelte Otto seiner Lena zu: „Wie schön unsere Vera tanzt."

Nach dem Kaffee begab sich Michael ins Wohnmobil und kehrte mit dem Hochzeitsgeschenk zurück. Es hatte etwa Schuhkartongröße und war liebevoll von Maria eingepackt.

„Es ist von uns gemeinsam", sagte er feierlich zum Brautpaar, als er es vor ihm auf den Tisch stellte. „Gemeinsam heißt, von Maria und Lena und von Ottl und mir."

Vera und Marcus entpackten gespannt das Paket. Es war federleicht. Drinnen fanden sie ein Modellhäuschen von Faller. Eines, das eigentlich auf eine Modelleisenbahnanlage gehörte. Ein modernes Haus war es, mit Pultdach und in modischem Grau. Und es war bereits zusammengebaut.

„Das Dach kann man abnehmen", meinte Michael, als er den erstaunten, erwartungsfrohen Blick des Brautpaares sah. Vera und Marcus fanden darin zwei winzige Umschläge.

„Den blauen zuerst", kommandierte Maria.

Auf dem kleinen Kärtchen stand nur „Gutschein für ein Wohnhaus".

Bevor die beiden noch in irgendeiner Weise reagieren konnten, befahl Ottl: „Jetzt den rosaroten."

In ihm befand sich ebenfalls ein Kärtchen mit der Bezeichnung „Gutschein für eine komplette Wohnungseinrichtung".

Eines der Nachbarhäuser im Silberpappelweg in Stuttgart-Degerloch, ein relativ neues Doppelhaus, war bereits im Juli zum Verkauf gestanden. Die Besitzer waren schon recht betagt gewesen und zogen zu einer ihrer Töchter. Es wurde ein Käufer für das Haus gesucht.

Michael und Maria machten ihren Nachbarn spontan ein Kaufangebot. Natürlich hatten sie Hintergedanken. Beide wollten die junge Familie in der Nachbarschaft wissen. Marcus und Vera erzählten sie nichts von dem Plan. Aus Angst, sie könnten ihn durchkreuzen und sich woanders eine Wohnung suchen, zum Beispiel in Esslingen, wo Marcus seine Lehrerstelle hatte. Auch nach der standesamtlichen Eheschließung waren beide der Wohnung des bzw. der anderen ferngeblieben. Über Nacht zumindest. Ein eigenartiges Verhalten, daher musste zügig nach einer Lösung gesucht werden, wie Maria und Michael entschieden.

Marcus und Vera waren außer sich vor Freude. Nicht nur, weil sie nunmehr wussten, wo ihr zukünftiges Heim steht, sondern natürlich auch, weil Michael und Maria das Haus auf die Namen der beiden eintragen ließen, wie sie sofort betonten. Sie machten es dem Brautpaar tatsächlich zum Geschenk. Michael argumentierte sofort bescheiden, dass der Verkauf der Werbeagentur ohne das Zutun der beiden vermutlich einen völlig anderen Verlauf genommen hätte. So eine Entlohnung wäre also nur recht und billig.

Otto Becker schenkte den beiden die komplette Wohnungseinrichtung. Inklusive Küche und Kinderzimmer. Sie können es sich in einem der drei neuen zukünftigen Möbelbecker-Häuser im Württembergischen aussuchen. Ein Einrichtungsberater wird ihnen zur Verfügung gestellt und im Anschluss wird auch alles fachmännisch montiert. Eine kleine Einschränkung gab Otto noch von sich. Es sollten alles Ausstellungsstücke sein. Diese seien ohne Wartezeit ruckzuck zu demontieren und stünden alsbald im neuen Haus.

Michael und Otto hatten, seit der Besichtigung und Beurteilung der württembergischen Möbelhäuser, nicht nur einen menschlichen, sondern auch sofort einen guten Business-Draht zueinander gefunden. Die Übernahme der Möbelhäuser um Stuttgart herum konnte bereits am nächsten Tag beschlossen werden. Auch Bernd und Rainer Eichtaler freuten sich darüber, war doch mit der Erweiterung der Fortbestand der Jobs in der Agentur gesichert.

Den Wermutstropfen der ganzen Geschichte vernahmen die beiden Eichtalers dann von ihrem Vater Helmut, als er über die Hochzeit Bericht erstattete. Der Wermutstropfen hieß Lena, die Mutter von Michaels neuer Tochter.

Helmut berichtete leidenschaftlich. Er freute sich so über das neue und unerwartete Glück seines Busenfreundes. Beide, Rainer und Bernd, ließen sich den Frust nicht anmerken, innerlich zerriss es sie allerdings fast. Helmut lobte Lena in den höchsten Tönen und erzählte natürlich auch die romantische Story des Wiederfindens nach einem halben Jahrhundert. Noch vor einigen Wochen hatten die Brüder Eichtaler auf ein schnelles Erbe von Otto gehofft, nunmehr war alles offen. Man stelle sich vor: Wenn Otto sich zu einer späten Ehe mit seiner frühen Liebe entschlösse, dann rückte als Haupterbin ganz plötzlich jene Vera und deren Spross ins Licht. Der Trost, der ihnen blieb: Rainer war Geschäftsführer mit ausgezeichnetem Gehalt und Bernd war Geschäftsführer einer eigenen Werbeagentur, die gegenwärtig brummte. Die Leipziger Werbeagentur Piranha hatten sie nach dem Erwerb der 2M schnell liquidiert.

Die Hochzeitsgesellschaft löste sich am Abend auf. Maria und Michael blieben tatsächlich auf dem großen Parkplatz über Nacht stehen. Sie verabredeten sich noch bei Otto zum Frühstück. Nach dem Frühstück am nächsten Morgen machten sich beide auf den Rückweg nach Stuttgart. Allein, ohne Lena. Sie wollte partout nicht mit nach Stuttgart fahren. Lena blieb bei ihrem Ottl. Die vergangenen drei Tage des Zusammenseins mit ihm waren so wunderbar harmonisch für beide. Als ob sie ein Leben lang darauf gewartet hätten, sich wiederzufinden. Es gab so viel zu erzählen.

Beide breiteten ihr Leben vor dem anderen aus. Je mehr sie Zeit miteinander verbrachten, desto näher kamen sie sich. In der Pandemie wurde das öffentliche Dasein fast auf null heruntergefahren, die beiden fühlten sich aber in sich selbst in allerbester Gesellschaft. Sie waren nicht mehr allein und genossen die unbeschwerte Zweisamkeit, ohne jeden Druck, dem anderen gefallen zu müssen.

Natürlich nahmen sie geschäftsmäßig den Klavierunterricht auf. Besser: den Steinway-Flügel-Unterricht. Dieses
edle Stück hatte sich Otto vor Jahren schon geleistet. Es
stand prominent mitten im großen Wohnzimmer.

Als Marcus und Vera nach der Feier in den Wohnmobil-
park einfuhren, trauten sie ihren Augen kaum. Er war ge-
nagelt voll. Sie ergatterten glücklich den letzten freien
Stellplatz. Klar, es war ja Urlaubszeit und viele Wohnmo-
bilisten waren unterwegs. Trotz der Betriebsamkeit erkannte der Stellplatzwirt Vera und Marcus. Er zeigte große
Freude, insbesondere, als er Veras Bäuchlein erblickte. Er
erinnerte sich sogar noch an seine eigenen Worte im Frühjahr: „Gera tut euch gut." Und natürlich erkannte er auch
den Anlass, nachdem Marcus im Anzug und Vera im Ballkleid aus dem Mobil steigen: Die beiden hatten geheiratet.
Großzügig drückte er Marcus ein Glas Schmalz in die
Hand und meint: „Ihr beiden seid natürlich heute Nacht
meine Gäste. Ihr steht umsonst."

Keinen Monat brauchten Vera und Marcus, um ihr neues
Domizil wohnlich einzurichten. Marcus kündigte seine
Wohnung und Vera verließ Daniels Wohnung. Sie befand
sich immer noch in jenem Zustand, wie Daniel sie verlas-
sen hatte. Vera wollte in all den Monaten nicht einmal ein
Bild abhängen. Dies unternahm Michael nunmehr leichten
Herzens und räumte die Einliegerwohnung komplett aus.
Es sollte eine Gästewohnung werden, speziell für Otto. Es
war abzusehen, dass er in Zukunft immer mal wieder für
einige Tage in seinen neuen Möbelhäusern nach dem
Rechten sehen wird.

In Vera hat ein Wandel anderer Art stattgefunden. Seit der
Trauung entfernte sie sich sukzessiv von ihrer Russisch-
Orthodoxen Kirche. Sie wandte sich mehr und mehr dem
protestantischen Glauben zu. Ganz plötzlich wurde ihr

bewusst, wie sehr sie Weihrauch hasste. Ihre Kirchen waren während des Gottesdienstes regelrecht weihrauchgeschwängert. Sie verstand mit einem Mal auch nicht mehr, warum Frauen in der Kirche ihr Haupt mit einem Tuch bedecken mussten, Männer aber nicht. Außerdem empfand sie es als höchst komfortabel, während des Gottesdienstes sitzen zu dürfen, und dies nicht nur wegen ihres wachsenden Bäuchleins.

Kein Sonntag verging, ohne dass Marcus und sie den Gottesdienst besuchten. Die Pfarrerin ihrer Gemeinde predigte kurzweilig und angenehm weltlich. Und sie war eine Frau. In den konservativen orthodoxen Kirchen waren alle wichtigen Ämter den Männern vorbehalten. Sie beschloss, zu konvertieren. Gott war ihr nahe, unabhängig davon, wo sie ihm lobhuldigte. Vera und Marcus besuchten die Gottesdienste ebenso dort, wo sie gerade mit ihrem neuen Wohnmobil standen. Marcus musste zugeben, dass ihm Veras eiserner Glaube zunehmend behagte. Er wird ihn sich auch schon noch antrainieren, gab er stets zuversichtlich von sich.

Im September unternahmen die alte und die junge Familie gemeinsam einen Trip nach Rust in den Europapark. Mit dem Erwerb der Eintrittskarten durften sie mit ihren Wohnmobilen auch den großzügigen Caravan-Stellplatz direkt beim Park nutzen. Vera traf Vika und Roman wieder, die gleich nach der Öffnung des Parks ihre alten Jobs bekamen und im Europapark ihre Wohnung bezogen. Beide fielen aus allen Wolken, als Vera als verheiratete Frau mit einem Schwangerschaftsbäuchlein vor ihnen stand. Ihre neue Familie machte auf sie einen wohlhabenden und rechtschaffenen Eindruck. Gleich mit zwei teuren Wohnmobilen reisten sie an. Vera hatte es aus ihrer Sicht geschafft. Ihre russischen Kommentare konnten die Maiers nicht verstehen. Vera war recht glücklich darüber.

Heute, am Heiligen Abend, laden Vera und Marcus die Familie ein. Es ist nicht ganz legal, denn die Einschränkungen des Lockdowns sind hart, auch über die Feiertage. Lena und Ottl reisen von Gera an und beziehen die neue Gästewohnung im Hause Maier, Daniels ehemalige Einliegerwohnung. Ottl hat eine besondere Überraschung vorbereitet. Am Vormittag fährt ein Lieferwagen an Marcus' und Veras neuem Haus vor. Erstaunt beobachten beide, wie zwei kräftige Männer einen Holzverschlag ausladen. Ziemlich schnell erweist sich die schwere Fracht als Klavier. Ein modernes, mit elektronischem Tralala, wie Otto sagt, als er den Entladevorgang begleitet.

„Das hat euch doch noch gefehlt", erklärt er Marcus stolz. „Ein Klavier."

„Oh?", meint Marcus überrascht. „Ottl, du weißt schon, dass weder Vera noch ich mit dem Ding umgehen können?" Es duzen sich mittlerweile alle in der Patchwork-Familie. „So ein Aufwand, nur damit du uns heute Abend zur Bescherung ein Liedlein vorspielen kannst?"

„Wartet nur den heutigen Abend ab", droht Otto. „Es findet sich in eurem großen Wohnzimmer sicher noch eine Stelle, an dem das Klavier Platz findet. Es soll aber an keiner Außenwand stehen. Das mögen Pianos nämlich überhaupt nicht."

Es bleibt nicht die einzige Überraschung, mit der Lena und Otto an diesem Abend aufwarten. Die erste Überraschung klingelt gegen 16:00 Uhr an der Haustür bei Michael und Maria. Sie sitzen gerade mit Lena und Otto beim Kaffee im Speisezimmer zusammen.

Vera und Marcus sind noch in ihrem Haus nebenan mit Baumschmücken und dem Vorbereiten der Mahlzeit beschäftigt.

Maria guckt Michael erstaunt an: „Die Jungen haben doch einen Schlüssel? Wer kann das sein?" Dann sieht sie, dass Otto und Lena ihr Grinsen nicht verbergen können.

Otto spricht: „Falls jetzt ein euch unbekannter Mann vor der Tür stehen sollte, lasst ihn getrost herein. Er hat einen Negativtest am Flughafen absolviert. Kein Risiko."

Alle vier gehen zur Tür. Michael öffnet, die drei anderen verbleiben im Hintergrund. Vor ihm steht ein stämmiger, schnurrbärtiger Mann, lässig in Parka und Jeans, aber von gepflegtem Äußeren.

Bevor Michael etwas sagen kann, poltert der Mann los: „Du musst dieser Michael sein, wegen dem ich jahrelang nicht mit meiner Schwester gesprochen habe."

Er geht lachend mit zwei Schritten auf Michael zu und schlägt ihm freundschaftlich auf die Schulter. Ziemlich derb, wahrscheinlich, weil er außerstande ist, weniger derb zuzuschlagen. Michael lacht dennoch, sofort weiß er, dass sein Gegenüber dieser dubiose Filipp sein muss, über den sie schon öfter gesprochen hatten.

Trocken und schlagfertig sagt Michael: „Filipp, komm rein. Wir haben eingeheizt." Am Kaffeetisch berichtet Lena: „Eigentlich war es Veras Idee, Filipp einzuladen. Sie haben für ihn auch einen Schlafplatz drüben bei sich. Sie hat heute Abend eine Überraschung für ihn, will aber niemand sagen, welcher Art diese ist." Auch Filipp hat keine blasse Ahnung. Er hat sowieso in Deutschland zu tun, wegen seiner Autobahnleitplanken, so bedeutet Stuttgart für ihn nur einen kleinen Umweg.

Christoph findet leider nicht den Weg von Berlin in seine alte Heimat, um die Weihnachtstage mit der Familie zu verbringen. Die aktuellen Corona-Beschränkungen lassen es nicht zu.

Aber auch ohne ihn handelt es sich um ein letztlich verbotenes Zusammentreffen im Hause Maier. Drei Familien und ein Gast aus St. Petersburg in einem Haushalt dürfen nicht sein. Keiner empfindet jedoch Bedenken oder gar Gewissensbisse.

Vera bereitet einen russischen Schichtsalat vor. Es ist die erste Mahlzeit, welche die Gäste in ihrem neuen Heim einnehmen. Er besteht aus Möhren, Kartoffeln, Zwiebeln, Roten Beten, hart gekochten Eiern und eingelegten Heringen. Und viel Mayonnaise. Alles wird in einer besonderen Reihenfolge in einer Glasschüssel aufeinandergestapelt. Der angerichtete Salat wartet auf der kühlen Terrasse auf seinen Auftritt. Den wird es um 19:00 Uhr geben, vor der Bescherung.

Marcus wartet schon an der Tür und empfängt die Gruppe. Vera stößt einen spitzen Jubelschrei aus, als sie Filipp um den Hals fällt. Während dieser seine um einen halben Kopf größere Nichte in den Arm nimmt und gleichzeitig einen leichten Buckel macht, weil er Angst hat, ihren Bauch zu sehr zu drücken, sieht er Marcus an und sagt: „Junge, was hast du für ein Glück! Wie kann nur ein so hässlicher Kerl wie du eine solch hübsche Braut erwischen." Er brüllt los vor Lachen und Marcus erkennt, dass Filipps Humor einer der besonderen Sorte ist. Er lacht aber herzlich mit. Alle anderen stimmen ein.

„Zunächst müsst ihr alle den Christbaum loben", verkündet Marcus, nachdem er die Gesellschaft ins Wohnzimmer führt. „Es hat im Schwäbischen Tradition. Üblicherweise wird ein Schnäpschen dazu gereicht, den nehmen wir aber erst nach dem Essen ein."

„Schade!", bemerkt Filipp.

Die Lobeshymnen, die nun hereinprasseln, sind durchaus gerechtfertigt. Die Tanne reicht bis zur Decke und ist mit einer mundgeblasenen, silberweißen Baumspitze geschmückt. Nach unten folgen zunächst ebenso weiße Kugeln, die abgestuft immer größer werden; am Fuß des Baumes sind sie fast so groß wie Handbälle.

„Ich schicke meine Dekorateure mal zu euch", sagt Ottl ergriffen. „Die können hier noch viel lernen."

Alle Gäste setzen sich an den Tisch aus Kirschbaumholz, der locker zehn Personen Platz bietet. Vera trägt ihren russischen Schichtsalat auf. Sie stellt ihn in der Glasschüssel mitten auf den Tisch. Lena und Filipp machen ein

319

langes Gesicht. Filipp sagt in seiner speziellen humorvollen Art: „Musste ich tatsächlich mehr als 2000 Kilometer anreisen, um denselben Schrott zu fressen wie in St. Petersburg?"

Lena gibt ihre Meinung etwas sanfter preis: „Ich habe mich so auf deine Rindsrouladen gefreut, lieber Michael, und jetzt das?"

Vera lässt sich jedoch nicht aus dem Konzept bringen und meint: „Üblicherweise gibt es in Deutschland Würstchen am Heiligen Abend. Da ist euch mit dem da wohl ausreichend gedient. Lasst uns dem Herrn danken für alles. Und nun guten Appetit zusammen."

Lena, Otto und Vera falten über der Tischdecke die Hände. Filipp schließt sich an. Marcus ebenfalls. Und zum ersten Mal auch etwas zögerlich Michael und Maria. Sie verstecken ihre Hände jedoch unter der Tischdecke.

Otto spricht ein Tischgebet: „Herr, wir sitzen heute in der Heiligen Nacht zusammen, um die Geburt Jesu zu feiern. Einige am Tisch wissen, dass du ebenfalls bei uns sitzt. Andere mögen dich noch nicht sehen. Ich wünsche mir jetzt, dass sie dich bald sehen werden, heute möchte ich dir aber auch in ihrem Namen danken für dieses Jahr, in dem du uns so viel Gutes beschert hast. Wenn ich bei mir anfange, hast du mir das Leben ein zweites Mal geschenkt. Du hast Lena zu mir geführt. Du hast mir eine Familie gegeben und Freunde, die ich bislang nicht hatte. Du hast es in meinem Leben immer gut mit mir gemeint und ich war dir immer dankbar dafür, in den letzten Monaten hast du mich jedoch zum Glücklichsten aller Menschen gemacht. Dafür danke ich dir. Gib den anderen an deiner wohlgefüllten Tafel eine Minute die Gelegenheit, dir, dem Schöpfer, ebenfalls stumm zu danken. Amen."

Nach etwa einer Minute, in der tatsächlich jeder stumm das Jahr Revue passieren lässt, ist es Filipp, der das Wort ergreift: „So, die Minute ist rum. Russischer Schichtsalat kann ja nicht kalt werden. Bei Rindsrouladen hätte Otto euch nur 20 Sekunden gegeben, um dem Herrn zu danken, hahaha."

Otto sagt ernst: „Zeit spielt für Gott keine Rolle. Hauptsache, er hört euch."

Er schaut in die Runde. Maria und Vera haben feuchte Augen. Michael macht ein ungewohnt betretenes Gesicht, Marcus lächelt ihn anerkennend an. Filipp grinst immer noch.

„Ich glaube, es gibt heute einen guten Heiligen Abend miteinander", sagt Otto noch und hält Vera seinen Teller hin.

Als Verdauungsschnäpschen wird Wodka gereicht. Natürlich Wodka, was sonst, nach einem russischen Salat.

„Bitte Sto Gramm!", tönt Filipp. „Gerne im Wasserglas." Marcus schenkt ein. Vera darf sitzen bleiben. Ihr Bauch ist mächtig, die Niederkunft ist in etwa drei Wochen errechnet.

Otto ergreift das Wort und wendet sich Vera und Marcus zu. „Jetzt ist Zeit für die Bescherung. Lena und ich möchten euch gerne dieses Klavier schenken. Auch wenn keiner von euch darauf spielen kann, werdet ihr es brauchen. Denn verbunden mit dem Klavier kommt ein Versprechen für euren Nachwuchs. Wir bezahlen eine von mir bereits ausgewählte Musikpädagogin, die eurem Nachwuchs ab dem dritten Lebensjahr Unterricht erteilen wird. Das ist unser Geschenk an die junge Familie."

Lena sagt: „Wenn ihr jetzt noch hören wollt, wie Ottl und ich die letzten Monate verbracht haben, würden wir es euch gerne vorführen." Sie nehmen beide ihre Stühle mit zum Klavier, ein Klavierstuhl wird erst nachgeliefert. Sie setzen sich und beginnen ohne Noten zu spielen. Es erklingt der recht einfache Lauf von „O du fröhliche ..." Vierhändig. Ottl spielte den aufwendigeren Basslauf, Lena die Melodie. Absolut fehlerfrei. Das Auditorium am Tisch applaudiert heftig.

„Es geht noch weiter", verkündet Otto. „Wir spielen jetzt ein kurzes Christmas-Medley vom Blatt." Lena hatte die Noten griffbereit in ihrer Tasche gehalten. Sie zieht sie heraus und stellt sie auf die Notenleiste. Es folgen ineinander übergehend bekannte Weihnachtsmelodien, die beide vierhändig spielen. Nun zwar etwas holpriger, aber alle erkennen, dass für diesen ersten Auftritt hier fleißig geübt wurde.

„Darf ich jetzt ein Weihnachtslied mit der Gitarre hören?", fordert Otto nach seinem Schlussakkord. „Gerne auch eine keltische Weise."

Marcus ist vorbereitet. „Es ist jedoch kein fröhliches Lied", betont er, als er sein Instrument zur Hand nimmt. „Es spielt 1915 im Ersten Weltkrieg auf irgendeinem Schlachtfeld irgendwo an der Somme. Englische und deutsche Soldaten lagen sich in den Schützengräben gegenüber, als ein deutscher Soldat plötzlich ‚Stille Nacht' anstimmte." Marcus weiß, dass seine neuen Familienmitglieder der englischen Sprache nicht gut mächtig sind, und erklärt daher zunächst den Inhalt des Liedes. „Das Traurige ist, dass der deutsche Sänger am nächsten Tag erschossen wird", schließt er und singt:

1915 on Christmas Day
On the western front the guns all died away
And lying in the mud on bags of sand
We heard the German sing from no man's land

He had tenor voice so pure and true
The words were strange but every note we knew
Soaring or the living dead and dammed
The German sang of peace from no man's land

They left their trenches and we left ours
Beneath tin hats the smiles bloomed like wild flowers

With photos, cigarettes, and pots of wine
We built a soldier's truce on the front line

Their singer was a lad of twenty one
We begged another song before the dawn
And sitting in the mud and blood and fear
He sang again the song all longed to hear

Silent night – no cannons roar
A King is born of peace for evermore
All's calm, all's bright
All brothers hand in hand
In 19 and 15 in no man's land

And in the morning all the guns boomed in the rain
And we killed them and they killed us again
At night they charged we fought them hand to hand
And I killed the boy that sang in no man's land

Silent night no cannons roar
A King is born of peace for evermore
All's calm, all's bright
All brothers hand in hand

And that young soldier sings
And the song of peace still rings
Though the captains and all the kings
Built no man's land

Sleep in heavenly peace
Schlaf in himmlischer Ruh'

Alle am Tisch schauen demütig nach diesem Lied. Selbst Filipp bleibt still.

„Wollen wir weiter bescheren?", schlägt Vera vor. „Ich hätte hier ein Geschenk für mein liebes Onkelchen."

Sie schaut Filipp vielversprechend an. „Ich kann nur vortragen, ich habe nichts schwarz auf weiß. Aber höre zu: Der Betrieb, der Lena die Einladung geschickt hat, damit sie schnell nach Deutschland kommen konnte, ist Hersteller von Baumaschinen für den Tiefbau und den Straßenbau. Zum Beispiel Asphaltfräsmaschinen, Teermaschinen und Straßenwalzen. Der Inhaber und ich mögen uns. Er hat mich schon ein paarmal als Dolmetscherin gebraucht, für Gespräche mit seinen Vertretungen in Belarus und der Ukraine. Es sind patente Burschen dort, die viel Geld verdienen mit dem Import seiner Maschinen. Sein russischer Vertreter hingegen ist eine Schlafmütze. Er sitzt in Nischni Nowgorod, ziemlich weit hinter Moskau. Er will ihn nicht fallenlassen, aber er möchte in Russland eine weitere Vertretung gründen, und zwar für den europäisch-russischen Raum, inklusive Moskau und den staatlichen Beschaffern dort. Sein bestehender Vertreter soll das asiatisch-russische Verkaufsgebiet übernehmen. Ich habe ihm von dir erzählt und was du machst. Wenn du willst, könnt ihr euch gleich zwischen den Jahren persönlich kennenlernen. Er kommt gerne hierher für erste Gespräche. Du übernimmst die Vertretung. Und du wirst natürlich auch endlich Mitglied in der Deutsch-Russischen Außenhandelskammer, meinem Arbeitgeber."

„Asphaltfräsmaschinen", wiederholt Filipp verdutzt mit großen Augen. „Ich liebe Asphaltfräsmaschinen." Ihm verschlägt es die Sprache. Er plappert etwas Unverständliches vor sich hin …

„Klar liebst du Asphaltfräsmaschinen", sagt Marcus schnell zu Filipp. „Sie sind ja von ähnlichem Gemüt wie du!"

Filipp grinst, hebt anerkennend den Daumen, nickt Marcus zu und sagt laut, um das Gelächter der anderen zu übertönen: „In Sachen Humor lernst du schnell."

Vera überreicht Marcus einen Umschlag. Er findet darin einen Gutschein.

„Ein Gutschein für einen Tanzkurs", liest er mit emporgezogenen Brauen vor. „Vera will offenbar den Eröffnungswalzer mit mir nachholen."

„Aber erst nach Corona", meint Vera. „Doch es stimmt. Ich möchte mit dir tanzen. Schließlich haben wir zuverlässige Babysitter in direkter Nachbarschaft."

Marcus reicht Vera ebenfalls einen Umschlag. „Da lasse ich mich nicht lumpen, Vera, mein Lieb, ich habe auch einen Nach-Corona-Gutschein für dich vorbereitet."

Vera entdeckt einen Gutschein für einen Kochkurs in einer privaten Stuttgarter Koch-Event-Agentur.

Marcus erklärt: „Mediterran und Asiatisch. Die gute deutsche Küche lernst du ja von deinem Daddy."

„Jubel!", frohlockt Filipp. „Da bleibt uns doch zukünftig der russische Schichtsalat erspart, hahaha."

Marcus schiebt Maria und Michael ebenfalls zwei schlichte Umschläge zu. Michael öffnet den ersten mit gespannter Miene.

Marcus und Vera schenken den beiden ebenfalls einen Kochkurs. Verbunden mit einem Wochenende. „Entweder edle französische Küche in der L'auberge Cheval Blanc in Lembach im Elsass", ergänzt Marcus, „oder alternativ in der Traube Tonbach in Baiersbronn. Sterneküche zuhauf. Mal sehen, welches der beiden Restaurants als Erstes wieder Kurse anbietet."

Filipp sagt: „Du darfst deinen Lehrern halt nicht allzu viele Tipps geben im Kurs, Michael. Das mögen Sterneköche nämlich gar nicht. Ich lade mich dann immer mal wieder zum Essen ein, wenn ich gerade in Deutschland bin."

„Keine Sorge", meint Michael. „Für morgen sind Rindsrouladen geplant. Diesmal russische Art, mit Borschtsch."

Im zweiten Umschlag finden Michael und Maria eine Jahreskarte für den Europapark. „Sie gilt erst, wenn dort die Pforten wieder geöffnet sind", erklärt Vera. „Ich habe noch den Mitarbeiterrabatt bekommen. Da haben wir immer ein lohnendes Ziel mit unseren Wohnmobilen."

Otto ergreift wieder das Wort: „Noch ein Geschenk an euch alle", beginnt er feierlich. „Ich biete euch ein ständiges Aufenthaltsrecht in meinem Haus in Denia, an der Costa Blanca in Spanien." Er greift in die Innentasche seines Jacketts und holt aus einem Briefumschlag einige Fotos und verteilt sie am Tisch. Alle zeigen dasselbe Motiv. Eine mediterrane Traumvilla, umgeben von Orangenbäumen und einem Swimmingpool. „Ich habe es mir 2008, nach der Finanzkrise, gekauft, zu einem supergünstigen Preis. Die Immobilienpreise sind dort schlagartig in den Keller gefahren. Und natürlich habe ich ein viel zu großes Haus gekauft. Wir alle hätten darin Platz, so wie wir hier sitzen. Nach Corona fahren wir alle zusammen nach Denia. Vielleicht schon im Frühjahr? Es ist die schönste Jahreszeit dort, zur Orangenblüte. Im Garten haben auch locker eure zwei Wohnwagen Platz."

„Wohnmobile!", berichtigt Michael.

„Dann möchte ich mich mal nicht lumpen lassen", bemerkt Filipp, wieder in gewohnt stabilem Bariton. „Ich habe mir vor ein paar Jahren eine vernachlässigte Gründerzeitvilla in St. Petersburg gekauft und sie wunderschön renoviert. Mit herrlichem Blick auf die Newa." Er zückt sein Smartphone und zeigt allen eine verschnörkelte Stadtvilla. „Ich schließe mich den Worten meines Vorredners an. Natürlich viel zu groß für mich allein. Wir alle hätten darin Platz, so wie wir hier sitzen. Ihr sollt darin ebenfalls das dauerhafte Aufenthaltsrecht erhalten. Vielleicht schaffen wir einen gemeinsamen Besuch im Juni oder Juli? Zu den weißen Nächten in St. Petersburg? Lena macht die Stadtführerin und ich sorge mich um die Mahlzeiten. Und das auch nur, damit ja kein russischer Schichtsalat auf den Tisch kommt." Er beendet sein Angebot mit schallendem Gelächter. Dann blickt er seine Lieblingsnichte Vera an und sagt beschwichtigend: „Nein, mein Zuckerhäschen.

Keine Sorge. Dein Salat war köstlich!" Er lacht fröhlich weiter.

Vera schaut Lena an und sagt mit nachdenklichem Blick: „Weißt du noch, Mama, wie wir letztes Weihnachten verbracht haben? Im dunkelkalten St. Petersburg in unserer kleinen Zweiraumwohnung? Allein? Weißt du noch?"

Lena nickt und schaut nachdenklich auf die Tischdecke. Sie murmelt leise: „Ich war aber letztes Weihnachten sehr glücklich, weil du bei mir warst. Auch in unserer kleinen Wohnung. Hättest du mir aber vor einem Jahr erzählt, wie wir heute das Fest feiern werden, ich hätte wohl den Sanka gerufen." Lena braucht etwas Zeit, bevor sie weitersprechen kann. Sie ergreift Ottos Hand, weiter das Wort an Vera gerichtet: „Ich sehe dich glücklich, mit deinem tollen Mann und in freudiger Erwartung eines gesunden Kindes. Ich habe meinen Bruder wiederentdeckt. Ich habe den Vater meiner Tochter wiedergefunden, samt seiner liebenswerten Familie … und ich habe die Liebe meines Lebens wiedergetroffen." Dabei schaut sie Otto an. „Es ist ein halbes Wunder, dass ich vor Glückseligkeit nicht überschnappe."

Otto schickt hinterher: „Eines haben wir euch bislang vorenthalten. Hört, was ich euch sage. Lena und ich wollen keine Zeit mehr verlieren, wir sind ja nicht mehr die Jüngsten. Wir werden so schnell wie möglich heiraten. Sie war es noch nie und ich war es noch nie. Ich könnte und wollte nicht mehr leben ohne Lena an meiner Seite." Und fröhlich schließt er: „Und wir möchten gerne gemeinsam unser aller Enkelchen aufwachsen sehen."

Personenverzeichnis

Vera Sokolová:	Eine Tänzerin aus St. Petersburg. Hübsch, vaterlos aufgewachsen.
Michael Maier:	Veras Vater, der jedoch von seinem Vaterglück nichts weiß.
Lena Sokolová:	Veras Mutter
Maria Maier:	Michaels zweite Ehefrau
Christoph Maier:	Michaels Sohn
Marcus Müller:	Marias Sohn
Filipp Sokolov:	Lenas jüngerer Bruder
Bernd Eichtaler:	Agenturmitarbeiter
Rainer Eichtaler:	Bernds Bruder
Helmut Eichtaler:	Vater der beiden
Otto Becker:	Inhaber Möbelbecker
und weitere	

Thomas Deuschle, 1955 in Reutlingen geboren, ist Marketing-Berater und betreibt eine Werbeagentur ebenda.

Er ist Autor der erfolgreichen Buchreihe „So war's … in Reutlingen" (erschienen sind bisher die 1940er-, 1950er-, 1960er- und 1970er-Jahre im Verlag Oertel+Spörer in Reutlingen).

Im Verlag terra magica in Luzern und im Schöning Verlag in Bremen erschienen etliche Bildbände aus seiner Feder.

Als leidenschaftlicher Wohnmobilist betextet er Bücher und Kundenmagazine für verschiedene Reisemobilhersteller.

Für Fachzeitschriften beschreibt er Reisemobil-Touren in ganz Europa.

Thomas Deuschle - TRAUMKREUZE

Einer internationalen Gruppe von elf Wissenschaftlern wird 1984 in Brasilien von „Predigern" der Bruderschaft „Orbinat" ein Phänomen vorgestellt. In einem ehemaligen, sehr abgeschieden gelegenen Kloster leben Menschen, die aus allen Teilen der Welt stammen und eine besondere Begabung besitzen. Sie empfangen nachts Erlebnisse fremder Menschen und verarbeiten dies selbst im eigenen Gehirn, geradeso, als ob sie selbst diese Personen wären. Es sind unglaublich glückliche Sinneswahrnehmungen und alle sind süchtig danach.

Schnell erstellen die Wissenschaftler die Theorie, dass vermutlich sämtliche Gehirnaktivitäten aller Menschen irgendwo gespeichert werden. Die nahe liegende Vermutung, dass die gespeicherten „Daten" auch von irgendetwas abgerufen werden könnten, macht den Wissenschaftlern Angst.

Auch etwas anderes bereitet ihnen Sorgen, denn leider gibt es auch Erlebnisse, die einen bösen Charakter haben, etwa die eines Vergewaltigers. Jedoch werden auch diese im Moment des Empfangs von den „Träumern" als sehr glücklich empfunden. Den Predigern ist dieses Phänomen bereits seit Jahrzehnten bekannt. Noch behandeln sie dieses Wissen als streng gehütetes Geheimnis. Die Befürchtung, dass diese Erkenntnis eine Massenhysterie und unzählbare Suizide auf der ganzen Welt hervorrufen könnte, hält die Prediger davon ab, an die Öffentlichkeit zu gehen, und sie wissen es auch zu verhindern, dass über die weiteren eingeladenen Wissenschaftler etwas in die Öffentlichkeit dringt.

Kit und Alec lernen sich 25 Jahre später durch widrige Umstände kennen. Die Prediger wollen immer noch eine Veröffentlichung verhindern. Mit allen Mitteln. Beide teilen die Veranlagung, Fremderlebnisse empfangen zu können. Sie recherchieren auf eigene Faust und kommen zu fantastischen Erkenntnissen. Doch das Orbinat ist ihnen auf der Spur.

Taschenbuch, 378 Seiten, Verlag KUKULIT, ISBN: 978-3-7450-2997-0

Thomas Deuschle - So war's in den 1940ern

Reutlingen zwischen blinder Euphorie und Holzvergaserautos

Das Buch blickt weit zurück in die 1940er-Jahre unserer Stadt. Es war das wohl grausigste Jahrzehnt des vergangenen Jahrhunderts und man sollte meinen, es gäbe wenig Erfreuliches zu berichten. Dennoch wurde auch im Kriege und in der Nachkriegszeit gelacht, geliebt und gelebt.

Zahlreiche authentische Anekdoten lockern die Erzählungen auf. Chroniken über die Geschehnisse in der Welt und in Reutlingen selbst runden den Inhalt ab. Es war schon eine recht entbehrungsreiche Dekade, aus unserer heutigen Sicht des sicheren Wohlstandes kaum noch nachvollziehbar.

Daher wird insbesondere auch der jüngeren Generation dieses Jahrzehnt aus der Perspektive derer, die damals Kinder und Jugendliche waren, nähergebracht. Fast schon Vergessenes kommt wieder in Erinnerung und die blinde Euphorie, der sich unser ganzes Volk hingab, wird vielleicht verständlicher. Uns blieb in den Vierzigern wahrhaftig nichts erspart. In der ersten Hälfte des Jahrzehnts war der Vater im Felde und die Mutter musste seine Aufgaben in der Familie mit übernehmen. Der Krieg und das Hakenkreuz waren allgegenwärtig.

Die zweite Hälfte war gezeichnet durch Entbehrung, Hunger, auch durch Entwürdigung. Aber es war Friede. Und wir erfuhren Demokratie, wenn auch ziemlich holprig repräsentiert durch die Alliierten, unseren Franzosen.

Verlag: *Oertel & Spörer, Reutlingen*

Seiten: 112, **Ausgabe:** Gebunden
ISBN: 978-3-88627-937-1

Thomas Deuschle - So war's in den 1950ern

Reutlingen zwischen Enttrümmerung und Isetta-Romantik

Die Reutlinger hatten in den 1950er-Jahren noch hart an der Bewältigung der jüngsten deutschen Geschichte zu arbeiten. Gut ein Fünftel der Stadt lag nach dem zerstörerischen Bombardement in Schutt und Asche.

Aber die Stimmung war bestens. Alle erfreuten sich an der neuen Demokratie, an dem wachsenden Angebot in den Läden und an der Leichtigkeit des Seins der Fünfziger. Überall entstand in Rekordzeit neuer Wohnraum und die Bevölkerungszahl wuchs dynamisch. Auf den Straßen waren sämtliche deutsche Mundarten zu hören, für Tausende Vertriebene wurde die Stadt zur neuen Heimat. „So war's in den 1950ern" ist der zweite Jahrzehntband aus der Feder des Reutlinger Buchautors Thomas Deuschle. Um an Erlebnisberichte der damaligen Zeit zu kommen, zapfte er einige Personen an, die Anfang/Mitte der 40er geboren wurden und die 50er-Jahre als Jugendliche erlebt haben. So wird Reutlingen aus der Perspektive eines jungen Menschen beschrieben und stellt eine informative sowie gleichsam unterhaltende Lektüre in Wort und Bild dar.

Es entstand ein authentischer Bericht über die Stadt am Fuß der Achalm in Aufbruchstimmung. Ein Muss für jeden, der in Reutlingen lebt und mehr aus der Vergangenheit wissen möchte.

Verlag: *Oertel & Spörer, Reutlingen*

Seiten: 96, **Ausgabe:** Gebunden
ISBN: 978-3-88627-471-0

Thomas Deuschle - So war's in den 1960ern

Reutlingen zwischen VW-Käfer und Flowerpower

Reutlingen: einst Stadt der Millionäre. Wie lebte es sich hier in den 1960er-Jahren? Wie sah die politische, wirtschaftliche und soziale Struktur in Reutlingen aus? Thomas Deuschle (Jahrgang 1955) ist hier aufgewachsen. In lockerem Stil erzählt er interessante und amüsante Geschichten und Begebenheiten, von der Kindergartenzeit bis zum Verlassen des Elternhauses.

Schule, Ausbildung und Freizeitvergnügungen, aber vor allem das Lebensgefühl dieser Jahre werden persönlich, aber auch informativ beschrieben. Viele Zeitzeugen runden mit Anekdoten und Fotos das Bild einer Generation ab. Dieses Buch lädt ein zu einer Zeitreise durch das Reutlingen der 1960er- bis zum Beginn der 1970er-Jahre.

Aber nicht nur Gleichaltrige werden in Erinnerungen schwelgen. Vielmehr entdeckt hier jeder, der Reutlingen liebt und kennt, schon fast Vergessenes und viel Wissenswertes aus dieser Zeit.

Verlag: *Oertel & Spörer, Reutlingen*

Seiten: 96, **Ausgabe:** Gebunden
ISBN: 978-3-88627-431-4

Thomas Deuschle - So war's in den 1970ern

Reutlingen zwischen "Döschewo" und "Neue Deutsche Welle"

Die 1970er-Jahre waren auch in Reutlingen eine wilde Zeit, voller gesellschaftlicher und politischer Umbrüche. Polarisation war angesagt: die einen trugen alles grellbunt und extrem: Schlaghosen, Plateausohlen, Rüschenhemden. Die anderen beschieden sich mit Wildledertretern, Jute und Parkas. Die einen standen auf Designautos wie Manta und Capri, die anderen schwörten auf ihre Ente. Die Jugend zeigte sich interessiert an den Affären Watergate und Guillaume, an den Konflikten in Nahost und Vietnam, an der Ölkrise, am Anarchismus und am Terrorismus. Die Neue Deutsche Welle revoltiert Anfang der 1980er-Jahre die Musikszene – Hubert Kah und Kiz mit Daddes Gaiser spielen ganz vorne mit.

Auch in diesem Band werden Erlebnisberichte von jenen vorgestellt, die in dieser Zeit in Reutlingen groß geworden sind. Die Weltchronik und die Reutlinger Chronik spiegeln den Zeitgeist dieses Jahrzehnts wider. Eine kurzweilige Lektüre, nicht nur für die 70er-Jahre-Fans, sondern für alle Reutlinger.

Verlag: *Oertel & Spörer, Reutlingen*

Seiten: 96, **Ausgabe:** Gebunden
ISBN: 978-3-88627-495-6

Thomas Deuschle – Die beiden genialen Erfinder des Rades

Fahrradgeschichte - mal etwas skurril dargestellt

Hat sie sich tatsächlich so ereignet, die außergewöhnliche Begegnung der beiden genialen Erfinder des Rades, Heinz Obermayer und Karl Friedrich Christian Ludwig Freiherr von Drais von Sauerbronn? Der eine Erfinder der Fahrmaschine, landläufig Laufrad genannt, der andere Erfinder des Laufrades aus Carbon, in der Presse ausgelobt als „Flunder aus Feldmoching".

Zwischen beiden Entwicklungen liegen 200 Jahre, in denen weltweit Abermillionen Fahrräder über den Ladentisch gingen. Der Werkstoff für Laufräder hat sich in dieser Zeit natürlich auch gewandelt: Vom Akazienholz zum Carbon. Erfolgsentwicklung aus der Scheune.

1990 waren Heinz Obermayer und Rudolf Dierl bereits 26 Jahre nebenberuflich selbstständig. In dieser langen Zeit wurde wohl dies und jenes produziert, es gelang den beiden Tüftlern jedoch kein spektakulärer Durchbruch, welcher dauerhaft für Wohlstand hätte sorgen können.

Die Initialzündung zum Lightweight-Laufrad kam durch einen Bekannten, der provokant meinte, zwar hätte Obermayer & Dierl leichte Räder für Sulkys entwickelt und gebaut, für Laufräder an Rennfahrrädern reiche das Wissen und die Kompetenz wohl aber nicht. Mit dieser Aussage packte er die Techniker genau an der sensibelsten Stelle: Ehrgeiz, gepaart mit Erfindergeist. Heinz und Rudolf hatten fortan nur noch ein Ziel. Sie wollten die leichtesten und besten Laufräder der Welt bauen.
Es sollte ihnen gelingen.

Seiten 80, gebunden, **Verlag** KUKULIT, ISBN: 978-3-9821504-0-6